En la orilla

Rafael Chirbes

En la orilla

EDITORIAL ANAGRAMA

BARCELONA

Ilustración: foto © LOOK-foto / Wildcard Images, UK

Primera edición en «Narrativas hispánicas»: marzo 2013
Primera edición en «Compactos»: junio 2016

Diseño de la colección: Julio Vivas y Estudio A

© Rafael Chirbes, 2013

© EDITORIAL ANAGRAMA, S. A., 2016
   Pedró de la Creu, 58
   08034 Barcelona

ISBN: 978-84-339-7801-1
Depósito Legal: B. 10745-2016

Printed in Spain

Liberdúplex, S. L. U., ctra. BV 2249, km 7,4 - Polígono Torrentfondo
08791 Sant Llorenç d'Hortons

F...tez comme des ânes débâtés; mais permettez-moi que je dise le mot f...tre; je vous passe l'action, passez-moi le mot.

DIDEROT,
Jacques le fataliste et son maître

1. El hallazgo

26 de diciembre de 2010

El primero en ver la carroña es Ahmed Ouallahi.

Desde que Esteban cerró la carpintería hace más de un mes, Ahmed pasea todas las mañanas por La Marina. Su amigo Rachid lo lleva en el coche hasta el restaurante en que trabaja como pinche de cocina, y Ahmed camina desde allí hasta el rincón del pantano donde planta la caña y echa la red. Le gusta pescar en el marjal, lejos de los mirones y de los guardias. Cuando cierran la cocina del restaurante –a las tres y media de la tarde–, Rachid lo busca y, sentados en el suelo a la sombra de las cañas, comen sobre un mantel tendido en la hierba. Los une la amistad, pero también se brindan un servicio mutuo. Pagan a medias la gasolina del viejo Ford Mondeo de Rachid, una ganga que consiguió por menos de mil euros y ha resultado ser una ruina porque, según dice, traga gasolina con la misma avidez con que un alemán bebe cerveza. Desde Misent al restaurante hay quince kilómetros, lo que quiere decir que, sumando ida y vuelta, el coche se chupa tres litros. A casi uno treinta el litro, suponen unos cuatro euros diarios sólo en combustible, ciento veinte al mes, a descontar de un sueldo que apenas llega a los mil, ése es el cálculo que le hace Rachid a Ahmed (seguramente, exagera un poco), por lo que Ahmed le abona a su amigo diez euros semanales por el transporte. Si encontrara trabajo, se sacaría el carnet y se compraría su propio vehículo. Con la crisis es fácil encontrar coches y furgonetas de segunda mano a precios irrisorios, otra cosa es el rendimiento que te proporcionen después: coches de los que la gente ha tenido que desprenderse antes de que se los llevara el banco, furgonas de empresas que han quebrado, autocaravanas, camionetas: es época de oportunidades para quien tenga algún euro que invertir comprando a la baja. Lo que no sabes nunca es el regalo envenenado que guardan dentro esas gangas. Consumo desmedido de combustible, piezas que hay que cambiar al poco tiempo, accesorios que se estropean con sólo mirarlos. Lo barato suele salir caro, refunfuña Rachid, mientras le pega un acelerón. Ahí nos hemos gastado medio litro. Vuelve a acelerar. Ahora, otro medio litro. Se ríen. La crisis impone su mandato por todas partes. No sólo en los de abajo. También las empresas están quebradas o a medio quebrar. El hermano de Rachid trabajaba en un almacén de materiales que tenía siete camiones y otros tantos chóferes, eso fue hace cuatro años. En la actualidad, los han despedido a todos y los camiones permanecen aparcados en la playa de asfalto que hay en las traseras del almacén. Cuando tienen que realizar un porte, contratan por horas a un chófer autónomo que les hace el trabajo en su propio camión, cobra al contado, a tanto la hora, a tanto el kilómetro, y vuelve a quedarse pegado al teléfono móvil, con los brazos cruzados hasta el siguiente encargo. Ahmed y Rachid charlan sobre las posibilidades de negocio que supondría comprar coches usados para revenderlos en Marruecos.

El restaurante donde trabaja Rachid está al final de la avenida de La Marina, en realidad una carretera paralela a la playa que discurre a espaldas de la primera línea de apartamentos y se alarga entre las urbanizaciones una veintena de kilómetros desde Misent hasta el primer canal de desagüe del pantano. Ahmed camina por la cuneta poco más de un kilómetro para llegar al lugar en que pesca. Lleva la caña al hombro, la red atada a la cintura bajo la chaquetilla del chándal, y una cesta colgada a la espalda por un par de correas, a modo de mochila. Hace tres años, había infinidad de obras en este tramo de La Marina. A ambos lados de la carretera, se sucedían los montones de escombros y las edificaciones en distintas fases constructivas: solares sobre los que empezaba a concentrarse maquinaria; otros en los que la retroexcavadora abría el suelo, sacando de dentro un barro rojizo, o en los que las hormigoneras rellenaban los cimientos. Pilares de los que surgían varas de hierro, tirantes y planchas de mallazo, palés de ladrillos, montones de arena, sacos de morcem. Por todas partes se movían las cuadrillas de albañiles. Algunas fincas en las que las obras habían concluido estaban cubiertas de andamios donde hormigueaban los pintores, mientras en sus aledaños grupos de hombres removían la tierra, ajardinaban, plantaban árboles –viejos olivos, palmeras, pinos, algarrobos– y arbustos de esos que las guías definen como característicos de la flora ornamental mediterránea: baladres, jazmines, galanes de noche, claveles, rosales, y matas de hierbas aromáticas: tomillo, orégano, romero, salvia. La red de carreteras que cruza la zona soportaba un incesante tráfico de camiones que transportaban palmeras, olivos centenarios que apenas se acomodaban al hueco de las enormes macetas en que los trasladaban, o frondosos algarrobos. El aire se llenaba con el ruido metálico de los vehículos que acarreaban material de obra, contenedores para escombros, autocargantes, góndolas que trasladaban retroexcavadoras, hormigoneras. El conjunto transmitía sensación de activa colmena.

En la soleada mañana de hoy, todo aparece tranquilo y solitario, ni una grúa rompe la línea del horizonte, ningún ruido metálico quiebra el aire, ningún zumbido, ningún martilleo agreden el oído. El primer día que fueron juntos en el coche tras quedarse Ahmed en el paro, su amigo Rachid se rió de él cuando le dijo que lo acompañaba hasta el restaurante porque iba a buscar trabajo en las obras de La Marina. ¿Trabajo? Como no sea de enterrador de suicidas, se burló Rachid. *Ma keinch al jadima. Oualó.* No hay trabajo, nada. Ni una sola obra en marcha en La Marina, ni media. En los buenos tiempos, muchos peones cobraban la semanada y no volvían a presentarse en el tajo porque encontraban sitios donde les ofrecían mejores condiciones. Ahora, en los balcones cuelgan carteles disuasorios. Alguien que solicita trabajo se ha convertido en animal molesto. TENEMOS CUBIERTA LA PLANTILLA DE JARDINERÍA Y MANTENIMIMENTO. NO SE NECESITA PERSONAL. ABSTENERSE, dice el cartel expuesto en los apartamentos que se levantan junto al restaurante. Por todas partes las letras rojas o negras de los carteles: SE ALQUILA SE VENDE DISPONIBLE SE ALQUILA CON OPCIÓN A COMPRA EN VENTA OPORTUNIDAD DESCUENTO DEL CUARENTA POR CIENTO, y un número de teléfono debajo. La radio habla cada mañana del estallido de la burbuja inmobiliaria, la desbocada deuda pública, la prima de riesgo, la quiebra de las cajas de ahorros y la necesidad de establecer recortes sociales y llevar a cabo una reforma laboral. Es la crisis. Las cifras del paro en España superan el veinte por ciento y el año que viene pueden subir hasta el veintitrés o veinticuatro. Muchos de los emigrantes viven del subsidio de desempleo, como él empezará a hacerlo, o como se supone que empezará a hacerlo en unos días, porque en la oficina del INEM, después de tener que rellenar unos cuantos papeles y hacer cola varias veces, le han dicho que tardará algún tiempo en cobrar el primer plazo. Hace cinco o seis años, todo el mundo trabajaba. La comarca entera en obras. Parecía que no iba a quedarse ni un centímetro de terreno sin hormigonar; en la actualidad, el paisaje tiene algo de campo de batalla abandonado, o de territorio sujeto a un armisticio: tierras cubiertas de hierba, naranjales convertidos en solares; frutales descuidados, muchos de ellos secos; tapias que encierran pedazos de nada. Cuando llegó a España, la mayoría de los peones de albañil de la comarca eran paisanos suyos, él mismo encontró en la obra sus primeros trabajos; después se presentaron los ecuatorianos, los peruanos, los bolivianos y los colombianos. Últimamente, ni lo uno ni lo otro. Los marroquíes se van a Francia, a Alemania, los latinoamericanos regresan a sus países, a pesar de que se habían convertido en los obreros más apreciados. Los empresarios confiaban en ellos por cuestiones de lengua, de religión, de carácter y, sobre todo, porque desde que se produjeron los atentados de 2004 en Madrid, levanta sospechas cualquiera que venga de Marruecos (la mayoría de los que se supone que pusieron las bombas fueron marroquíes) y tenga algo que ver con el islam y el islamismo. Ahmed piensa que los propios marroquíes colaboran en aguzar esa desconfianza y en dificultar las cosas. Sus amigos albañiles, que unos años antes bebían, fumaban y compartían porro con los españoles de la cuadrilla en la que trabajaban, se declaran practicantes, rechazan ofendidos la litrona que circula en la comida de mediodía, y, al concluir la jornada laboral, no entran en el bar. No asisten a la comida de empresa, o exigen un menú halal. Algunos reclaman que se cambie el horario laboral durante el ramadán. *Hamak* y *Jamak*. Burros y locos, los llama Ahmed. Moros y cristianos sólo entran en contacto para ver quién le da por culo a quién. Los domingos por la tarde, cuando las calles de Olba se quedan vacías porque los habitantes han ido a comer en familia, o a la playa, los marroquíes caminan solitarios; o se sientan en los quitamiedos de la carretera de Misent, en los bolardos de las aceras. Ahmed se pelea con los paisanos que, durante el ramadán, les exigen a los capataces que suspendan la pausa de la comida de mediodía y, a cambio, acorten la jornada laboral. Los putos moros estáis locos, se le quejó uno de los encargados cuando trabajaba en la carpintería y fue a descargar una partida de puertas a la obra de Pedrós. No voy a misa, ni quiero saber nada de los curas, y vosotros me pedís que ayune en el ramadán. ¿Qué les digo al chófer de la pluma, al de la retro, al de la hormigonera?, ¿qué no coman y ya merendarán a la tarde cuando vuelvan a casa?, ¿que no beban ni una gota de agua mientras se desloman a pleno sol a treinta y muchos grados de temperatura y con una humedad del setenta por ciento? Ahmed discute con sus paisanos: como si los nasrani no nos tuvieran bastante manía, y estuvieseis deseando que nos manden a la mierda, le dijo a Abdeljaq, que había convencido a los otros compañeros de piso para que no bebiesen cerveza con los españoles, alejaos de los impuros decía. Cuando se excitaba, aseguraba que no tardaría en llegar el día en que vieran de qué color tienen la sangre del cuello los cerdos nazarenos. Nos necesitan, argumentaba Abdeljaq, y mientras nos necesiten tendrán que aguantarnos, y si dejan de necesitarnos, se librarán de nosotros por mucho que recemos ese padrenuestro que rezan ellos y hagamos la señal de la cruz saltando con el pulgar de la frente al pecho.

Abdeljaq celebró las bombas de Atocha. Dijo que la cara de Allah se veía con más claridad en el cielo. Hizo sus abluciones, rezó mirando a La Meca, y cocinó un *mechui* de cordero que se tomó vestido con gandora blanca. Todo muy ceremonioso: celebraba el martirio y la venganza. Miradla, decía señalando la pantalla de la televisión mientras chupaba del cigarrillo de hachís, está ahí, la sangre infiel. *Bismillah*. En la televisión, hierros retorcidos, individuos que caminaban cubriéndose la cara con las manos ensangrentadas. Ahmed criticaba a Abdeljaq cuando se quedaba a solas con Rachid: ¿ves? Los nazarenos ya no nos necesitan, así que de los primeros que prescinden es de nosotros, que somos los que les ponemos las cosas más difíciles. Prefieren quedarse con los colombianos, con los ecuatorianos. Abdeljaq blasfema. ¿Cómo puede creer alguien que está viendo el rostro de Allah? Es la blasfemia más grande que puede proferir un musulmán. Pero a Abdeljaq se le iluminan los ojos como si de verdad estuviera viéndola. Una cara feroz y satisfecha. Habla igual que un predicador fanático, profeta de la venganza: hoy nos pisan los nazarenos, les limpiamos la mierda de los retretes, les servimos sus asquerosos vinos en los bares, les construimos las casas en las que comen *jaluf* y follan sin hacer las abluciones ni lavarse el semen de sus prepucios, nuestras mujeres les hacen las camas y estiran las sábanas impuras, pero se acerca el día en que seremos nosotros los que los llevemos atados con una cadena por el cuello, caminando a cuatro patas. Ladrarán a las puertas de nuestras casas como lo que son: perros; y serán ellos quienes, con la lengua, nos saquen brillo a las *belgha*. A los hermanos musulmanes de América se los llevaron en barco atados con cuerdas, sujetos con cadenas, metidos en jaulas, como llevaban los caballos, las cabras, las gallinas y los cerdos. Los negros musulmanes eran nada más que animales de trabajo para los yanquis cristianos. Llega la hora de demostrarles que somos hombres que saben luchar por lo suyo. Ahmed argumenta: ¿es que no hay musulmanes ricos? Todos esos jeques del Golfo. ¿Y acaso los musulmanes ricos no son aún

17

peores que los cristianos ricos? Además, los cazadores de esclavos africanos eran en su mayoría árabes. Musulmanes que esclavizaban a musulmanes. Abdeljaq niega moviendo la cabeza, se indigna: mentiras de los infieles. Pero Ahmed lo ha visto en reportajes de la televisión, y sabe que es verdad. De un extremo a otro de África temían a los árabes comerciantes de carne humana, y los temían en la India, en Indonesia, en las costas del sur de China. A ésos no les importaba la religión que tuvieran los esclavos que capturaban, cristianos, musulmanes, animistas, hindúes, budistas. Toda carne era buena para llenar las jaulas en las bodegas del barco. ¿Y qué me dices de los jedives turcos? Más crueles en sus torturas que los cristianos. ¿Y nuestros reyes?, ¿o no estamos aquí porque el difunto Hassan y su hijo Mohamed y su familia nos han echado de casa? Servimos a los perros cristianos porque nuestros perros están aún más rabiosos, nos clavan los dientes más hondo. Aquí nos tratan como a criados, allí nos han tratado como a esclavos. Hijos de puta son los hombres, el género humano, no importa el Dios en que crean o digan creer. Todos nacemos de un *tabún*. ¿Tú te crees que Allah bendice a esos ricachones de Fez o de Marraquech que vuelven de La Meca haciendo sonar panderos y tocando el claxon de su Mercedes importado para que toda la población vea que son lo suficientemente poderosos para haber hecho la peregrinación y poder llamarse *haj*? ¿Que cumplen mejor con el Corán? ¿Porque han dado las siete vueltas a la Kaaba, han correteado siete veces entre las colinas de As-Safa y Al-Marwah, y han bebido del pozo de Zamzam? Yo correteo de acá para allá setenta veces siete cada día para poder ganarme el pan. Y bebo el agua salada del pozo que guarda mi sudor. Y ellos, desde su hotel de lujo de La Meca, te humillan diciéndote que son mejores creyentes porque se permiten ir donde tú no puedes. Porque se pueden pagar el viaje a La Meca –peregrinos de primera clase en Boeing–, están convencidos de que entrarán en el paraíso antes que tú, que eres un desgraciado. ¿Es que en el cielo de Allah también habrá ricos y pobres, gente que va en Mercedes y gente que limpia los retretes de otros? ¿Qué mierda de religión es ésa? ¿Es eso el islam? Abdeljaq, te aseguro que esos peregrinos entrarán en el infierno antes que los cristianos. Que no te quepa duda.

Ahmed ha recorrido algo más de un kilómetro desde el lugar en que su amigo Rachid lo dejó esta mañana. Dos putas situadas a la entrada del camino del marjal lo miran con desconfianza, o, al menos, eso le parece a él. Nunca sabe si es verdad que todo el mundo lo mira mal por ser moro o si es él quien se obsesiona y se cree que todo el mundo lo mira con desconfianza. Comerá con Rachid en el prado que hay junto a la charca y por el que ahora camina. Antes de salir de casa, ha tomado té, pan con aceite, un tomate y una lata de sardinas, y, para la jornada, había preparado la tartera con dos huevos duros, unas habas y unas chuletas de cordero empanadas, pero, por desgracia, se ha dejado la tartera en el portamaletas del coche de su amigo. No sé para qué traes nada, eso te lo guardas para la cena, yo sacaré algo de la cocina, buena comida, le dice cada día Rachid: el restaurante en que trabaja aparece en todas las guías, es de los mejores de Misent, pero a Ahmed le da un poco de asco esa carne sacrificada de cualquier manera, le gusta la que compra en la carnicería halal y se cocina él en casa, le gusta lo que llama comida *beldi*, por eso se lleva cada día su provisión, aunque acaba consumiendo la que trae Rachid. Hoy hace rato que echa de menos la tartera. Tiene hambre. Mira el reloj. Rachid traerá, como cada día, un par de tupervares con guisos en buenas condiciones pero que ya no están para servírselos a los clientes y algunas piezas de fruta o de verdura que roba o que le dan porque presentan algún defecto. La luz ha empezado a adelgazarse, quebradiza luz de invierno que dora cada cosa que toca. La tarde ofrece suavidad: la superficie del agua, las cañas, las lejanas palmeras, las edificaciones que alcanza a ver a lo lejos, todo se va dorando poco a poco; hasta el perfil del mar que contempla si trepa por la ladera de uno de los médanos deja de ser de un azul intenso para tomar esas irisaciones melosas. Enciende un cigarro para acallar el hambre. Decide aprovechar el tiempo que le queda hasta que vuelva su amigo, y cuando termina de fumarse el cigarro, regresa al rincón de la laguna donde ha dejado la caña bien sujeta entre unos pedruscos, echa la red que lleva atada a la cintura y contempla el espejo del agua en el que los insectos trazan dibujos geométricos con sus finas patas. En la cesta guarda dos lisas de mediano tamaño y una tenca más bien pequeña. No está mal la jornada. La cena de hoy, resuelta.

Cuando se inclina para echar otra vez la red, llaman su atención ladridos y gruñidos: a pocos metros de donde se encuentra, dos perros pelean disputándose una piltrafa. Se ladran uno a otro. Ahmed coge una piedra del suelo y los amenaza, agitando una mano, al tiempo que, con la otra, les muestra el bastón que lleva consigo cuando viene al marjal. Los perros ni siquiera lo miran. Están ocupados en gruñirse, en mostrarse los dientes. Les arroja la piedra. El proyectil rebota sobre el lomo del más grande, un pastor alemán de pelambrera sucia que, al mover la cabeza, deja ver el brillo del collar: uno de esos perros que los turistas abandonan a fin de temporada y luego vagan asilvestrados por cualquier parte durante meses, hasta que acaba llevándoselos el servicio de recogida de animales. Al recibir el impacto del proyectil, el perro suelta un gemido y se aleja cojeando, momento que aprovecha el otro animal para apoderarse del despojo por el que pelean, y meterse entre los arbustos. La piedra le ha impactado al pastor alemán en el lomo, pero el perro no cojea por el dolor que le ha producido el golpe de la piedra, sino porque no apoya en el suelo una de las patas traseras, mutilada y cubierta de costras. Ahmed supone que ha debido de ser atropellado por algún vehículo, que el animal ha pisado algún cepo o se ha enredado en una alambrada. Corre torpemente, y a la torpeza suma una actitud recelosa. Mientras se aleja, vuelve la cabeza un par de veces, como si quisiera cerciorarse de que el hombre no va tras él ni volverá a castigarlo. Un perro cojo y asustado, aunque Ahmed teme que pretenda guardar la imagen de su agresor en el espejo sanguinolento de los ojos, ¿por qué no un perro vengativo? Pero la posición servil desmiente la agresividad: el animal humilla la cabeza al reemprender con trote irregular su fuga. La actitud indica miedo, sumisión, una bestia a la que han golpeado; a la que se ha hecho sufrir. Ahmed se estremece con un sentimiento que mezcla la pena con la desconfianza hacia algo turbio que la cojera y las llagas revelan. Es asco ante lo sucio, pero también miedo ante lo cruel, la crueldad de un perro vengativo y la crueldad del hombre o los hombres que lo han golpeado. El animal muestra desgarrones en la piel, descarnaduras sanguinolentas, rastros de algo que pueden ser viejas heridas infectadas o síntomas de alguna enfermedad cutánea. El otro perro, más pequeño aunque de aspecto más feroz, tiene una reluciente pelambrera negra. Debido a la sorpresa que le causa la reacción del pastor alemán al ser golpeado por la piedra, en su huida hacia la maleza deja caer el pedazo de carne podrida que acaba de capturar. Lo recupera inmediatamente. Se queda con el cuerpo metido entre las cañas, sólo asoma la cabeza en la que destellan dos ojos atentos. La carroña cuelga de su boca. Ahmed, que ha mirado con curiosidad la piltrafa que los dos perros se disputan, la mira en este instante con creciente horror, porque se ha dado cuenta de que la masa de color negruzco por la que pelean los dos perros ofrece formas reconocibles: aunque tostada por la podredumbre y descarnada en algunos lugares, se trata de una mano humana. La curiosidad lo impulsa a seguir mirando, venciendo la repugnancia, el espanto que tira de su mirada hacia otro lado. Ahmed quiere, a la vez, no ver y ver; a la vez quiere no saber y saber. Amenaza con el bastón al perro negro, haciéndole retroceder algunos pasos. El animal gruñe, y aunque recula hacia los matorrales, sigue mirándolo furioso y no suelta su presa, que –ahora ya no le cabe ninguna duda a Ahmed– son los restos de una mano. En el mismo instante en que se asegura de lo que ve, la mirada se le escapa, también queriendo y sin querer, hacia unos bultos hundidos en el barro y situados unos cuantos metros más allá, a la derecha del lugar en el que hace un instante se encontraban los perros. Los bultos lo llevan a situar el origen de la pestilencia que desde hace rato percibía en el aire y nota en este momento más intensa. Dos de los bultos semihundidos en el agua y rebozados en una costra de barro dejan adivinar formas humanas. Los restos del tercer amasijo podrían pertenecer a un hombre mutilado, o al que se le ha hundido en el fango la mayor parte del cuerpo, aunque también podría tratarse de una carroña animal, un perro, una oveja, un cerdo. En cuanto identifica los restos humanos, Ahmed sabe que tiene que marcharse de inmediato. Haber visto lo convierte en cómplice de algo, lo impregna de culpabilidad. Su primer impulso es echar a correr, pero correr lo vuelve más sospechoso: empieza a caminar deprisa apartando las hojas de las cañas que le golpean la cara. A cada momento, mira a derecha e izquierda por si hay alguien que pueda haberlo visto, pero no descubre a nadie. En ese lugar resulta improbable encontrarse con alguno de esos jubilados ingleses o alemanes que caminan deprisa junto a la carretera convencidos de que, tragándose toda la porquería que expulsan los tubos de escape de coches y camiones, realizan un ejercicio saludable; o con esos individuos delgados, más parecidos a yonquis que a deportistas, que practican footing por los senderos que bordean acequias y campos de naranjos: toda la fauna que merodea por los huertos aplicándose diversas variantes de lo que se conoce como terapia de mantenimiento no frecuenta el marjal.

Se aleja a toda prisa, aunque no puede reprimir la tentación de volverse un par de veces a mirar hacia el pedazo de carne corrompida, tendones y huesos con los que el perro negro juguetea otra vez entretenido en su tarea ante la mirada del pastor alemán, que ha regresado de su breve escapada y lo observa a un par de metros de distancia. Ahmed mira, sobre todo, los bultos oscuros y cubiertos de barro semihundidos en la charca. En su nerviosa escapada, aún tiene tiempo de descubrir, detrás de una de las dunas y ocultos por la maleza, los restos calcinados de un vehículo, cuya presencia amplifica el aire siniestro que, de pronto, ha adquirido el lugar. Se le corta la respiración. Se ahoga, nota los apresurados latidos en el pecho, en las sienes, en los pulsos, un zumbido en la cabeza. En alguna ocasión, Esteban le ha contado que los delincuentes utilizan las espesas aguas del pantano para arrojar armas utilizadas para cometer algún delito. Camina y mira, pero no consigue controlar los movimientos de los ojos, que parecen haber adquirido autonomía y moverse sin que él pueda elegir la dirección del foco: se vuelven de uno a otro lado, obligan a que vuelva hacia atrás la cabeza. Mira a pesar suyo, aunque ahora ya no se ocupa la mirada de los bultos, ni de los perros, sino de las sombras que parecen atisbar tras las cañas, en los repliegues del camino, en las irregularidades de los médanos. Lo confunde a cada paso el juego de sombras y contraluces, toma formas que le parecen presencias humanas. Se siente vigilado. Desde las dunas, desde el camino, desde los cañaverales situados al otro lado de la charca, incluso desde las laderas de las lejanas montañas, le parece que hay gente que contempla la escena. Sospecha que, esta mañana, mientras caminaba junto a la nacional, se ha convertido en objeto de atención de los chóferes con los que se ha cruzado, de las putas que lo han visto meterse por el camino del marjal, de los niños que jugaban ante las chabolas frente a las que ha cruzado al final de la avenida de La Marina, y en ese instante en el que querría borrarse de la mirada de todos ellos, se acuerda de que, con la precipitación, se ha dejado calzada entre las piedras la caña de pescar y la red hundida en el agua de la laguna y la cesta en la orilla, sobre la hierba. No puede abandonar sus pertenencias allí, sería fácil para un investigador identificar caña y red; sobre todo, la caña de pescar, que muy probablemente tiene aún pegada la etiqueta de la tienda de deportes de Misent en que la compró hace siete u ocho meses cuando empezó a venir a pescar con Esteban, así que corre entre los cañaverales de vuelta al sitio que acaba de abandonar (ahora sí, ahora está asustado de verdad, le tiembla todo el cuerpo), las hojas de las cañas le golpean con su filo cortante la cara, las mejillas, los párpados, le hacen daño. Cuando aparta las hojas, siente su filo en la palma de la mano. Piensa que, en cuanto rescate la caña de pescar, tiene que volver al punto de la carretera en que se ha citado con su amigo, pero sería una estupidez quedarse allí sentado junto a la cuneta, aguardando como de costumbre a la salida del camino, sembrando pistas en su contra, porque ya piensa así, pistas, como si asumiera una parte de culpabilidad. Decide que no puede quedarse allí esperando, pero que tampoco puede marcharse y que su amigo acabe metiéndose por el camino para buscarlo, y cualquiera pueda reconocer más adelante el coche, cuando se inicien las investigaciones que acabarán llegando (no, no, cálmate, pueden pasar meses antes de que alguien pise este rincón escondido, se dice), e identifiquen el viejo Ford Mondeo de más de quince años de antigüedad: llaman la atención su lamentable estado de mantenimiento, sus puertas abolladas y la pintura roída, los alambres que sostienen el parachoques trasero. Además, está el vehículo carbonizado, bastante a la vista, en la ladera del médano, y alguien denunciará las desapariciones, se harán rastreos, aunque vete a saber de quiénes serán esos cuerpos. Probablemente, emigrantes como él mismo, gente de paso, mafiosos que han caído víctimas de un ajuste de cuentas: marroquíes, colombianos, rusos, ucranianos, rumanos. Quizá un par de putas degolladas por sus proxenetas por las que nadie se moleste en preguntar.

Decide ponerse a caminar por la carretera, de vuelta a La Marina, y confiar en que Rachid lo vea desde el coche. Aunque quisiera, no podría estarse quieto. Da algunos pasos en dirección a Misent, para desandarlos precipitadamente, mira con ansiedad los coches que pasan junto a él, y espera nervioso el de Rachid como si meterse en el coche de su amigo fuera entrar en un refugio, desvanecerse sentado, los brazos extendidos, la respiración controlada, apoyada la cabeza en el reposacabezas, o la mejilla rozando el vidrio frío de la ventanilla, relajarse hasta desaparecer: utiliza ese mecanismo psicológico que consigue que los niños se crean invisibles cuando se ponen la mano ante los ojos: si no ves, no eres visto. Acomodarse junto al conductor en el asiento del Mondeo es la prueba de que él nada tiene que ver con aquella mano corrompida, con los bultos apestosos hundidos en el barro, con los hierros del coche carbonizado; después de relajarse hasta desaparecer en el asiento del Mondeo de Rachid, un par de kilómetros más adelante, en el cruce de la avenida de La Marina, bajará el cristal, y asomado a la ventanilla, el cortante aire crepuscular golpeándole el rostro, tendrá la seguridad de que no ha visto nada. Será un pasajero más de los miles que circulan cada día por la nacional 332, gente que se concentra unos instantes en ese tramo superpoblado y luego se pierde por los capilares del tráfico en dirección a cualquiera de las pequeñas poblaciones vecinas o que sigue su recorrido hasta cualquier rincón de Europa. En esos momentos, lo único que piensa es que no tiene que contarle a nadie lo que ha visto (¿ni siquiera a Rachid, que, en cuanto lo tenga al lado, se dará cuenta de que algo le ha ocurrido?: ¿por qué no me has esperado en el camino? Te veo preocupado, ¿ha ocurrido algo?), y, sin embargo, necesita contárselo cuanto antes a alguien; porque hasta que no se lo cuente a alguien, no podrá quedarse tranquilo: sólo compartiendo el miedo llegará a despegarlo de sí. Se acerca a la salida del camino, disminuye la velocidad de la carrera hasta convertirla en un paso normal. Se detiene un momento para abrir la cesta y tirar a la cuneta los peces que ha capturado y le repugnan. Los imagina mordiendo con sus bocas ávidas la carroña. Tiene ganas de vomitar. La laguna, que cuando él llegó parecía una colada de acero al blanco, ahora muestra una delicada suavidad, reflejos de oro viejo. Destila brillante cobre en las puntas de agua que levanta el viento.

2. Localización de exteriores

14 de diciembre de 2010

He sentado a mi padre frente al televisor, de cara a la película del Oeste que ponen cada mañana en la digital terrestre. El viejo se queda pasmado ante el ajetreo de los caballos, los relinchos, los gritos de los indios y el ruido de los disparos: sé que no se moverá hasta que yo vuelva. Después de la del Oeste, pondrán una de terroristas, con árabes ceñudos que hablan una lengua gutural, traducida con subtítulos que nadie es capaz de leer en la pantalla de la tele; o una de policías persiguiendo a traficantes latinos o negros con exhibición de muchos coches que derrapan entre chirridos, chocan, y acaban precipitándose desde lo alto de un puente metálico. El viejo seguirá con los ojos fijos en la pantalla, o, a lo mejor, dormitando, con los ojos cerrados, que viene a ser lo mismo. En realidad, se queda mirando con idéntico interés la pared del baño cuando lo lavo o el techo de la habitación cuando lo acuesto. Lo importante es que no intente levantarse y se vaya a hacer daño. Para evitarlo, lo acomodo en la butaca grande, en la que su cuerpo se hunde, y de la que ya no puede levantarse aunque quiera, porque es demasiado baja y él no sería capaz de hacer el esfuerzo de ponerse en pie; además, para que no se caiga, le paso una sábana por el pecho y la ato en la parte de atrás del respaldo, cuidando que no le apriete. Compruebo que puede mover el busto adelante y atrás. Así estás bien, ¿verdad que no te aprieta?, le digo por decir, y le pregunto por preguntar, porque hace muchos meses que el viejo no habla, y ni siquiera se sabe muy bien si mira. Ver sí que ve, porque cierra los ojos si le acerco una luz intensa, o si le hago volver la cara hacia alguna bombilla, y los gira si le paso la mano despacio por delante; oír también oye, aunque no es seguro que entienda: se encoge y se le espanta la mirada cuando le doy una voz o si oye algún ruido fuerte a sus espaldas. Ha dejado de hablar desde que le hicieron la operación y le extirparon el tumor en la tráquea. No habla, pero podría escribir, pedir las cosas por escrito, expresarse por gestos, y tampoco lo hace. No muestra el menor interés en comunicarse. Los médicos le han hecho pruebas, escáneres, y dicen que no tiene el cerebro dañado, no se explican lo que puede ocurrirle. La edad. Los noventa y pico años. Se ha convertido en un maniquí articulado. No es que yo tenga interés en lo que puede decirme, aunque desde que Liliana no viene y he cerrado la carpintería, dedico más tiempo a observarlo. Lo miro, lo estudio, hago ejercicios de aprendizaje que tendrán poco provecho, nula aplicación práctica. La vida humana es el mayor derroche económico de la naturaleza: cuando parece que podrías empezar a sacarle provecho a lo que sabes, te mueres, y los que vienen detrás vuelven a empezar de cero. Otra vez enseñarle al niño a andar, llevarlo a la escuela y que distinga una circunferencia de un cuadrado, el amarillo del rojo, lo sólido de lo líquido, lo duro de lo blando. Eso me lo enseñó él. La vida, derroche. Tomársela así. Siempre ha sido muy listo, el viejo, tan listo como cabrón. Me lo enseñó él y yo se lo repetía a Liliana, no sé si por pura mendicidad sentimental. Estoy recogiendo los bártulos. Es hora de desmantelar el quiosco, le decía. Y ella: nunca es tarde para conocer cosas nuevas. Un día voy a prepararles un buen sancocho, que es como un cocido de ustedes, pero nosotros le ponemos verduras que ustedes apenas usan o ni siquiera conocen, arracacha, mazorca de maíz, yuca, plátano verde, y el guiso lo perfumamos con cilantro, esa hierba que acá tanto he echado de menos hasta que empezaron a traerla en el locutorio colombiano y en las tiendas de los musulmanes. Un perejil oloroso. Lo comemos los latinoamericanos, y los moros también lo comen. Yo casi siempre lo compro en la verdulería de los moros, junto a la carnicería halal, porque me pilla de paso. La carne no se me ocurriría comprarla allí. Vete a saber dónde matan esos corderos, esos bueyes. Vi un reportaje en la tele en el que contaban que España está llena de mataderos clandestinos que trabajan para las tiendas moras, que al parecer tienen que sacrificar a los animales mirando a La Meca, manías, cada cual tenemos las nuestras. En el mismo reportaje sacaban cómo almacenan en los restaurantes chinos los patos, santo Dios, al parecer el frigorífico olía peor que un perro muerto, se te ponen los pelos de punta, ni se lo imagina lo que dijo el locutor que se encontraron allí. Pero le hablaba del cilantro, que ustedes ni usan, ni conocen, como tampoco saben lo que es de verdad la fruta: mangos, papayas, corosoles, guayabas, uchovías, granadillas, guanábanas, pitayas; a la ahuyama ustedes la llaman más bien calabaza. Ahora empiezan a conocer alguna de esas frutas porque las van trayendo los supermercados, pero por lo que sé, ustedes han consumido sólo una docena de frutas que son insípidas, y apenas tienen aroma: plátanos, manzanas y peras, naranjas, y poco más: esas piñas que les llegan de Costa Rica y que no tienen gusto a nada y se pudren en cuanto las guardas tres o cuatro días en el frigorífico. No,

31

no se ría, que yo tengo razón. Seguro que usted no se ha comido una buena piña en su vida. Una piña recién cogida y madura, en su punto, con su aroma dulzón y su miel. La voz de ella, cada noche, mientras lo acomodo ante la mesa camilla a la que le he puesto el mantel de hule y en la que le pondré el plato con la verdura, el platito con la tortilla francesa, como hasta hace unos días se los colocaba ella. En su minusvalía, el viejo sigue condicionando mi vida, imponiéndome las actividades, marcando los tiempos, mi agenda depende de él: consigue poco más o menos lo mismo que ha conseguido toda la vida. Antes lo obtenía exhibiendo su autoridad; ahora lo consigue con su silencio y sus torpezas. Él es el enfermo que no puede valerse: ha cambiado el autoritarismo por la exigencia de piedad; yo, su criado porque me da lástima. Desde que tengo uso de razón, lo recuerdo poniéndonos a todos al servicio de su ciclotimia. Su vida, en cambio, ha sido propiedad nada más que suya. Se ha comportado de la manera en que, según la constitución, lo hace el rey, sin responsabilidad, o como lo hacen ciertos artistas, hoy protesto, mañana no hablo, pasado reclamo atención, al otro no soporto que nadie me mire. Ahora que lo pienso: ha tenido mentalidad de artista. En su juventud quiso serlo. Le ha gustado leer novelas, pero también libros de historia, de arte, de política. Los recogía en la biblioteca municipal. Los viernes por la tarde se aseaba, se ponía la camisa blanca y la chaqueta, y se iba a cambiar libros a la biblioteca. Las tardes de domingo, mientras en todas las casas del vecindario sonaba el ruido de las radios transmitiendo los partidos de fútbol, en la nuestra reinaba el silencio: mi padre leía junto a la ventana, aprovechando la luz de la tarde; luego, bajaba la persiana y encendía la lámpara de pie que hay junto a la que, por entonces, era la única butaca de la casa, y seguía allí ensimismado en su libro hasta la hora de la cena, después de la cual volvía a la butaca para proseguir su lectura. Alma de artista. De joven quiso ser escultor, como quiso que lo fuera yo, pero el tumulto de la guerra frustró sus aspiraciones. Las mías me basté yo solito para fundirlas. No me interesó nunca el oficio que había elegido para mí. Apenas duré unos meses en la Escuela de Bellas Artes. El abuelo y él hicieron varios muebles de los que hay en la casa, decorados en un estilo pasado de moda ya en su tiempo, los años de la república y los inmediatamente anteriores, porque, por entonces, a fines de los veinte y principios de los treinta, la gente elegía en el catálogo diseños vagamente art déco, y ellos, tan revolucionarios en política, se los hicieron como del Renacimiento, con tallas al estilo de las fachadas de Salamanca que se ven en los documentales de la tele: grutescos, medallones, hojas de acanto. Muebles obsoletos desde el mismo día en que nacieron pero de un mérito que nadie puede negar. Le concedían dignidad a la casa en unos tiempos en los que apenas podían alimentarse. Orgullo profesional, más que despilfarro.

Una vez bien aposentado el viejo, bajo al almacén del patio y cojo la Sarasqueta, la canana y las katiuskas de goma, y llamo al perro en un tono de voz en que el animalito entiende que quiero decirle que suba al vehículo. Lo llamo sosteniendo la puerta del todoterreno para mantenerla abierta, y salta al interior y se acurruca en la parte de atrás, sin dejar de observar mis movimientos con ojos atentos. Es un perro muy dócil: buen cazador, pero, sobre todo, buen compañero, el mejor. Se tumba a mi lado en el taller y se queda así las horas muertas, y si me siento en la butaca del salón, se acerca y pega la cabeza contra mi muslo, como queriendo decirme que está a mi disposición y puedo contar con él. Nunca le he visto un gesto agresivo con nadie, ni un intento de morder. Gruñe, eso sí, cuando alguien –normalmente el gato de la vecina– se acerca al recipiente en que le vierto la comida. La voracidad parece su único defecto, más bien atributo de un animal saludable. Me ponga donde me ponga, él se tumba a mi lado y se queda pendiente de mis movimientos, pero quieto, y sólo mueve el rabo, o se acerca para rozarse con la pierna, o para ponerse a dos patas, apoyando las delanteras en mi vientre (estate quieto, ¿no ves que vas a tirarme?), me mira y suelta unos cuantos ladridos, es su manera de hablarme, de reclamar mi atención. Son los mismos ladridos que emite cuando me ve charlando con alguien o cuando hablo por el móvil, en esos momentos los ladridos se vuelven impertinentes. Tiene celos. Si lo saco de caza, corre unos cuantos pasos por delante de mí, volviendo la cabeza a cada momento, pendiente de que no se pierda el contacto entre hombre y perro. A veces sale corriendo de estampida con una agilidad que sigue admirándome (qué armonía el movimiento de las patas al trote, las ondulaciones del lomo). Vuelve jadeante: a veces, trae en la boca el animal que acabo de abatir.

Con el perro tumbado en la parte trasera del todoterreno, arranco el motor al primer giro de la llave de contacto, a pesar de que hace unos cuantos días que no lo he puesto en marcha. Lo mismo que Tom es un buen perro, el Toyota es un buen vehículo. He pasado en el pantano ratos inolvidables con él, lo he hundido en pegajosos barrizales, lo he metido en el agua cenagosa, en las arenas movedizas del marjal, o, durante el invierno, en las de la playa, donde lo he hecho correr por el espacio en que las olas se rompen sobre la arena. En todos los casos ha conseguido salir sin dificultad, nunca me ha dejado tirado. Siento algo muy especial cuando cojo el volante, cuando lo acaricio. Disfruto del vehículo desde el momento en que, al abrir la puerta, huelo el cuero de los asientos donde dejo caer mis posaderas. Me gusta conducir: acaricio el volante y me asalta la melancolía, empiezo a echarlo de menos, pienso en que pronto se habrá desvanecido el placer de este contacto. Y saber eso hace que me suba desde el pecho una ola de pesar que me humedece los ojos. La vida, un despilfarro, que decía mi padre. Sí, viejo cabrón, sí. La tuya, a estas alturas, despilfarro múltiple, la tiras con todas las nuestras. Antes de poner el coche en marcha, he visto en el retrovisor los ojos atentos del perro y he pensado que es una pena que esa sabiduría que expresan desaparezca con nosotros, vaya incluida entre los desperdicios de nuestro cubo de la basura. La vida de los animales domésticos tampoco parece ajustarse a rendimientos económicos. Con todo lo que sabes, perrito, con lo que has aprendido, con esa agilidad con la que mueves tus patas al correr y la armonía con que arqueas el lomo, la habilidad con que olfateas y encuentras la presa y la diligencia con que me la entregas, tú también vas a decirle adiós a esto (dejarás de formar parte de todo esto). Qué le vamos a hacer. Pienso así y es el único momento, la llave del contacto entre los dedos, y mi mirada fija en la del perro, en que vacilo y siento ganas de llorar. El muy cabrón. El perro.

Se muele el maíz, se ponen los frisoles con una hoja de laurel, se calienta el hogo, se pilan los plátanos, se ralla la yuca. La voz de Liliana. Ya verá usted qué rico plato. Los ojos del perro. Desde el taller, conduzco por la carretera que bordea la playa de La Marina, cruzo ante los bloques de apartamentos y los jardines que asoman tras las tapias, palmeras, buganvillas, jazmines, tuyas –el catálogo completo de los viveros de la comarca–, hasta el cruce con la nacional 332. Ambas carreteras se juntan en un paisaje que posee calidad suburbial: huertos abandonados, maleza, escombros que las lluvias de otoño han cubierto de hierba, decoración característica de esas zonas que se quedaron en puertas de ser recalificadas como urbanas en los recientes años del pelotazo y permanecen en una especie de limbo jurídico, aparente tierra de nadie sobre la que han crecido algunas chabolas, seguramente levantadas por gente del Este de Europa, o por marroquíes que trabajan como peones en tareas agrícolas y merodean en busca de hierro, electrodomésticos usados, muebles viejos, cobre, lo que puedan arramblar o robar: lo atracan todo, arrancan tuberías, motores de riego, cables; se llevan tractores, toneladas de fruta, e incluso hacen desaparecer plantaciones completas de árboles frutales: no es el primer caso el de un agricultor que acude a su campo de naranjos y descubre que se lo han aserrado entero para venderlo como leña de calefacción. Muy cerca del campamento de chabolas, desarrollan su actividad dos chamarileros que amontonan ferralla y han sembrado el paisaje de mutiladas carrocerías de automóviles, neveras, lavadoras y viejos aparatos de aire acondicionado; todo eso, a unos centenares de metros de las urbanizaciones que se anuncian como lujosas en grandes carteles levantados junto a la carretera. A la gente le da todo igual; mientras no le tiren la basura del otro lado de la tapia, ni le llegue el olor de podredumbre a la terraza, se puede hundir el mundo en mierda.

A partir del punto en que convergen las dos carreteras, jalona la cuneta una veintena de putas que se dejan lamer por el sol de invierno. Están sentadas en sillas de plástico junto a los cañaverales, o paseando por el arcén: se pintan las uñas, se miran en el espejito de la polvera, hacen solitarios, fuman ante desvencijadas mesitas de plástico, visten tangas que muestran muslos y glúteos, y chaquetitas desabotonadas que dejan ver las tetas, pese a que los rayos solares de diciembre no consiguen sorber la humedad que impregna el ambiente de la zona, un barrizal entre el pantano y la playa, ni amortiguan el frío, que deja sentir su zarpa un día como el de hoy en que la fina brisa sopla de mistral. Las mujeres que permanecen de pie dan nerviosos paseos de ida y vuelta, apenas unos metros en cada dirección, como si en vez de estar junto a la carretera permaneciesen encerradas en una celda (varias han de haber aprendido ese tonificante ejercicio en la cárcel). Gesticulan, se abren de piernas, o se agachan para izar las nalgas en dirección a la calzada, alertadas por el ruido del motor de un camión o por el claxonazo con que las obsequia un chófer. Se levantan el vestido más arriba de las tetas para mostrarles el cuerpo desnudo a los camioneros, a los ocupantes solitarios de las furgonetas que llevan impreso en las portezuelas el logotipo de empresas de mensajería, cerrajerías, cristalerías o distribuciones alimentarias: muslos y pechos de mármol blanquísimo o amarillento, cuerpos rosados, carnes color de café con leche, y de café solo, o, como antes se decía, de ébano, relucen bajo la quebradiza luz de la mañana: un muestrario de todas las razas (muy raras veces hay alguna oriental –chinita o camboyana, o tailandesa–, pero se encuentran, claro que sí) en el que predominan las mujeres llegadas de la Europa del Este, mujerío de carnes de un blanco azulado y fosforescente, que parecen emanar luz en vez de recibirla. Abundan las africanas, y no faltan las latinoamericanas, aunque últimamente se ven menos brasileñas, que fueron las que primero se instalaron en la carretera. Parece que las cosas van mejor en el país emergente y se supone que las chicas han puesto su negocio en Río o en São Paulo, lo quiera Dios, una peluquería en propiedad, una tienda de ropa, o de calzado. Se anuncian grandes negocios en Brasil con la celebración de las olimpiadas. Paso junto a ellas sin apenas mirarlas. A alguna la conozco, la he visto otras veces ocupando el mismo lugar. Una ucraniana que me follé hace meses se queda mirando el todoterreno cuando paso, sin duda me ha reconocido, pero hoy ni me fijo en ella. Ojeada de refilón, y ruta. No busco sexo. Localizo exteriores. Persigo escenario. O, mejor dicho, voy a reencontrarme con el escenario que tengo elegido de antemano, practico una inspección ocular, como –en los telediarios– dicen que hacen los policías en los lugares en los que se ha cometido un delito: vuelvo al primer lugar del que guardo recuerdo, el que mi tío me mostró y mi padre parece haber añorado siempre. Donde quiso quedarse y no pudo: segunda oportunidad, el cartero, papá, esta vez también ha llamado al menos un par de veces, ¿no has visto la película? Sucia, como todo en este mundo. Recuerdo que los protagonistas follan enharinados en la mesa de la cocina. La vida misma. El tema de la película: el egoísmo de quienes traicionan y matan en busca de dinero y placer, la aburrida historia de siempre. La vida es sucia, el placer y el dolor sudan, excretan, huelen. Eso lo aprendió bien el viejo en escuelas inigualables, la guerra (y una guerra entre vecinos, ojo), las comisarías, la cárcel. Lo que uno puede llegar a ver y oler en esos lugares y circunstancias. Quita, quita. De todos modos, si se me pone alguna pieza a tiro (que en el marjal siempre se ponen), haré un poco de puntería. Caza menor, se supone. Por eso he traído la Sarasqueta. Se merece su lugar en este ensayo. Es pieza clave. Tiene un papel decisivo en el desenlace. Cuando digo caza, pienso en pajarracos. Nada de pajarracas, ésas están excluidas de la agenda de hoy: tú follas echamos polvo chupo sin condón o mete por atrás por treinta euros. Por delante, veinte. Tampoco en ese territorio hay muchas novedades desde que el hombre es hombre. El hombre, bípedo comprador de coños. No es mala definición. En dracmas en sestercios en doblones en libras en marcos en dólares en rublos. En euros. Comprador de coños, arrendatario de culos, pero no quiero añadir confusión mezclando las expediciones; me parece correcto imponerme cierto orden en un día como el de hoy. Las vísperas de las celebraciones litúrgicas exigen más bien recogimiento: dolor de los pecados, confesión y penitencia. El propósito de la enmienda está de más en este caso. No queda tiempo para reincidir. Antes de la Navidad, viene el Adviento; antes de Pascua, la larga Cuaresma. Días rigurosos, de meditación y abstinencia, que preparan para la fiesta. Vamos a ello. Expulsemos los deseos, echemos fuera las voces y las bocas que las emiten, puertas por las que se alimenta el horno del deseo: el terciopelo del tono, la seducción del timbre, la blandura de los labios, la ponzoña de la música. Las arepas de huevo, el patacón pisado, la empanada de pipián, el arroz atollado que hacemos en el Valle del Cauca. Usted, don Esteban, no sabe que allá tenemos muy buena cocina. Ustedes los españoles piensan que los colombianos somos un tanto salvajes. Es verdad lo que dices, Liliana, los colombianos no tenéis muy buena prensa entre estos pueblerinos de Olba, pero es que a ellos les asusta todo lo que no han visto nacer y aspiran a ver morir. Y luego está eso que cuentan los periódicos, lo que se oye por la radio y se ve por la tele, que no ayuda en la consideración: las guerrillas, las FARC, y los paramilitares, los clanes de la droga, el cártel de Cali y el de Medellín, las armas de fuego, los tráficos de esto y aquello, los cargamentos que llegan en piñas tropicales, en botes de conserva, en tablones de madera, impregnando ropitas infantiles o zapatillas de ballet. Sí, dice usted bien, don Esteban, pero no todos los colombianos somos así, no todos somos guerrilleros ni narcos. ¿O es que no hay españoles ladrones, asesinos, traficantes y terroristas?, ¿o es que acá no se mata la gente a tiros y no hay laboratorios de coca? Y terrorismo: fíjese usted cuánta gente dicen que murió en los atentados de Madrid, el mal está en todas partes y seguramente también lo esté el bien, aunque a ése sea más difícil que una se lo encuentre, sobre todo las mujeres es más difícil que nos lo encontremos, ustedes los hombres tienen el consuelo de los amigos, para nosotras las amigas son más bien rivales. Pues claro que los hay, gente malvada claro que la hay aquí, Liliana. Es la voz, y ese brochazo de carne que se escapa entre el vaquero y la camisita, tan inconveniente en tiempo de vigilia: me parece que avanza apenas un metro por delante de mí, reflejándose en el cristal del parabrisas, el color de la piel, el tono, la suavidad del tacto: la piel metida entre mi mano y el volante. Es tibia, suave, miel engañosa. Pero tengo que dejar el escenario dispuesto para la representación, me digo. No es sitio ni día para esos pensamientos. En las ocasiones en que, habiendo salido a cazar y pescar en el pantano pagué la compañía de una chica, he sentido la excitación que produce una intimidad compartida en el silencio de los cañaverales; y se me ha desbocado el deseo cuando he notado cómo crecía el temor de ella a medida que nos internábamos por caminos apenas dibujados. ¿Dónde me llevas?, suelen preguntar con cierto temblor en la voz, mientras yo me pregunto por qué en esto del sexo siempre parece que lo del miedo es un condimento más: empiezas el rito como bús-

40

queda de luz y acabas en laberinto de tinieblas, buscas el mármol de la carne y te enfangas en el barro de las secreciones. Excitante la práctica del sexo en la intrincada alcoba vegetal: satisfactoria, sin duda, deseo y miedo revueltos, combinación idónea. Pero, una vez consumado el acto, me he sentido más sucio y culpable que si lo hubiera hecho en cualquier otro lugar. Digo cualquier otro lugar para referirme al cuartito con las ventanas clausuradas y la mezquina luz que a veces es rojiza, otras rosada y otras de difuso color azul; el asiento trasero del coche, nocturno, fantasmal, las piernas temblando junto a la portezuela abierta. Polvos que aguzan esa tristeza poscoito, al parecer innata en el animal humano. Cuando lo he hecho aquí, en el pantano, perseguía una sensación de libertad, y, sin embargo, me ha parecido que no era yo solo quien se manchaba, que es el sentimiento que sigue habitualmente a mis contactos venales en esos cuartos de escasa luz (lo alivio con una ducha vigorosa al volver a casa, friegas con jabón, esponja dura, y, para acabar, un generoso riego de agua de colonia), sino que me parecía que se manchaba el propio lugar –hubo una mujer con la que no fue así–, lo que no deja de resultar paradójico, dado que el pantano ha sido una especie de abandonado patio trasero de las poblaciones cercanas en el que se ha permitido todo y donde se han acumulado basuras y suciedades durante decenios. Sólo con la moda conservacionista y el ecologismo, el espacio ha adquirido valor simbólico, y los periódicos y la tele local hablan del gran pulmón verde de la comarca (el otro fuelle, el pulmón poderoso, el que gruñe y resopla y se enfurece y nos lava a todos es el mar), y se refieren a él como refugio de especies autóctonas y privilegiado lugar de nidificación de aves migratorias. Hasta hace una decena de años, Bernal, el fabricante de telas asfálticas, se dedicaba a tirar en las charcas más profundas las piezas defectuosas que producía su empresa. Todo el mundo lo sabía y a nadie se le ocurrió denunciarlo. Impune. Bernal, como su padre, aunque aparentemente más civilizado que su padre. No es broma. Su padre, armador de unas cuantas barcas pesqueras, en los cuarenta hizo desaparecer algún cadáver incómodo por el método de cargarlo en la barca, atarle una piedra al tobillo y dejarlo caer por la borda en esa tumba piadosa y enorme que es el canal de Ibiza, donde las aguas que separan la península de la isla resultan más profundas: ahí se pesca la mejor gamba y los atunes rojos que dicen que están en extinción. Un cadáver: materia orgánica, nutrientes. El mar lo lava todo, lo expulsa, o lo fagocita, lo purifica con sus yodos y salitres, lo aprovecha y recicla: se supone que es saludable, no como el pantano, siempre visto de reojo por los vecinos como lugar insalubre, infeccioso, agua estancada de la que hay que desconfiar, líquido que se calienta y corrompe al calor de la primavera y ya no se lava hasta que llega la gota fría de otoño. El mar limpia, oxigena, el pantano pudre. Como la guerra, la comisaría y la cárcel. Pudren, ¿verdad, padre? Apestan. No han tenido buena prensa los pantanos: fiebres, paludismo, suciedad. Los romanos desecaron las lagunas como ésta por razones de salubridad y economía, lo he visto en los reportajes: los alrededores de Roma eran puro pantano infeccioso, lugares así, como nuestro marjal, piezas del collar palustre del Mediterráneo, un cordón pantanoso que salpica la costa, los campesinos han seguido desecando y colmatando hasta hace bien poco todas las lagunas de la zona, con su hambre de tierra para plantar. Blasco Ibáñez contó la mecánica de esos aterramientos para uso agrícola que hoy se considera que han resultado tan perjudiciales para el medio ambiente pero gracias a los cuales ha vivido aquí tanta gente. Todo el mundo, si no ha leído la novela, ha visto la serie de televisión.

Yo me la he leído: aún anda por casa la edición que compró mi abuelo antes de la guerra (se salvó media docena de libros en alguna de las cajas que enterró la abuela, no creo que hubiera muchos más en casa), y también vi la serie que pasaron hace unos cuantos años. La orilla del mar no ha sido un lugar hospitalario y, excepto en algunos promontorios, ha permanecido desierta hasta hace unos decenios, en que se empezó a edificar en no importa qué sitio. En Misent, sin ir más lejos, hay urbanizaciones junto a la playa que se llaman La Laguna, Las Balsas, Saladar o El Marjal, y cuyos vecinos se quejan de que se les inundan las casas cada vez que llega la gota fría de otoño. Pero a quién se le ocurre comprarse un bungalow en un sitio que se llama así. Los nombres de los lugares guardan la memoria de lo que fueron. Barrizales. Charcas. Fangales. Balsas para la explotación de sal. Mi padre ha sentido especial desprecio por la gente que compra chalets y apartamentos en esos terrenos ganados al pantano. En realidad, ha despreciado a cuantos han llegado a la comarca atraídos por la llamada del mar. Golfos. Aventureros. Especuladores. La costa es un sitio pernicioso, decía. El mar trae o atrae la basura, aquí se instala lo peor. Desde siempre: charlatanes, trileros, matones. Aunque ahora, en estos tiempos en que el animal humano es el ser menos protegido de la creación, seguramente los ecologistas consideren más imperdonable lo de Bernal hijo que lo que hizo su padre, porque, desde siempre, el gran pecado ha sido destruir lo eterno (no se perdonan los pecados contra el Espíritu Santo), y lo eterno de nuestra sociedad materialista ya no es Dios, y, por tanto, el cuerpo humano no merece el respeto que se le guardaba cuando era considerado templo del Espíritu Santo, ahora el gran santuario de la divinidad es la naturaleza: impregnar agua y barro con telas asfálticas, materia bituminosa, fibra de vidrio, asbestos cancerígenos –que es

43

lo que ha hecho Bernal hijo– nos parece más imperdonable que los asesinatos de Bernal padre. Un cadáver arrojado al mar es favor que se le hace al medio, nutriente que mordisquean los peces con sus boquitas frías. Los pecados de los pistoleros –los que llenaron las cunetas de fosas y acribillaron las tapias de los cementerios, los que nutrieron a los peces mar adentro– los absolvió la Transición, al parecer eran pecados veniales, mientras que los pecados contra el medio ambiente no prescriben, no hay juez que pueda absolverlos. No nos engañemos, un hombre no es gran cosa. De hecho, hay tantos que los gobiernos no saben qué hacer con ellos. Seis mil millones de humanos sobre el planeta y sólo seis o siete mil tigres de Bengala, tú me dirás quién necesita más protección. Elige quién tiene preferencia en los cuidados. Sí, elige tú mismo. Un negro, un chino, un escocés que muere, o un hermoso tigre asesinado por un cazador. Bastante más hermoso un tigre con su piel estampada de inigualables colores, y sus ojos chispeantes, que un viejo varicoso como yo. Qué diferencia de porte. Cuánta elegancia en uno y qué torpeza en otro. Mira cómo caminan. Ponlos en una jaula del zoológico uno junto al otro. Ante la jaula del viejo, se concentran los niños para reírse viendo cómo se espulga o cómo se pone en cuclillas para defecar; ante la de los tigres, abren los ojos con admiración. Se ha venido abajo ese trampantojo en el que el hombre era el centro del universo. Es verdad que en el animal humano distinguimos los gestos, las caras y las voces, y eso estimula nuestra simpatía, pero también distinguimos los rasgos, y los cargamos de sentimientos, en un gato doméstico, en un perro con el que convivimos. Están –eso sí– las voces, y hay que ver cuánto atan las voces: ayúdeme, por favor, a doblar las sábanas. No, así no, dele la vuelta del otro lado. Me río de verlo a usted con esas manazas tan torpes, perdone, quiero decir que parece que vaya a romper la tela con sólo apretarla. Lo que he querido decir con lo de manazas es eso, que tiene usted unas manos muy fuertes, no que sean feas, al revés, tiene usted unas manos muy bonitas, de hombre, viriles. Giramos un par de veces la tela hasta que conseguimos ponernos de acuerdo en la dirección en que vamos a empezar a hacer los pliegues. Se rozan las manos en el momento en que le entrego la pieza ya doblada y vuelven a rozarse cuando me tiende la almohada mientras ella despliega la funda. Las papas, ¿sabe usted cuántas variedades de papas tenemos allá? Los poros de la piel destilan ese calor en el que uno se cuece durante la noche.

Hay un par de chicas (dos niñas, no creo que hayan cumplido los dieciocho) a la entrada del camino por el que me desvío desde la nacional para llegar al pantano, un paraje donde los carrizales alcanzan el límite de la carretera. Están charlando de pie, obstruyen la entrada del camino, y han remoloneado cortándome el paso, sin duda convencidas de que soy un cliente. Me detengo un momento delante de ellas para no atropellarlas. Mueven la lengua llevándola de una a otra comisura de la boca, se ríen, se pasan la mano por la entrepierna, donde una de ellas me deja ver un mechón rubio bien recortado, mientras le da con el codo a la otra y se ríe señalándome con el dedo, tal vez advirtiéndola de que el conductor es un viejo. Un viejo mirón. Un asqueroso viejo caliente. Al menos, a mí se me ha pasado ese desagradable pensamiento por la cabeza, he dado un claxonazo y he apretado el acelerador. El todoterreno ha arrancado con un gruñido agresivo que las ha llevado a apartarse precipitadamente. Se quedan haciéndome gestos y diciéndome cosas en ruso o en rumano, imagino –no hace falta ser muy listo– que me mandan a tomar mil metros por el culo. A pesar del sombrío pensamiento que me ha cruzado por la mente (ese puñetero viejo verde cargado de orgullo en un todoterreno de sesenta mil euros que el espejo de su mirada me ha devuelto), las chicas han conseguido excitarme y conduzco lo que queda del trayecto con la mano izquierda sobre la bragueta. La polla se despereza al notar el peso de la mano, al tiempo que voy perdiendo a las putas de vista en el retrovisor. En una curva del camino, sus figuras móviles quedan ocultas por la vegetación. El firme (por así decir) del camino es puro barro, y está horadado por profundos baches en los que la lluvia ha dejado pozas de agua. Avanzo muy despacio. En el primer cruce, tuerzo a la izquierda por un camino que hay antes de llegar al río, o como quiera llamarse ese brazo líquido que, al igual que otra media docena situados más al norte, compone el sistema de canales por los que el pantano desagua en el mar. He aparcado el vehículo al borde del agua, sobre la hierba del ribazo. El placer que me produce meterme por estos caminos endiablados procede en buena parte de que sé que en ellos no voy a encontrarme con la guardia civil ni con los del Seprona, ni con patrullas verdes estatales o autonómicas, y ni siquiera con otros pescadores o cazadores: nadie frecuenta estos senderos sepultados por la maleza (se ha declarado espacio natural el pantano pero nadie lo vigila o guarda: no hay presupuesto), ni conoce un complicado trazado reticular que hay que reconstruir en cada ocasión, ya que su uso ha ido desapareciendo al tiempo que han desaparecido quienes lo conocían palmo a palmo y lo mantenían en aceptables condiciones de paso. Conozco el paisaje desde hace más de sesenta años. He venido solo, me han acompañado Francisco, Álvaro, Julio y, últimamente, Ahmed. No he dejado de frecuentarlo desde que, siendo un niño, mi tío Ramón me traía una o dos veces por semana a cazar alguna focha, alguna gallineta, algún pato cuelliverde, o de esos que llaman mudos, y los franceses conocen como de Barbaría, animales que permitían que los guisos caseros, además del arroz –la inevitable leguminosa local–, de unas espinacas, unas patatas, un puñado de habichuelas, unas acelgas o unas pencas de cardo, tuviesen el preciado aporte proteínico de carnes que el mercado consideraba lujosas, aunque la mayoría de los campesinos, en vez de consumir ellos mismos la caza, la vendían a restaurantes o a distribuidores que las enviaban a las carnicerías de Valencia. Las proteínas del pantano pagaban las de inferior calidad y las grasas que adquirían en el mercado: lajas de tocino, casquería, chorizos y morcillas. Sí, dígame usted, ¿cuántas variedades de papas hay acá? Allá dicen que tenemos más de mil, tuquerreña, pastusa, roja nariño, mambera, criolla paisa. Ustedes conocen muy poco de allá. En la televisión sólo hablan de Colombia cuando hay un asunto de drogas o se producen matanzas de la guerrilla.

Me he movido en las rutas del pantano desde que soy capaz de establecer recuerdos. Me mostró mi tío el manejo de la escopeta cuando apenas tenía once o doce años: por entonces, los niños madurábamos temprano; con nueve o diez años ayudábamos en el campo, en la obra, en los talleres. El impacto que me produjo el primer disparo me dejó un moratón en el hombro y casi me tiró al suelo. Como es de suponer, erré el tiro, así que me volví muerto de vergüenza hacia él. Creía que iba a burlarse de mí, pero no, no se rió, como yo me temía, sino que me pasó la mano por la cabeza, me frotó el pelo y me dijo: acabas de adquirir el poder de que lo que está vivo muera, un poder más bien miserable, porque el verdadero poder –y ése no lo tiene nadie, ni Dios, lo de Lázaro no se lo creyó nadie– es devolver a la vida lo que está muerto. Quitarla es fácil, eso lo hace cualquiera. Lo hacen a diario en medio mundo. Abre el periódico y lo verás. Incluso tú puedes hacerlo, lo de quitar la vida, siempre, claro está, que mejores un poco la puntería (ahí sí que sonrió y afiló, guasón, las comisuras de los ojos grises y vivos, el buen humor los rodeaba de una telaraña de pequeñas arrugas). El hombre, que ha sido capaz de levantar inmensos edificios, de hacer desaparecer montañas enteras, de abrir canales y de cruzar puentes sobre el mar, no ha conseguido que vuelva a levantar los párpados un niño que acaba de morir. A veces lo más voluminoso y pesado es lo más fácil de mover. Piedras enormes en la caja de un camión, vagonetas cargadas de metales pesados. Y fíjate, lo que guardas dentro de ti, lo que piensas, lo que deseas, que, al parecer, no pesa nada, no hay forzudo que sea capaz de echárselo al hombro y cambiarlo de sitio. No hay camión que lo mueva. Conseguir que te llegue a querer alguien que te desprecia o a quien le eres indiferente es bastante más difícil que tumbarlo a porrazos. Los hombres pegan por impotencia. Creen que pueden conseguir por la fuerza lo que no son capaces de conseguir con la ternura, con la inteligencia.

Ese tipo de cosas debió de aprenderlas de mi abuelo, que las leía en las novelas de escritores rusos procedentes de la biblioteca popular de Misent (en Olba aún no había biblioteca), adonde acudía montado en su bicicleta. Se vestía con la mejor ropa para hacer el trayecto, los dobladillos del pantalón cuidadosamente recogidos por las pinzas metálicas, lo mismo que, años más tarde, yo veía hacer a mi padre las tardes de los viernes, aunque para entonces la biblioteca popular había desaparecido y no debían de quedar muchos libros rusos en la biblioteca municipal. A los hombres de mi familia les gustaban esas novelas. Entraron en casa hasta que acabó la guerra (y la vida de mi abuelo, con ella), evangelios de un código que iba a imponerse, violencia de las multitudes, crónica de la epopeya de los trabajadores. Decir ruso era decir Unión Soviética, la madre de todos los obreros del mundo. Hablando con Francisco, hemos comentado más de una vez la fuerza con que lo ruso iluminó a un par de generaciones de españoles (aunque a los tíos, abuelos y padres de Francisco esa luz soviética les llegó más bien como contraluz: cegadora amenaza). Ahora, dices ruso y piensas en lo peor: extorsión, mafias, tráfico de mujeres, de carne humana en general, que, como la de los rebaños de bestias, vista a distancia parece sólo una, pero destella en la individualidad que tienes delante, cuerpos magníficos de los clubs de carretera a tu disposición por sólo cuarenta o cincuenta euros. Lo soviético. La lucha de clases. Mi padre se negó siempre a ampliar la carpintería. Se aceptan los encargos que podemos hacer. Nada más. No vivimos del trabajo de los demás, sino del nuestro. No explotamos a nadie. Sólo Álvaro. Pero Álvaro es de la casa, decía, su padre me ayudó cuando estuve con él en la cárcel y fue solidario cuando salí. Álvaro era un hijo para mi padre, parentesco del que yo no sé si podría presumir. Yo era toma, coge, lleva, monta. Nunca me llamaba por mi nombre, nunca me dijo hijo mío del mismo modo que yo le he dicho tantas veces hija mía a Liliana: ¿cómo compra usted las bombillas en la ferretería a dos euros, si en los chinos cuestan sólo treinta céntimos?, ¿cómo compra en el súper las bolsas de basura, si en los chinos el paquete tiene el doble de bolsas y cuesta más barato? Yo le traeré las bolsas el próximo día porque usted está pagando más por lo mismo. Tienes razón, Liliana, tú sabes comprar mejor que yo. Las mujeres miráis más la economía. Os fijáis en los precios, calculáis, sumáis y restáis céntimos, distancias, ahorro y despilfarro de combustible, el contenido, si un paquete lleva doce bolsas o lleva quince, buscáis las ofertas, guardáis los tickets de descuento, acumuláis los puntos.

Cazamos más de un jabalí, al que rematábamos con la escopeta que escondía en una trampilla del taller de carpintería. Nunca consiguió mi tío el permiso de armas: aunque él –demasiado joven– no hizo la guerra, pagaba la adscripción política de la familia. Cuando se casó y dejó la casa, me la regaló (yo he cazado mi cierva, espero que no me adorne a mí con demasiadas puntas, me dijo mientras besaba sonriente a su mujer) y también los aparejos de pesca con los que capturar las especies del marjal, no sé si menos escurridizas que las del mar pero en aquellos años más al alcance de nuestros recursos, ya que carecíamos de barca con la que salir a calar la red en la playa como hacían algunos de nuestros vecinos de Olba, que amarraban sus barquitas en el cercano puerto de Misent. El marjal era un vivero: camarones, lisas, ranas, tencas y barbos; anguilas y angulas: capturábamos las angulas no para comerlas, no las comíamos, a mi abuela le daba asco aquel cubo bullente de lo que ella decía que eran gusanos, mi tío se lo acercaba a la cara riéndose, mi padre contemplaba la escena sentado en el poyete de un rincón de la cocina, deja en paz a tu madre, ¿no ves que le da asco?, su máscara a punto de quebrarse en un amago de sonrisa. Las pescábamos para vendérselas a un comerciante que estaba en contacto con alguien de Bilbao, hicimos buenos negocios. Se pagaban muy caras en vísperas de Navidad: pasado el tiempo me he enterado de los precios que, en esas fechas, adquirían los que a mi abuela le parecían repulsivos gusanos. En los días de temporal o durante las mareas altas, se metían desde el mar las lubinas. Hoy apenas se encuentran en los canales de la laguna esos peces fronterizos. Mi tío los detectaba con una misteriosa precisión. Yo decía que tenía olfato, pero lo que de verdad tenía él era sentido común. Un orden en la cabeza, un sistema: cada especie de agua dulce, de agua salada, cada alimaña –da igual el medio, esto también vale para los pájaros, y si me apuras, hasta para los humanos– exige su arte y su carnaza, su lugar y su oportunidad, me explicaba mientras cebaba el anzuelo. Eran palabras que yo al principio no entendía: el pescador que fracasa al poner el cebo es porque desconoce el modo como piensan los peces, un pescador, un cazador, tienen que convertirse ellos mismos en la pieza que capturan, pensar como ellas. Por eso el verdadero cazador, el pescador de verdad, se enamora de su víctima: se está cazando a sí mismo. Y siente piedad por ella, por él. Así, tienes que coger así el anzuelo, no, no, hoy no vamos a poner la harina que ponemos siempre, hoy he traído esta masa, huélela, ¿te da asco?, ¿está podrida? A los peces les encanta ese olor. Y a los cangrejos. Todo se pudre, nosotros también acabaremos pudriéndonos y oliendo bastante peor que estos pececitos. Tú, dentro de muchos años, también te pudrirás. Precisamente eso, la podredumbre, es lo que les gusta a los peces. Cuando seas mayor te darás cuenta de que también en eso se parecen a los humanos. Además, no creas que vas a librarte de acabar oliendo a perro muerto, Esteban. Al final, todos acabamos oliendo así. Del mismo modo que el médico le receta a cada enfermo su medicina, el tío Ramón le ofrecía a cada presa su señuelo y me enseñaba a pensar como un pez, como una anguila, como un pato azulón, mientras aprendía los señuelos de la vida. Te pudrirás, chiquitín. Y apestarás. Como todo el mundo. Mira qué belleza, el color, el dibujo de las plumas en el cuello del pato. Pero está muerto.

Han pasado sesenta años. Los suficientes para detectar la red de pequeñas venas que trepan por las piernas del niño de entonces. Forman un entramado de manchas que en el hueco bajo el empeine del pie se vuelven masa oscura; piel escamosa en brazos y pecho, ahora de un color amarillento de marfil viejo, manchas en la cara, en el dorso de las manos y el olor a viejo, sudor de leche rancia, Liliana, un aura de herrumbre y orina. El cuerpo ya no es certeza, sino duda, sospecha. Confías en que llegue mañana aunque sabes que no será mejor. ¿No está pasando del azul al negro la coloración del pie izquierdo? A los viejos, a veces se nos gangrenan los pies y hay que amputarlos.

En el estricto código de mi tío, cada presa muere de su propia muerte, con un ritual tan preciso que roza lo religioso: al fin y al cabo, ni él, ni mi padre, ni mi abuelo, ninguno de los hombres de esta casa tuvo otra religión que el sometimiento a los códigos que les imponía la naturaleza, o les dictaba la profesión (quizá más que en la mayoría de las profesiones, la carpintería es prolongación de la naturaleza: un hombre se adentra en el bosque armado con un hacha, y con ayuda de sus manos y su instrumental transforma naturaleza en civilizado bien de uso), guardaban esos otros códigos que añoraban en la vida civil (los que anunciaron viejos libros rusos), a los que aspiraron, y en cuya tempestad se ahogaron. De los códigos de la naturaleza, llegaron a aprender los rudimentos. Las aspiraciones a una armónica vida en común y a la justicia se las cortó la guerra. Al abuelo, unos cuantos disparos ante una tapia a las afueras de Olba (fue un solo tiro, Esteban, en la nuca, por qué iban a gastar inútilmente munición, apareció tirado a la mañana siguiente con otros cinco junto a la tapia del cementerio, en esa parte en la que el cementerio limita con las rocas de la montaña, un zumbido de avispas anunciaba la presencia del cuerpo aquella mañana primaveral, tenía en la nuca la quemadura del disparo). A mi padre se le quedaron congeladas en su año y pico de guerra y en los tres de cárcel y en la marginación que lo acosó desde entonces. Suficiente tiempo para corromperlas, para pudrirlas. Como el pescado, como los cuerpos, las ilusiones mueren y apestan después de muertas y emponzoñan el entorno. Mi tío apenas había entrado en la adolescencia, dos ojos que miraban espantados y por los que se le metió la sombría colección de imágenes. No se quejó nunca del aislamiento mi padre: tenía demasiado orgullo. Ni pensó que había renunciado a sus aspiraciones (no vivimos de explotar a los demás, sino de nuestro trabajo: esa frase lo salvaba), pero nos responsabilizó de sus límites. Aspiraciones descompuestas, fermentadas, también en ellas sospechas de pudrición: la justicia más como castigo que como bálsamo. Fingía mantenerse por encima de todo, agazapado a la espera de que pasaran los tiempos difíciles, como si su propia vida se mantuviera en suspenso, y el esfuerzo por creérselo era el fluido que lo alimentaba fortaleciéndolo para que lo de fuera no lo quebrase. Eso creía él. Ya estaba quebrado, tenía una deformidad, una especie de hernia monstruosa. Pero no hay que menospreciar la dosis de energía que se necesita para contarse uno mismo una mentira y para mantenerse en ella. Él pudo hacerlo. Ha tenido esa constancia, esa fuerza de voluntad. Desde que salió de la cárcel, segregó

53

un caparazón sobre el que lo de fuera pisaba en vano. El caparazón lo protegió, mantuvo las aspiraciones a resguardo (su padre fue el único que me ayudó cuando salí de la cárcel, Álvaro es como un hijo, el hijo de mi mejor amigo: conmigo no decía camarada, creía que esa palabra en mis oídos se degradaba), y seguramente las ha guardado hasta el final, pero como un vino que se pica en el tonel. Digo que se encerró, pero no es verdad, tenía las antenas siempre conectadas con un exterior más o menos remoto: no vivía fuera del mundo, sino contra él, incluidos su mujer y sus hijos, a los que supongo que nos hizo desgraciados, si es que alguien puede regalar a los demás felicidad o desgracia.

Ayer, como cada tarde, bajé a echar mi partida en el bar. Primero, dominó, y luego, la revancha con unas manitas de cartas. Vamos de compañeros Justino –ocasional socio de Pedrós– y yo, un socio al que Pedrós le ha atado una piedra al cuello, como el padre de Bernal –que juega hoy de pareja con Francisco– hacía con los cadáveres que arrojaba en el canal de Ibiza. Tras la partida de dominó –la pareja perdedora paga los cafés–, nos apostamos la copa a unas cuantas manos al tute, y es entonces cuando Justino dice que a Pedrós le han intervenido las empresas, la ferretería, la tienda de electrodomésticos, las oficinas.

–¿Intervenido? ¿Como hacen con los bancos o con los Estados los de la comunidad europea? ¿Eso qué quiere decir? ¿Qué le han mandado a los hombres de negro? –pregunta Francisco.

Y Justino:

—Se le han llevado las furgonetas de reparto, los camiones; le han confiscado el material del almacén, le han precintado las tiendas, hasta los sopletes le han requisado, y le han parado y precintado las obras, y se le han llevado los libros de cuentas. Al parecer, él ha desaparecido de Olba, se ha esfumado, y nadie sabe dónde está. Los acreedores lo buscan. Más de uno ha jurado cargárselo cuando se lo encuentre y creo que se han asociado unos cuantos damnificados para pagar a unos mafiosos moldavos o ucranianos que están dispuestos a registrar todo el planeta hasta dar con él.

—Joder, Justino, qué europeo estás. Eso de intervenir es lo del mercado común con los PIGS. Con Grecia. Lo de Pedrós, aquí y en la China, se llama y se ha llamado toda la vida embargo. Quieres decir que ha quebrado, que lo han embargado —puntualiza Francisco—. Ya lo sabía, lo sabemos todos, ¿o no?

Llevaba varios días convencido de que el tema iba a acabar saliendo y saldría por mí. Pero hasta hoy, silencio. Tampoco en estos momentos me pregunta nadie si a mí me afecta en algo la quiebra de Pedrós, sabiendo como saben, porque he presumido como un papagayo, que la carpintería de la promoción inmobiliaria corre —o corría— a mi cargo. Por suerte, nunca le he contado a nadie que también soy su socio en la edificación, que he metido en las fincas de Pedrós los ahorros e hipotecado las propiedades. Parecía lo más rentable y, por qué no, lo más seguro. Eso he sabido callármelo, pero ellos han tenido que enterarse, esas cosas se filtran, el propio Pedrós puede haberlo pregonado en cenas, en barras de bar, en tertulias. Es muy probable que hayan estado hablando del tema, de lo mío, antes de que yo llegara. Carlos, el director de la caja de ahorros en Olba, lo habrá comentado a la hora del café, cuando se sienta —cada día lo hace– en el bar que hay frente a la sucursal. Lo habrá comentado aquí, mientras juega a las cartas. No me creo que guarde el secreto profesional. Estará soltando, esparciendo –ya sin recato–, cuando ha sonado la hora de los acreedores: el momento en que la caja de ahorros ha pasado de tener un negocio conmigo a tener un agujero. Si no me han preguntado es porque lo saben; además, Álvaro ha tenido que hacer correr la noticia de que el cierre de la carpintería no es, como indica el cartel que pegué en su día a la puerta, por reformas y hasta nuevo aviso. A los setenta años uno no se pone a reformar y el único aviso que espera es el que puedan darle el corazón, el colon o la próstata. Los escandalosos precintos que colocó la policía hace unos días lo desmienten. Es evidente que no estoy yendo cada mañana al mercado con la bolsita de la compra porque esté jubilado y haya decidido no acudir a relajarme en ningún balneario, ni viajar a la Riviera Maya. Claro que lo saben, seguramente saben bastante más que yo, cotilleos de lo que Pedrós ha hecho con mi dinero; dónde ha ido a parar mi participación. El cubo de la basura. Seguro que conocían desde hace tiempo su quiebra, y de rebote la mía, la conocían antes que yo. El cornudo es siempre el último en enterarse y, desde luego, el que se entera de menos detalles de las perversiones que practica la mujer con el amante. Lo que ocurre es que estos cabrones saben aguantar impasibles, esperan que sea yo quien se derrumbe y confiese. Que un día me eche a llorar en brazos de mi amigo de infancia y saque lo que llevo dentro; que le abra mi corazón: querido Francisco, Pedrós me arrastra en su quiebra. Ayúdame. Sálvame. Al menos, consuélame. Que le diga eso. O que me emborrache con Justino y –lengua de trapo y tartamudeo– le revele lo que ya todo el mundo conoce: que estoy embargado y a la puerta de la cárcel, y le pida lloroso que no me olvide, que no me abandone; que no me deje solo tras las rejas: tráeme bocadillos de tortilla y cartones de Ducados algún fin de semana. Sí, sí, no te preocupes, Esteban, iré con el cubo de plástico y una tortilla de patatas envuelta en papel albal, haré cola con las gitanas, los delincuentes del Este, y las mamás de los yonquis de buena familia que se mediotapan la cara con un fular y te dicen: no, si nosotros, mi marido y yo, estamos aquí es sólo por nuestro hijo, el pobre: las malas compañías, la mala cabeza de la juventud, la droga. Nosotros no somos como esta gente que ve usted haciendo cola, y enseguida me he dado cuenta de que usted también es un hombre de otro nivel. Se le nota que es la primera vez que pisa este sitio (me río, Justino virgen, je), yo le cuento lo que tiene que hacer, no hace falta que me dé las gracias. Y en voz baja: hay que ver lo que se junta aquí. Si es que da miedo. Gitanos, rumanos, colombianos, mafiosos italianos, rusos. Todo gentuza. Se ve a la legua que usted no es de ésos. Yo le explicaré cómo tiene que meter la ropa en una bolsa de basura de esas grandes, las negras; y los alimentos y las cosas de aseo en un cubo de plástico. Los venden las gitanas de la esquina. Eso aguardan los cabrones. No tienen prisa por hacer cantar al detenido al que ya han condenado de antemano. Pero más sabe el diablo por viejo que por diablo, y con los años he aprendido a defenderme en los interrogatorios, porque –como dice el clásico– las mismas letras tiene un no que te salva que el sí que te condena: echo una rápida mirada a los tres jugadores y los tres miran impasibles el abanico de cartas que tienen entre las manos. Esteban, hoy llegas tarde, dice Francisco. Hemos echado un tute para matar el tiempo hasta que llegaras. Y Justino: venga, acabamos esta mano y empezamos con el dominó. Todos conocen la noticia, lo de Pedrós saltó hace más de quince días, aunque hoy es cuando llega a la mesa del bar la noticia de su desaparición, y hace ya casi dos meses que colgué el cartel a la puerta del taller. Los precintos los colocaron hace diez días. Pero aquí de lo que se trata es de disfrutar de los detalles, no tirar la naranja antes de haberle exprimido concienzudamente el zumo. Noto cómo me aprietan suavemente con los dedos a ver si consiguen las primeras gotas. Saben que tienen tiempo para exprimir con fuerza, ordeñar con fruición o ponerme a girar en la maquinita trituradora. Sin prisa, no empujen. Como ha dicho Francisco, aquí y en la China eso se llama embargo (y el embargo es sólo el prólogo, lo más confesable). Cada banderilla que le suelten a Pedrós acabará esta tarde doliéndome a mí en el lomo. Soy el verdadero destinatario. Ponerme la anestesia epidural: cierro los ojos. Ya está. Duele el pinchazo, pero luego te quedas sedado, tranquilo. Que digan lo que quieran. Que empiece el parto. Si sale con barba san Antón, y, si no, la Purísima Concepción. Francisco sonríe al decir la palabra embargo. Está por encima: lo que no le afecta lo toma a chirigota, y a él la verdad es que no le afecta nada de lo que nos pueda importar a nosotros. Como dice Justino, envidioso de que le arrebate el protagonismo que exhibió durante tantos años: viene al bar a tomar apuntes, notas de color local con las que añadirle verismo a sus libros, pinceladas costumbristas, frases hechas, gestos, color, ambientes. Estudia nuestras comidas y bebidas, que fueron las suyas; nuestras costumbres, nuestras tradiciones: hace etnología con nosotros, nos pregunta en qué momento de la preparación le echaba nuestra madre el pimentón al *all-i-pebre*, si conviene o no sofreír el arroz de la paella, o si tenían un nombre especial los capazos de pleita o las cestas de mimbre –ya no me acuerdo ni yo– en los que se recolectaba el moscatel. Mi amigo Francisco: él tiene que saberlo bien. En su casa tenían viñedo y hasta participaciones en la mistelera. Podría haberle preguntado a su padre, además de por los capachos, por cómo se hizo la familia con esos viñedos, con esas participaciones en la mistelera. Averiguar qué fue de los propietarios de antes de la guerra. Para reconstruir ese episodio de nuestra vida local podría haber reunido a su padre con el padre de Bernal, aquí presente, y haberlos puesto a charlar. Ahí hay un recetario de mar y montaña, como dicen los cocineros que él ha frecuentado, y no sé si frecuenta todavía cuando desaparece de Olba. Su padre, el ingrediente montaña. El de Bernal, el del mar. Una pena no haberlo hecho. No haberlos reunido en una sesión larga. Ponerles un café y una copa y dejarlos largar, comentarse las anécdotas de aquellos viejos tiempos. Eso sí que hubiera sido etnología en estado puro. Hace tiempo que desaparecieron los dos. Para Francisco la cita vespertina en el bar Castañer es anécdota, mientras que para nosotros el bar, todo esto, es parte indispensable de nuestra vida, lo ha sido. Para él, un paisaje exótico, somos sus tristes trópicos antropológicos, personajes de estampa costumbrista: nos mira como los antropólogos contemplan el aduar, la duna del desierto, la pirámide, el moro con turbante y el camello; la selva amazónica y sus barrigudos con taparrabos, o el caníbal con el hueso del misionero que se comió atravesado en la nariz o sirviéndole de peineta. Para mí el bar Castañer dejó de ser el único refugio durante algún tiempo: quise alejarme del aduar para siempre, quizá volver como ha vuelto él, como un estudioso con cámara de fotos, cazamariposas y magnetófono: ésa era la intención. Cuando volví, estaba convencido de que mi regreso iba a ser sólo provisional. Pensé que volvía para tomar fuerzas antes del gran salto y, en vez de eso, me apoltroné en un blando colchón de carne, y lo provisional acabó siendo duradero. Perdido el colchón, me ha tocado dormir en el suelo durante muchos años. Suele ocurrir, le pasa a mucha gente: cree que vive una situación provisional y lo que está es simplemente viviendo su vida, la que le ha caído o la que se ha buscado: Olba, hasta el último aliento.

Lo he dejado y he vuelto unas cuantas veces a lo largo de todos estos años, no el aduar, sino el bar, ha habido temporadas en que no lo he pisado, pero, al cabo de un tiempo, siempre he vuelto a la partida, excitante viaje cotidiano, el que por las tardes me saca del aislamiento en la carpintería: calle de San Ramón, donde vivo; del Carmen, de la Paz, paseo de la Constitución (antes General Mola) y ya estoy –como tantas tardes durante tantos años– en el bar Castañer, el refugio: la protectora gasa del humo del tabaco, que hoy, como las damas de antaño, se ha desvanecido. Ya no se puede fumar en el interior. Aunque después de tantos meses de prohibición se ha difuminado el olor de nicotina que impregnaba paredes y mesas, permanecen otros componentes de la gasa olfativa que me acuna: el olor de aceites refritos, de lana húmeda, de camiseta de tirantes y de mono de trabajo sudados, olor de cerveza revenida y vino agrio. Ésos aún me permiten identificarlo, recostarme en mi nido y barajar las cartas. Últimamente me he acostumbrado a venir casi todas las tardes. Decirle adiós a todo esto fue el sueño de un joven descerebrado que acabó quedándose aquí y, entre tanto, se ha convertido en un viejo decrépito sin pasar por la madurez: me pareció que esquivaba la madurez con el picante del abandono, no pensar demasiado, dejar las cosas para que el tiempo las resuelva. Resultado: la vejez la aderezo con el embargo, excitante angostura que anima el último trago. Diré adiós antes de que ellos nombren el mal (porque detectarlo ya lo han detectado, un mal transmisible, que hay que mantener a raya) y, en cualquier momento, puedan colgarme del cuello la campanilla de leproso. Dejarlos con dos palmos de narices cuando ya tienen la leña amontonada para la hoguera, las armas en prevengan; dejarlos sin presa que llevarse al punto de mira. Que les den. Por fin me siento capaz de decir adiós: aceite quemado café cerveza cazalla vino y lana húmeda. Adiós al cenicero repleto de colillas que han colocado a la puerta de la calle y los fumadores visitamos de cuando en cuando para estirar las piernas o recibir con el cigarrito entre los labios una bocanada de aire limpio de invierno.

Pero habla Justino:

–Ya no necesita gastarse dinero en anuncios en la radio, ni aparecer en el palco del campo de fútbol o presidiendo las cenas de la directiva con los jugadores, con las fuerzas vivas que homenajean al generoso constructor del vestuario nuevo con duchas y agua caliente, el que regaló al municipio la grada sur. En estos momentos son los acreedores los que se encargan de hacerle gratis la campaña de promoción. Si lo que quería era que hablaran de él, lo ha conseguido, porque ha dejado a un montón de gente colgada: proveedores, clientes, material que ha cobrado y no ha entregado, supuestos propietarios que dieron la entrada del apartamento y se van a quedar a dos velas, materiales que ya están instalados en las obras sin acabar. Se ha largado, vete a saber dónde, a China, a Brasil. A algún sitio más o menos civilizado donde no tengan convenio de extradición.

Interviene Francisco:

–De ésos deben quedar pocos, veo las cosas complicadas para nuestro amigo. No creo que Pedrós se meta en África con pistola, salacot y un contenedor de repelente para mosquitos. Él es un aventurero menos físico, digámoslo así, más civilizado, o más cosmopolita, lo suyo es el turismo urbano: hotel céntrico y Must de Cartier.

Bernal:

–Con lo de Schengen y el acojono que les ha entrado a los banqueros suizos, ya no es tan fácil enterrar el dinero, resulta complicado encontrarle un depósito apacible, un panteón en el que repose; difícil también hacer desaparecer al propietario del dinero. Tiene que haber métodos, sin duda. Para lo del dinero, seguro que los hay, pozos negros y gigantescos donde se camufla de día toda esa pasta que corre de acá para allá en la noche: entre los narcos, los jeques árabes, los financieros de Londres y Nueva York, los propietarios de pozos petrolíferos, los clientes de las subastas de arte, esos que son verdaderamente ricos. Para hacerte desaparecer tú mismo siempre queda la opción Pitanguy, alguno de los magos de la cirugía plástica que te cambie la cara, y cambie el diseño de las yemas de los dedos por el de algún cadáver indocumentado, algún difunto del tercer mundo al que nadie se ocupó nunca de tomárselas en vida. Debe haber cientos de millones en esa situación.

–Aquí al lado pillaron a un narco que se había puesto la piel de las yemas de los pies en lugar de las de las manos para cambiarse las huellas en el pasaporte. No me lo invento. Salió en los periódicos. –A Justino se le nota que domina el tema.

–Hum, no veo a Pedrós y señora metidos en esas aventuras, son muy de lo suyo, burgueses comodones, aunque quién sabe. Necesidad obliga –dice Francisco.

Y Bernal:

–Tiene poca gracia hacerte rico para disfrutar de la fortuna en una celda rodeado de psicópatas, asesinos de género, matones rusos y chaperos de polla veintidós.

–A ver por dónde sale la cosa –se pregunta Francisco, que aprovecha para impartir una lección de geografía humana–. Creo recordar que uno de los países que no tienen tratado de extradición con España es Indonesia, y ahí sí que se puede disfrutar del dinero: mujeres, joyas, buena comida. La isla de Bali pertenece a Indonesia. A los famosos les gusta casarse allí. Bandejas de frutas y flores en la cabeza de chicas hermosas (si no te gustan chiquititas y oscuras, tienes una colección de jamonas australianas que acuden a pasar las vacaciones), playas con cocoteros, buenas discotecas. Aunque demasiado a mano para que lo encuentren los matones que hayan contratado los acreedores. Esos búlgaros especialistas en rastreo y disciplina inglesa.

–No son búlgaros, son moldavos. Los moldavos dicen que son los peores, los más feroces –confirma Justino su enciclopedismo en saberes oscuros.

Por un segundo, se me pasa por la cabeza si no tendría que entrar en contacto yo mismo con esa sociedad de perseguidores para batirme el cobre por lo mío. Pero enseguida pienso que ya es tarde. Que está el trigo molido, y servido el último trago. A ratos se me olvida, y sigo razonando como si tuviera años y no horas por delante. Mientras habla, Justino mezcla con fantasía las cartas, baraja como un mago, o como un trilero, que es lo que es, aunque a estas horas de la tarde se comporte como un modesto jubilado, como lo hacemos casi todos, como lo hace Francisco, como he empezado a hacerlo yo: puro teatro. El dinero que, para amedrentar a los rivales, pone sobre la mesa en las partidas clandestinas de la noche –cuando se quita la máscara y muestra sus colmillos–, tuvo sus bisabuelos en Suiza y en Alemania allá por los sesenta (aquellos marcos y francos suizos trajeron pesetas que se convirtieron en euros, tres generaciones monetarias). Los amasó cobrando comisiones por los contratos de trabajo y permisos de residencia que les conseguía a los emigrantes de la comarca gracias a contactos que se buscó vete a saber con qué mafias. Se llevaba a los del pueblo a trabajar como barrenderos, como camareros, como albañiles, como peones camineros, él sabrá cómo y con qué connivencias. Los metía en barracones forrados de hielos alpinos, donde se pelaban de frío si no le pagaban aparte el carbón o el fuel para la estufa, y, además de lo que le habían adelantado por el viaje y la carta de trabajo, les cobraba un veinte o un treinta por ciento del sueldo en conceptos de protección y alojamiento. Lo que me extraña es que los supervivientes de aquellas expediciones aún lo saluden, le inviten a la copa y piensen que se portó bien con ellos. Muy listo, el tío, un águila, te siguen diciendo cuarenta años después. Imagínate, te estoy hablando de la exigente Alemania, y de un país tan meticuloso con los emigrantes como Suiza. Era capaz de hacerte pasar tres fronteras bajo una manta, y dándote traguitos de Veterano para que te calentaras el rato que te tocaba portamaletas o compartir pabellón refrigerado con las merluzas gallegas destinadas a la exportación; cuando llegabas allí, lo tenías todo en regla y al día siguiente estabas trabajando. Los damnificados hablan de él con un respeto religioso y te parece que aún no se han dado cuenta de que fueron esclavos en manos de un traficante de carne humana, aunque la cosa cambia en cuanto el tipo agradecido se toma tres o cuatro copas de más. Entonces altera de arriba abajo la versión, y en ese momento sí que aparece la foto del caníbal, nuestro Hannibal Lecter local. El depredador. Aquí en Olba, ha seguido haciendo poco más o menos lo mismo, variantes del tráfico de esclavos: llevar obreros en furgonetas a puestos de trabajo que les consigue a cambio de quedarse con un veinte o veinticinco por ciento de lo que ganan. Es sólo un ejemplo. Un tipo proteico que teclea en todos los sectores: agricultura, construcción, import-export, finanzas. Y toca todas las profesiones: cuadrillas para la recogida de naranja, grupos de albañiles, de electricistas, fontaneros, brigadas de chóferes. Por no hablar del segmento white collar: agentes de aduanas y agentes portuarios, comisarios, abogados, notarios, concejales, alcaldes. A todos los convierte en personal de su empresa de servicios, que, por supuesto, carece de existencia legal. En cualquier caso, un paladín en la lucha contra la desocupación: inventa lo que sea para que trabajen los demás. Por donde va, derrama trabajo. De cobrar, se encarga personalmente él y luego ya hablaremos. Si te lo encuentras, si te paras a hablar con él, a los pocos segundos te ofrece alguna cosita también a ti: oye, contigo quería yo hablar. ¿Tú no me harías un favor? Un buen candidato a ministro de asuntos sociales. Hace años tuvo un lío porque al parecer mandaba fantasmales cuadrillas de recogedores de naranjas a huertos que no eran suyos y nadie le había ofrecido. En unas horas, los recolectores limpiaban de fruta un par de bancales sin permiso del dueño y, acto seguido, nuestro Lecter vendía la fruta robada a almacenes poco escrupulosos a la hora de revisar la procedencia del género; o la almacenaba y distribuía él mismo por media Europa, incluidos los países del ex telón de acero, embalada con etiquetas que alguien se encargaba de falsificar o robar por él, o que le ofrecían los propios almacenistas por un tanto, con la condición de que nadie se enterase de su complicidad. Ahora no recuerdo muy bien cómo fue el lío que tuvo, ni en qué paró. Pero estuvo a punto de que lo metieran en Fontcalent, o, según algunos, incluso llegaron a chaparlo en Fontcalent, algo así. Desapareció un tiempo y corrieron distintas versiones sobre su ausencia. En la comarca abundan los empresarios con estancias prolongadas en el limbo, supuestos balnearios: trena, clínica de desintoxicación de alcohol y cocaína. Retiros varios, la agitada vida de los negocios conlleva eso. Sé que Ahmed lo conoce de esos tráficos, trabajó algún tiempo en la recolección de fruta, antes de trabajar de albañil, y después conmigo en la carpintería, y me he dado cuenta de que lo saluda con una inclinación de cabeza cada vez que nos cruzamos con él, estos moros conocen bien el movimiento de los mercadillos, el trapicheo de frutas, de ropa, el bisnes de la ferralla, las rutas del chocolate en lancha desde el mar de Alborán a alguna de nuestras bahías; los anuncios por internet de gigolós y chaperos; también ellos, los moros, en difusa frontera con el *lumpenproletariat*, complejas empresas de servicios, aunque con cuenta de beneficios seguramente más modesta; compiten –no siempre amistosamente– con los gitanos, pese a que en la actualidad los reyes de todo ese tráfico sean rumanos, búlgaros, polacos, ucranianos, georgianos, lituanos; en general, esa inestable multitud que definimos como procedente de los países del Este, especialistas en el cobre, los coches de alta gama, los asaltos con fractura, con butrón o directamente con retroexcavadora (sí, la retro es muy útil para arrancar de cuajo cajeros automáticos y cajas fuertes bien ancladas), expertos sobre todo en la práctica de la violencia desproporcionada: tipos capaces de aplastarles el cráneo a dos jubilados para que les revelen el escondite de los cincuenta euros con los que esperaban acabar el mes.

Sigue hablando el esclavista:

–Nadie quiere tener una vida como los demás, nadie quiere que en su esquela diga: nació, vivió, trabajó, se reprodujo y murió, así que la gente se afana en hacer cosas para llamar la atención, cosas absurdas, pesadas, trabajosas, que se negaría a hacer si se las impusieran en un contrato laboral. Es así desde que el mundo es mundo. Tomás Pedrós pensó que podía crecer como El Corte Inglés, Inditex o Mercadona, como ese Bañuelos que se forró aquí y ahora creo que construye como un loco en Brasil. –En su caso, crecer como un diligente tumor maligno: algo de eso, tumor maligno, ha sido él mismo, Justino: como los tumores, crece a oscuras y en silencio. Nos reímos, yo también, aunque tengo miedo de que se me note lo forzado de la risa, me siento como un miserable.

–Dar la campanada. Ser el perejil de todas las salsas –dice blandamente Bernal, y me parece que me mira de reojo, ¿o es mi paranoia?

Vuelve a la carga Justino:

–El hombre que se hace a sí mismo. Las películas de los años cincuenta y sesenta, e incluso las de hoy, han llevado y llevan ese venenoso mensaje encubierto. La saga de los Kennedy, la de los Obama. A Pedrós le ha gustado toda esa basura de la libertad individual, la voluntad y el esfuerzo, el triunfador que suda su energía sobrante en el spa y en la pista de pádel, donde se encuentra con otros triunfadores como él, que le ayudan a abrirse camino gracias a una telaraña de influencias que llaman sinergias. Ha sido ambicioso, pero también fantasioso, un puntito mitómano: su primer fetiche, él mismo. Le ha gustado mariposear, exhibirse.

–Los tiempos se han prestado a eso –concluye Bernal.

Justino corrige:

–No todo el mundo ha caído en la trampa.

Claro que no: a nuestro Lecter no le gusta exhibirse. No es mariposa diurna, sino falena: se mueve entre las sombras de la noche, donde chisporrotea el mal y tienen su catre los súcubos, peones que palean sucio carbón en nuestras pesadillas. Justino Lecter tapa, disimula, esconde. Su vida es un misterio, tienes que descifrar lo que repta por debajo de las palabras que pronuncia, es oráculo de lo turbio, sibila de lo pegajoso: oculta la verdad con mentiras y las mentiras con medias verdades. Siempre tienes la impresión de que te engaña; si te dice que hace buen día y te señala con el dedo el sol, no te quepa duda de que es una maniobra distractiva para que se te escape algo que en esos momentos ocurre a ras de tierra. A pesar de que toma sus precauciones y se defiende de hacienda –meticuloso ocultador de lo que se llaman signos de ostentación–, todos sabemos que lleva una vida sigilosa y que en las sombras se mueve muy por encima de sus teóricas posibilidades. No hablo de los relojes y cadenas que lleva, ni de que su mujer parece un escaparate de joyería ambulante: eso es quincalla, el dedo con que te señala el sol; hablo de transacciones de terrenos, de traspasos, de fincas escrituradas a nombre de sobrinos, cuñados, suegros, jubilados con alzhéimer o con demencia senil a los que se les ha falsificado la firma, inermes hombres de paja, a quienes ni en los momentos de mayor desvarío se les ocurriría soñar que son propietarios de apartamentos, locales comerciales, sociedades de import-export, campos de naranjos y solares como los que, gracias a Justino, tienen puestos a su nombre; negocios opacos de los que, de refilón, oyes hablar a otros a media voz. Y luego están las desapariciones periódicas, sus misteriosas entradas en el limbo, viajes de los que no tienes constancia pero que –lo dicho– supones a algún balneario, a curarse de artritis, triglicéridos o hiperglucemia en una clínica exclusiva, y que sus enemigos difunden que son estancias en la prisión de Fontcalent, o viajes a algún filo de navaja (Tailandia, Colombia, México), para coordinar el transporte de sustancias poco legales, y de alguno de los cuales, pasado el tiempo, su vanidad acaba revelando detalles esa noche en que se ha tomado dos copas y te quedas a solas con él y te habla de un club de París en el que se intercambian parejas (no llevarías a tu mujer, le digo. Él: tú estás loco, esa lana me la cardo yo), un sitio de Miami (ay, el confuso Miami que tanto gusta a los que mueven cosas) en el que para entrar tienes que dejar en la taquilla de recepción, con los dólares del ticket, toda la ropa (sí, sí, hasta los calzoncillos, se ríe, y el suspensorio: toque de humor grueso. La cartera y el reloj van a una caja fuerte con código secreto) antes de acercarte a la barra para pedirte un whisky o una copita de champán, el salón con sofás, las piscinas, la zona spa con sus jacuzzis y sus saunas y el tortuoso laberinto de cuartitos con camas *varied size*. Esos secretos se le escapan en una frase suelta, en un chascarrillo, por chulería, por egotismo, no lo puede evitar: contar eso lo convierte en diferente a los ojos del interlocutor, lo vuelve interesante, un ser con repliegues, lo eleva a mis ojos de aburrido carpintero que durante los últimos cuatro decenios lo más lejos que ha viajado ha sido al marjal, o a algún cuartito del Ladies, pero que corrió su parcela de mundo allá en su lejana juventud y puede servirle de cómplice (tú sabes de lo que hablo, Esteban, tú te has movido, de joven corriste lo tuyo, aunque ahora no salgas de casa, ¿de verdad que tampoco pisas el puticlub si no te arrastro yo? Pero si estás soltero, no tienes que rendirle cuentas a nadie), le hace crecer ante sus propios ojos el prestigio, porque el prestigio ínter nos se consolida con anécdotas como la que parece escapársele sin querer, un molesto flato, pero que él dosifica y sabe que son noticias que se transmiten como la gripe, suficientemente difusas como para no causarle problemas con la autoridad competente: dicen que dice que dije. Para que la gente se entere, basta con decir que esto que te cuento queda entre tú y yo, no se te ocurra contárselo a nadie.

–¿Te lo conté? No me digas eso. Se me escaparía, ¿habíamos bebido mucho aquella noche? Tengo que corregirme, beber menos, salir de casa con la lengua cortada. Por favor, no se te ocurra contárselo a nadie.

Supuestamente borracho como una cuba, no ha podido evitar describirme entre susurros –su boca en mi oído– la ostra al champán que se comió en Montecarlo (no te cuento a lo que fui, dice, añadiendo misterio, y yo: ¡oye, tú!, que me metes la lengua en la oreja, me quejo mientras me limpio la saliva). Presume de la potra que tuvo en la ruleta aquella noche, la hijaputa era rusa y parece que llevaba la suerte pegada en los pezones, se metía las fichas en el escote, se las pasaba por las tetas y la bola de la ruleta se le paraba en su casilla; a continuación me cuenta el viaje desde Montecarlo a París en el BMW descapotable de ella *(la douce brise de la Provence sur mes joues, la huître au vent:* por supuesto que no llevaba bragas, conducía ella, mis manos trabajaban en lo suyo) y el cuarto de kilo de caviar que compraron en Kaspia, en la plaza de la Madeleine, al lado de Fauchon, y se comieron en una habitación del Lutetia (más champán, más ostra), en el boulevard Raspail: defrauda el hotel. El mobiliario, los sanitarios, la habitación con sus rincones polvorientos, todo obsoleto, aquí en España los hoteles tienen otro mantenimiento, y tarifas bastante más ajustadas. Necesitaría una reforma a fondo, dice. Seguro que se ofreció al gerente para llevarla a cabo él (sus arquitectos, sus cuadrillas de albañiles, sus decoradores, dejando como una patena el Lutetia), que le dejó caer una tarjeta suya sobre el escritorio y, a cambio, consiguió alguna botella gratis de champán, aunque es difícil sacarles algo a esos franceses. Radinos. Ah, el champán que me bebí en el bivalvo ruso era un Krug Millésimé, ese tan rico, tan tostado, tan licoroso, ¿no lo has probado nunca? Pregúntale a tu amigo Francisco por ese champán. Que te diga él. Que te dé la opinión de experto, de catador. A mí es el que más me gusta, y yo de champán sé más de lo que te crees, de verdad que sé un huevo. El Krug es, ¿cómo te lo describiría tu amigo Francisco? Serio, elegante, señorial. Y sigue embalándose con los detalles: ¿Conoces ese cuadro francés que se titula *El origen del mundo?* ¿Lo conoces? Ese primer plano peludo. Pues así era la escena, lo que yo tenía ante mis ojos, el agujero negro originario –rosado y rubio en este caso– de donde todo sale y por donde todo entra, lo acariciaba con los dientes, con la punta de la lengua, metía la lengua en esa selva espesa, y tocaba el génesis, no, no lo llevaba afeitado, una buena pelambrera, cuidada, retocada, pero pelambrera, me gusta el vello en la entrepierna de una mujer, vello rubio, sedoso, que le da a la cosa el aspecto de un animalito tímido, delicado, que te dan ganas de acariciar, de morder, de comerte, un conejito acorralado, decimos nosotros; *la chatte*, la gatita, dicen los franceses: me comí el primer día de la creación con un sorbito de champán. Y me comí también el fin del mundo, me comí el mundo de principio a fin, metí la lengua en ese otro agujero retráctil y levemente tostado en que todo acaba, pero por donde uno puede empezar la excavación en sentido inverso, viajando de la sombra a la luz. Cavé con mi lengua en el dulce pozo ciego, cavé con el martillo pilón en el lugar –eso sí, *hélas*– en que otros habían cavado ardorosamente antes. Una buscona de lujo. Pero yo aquella noche me asomé al alfa y al omega. Perforé el principio y el fin.

Parlotea, se ríe, te agarra con las manazas las solapas de la chaqueta, tira de ellas, te escupe saliva en la pechera de la camisa, en la cara, y tú te limpias sin que se dé por aludido. Y te quedas con ganas de preguntarle: ¿y eso cuándo fue?, ¿y cómo no me lo contaste por entonces? Pero no, porque ya tienes la manaza peluda en el hombro y la cara de él entre su mano y el pedazo de tu cuello que la mano deja libre, en el sitio en el que muerde el vampiro, y notas en el cuello el calor de su aliento, el cosquilleo de su lengua móvil, la pringue de su saliva, y las chicas de la barra han empezado a mirarnos pensando que a alguna de ellas esta noche le va a tocar hacer un trío.

El acecho de las aves que levantan el vuelo con el claror del día, la espera de los jabalíes que, desde las montañas cercanas, acuden de madrugada a las charcas para abrevar, el rumor de los carrizos que se doblan o quiebran a su avance. Desde hace casi un siglo han ocupado el almacén del patio artes y útiles de pesca y caza: un par de fusiles, baquetas, correas y cananas, trajes de caucho, katiuskas, cañas, redes y nasas de formas y usos variados y que en la comarca reciben nombres diversos según su forma y utilidad: a cada animal su propia muerte; a cada instrumento, su nombre: *ralls, mornells, gamberes* y *tresmalls.* Se trata de una pequeña colección como para exhibirla en alguno de los programas de caza que ofrece la televisión, *Jara y Sedal, Linde y Ribera,* no sé, programas con títulos de ese corte, o en esos otros —más bien a la contra— que emiten las cursis televisiones autonómicas o el no menos cursi canal dos nacional, con títulos como *Medio Ambiente, Planeta Azul, Territorios,* o *Nuestras Tradiciones,* que muestran con reverente beatería los paisajes que supuestamente el hombre aún no ha destruido, repasan los viejos usos rurales, o presentan algún museo etnológico que guarda aperos de labranza, de trilla, de poda, ruedas de molino, prensas para aceite y viejos carromatos, programas televisivos que se esfuerzan por convertir en poco menos que un paraíso o en un precioso parque natural lo que conocí. A la salida de Olba, los vertederos que invadían las orillas de la rambla transmitían infecciones a las casas vecinas, construidas en zonas que inundaban las torrenciales lluvias de otoño. Los niños jugábamos entre montones de basura, nos metíamos hasta las rodillas en cenagales plagados de mosquitos y ratas, entre restos de animales muertos, vestidos viejos, excrementos secos, colchones sucios y vendas y gasas ensangrentadas y mordidas por las bestezuelas. Buscábamos restos de tebeos, cromos de futbolistas o de películas, páginas sueltas de revistas ilustradas, carteles de cine, recortes de fotogramas de celuloide, herramientas abandonadas que nos servían como juguetes, una peonza, un muñeco roto, un caballo de cartón mutilado, un balón agujereado que se podía reparar con un parche de goma de los que ponía el hombre del taller de bicicletas, o al que le dábamos patadas a medio hinchar. Apreciábamos especialmente las botellitas de penicilina, tan utilizadas como remedio recién descubierto para curar la tuberculosis, las infecciones venéreas, y de las que nos servíamos como contenedores de ínfimos tesoros. Mi madre se ponía fuera de sí cada vez que descubría escondida en mi plumier, en la cartera, una de aquellas botellas de cristal con el tapón de goma perforado por la cicatriz de una jeringuilla, y en las que guardaba insectos para mi colección. Para ella, esas botellas metían en casa la enfermedad que se supone que curaban. Vete a saber quién habrá tocado eso, tísicos, infecciosos, tíralo ahora mismo. Me obligaba a desprenderme de ellas a pesar de que yo protestaba, y le daba explicaciones acerca de lo útiles que me resultaban y de cómo las había lavado meticulosamente (no siempre era verdad), y lloraba cuando ella, con un seco gesto del brazo, las hacía desaparecer por encima de la tapia del corral. En el río y en las charcas del marjal se arrojaban los muebles y objetos inservibles, los desechos que se obtenían de las limpiezas de los corrales, y los animales muertos, a la espera de que el fango los engullera, los arrastrara la próxima crecida o los descarnaran las alimañas.

En mi afición, que hoy se definiría como etnológica, he conservado y aumentado la colección de aparejos de mi tío. Francisco, que nos acompañó muchos días en nuestros recorridos por el marjal, y nunca quiso disparar un tiro, pero ayudaba activamente a calar las redes, y sostenía la caña y se excitaba cuando notaba los tirones de un pez en el sedal, contemplaba armas y aparejos como si formaran parte de un museo dedicado a la tortura. Me decía:

—No sé cómo podéis pegarle un tiro a un animal inofensivo.

—Igual de cruel que echar la red, o la caña. Un pez me parece más desvalido que un jabalí, más digno de compasión.

—Lo de los peces resulta menos agresivo.

—Cómo puedes decir eso: ensartados en un anzuelo, la mandíbula traspasada. Su larga agonía por asfixia en la cesta, ¡uf! Esos animalitos inocentes —me burlaba de él.

—Los peces son animales fríos con los que uno tiene escasa empatía, pero a los mamíferos los ves agonizar empapados en sangre, y tienes la impresión de que agoniza un ser que se te parece y, cuando los desuellas, su cuerpo muestra desazonantes similitudes con el de un ser humano, con el nuestro.

—Prueba a contemplar la agonía de un insecto a través de una lupa. Descubrirás qué atrocidad, qué convulsiones, qué manera de revolverse, de abrir y cerrar la boca, la desesperada agitación con que mueve las patas. Te aseguro que resulta espantoso. —Ninguno de los dos había visto por entonces agonizar a una persona, aunque yo había contemplado algunos fogonazos de la agonía de mi abuela.

Francisco decía humano —un ser humano—, para subrayar algo piadoso, quizá el alma que se supone que llevamos dentro, humano es palabra de mucho efecto emotivo. Él sabía ponerla en su sitio. Hoy, cuando hemos asistido a más de una agonía, el parecido nos resulta más turbador. Y digo nos resulta, aunque yo no haya dejado de practicar la caza, y a él ya no le repugne. Con la edad, aumentan los conocimientos sobre lo desagradable de la vida, y, seguramente como mecanismo para hacerlos soportables, disminuye nuestra sensibilidad. Las guerras, las matanzas, suelen ser asuntos de viejos curtidos, los jóvenes actúan como meros peones movidos por dedos artríticos. Lo que ven en la guerra les arrebata la inocencia, los capacita para seguir la huella de sus padres y abuelos. Rodar, rodar y rodar, que es lo que lleva milenios haciendo el mundo. Los vuelve repentinamente viejos, ellos mismos convertidos en dedos capaces de mover piezas. *Gira il mondo, gira, nello spazio senza fine*, cantaba por aquellos años Jimmy Fontana. Vi agonizar a mi abuela (a escondidas, miraba a través de la puerta entornada, un ser desfigurado que raleaba y gemía. Yo tenía seis o siete años), he visto morir a mi madre, a mis tíos maternos, al tío Ramón, a mi hermano Germán, indefensas liebres temblorosas en su cama, los he visto boquear y agitarse igual que he visto hacerlo a los perros que se me han muerto, el mismo raleo, la misma respiración entrecortada y sibilante. Francisco vio agonizar durante meses a Leonor, un animal que se consumía ajeno a las estrategias de médicos y familiares, la agonía tuvo que costarles un dineral, los viajes a Houston, los tratamientos en hospitales privados de allá y de aquí. En la actualidad contemplo la interminable agonía de mi padre que, a estas alturas, podría ser cazado sin demasiada responsabilidad ética.

Pero teníamos veintipocos años. Le respondía:

—Mi padre ha odiado la caza, es comprensible después de lo que tuvo que ver en la guerra, pero mi tío Ramón y mi abuelo han cazado para comer. —A mi abuelo lo acabaron cazando (un tiro en la nuca), pero ésa fue una caza infructuosa y cruel, aún no hablábamos de esas cosas, ni siquiera las sabíamos, yo creía que mi abuelo había muerto en accidente–. Es la cadena trófica, a la que no hay que buscarle más significado, crueldad anterior a la culpa. Se trataba de sobrevivir. Desvanecida la necesidad, nos hemos corrompido, sofisticado, y ya nada posee ese carácter necesario o urgente que lleva incorporada la absolución. Discutimos si la caza, que ya no es supervivencia, es placer o afición, entretenimiento, vicio, o si simplemente guardamos en los genes una pulsión de muerte, algún resorte del sistema que nos lleva a seguir librándonos de los que no son como nosotros...

–Por desgracia, en demasiados casos la gente se libra con saña de los que se le parecen.

–Claro. Y te libras de ti mismo precisamente porque te pareces demasiado a ti. No te rías, Francisco. Te suicidas porque eres quien eres y no quien quisieras ser, te pegas un tiro porque no te soportas. Por puro odio. Para resistir, para seguir vivo, hace falta una buena dosis de idealismo. Capacidad para mentirse. Sólo sobreviven quienes consiguen creerse que son lo que no son.

–Quieres convencerme de que los cazadores buscáis una culpa con la que cargaros cuando ya no hay necesidad, pago aplazado de la inocencia de vuestros antepasados.

–Decir hombre inocente es un oxímoron, ¿no se dice así? Juntar dos palabras que se contradicen para crear un efecto extraño. Me lo enseñaste tú. Oxímoron. Un silencio estruendoso, un hombre inocente. Sirve el uno para la poesía, el otro para la sociología, la religión o la política. Nuestros tatarabuelos comían despojos podridos, restos de lo que las fieras habían cazado y habían dejado a medio devorar. Carecían de habilidades, no corrían ni saltaban como sus presas, no estaban capacitados para abalanzarse sobre un ciervo y clavarle sus colmillos en la yugular. A cambio, llevaban dentro el mal: inventaron trampas, artilugios. Las que yo aún uso para cazar y pescar. Hasta entonces, les disputaban las piltrafas a los perros, a los buitres. No veo inocencia por ningún lado. Astucia y doblez. Aunque no sé qué decirte, Francisco. No siempre buscamos lo más conveniente. Hay egoísmos negativos, deseo de lo que nos destruye. Quizá ahí está lo mejor de nosotros. En ese desconcierto. Nuestra fragilidad. Los hombres somos animales extraños, pensamos con lógica distinta a como sentimos y demasiadas veces lo que sentimos se opone a lo que necesitamos, el amor, la pasión, ésos son los sentimientos, o, por qué no, el odio, pueden llegar a ser nuestra ruina, y avanzamos hacia ella a sabiendas, pero necesitamos seguir haciéndolo, y nadie sabe explicar por qué eso es así.

Podía hablarle de eso. De la atracción con que tiraba de mí el imán Leonor −a cada cual su propia trampa−, pero ése era un secreto que yo había prometido guardarle a ella. Nos veíamos a escondidas. Yo había dejado Madrid, la Escuela de Bellas Artes, y había decidido empezar a trabajar en lo que nunca había querido trabajar: carpintero en el taller, con mi padre, y ni siquiera a mí mismo quería contarme que era ella la que me retenía, la que sorbía mis aspiraciones. En realidad, el trabajo era un accidente sin importancia. Odiaba la carpintería, pero eso no constituía para mí un problema, estaba por encima. Me sentía superior. Me parecía estúpido aprender los códigos estéticos que pretendían imbuirnos en la escuela, para qué servía eso; intrascendentes los estudios de Francisco en la facultad de Filosofía y Letras, sus discusiones políticas, artísticas o teológicas, la búsqueda del mensaje que contenían películas y libros, menudencias de adolescentes, porque yo estaba metido en algo que era un asunto de verdad, un tema adulto por el que valía la pena trabajar de lo que fuese, e incluso soportar a mi padre: el empeño de un hombre que busca estrategias para tener a una mujer a su disposición, una mujer que dice: más, fóllame más. Se trataba de eso: trabajar en algo que no te gusta, como hacen los adultos; tener una mujer que te desea, que desea no tu simpatía, tu inteligencia, sino tu carne, así es como funciona el deseo entre adultos. Al menos, eso era lo que yo creía. Y ésa era mi idea de la madurez. Mientras Francisco hablaba de Platón, de Marx o de Antonioni, un bla, bla, bla infantiloide, yo tenía una mujer que me obedecía, que me suplicaba. Házmelo así, que te note bien dentro. No era palabrerío en torno al sentido o la verdad de la vida. Era la verdad de la vida. Poseer esa carne, defenderla del deseo de otros, saberla a tu disposición y vedada para los demás. Ser un hombre. La llamada de la muta originaria.

–Pero Dios...

–Lo de Dios llegó bastante más tarde, cuando hacía milenios que tus abuelos se cocinaban entre sí, y chupeteaban los tuétanos del vecino, metiendo dedos y lengua en la cavidad del hueso. Yo creo que la gente le chupa la polla a otro porque no puede chuparle el tuétano. Pervivencias del canibalismo. ¿No ves cómo nos mordemos cuando follamos? Y durante el polvo decimos cómeme entero como yo te voy a comer a ti. –Lo decía como un juego, burlándome en secreto de él, disfrutando de que él tuviera que escuchar esas palabras, como si fuera un chiste: cómeme entero: porque yo sabía el sonido de esas palabras vertidas por mi boca en el oído de ella. Y él me hablaba de Dios y de un libro emocionante que acababa de leer.

–Digo que Dios no le otorga a nadie el derecho de hacer sufrir a una de sus criaturas, ni a la más insignificante –insistía Francisco, más místico que antropólogo. Más que en la muta, creía en un plácido círculo familiar originario. Papá y mamá, los cachorros jugueteando a la sombra de árboles frondosos, los abuelos contemplando la escena y un pucherito que borbotea mansamente (no te preguntes qué es lo que cuece ahí dentro). Había empezado a militar en la JEC o en la HOAC, alguno de los grupos cristianos juveniles que estuvieron de moda en aquellos años. En su casa, con la tienda de tejidos, el ultramarinos (luego, con la llegada del turismo, fue una cadena de supermercados), las plantaciones de naranjos y viñedos de moscatel y, sobre todo, con el carnet de falangista de su padre que le abría tantas puertas a la familia –la camisa azul que paseó al terminar la guerra–, podían permitirse el lujo de comprar las proteínas que se servían en la mesa en vez tener que salir a cazarlas. Si para algo sirve el dinero es para comprarles inocencia a tus descendientes. No está mal. No es poca cosa. Te saca del reino animal y te mete en el reino moral. Te humaniza. Gracias a él, al dinero, se habían difuminado en la desmemoria de los Marsal las batidas de maquis en la montaña, en el pantano: los meses en que su padre ponía el reluciente Hispania al servicio del grupo (eso sí que era una muta, pervivencia de la jauría originaria). El empleado del ultramarinos, vestido con su guardapolvos gris, le sacaba brillo a la carrocería antes de que don Gregorio Marsal, el propietario, se subiera para hacer de chófer de las patrullas de falangistas que se movían por todas partes. Aparecían de improviso, cortaban los caminos, registraban la carga de los carros, cacheaban a los carreteros, perseguían a los ciclistas que hacían estraperlo cargados con un par de sacos de arroz o de azúcar y una garrafa de aceite. Requisaban mercancías, pedían documentos, propinaban palizas a estraperlistas, a borrachos, a desgraciados que no eran capaces de justificar su presencia a aquellas horas en la carretera; a sospechosos de haber militado en alguno de los partidos del Frente Popular que tenían la mala suerte de pasar por allí. Mi tío y, bastante tiempo después, mi padre me lo contaron, aunque a mí me aburrían aquellas historias. No entendía la épica de la resistencia con que querían contaminarme. Sobre todo mi padre. El siniestro auto negro circulaba de noche con los faros apagados y aparcaba ante la puerta de alguna casa, las risas salían a través de las ventanillas abiertas a la noche calurosa. Verano de 1939. El sonido de los disparos al aire como carta de presentación de la jauría, el crujido de las esquirlas que se desprendían de un muro en el que a la mañana siguiente los vecinos podían ver los huecos de los impactos. Coche de carniceros, husmeo de carroña. Pero eso es la fase turbia, de un modo u otro inevitable en toda acumulación primitiva. Para que crezca la planta primero hay que estercolar. Esas correrías no tenían la inconsciencia juvenil que parecían mostrar las bromas, las risas y las copas que las acompañaban, eran calculado peaje para seguir creciendo, ritos de paso, etapas en el proceso de formación de las nuevas generaciones empresariales: en las escaramuzas empezaron a redondearse las facciones del propietario del ultramarinos, adquirió el tendero esa jovialidad en la mirada, la franqueza en el tono de voz, la autoridad en los gestos (quién se atreve conmigo), la risa satisfecha que separaba sus labios sonrosados y gordezuelos. No hay mal que por bien no venga. El dinero tiene, entre otras infinitas virtudes, una calidad detergente. Y múltiples cualidades nutricias. Te alegra los ojillos, te hincha los mofletes, te otorga esa manera de sentarte en la butaca con las piernas extendidas y el periódico entre las manos. Te concede esas manos impolutas que emergen de los blancos puños almidonados de la camisa. Ya no eres tú el que merodea en la noche. Te permites contratar a peones y criados que atrapen, degüellen y despellejen las piezas de las que se obtienen los ingredientes imprescindibles para el cocido o para la paella de los domingos. Así se ha hecho toda la vida en las casas de familia. El señor no le da el cachete letal al conejo, la señora no clava el cuchillo en la garganta y despluma la gallina, entre las piernas el barreño con el pan migado para que empape bien la sangre con la que se harán las pelotas del puchero. Siempre les han llegado a los señores los animales ya cocinados, servidos en bandeja cubierta por una reluciente cúpula de plata, o en la cazuela, aderezados, desfigurados hasta resultar irreconocibles y, por eso mismo, apetitosos en su falaz inocencia. Se ha hecho así siempre y se hace hoy; nosotros mismos hemos adquirido en pocos años ese privilegiado estatuto, el espejismo de que todos somos señores: en remotas naves industriales los obreros matan y despellejan y descuartizan y tazan y envasan los animales que consumimos una vez convertidos en objetos aceptablemente asépticos: filetes de color rosa, que más parecen salmón que ternera gracias a esas sustancias que les echan para que la carne no se oscurezca y resulte atractiva a la vista (sí, atractivo un cadáver despiezado, un cadáver descoyuntado como los que han sufrido los efectos de una deflagración): morcillos, chuletas y chuletones, entrecots, paletillas; muslitos y pechugas de pollo, metidos en alguna cajita blanca de poliuretano envuelta en papelfilm transparente, todo lo impoluto que puede ser tratándose del pequeño ataúd de algo que murió de muerte violenta. En la sección carnicería del híper no acaban de desaparecer del todo los rastros de sangre, los detectamos, pero los obviamos. Nos esforzamos en no descifrar sus signos, para que el cadáver despiezado no nos impresione, como no nos impresionan los que vemos en la televisión, los tipos despatarrados en alguna avenida polvorienta con fondo de palmeras. En el estrato social inferior (del que hemos creído escaparnos los últimos años) no caben las discusiones metafísicas acerca de los límites del hombre cuando ejerce su derecho sobre otros animales. Hay lo que hay. No aparece el reino moral por ninguna parte. Estás abajo porque no te has desanimalizado lo suficiente. Los de abajo se plantean, más bien, estrategias laborales, cuestiones de método, maniobras que aumentan la eficiencia con menor derroche energético. Se mueven en el plano de la técnica, la mera búsqueda de más resultados con menos esfuerzo: empirismo: cómo hay que atarle las alas al pato para que no se mueva cuando lo sacrificas, de qué manera asestarle al conejo el cachete en el cogote para que muera al primer intento, con qué inclinación hay que clavarle al puerco el cuchillo en el gañote para que el chorro de sangre caiga en el caldero preparado por la matancera, que contiene la cebolla bien picada, y el pimentón, todo a punto para elaborar las morcillas. Ningún rico medianamente inteligente practica el asesinato. Ellos no son psicópatas. No tienen por qué serlo. Para eso, para matar y sufrir psicopatías, tienen a sus empleados.

Rebatía las opiniones de Francisco (Dios no consiente que se haga daño a ninguna de sus criaturas), como si la razón pudiera hacer algo contra la fe. Nadie me había contado aún lo de las batidas de su padre, su peculiar concepto de la caza mayor; ni siquiera sabía por entonces cómo había muerto mi abuelo, ni que mi padre había estado en la cárcel tres años y yo había nacido durante su ausencia. De cuanto tenía que ver con la guerra fue enterándome el tío Ramón algún tiempo más tarde:

–Tu padre se ha negado siempre a que supieras nada hasta que fueses mayor de edad. Ésos, decía tu padre –se refería a mí y a mis hermanos–, no tienen nada que ver. Ya aprenderán. Ya les enseñaré cómo fueron las cosas.

Más adelante mi padre intentó hablarme, pero a mí ya no me interesaban demasiado sus historias, el frágil hilo que nos unía se había roto. En cualquier caso, ninguno de esos datos entraba en mis discusiones con Francisco. Los desconocía, discutíamos en el plano de la metafísica más que en el de la historia –esa que atenazaba a mi padre–, que nos parecía algo demasiado cercano y carente de poesía: cuartos mal ventilados, malolientes; bajo la cama, el orinal en el que ha obrado el abuelito tras el enema, quemas de espliego y azúcar en el brasero para espantar el hedor de la habitación en que yace el enfermo, olor de vísceras podridas en el cubo de la basura, ésa era la historia reciente. Lo que habíamos visto y olido en casa, lo que éramos y de lo que queríamos escapar. Mejor los lugares donde las palabras se mueven libremente a tu voluntad y la sangre no huele porque está impresa con tinta, la historia te atrapa, te obliga a seguir un guión prefijado que a mí no me interesaba:

–Pero cómo puedes hablar así después de leer la Biblia. Dios no sólo concede el derecho de matar, sino que se pasa el tiempo encizañando a los humanos para que se entrematen. Desde el principio de todos los principios, el Génesis: Caín. Anota algunos otros ejemplos: Moisés, primer partidario de la liberación mediante la violencia, no duda en asesinar al capataz que oprime a su pueblo; el adúltero David, la cruel Salomé, o esa degolladora tan aplaudida por las feministas, Judith, que decapita al galante Holofernes, que lo único que ha hecho ha sido admirar su belleza, obsequiarla con sus mejores tesoros, darle de cenar los platos más suculentos, e incluso, por lo que suponemos tras tantas horas a solas en la lujosa tienda, echarle un buen polvo. ¿Ese pago me das? Derramo dentro de ti la simiente del más glorioso general asirio, lo que a tantas mujeres les parecería el mayor regalo, la posibilidad de que engendres un heredero de mi gloria, ¿y tú, en pago, me degüellas? Más que heroísmo, falta de gratitud, la de esa mujer. Y poca educación: ésos no son modales, no es manera de comportarte en una cena, ni de tratar al anfitrión que te recibe con los brazos abiertos (nunca mejor dicho). Ni siquiera parece de buen gusto contar que has cenado mal cuando te invitan, conque matar al propietario de la casa, ya me dirás tú qué libro de urbanidad puedes redactar con esos ejemplos. La Biblia. La madre de la mala educación.

–Ése es el Dios del Antiguo Testamento... pero qué hago siguiéndote el juego. Vete a la mierda –dice Francisco, marcando una media sonrisa con los labios y abriendo y cerrando la mano derecha como diciendo adiós–. Estás de coña y me tomas el pelo.

–La heroica historia de Judith, la criminal historia de Judith, o la triste historia de Judith, como prefieras. Es la ideología la que pone los adjetivos,

La historia de Judith y Holofernes, digámoslo así, un enunciado desnudo de adjetivos. ¿Te parece bien, Liliana? Ustedes ni siquiera saben lo que es una buena papa, una patata, como les dicen acá. A ver, si usted va al mercado de acá, de Olba, o al de Misent, que es bastante más grande, o en Eroski, o en Mercadona, ¿cuántas variedades de papas tiene para elegir?, rojas y blancas, ya está, o nuevas y viejas, nada más, allá tiene usted un muestrario de variedades en cualquier puestecito callejero, y cada una es más apropiada, más conveniente, para una receta o para la otra, y a veces en una receta hay que ponerlas de tres o cuatro variedades distintas, porque unas se deshacen y le dan consistencia al guiso, mientras que otras quedan enteras y sólo se desmoronan al morderlas o bajo la presión del tenedor. No digo yo que su país no sea tranquilo, que lo es, aunque cada vez menos, pero también es aburrido, tienen poco color las cosas, poca variedad, y la gente, no está mal la gente, aunque no toda es buena, nos llaman negros a los colombianos aunque no lo seamos, en Colombia hay algunos negros, como acá en España, los manteros son negros que han venido de afuera, y también allá los trajeron a los negros de fuera. Vinieron de África, como los negros que hay acá. Pero los colombianos somos americanos y acá nos dicen negros y conguitos, al parecer por un anuncio de dulces que ponían por la tele hace años en el que salían unos barrigudos granicos de café móviles, negros y con patas, y no sé si hasta los dibujaban con sombrero vueltiao. Pero no, Liliana, ésos, si se llamaban conguitos, serían de África, del Congo, ¿no te das cuenta?, granitos de chocolate o de café africanos y no de Colombia, ¿no te parece? Da igual, pero ahora a los colombianos nos llaman conguitos, lo sé por mi marido, que cuando trabajó en la obra lo llamaban así, estos conguitos, estos panchitos, estos negros, los negretes. Eso es porque la gente no sabe, ni tiene memoria, Liliana. Y mi marido unos días se reía y otros se ponía furioso y decía que le iba a abrir la cabeza de un botellazo a quien se lo llamara. Claro que eso de ponerse furioso es cuando lleva unas copas, cuando ha chupado de más, es entonces cuando se pone así; si no, es muy manso, pero cuando bebe, grita hasta que se cansa y se mete en la cama sin cenar y al rato duerme y ronca como un animalito, por no decir –y usted me perdone– como un puerco. Me gustaría que él se pareciera a usted, con esa tranquilidad, esa educación, usted nunca gritaría así, ni amenazaría. Estoy segura. Una se casa aturdida, la juventud, las ilusiones, porque de pretendientes las personas enseñan lo mejor, sólo lo bueno, y hasta se falsea eso bueno con artificio. Después de la boda es cuando llega a conocerse quién de verdad es el otro. Pero eso lo saben hasta las viejas, que nos cuentan que toda la vida han sido así las cosas, toda la vida igual, y las jóvenes no hacemos caso, nos cegamos cuando nos enamoramos y no queremos escuchar la voz de la experiencia porque somos tan tontas que nos creemos las primeras enamoradas del mundo, como si lo del amor lo hubiéramos inventado nosotras. Usted es muy especial, creo yo que, si se hubiera casado, su señora no se hubiese sentido defraudada, una pena que no se casara, a ella sí que el matrimonio le habría confirmado que vivía con un hombre bueno que para mí casi es como un papá, más que un papá, porque mi papá no se ocupó para nada de nosotros, de mí y de mis hermanos; al contrario, nos mandaba a trabajar y nos sacaba cuanto podía para llevárselo él con sus amigos y chupárselo todo en el boliche. A veces se pasaba hasta tres y cuatro días sin venir a casa, imagínese usted cómo regresaba, la cabeza ida, la ropa destrozada, oliendo a mujer, encocado, y toda la plata fundida. Usted sí que es un padre como el que cualquier persona querría tener, y el otro señor, el viejito, aunque no habla, tan alto, tan delgado, que de joven tuvo que ser muy guapo, y no lo digo porque usted sea más chaparro, más lleno, cada persona es de una manera, pero él tiene tan buen porte, y ahí está, tan callado que ni una sabe lo que pueda pensar, creo que también tuvo que ser muy bueno y educado, eso se nota en el propio porte, en la presencia, y aunque el pobrecito no diga palabra, los buenos pensamientos se le ven en los ojos, en la manera como mira. Se le ve la bondad. Ustedes han tenido que ser una familia muy linda. La pena grande es que ya no esté la mamá, pero, claro, si viviera sería tan viejita como el señor mayor, como el viejito, así mejor descansa la mamá, ¿no es verdad? Bien merecido se lo ha de tener. Estará allá arriba en el cielo esperando a que ustedes se le reúnan.

A qué aspira esta gente, qué creen ellos que puede hacer un hombre cuando tiene la nevera vacía. En el día a día, te atan los niños, la mujer; si no fuera por ellos harías todas las locuras, pero yo creo también que, cuando te ves con la soga al cuello, en ese momento explosivo, acaba pasando al revés: precisamente la mujer y los niños te arrastran a hacer esa locura que antes parece que te impedían hacer. Los que te salvaron te pierden. Te pierdes tú por culpa de ellos. Eres capaz de tirar de escopeta y sacarle la recaudación al charcutero del barrio para meter en la nevera unas pechugas, carcasas de pollo para el caldo, huesos de tuétano y un pedazo de morcillo para el cocido; salchichas, hamburguesas, quesitos El Caserío, yogures. Conseguir Ariel para la lavadora, pañales para la niña. No sé lo que puedo o no puedo hacer contra vosotros que tenéis todo, yo tengo una escopeta en casa. Tengo los permisos en regla, los de armas, el delito de tenencia ilícita no aparecerá en la sentencia, homicidio, asesinato, crimen premeditado, ajusticiamiento, eso puede aparecer pero no tenencia ilícita, porque, sí señor, tengo la licencia de armas. Tenencia lícita. Fue mi primo quien me convenció para que me la sacara, quería que lo acompañase a cazar a un coto del que él era socio en La Mancha, cerca de Badajoz, por Luciana y Arroba de los Montes (no, eso no sabrás por dónde para, son pueblos pequeños, perdidos en el mapa), entonces podía permitírmelo, eso y más, los viajes, la escopeta, tirar algunas perdices, alguna liebre, un cochino. Alguna vez participamos en una montería de jabalí y ciervo, en una finca que podías echarte tres o cuatro días caminando por dentro sin recorrerla. Me gustaba volver en la furgona de él, oliendo a

87

barro, a hierba, a pelo húmedo, y el olor de la sangre de los bichos, y el sudor nuestro, venir oliendo a jabalí durante todo el viaje esos días fríos y claros del invierno, o esos otros neblinosos, con llovizna, olor a café agrio, a coñac, a carajillo (hacíamos tres o cuatro paradas en el trayecto); alguna vez la verdad es que volvíamos oliendo a puta, porque parábamos en un club de carretera por ahí, por la parte de Albacete, llegar a casa, descalzarte, sacar las piezas del morral, pegarte un baño para que la mujer no te huela en el cuello o entre las piernas el pintalabios y la crema del maquillaje de la puta, esa colonia tan penetrante que se ponen las cabronas, sin tener en cuenta que la mayoría tenemos mujer y que las mujeres olisquean las putas a distancia. No se podía pedir más. Esteban me ha llevado con él alguna vez al marjal: Julio, vente conmigo, echamos la mañana, almorzamos, y, con un poco de suerte, nos traemos alguna anguila o un pato, pero no es lo mismo que aquello, el marjal es una apretura fangosa, maloliente, mientras que en aquellos campos que se perdían de vista en el horizonte, una colina tras otra, se respiraba la libertad. Entonces vivíamos. Me desenvolvía. No nos imaginábamos que iba a llegar esta mierda de ahora, que ya no sabe uno a quién pedirle prestado, esta vergüenza de andar arrastrándote, y que los conocidos pongan cara de susto cuando te ven venir y se cambien de acera disimulando, porque están convencidos de que vas a darles otro sablazo como el que les diste hace un par de semanas. Pesa mucho este agobio, todo el día maquinando, dándole vueltas a las cosas, pensando cómo sales adelante con tus cuatrocientos euros de la ayuda familiar y los seiscientos que gana la mujer, echando unas cuentas imposibles de cuadrar, siempre más gastos que ingresos, por muchos equilibrios que hagas, cómo pagas con eso los libros y las cosas del colegio de los niños, que este año suben a setecientos euros, la ropa de temporada, porque la del año pasado se les ha quedado pequeña y además está destroza-

da, los zapatos, el seguro del coche, la hipoteca de casa, el SUMA, y todo eso se convierte en la pesadilla de todas las noches, de la que no te dabas cuenta cuando las cosas iban bien pero que se vuelve el único tema en cuanto han empezado a ir mal: cómo llenas la nevera. Sólo cuando estás en la ruina descubres que hay que comer todos los días, fíjate qué bobada. Pues claro. Eso lo sabe todo el mundo. Lo que en condiciones normales ni siquiera adviertes, cuando no tienes un euro en el bolsillo se convierte en tu gran aventura: to-dos-los-san-tos-dí-as-hay-que-co-mer: hay que poner en el centro de la mesa la cazuela, y los niños tienen que llevarse el botecito de zumo al colegio y el bocadillo con el pan y la mortadela, o la lata de atún, esa lata redonda, metálica, chiquitita, que contiene unas migas o hilachas de pescado que apenas dan para llenar el panecillo; y no es cosa de hoy, es cosa de cada día, porque todos los días meriendan y todos los días cenan. Y a la pequeña se le cambian cada mañana los pañales. Me acuesto y pienso que me ahogo y me incorporo dando manotazos y gritando. Mi mujer se asusta. ¿Pero puede saberse qué te pasa? Creía que había entrado un ladrón, y no, es que me llevo a la cama la angustia del día, porque lo que no era nada ahora son cuatro problemas diarios que hay que ingeniarse para resolver uno tras otro: desayuno, comida, merienda y cena. Pides: ¿tienes algo para dejarme? (a uno que no le ha dado tiempo de cambiarse de acera al cruzarse contigo). Es que no puedo comprar la barra de pan y los paquetes de zumo de los niños. Cómo se van a ir al colegio sin nada. Se me parte el alma cuando los oigo decirle a mi mujer: mamá, no quedan yogures, no hay galletas, ni madalenas. Salgo de casa de puntillas, cierro la puerta procurando que no cruja, me meto en el coche (ojo con gastar gasolina, tengo el depósito casi vacío, con qué lo llenaré), me voy al primer descampado, y me echo a llorar. Lloro yo solito. Por los niños que piden zumo y por mi mujer que me grita y me dice que si pienso hacer algo, porque ya no resiste más; yo milagros no sé hacer, dice la cabrona para animarme, como si estar así fuera culpa mía. Levanta ese culo del sofá. La otra niña: mamá, mira, el tete se ha comido todo el pan y no puedes hacerme el bocadillo de la tarde. Y llevan a la escuela una botellita de agua del grifo a la que les tengo dicho que no se les ocurra quitarle la etiqueta, para que así den el pego de que toman agua mineral porque es lo más sano, cuando los otros niños llevan su zumo de piña, de naranja, o el multifruta enriquecido con vitaminas y calcio y yo qué sé qué más, cuesta casi un euro cada paquete de zumo enriquecido en el súper. Cómo voy a pagar eso, si no hay ni para patatas. Desde hace tres meses, desde que Esteban ha dejado de pagarnos, cuando cobro el subsidio me conformo con que los míos lleven el de treinta céntimos, pero es que muchos días ni para eso hay: agua del grifo con etiqueta de Lanjarón o con unas gotas de naranja exprimida si es en botellita que lleva pegada la etiqueta de Zumosol.

Y al que no le ha dado tiempo a cambiarse de acera cuando te ha visto, lo asaltas sin escrúpulos: déjame lo que puedas, lo que sea, ya sabes que no te pediría si no estuviera como estoy, y yo siempre te he devuelto lo que te he pedido, pero es que ahora. La víctima se registra nervioso el bolsillo como si tuviera una navaja pinchándole el costado. La tiene. Se la estoy poniendo yo. Es que no puedo, es que no tengo, es que. Y yo sé lo que quiere decir: es que esto es un atraco, pero hago como que no me entero. El hombre saca un arrugado billetito de cinco euros y me lo tiende. No llevo más, dice mientras se separa deprisa, como si rozarnos pudiera contagiarle la lepra de la pobreza. Se aleja sin atender al gracias, muchas gracias, que le dirijo. No se para a escuchar cuando le digo que se los pienso devolver, esos cinco euros. En cuanto pueda te los devuelvo, gracias, repito en voz más alta, y él, desde la media distancia, se excusa: yo también estoy a dos velas. De verdad que no llevo más, se defiende. Vuelve la cara de lado, se pone rojo como un tomate: siente él más vergüenza que yo, y yo, sin embargo, no consigo sentir el menor agradecimiento, joputa, pienso, a pesar de que el hombre no está obligado a darme ni siquiera el billetito arrugado que me ha dado. Joputa, repito en voz baja, y lo digo porque está vivo, porque puede darme un billete que le sobra, porque seguro que a él, muchos o pocos, aún le quedarán otros billetes en el monedero que se esconde precipitadamente en el bolsillo (ha combado la mano sobre la apertura, cubriéndola, para que no vea lo que contiene), sin contar lo que tendrá en casa, y lo que seguramente tiene en el banco. Hi-jo-de-la-gran-pu-ta, pienso para mí. Pero, Julio, ¿dónde está ese sentimiento que los curas, los maestros y los padres buenos llaman gratitud y te enseñaron en tu infancia? No, de verdad que no la siento, la gratitud. No la siento en mí, ni creo que esté presente en el mundo. Nunca pensé que iba a vivir algo así, nadie nos acostumbró, nadie nos preparó para esto. Ahora echo de menos lo que entonces a lo mejor no aprecié lo suficiente: mañanas frías con la niebla despegándose poco a poco del suelo: se quedaba flotando como un paño entre los árboles, en las vaguadas, por encima del curso del río, el olor pegajoso de la jara, el regusto del anís en la lengua mientras avanzas entre los matorrales, ese frío seco que te limpia la boca, los pulmones, la nariz. He participado en cursos de reciclaje para parados de larga duración, o para gente que ha agotado la ayuda familiar, y que, en vez de proporcionarte clases de formación en alguna materia, pretenden ser acicates para que te distraigas durante este tramo del viaje que te adentra en el espacio negro del no futuro, expresión de un atroz pesimismo: te enseñan cómo presentar un currículum y cómo valorarte tú mismo en él para llamar la atención de los que seleccionan personal; o cómo optimizar el uso del móvil a la hora de solicitar trabajo (así dicen, optimizar); la manera de economizar en transporte a la hora de repartir los currículos por las empresas, y cómo mejorar el tiempo de reparto haciéndote una ruta previa sobre plano, y, ya en el colmo del desánimo, hasta te explican cómo conseguir una dieta equilibrada con los productos de la bolsa de alimentos que te da Cáritas, el paquetito de macarrones, el de arroz, los garbanzos, el bote de tomate frito, el azúcar, echarle imaginación para mezclar con arte las cosas y preparar un menú variado con esos pocos ingredientes. Saludable dieta mediterránea. He buscado trabajo por los talleres de la comarca diciendo que he trabajado en una carpintería, pero ¿tú eres carpintero?, me preguntan, y yo explico que he estado durante los últimos meses con Esteban, pero estuve en negro y no me queda paro, lo agoté, estoy cobrando la ayuda, pero qué se puede hacer con cuatrocientos veinticinco euros. Le has ayudado a Esteban ¿en qué?, has trabajado ¿de qué?, me preguntan, ¿medías?, ¿cortabas la madera?, ¿usabas las sierras?, ¿las cepilladoras?, ¿el torno?, ¿las fresadoras?, ¿las taladradoras?, ¿las lijadoras?, ¿sabes ensamblar de ranura, de lengüeta, de corona?, ¿hacer una ensambladura con tacos? ¿Te dejaba Esteban usar las herramientas?, ¿poner en marcha las máquinas? No, ¿verdad? Tú le hacías de chófer, le ayudabas al moro a cargar y descargar, entregabas las herramientas que Esteban te pedía y a veces ni siquiera sabías cómo se llamaban y te equivocabas, y te daba voces llamándote bruto, porque le llevabas unas por otras. Si en un pueblo nos enteramos de todo. Pero, entonces, ¿por qué has querido engañarme?, tú no eres carpintero. Lo que tú hacías lo puede hacer cualquiera. Eras el chico de los recados de Esteban. Si ya te lo he dicho, aquí se sabe todo. Un pueblo. Pero pregúntele a él, si tiene alguna queja, si no he sido un buen trabajador. Sí, si eso me lo creo, pero yo, de necesitar a alguien, necesitaría un carpintero. Para cargar y descargar me sobra gente. Y tiene razón, no hacía falta que me hubiera arrastrado contándole lo de la prestación, lo de la ayuda familiar, en Olba saben que a Esteban le pedí que me contratara en negro, porque estaba cobrando el desempleo y no quería perderlo, porque con el sueldo que me ofrecieron en la carpintería no podía pagar las letras del piso y las del coche, y se me agotó el paro y ahora sólo tengo la ayuda familiar y cómo voy a pagar con cuatrocientos veinticinco euros y los seiscientos que cobra la mujer la letra de la casa y los libros de los niños y la ropa, y la luz y el agua y el butano y la gasolina, menos mal que acabé por fin de pagar el coche, porque, si no, ya me lo hubieran embargado, y si digo que he trabajado los últimos meses en la carpintería cuando salgo a buscar trabajo por ahí, ni siquiera tengo un papel que lo acredite, ni falta que hace, porque ellos lo saben, lo saben todos los que hablan conmigo, porque aquí en Olba nos conocemos todos, ya digo, un pueblo, pero piensan que tengo bien empleado lo que me pasa por haber trabajado en negro, y no se fijan en que, si lo hice, fue porque con lo que Esteban me daba en la carpintería no podía sacar mi casa adelante, pero la gente es envidiosa, entonces me decían: cobras dos sueldos, como si fuera a hacerme millonario, ellos se alegran de verte abajo y se molestan si ven que intentas levantar la cabeza y te pisan para que vuelvas a ahogarte, te empujan para que caigas otra vez en el charco del que parecía que estabas saliendo.

Cuando salgo del taller al que he acudido a solicitar el empleo, me pregunto cómo puede ser así de cruel la gente, tan maleducada. Hay que tener pocos escrúpulos para decirle esas cosas a un hombre casado y padre de tres hijos, sin conocerlo de nada. Te echan todas tus limitaciones a la cara. Cómo quieren que así reconstruya un hombre, un trabajador, su orgullo. Quiénes son esos tipos a los que no conoces de nada para llamarte inútil, para jugar contigo, ratón asustado entre las zarpas de los gatazos. Te miran salir desde la puerta del taller, ellos con el cigarrito entre los labios, las manos en el bolsillo, y los labios torcidos en una media sonrisa. Ellos no buscan, no se arrastran, *no piden prestado. Son los que tienen el saco del pan ajeno, y los que tienen el saco de pan siempre han ejercido la crueldad. Ahí está su orgullo. En saber que las bocas de los demás pueden estar vacías o llenarse a su voluntad basan su poder, de ahí sacan la media sonrisa pinzando el cigarrito con los labios. Los furrieles en la mili también exhibían esa prepotencia asquerosa del que guarda lo que los demás necesitan. Me lo ha contado muchas veces mi padre.*

El gran regalo que le hacía el abuelo a mi tío era sentarlo sobre las rodillas y dejarle pegar con su saliva el sello de la carta que había escrito pidiendo algún encargo para el taller a un proveedor. Le dejaba pegar la estampilla y se lo llevaba de la mano a la oficina de correos, lo cogía en brazos para que alcanzara la boca abierta del león de bronce que hacía de buzón, y mi tío introducía el sobre. Ése ha sido un juguete hereditario, porque él me hacía el mismo obsequio muchas tardes. Cuando salía del parvulario, me sentaba en sus rodillas y me ponía ante tres o cuatro sobres y la lámina menguante de estampillas de correos, que yo cortaba por la cenefa perforada teniendo cuidado de no romperlas: separaba un sello, lo pasaba por la lengua para humedecerlo, y lo pegaba cuidadosamente en el ángulo superior derecho del sobre, golpeándolo varias veces con el puño. El sabor dulzón de la goma en la punta de la lengua y la melancolía al desprenderme de aquellos papelitos coloreados cuando los echábamos en el buzón de correos aún los recuerdo esta mañana luminosa. ¿Por qué no te haces una colección con los de las cartas que llegan a casa?, me proponía, pero a la carpintería no llegaban suficientes cartas como para hacerse con una colección, y las pocas que llegaban, de proveedores o de la caja de ahorros, tenían los sellos manchados de tinta.

–Esos sellos manchados de tinta, con la fecha en que fue enviada la carta y el lugar de donde procede son los que más aprecian algunos coleccionistas –insistía.

Mi tío Ramón me dejaba pegar los sellos, me regaló un carro de madera y un pájaro vivo atado con un hilo por la pata, me llevó a la feria y consiguió para mí un camión de hojalata en la caseta de tiro. Si levanto la vista, puedo ver –por detrás de las hojas afiladas de las cañas– los montes pelados: pedregales de color azul sobre los que crece a duras penas un bosquecillo de pinos; en cotas inferiores, los bancales punteados de olivos, y la mancha de algún algarrobo. El mismo paisaje que miré con él. En esta mañana fría, siento en la lengua el sabor dulzón de la goma.

Fue al volver de la guerra cuando mi padre pensó quedarse en el pantano hasta que pasaran los malos tiempos, pero mi madre lo convenció para que se presentara en el ayuntamiento y se entregara.

Desde los días en que mi madre le pedía que se entregara y la abuela le exigía que se marchara, que se escondiese donde nadie pudiera encontrarlo, la abuela sospechó de mi madre. Confusamente se instaló en ella el sentimiento de que, por el egoísmo de tenerlo cerca, no dudaba en poner en peligro su vida. Mientras él permaneció en la cárcel se le metió en la cabeza que, sofocadas las emociones revolucionarias, la nuera se arrepentía de su desliz, de la boda republicana ante los camaradas, del hijo que había empezado a corretear por la casa –Germán, mi hermano mayor– y del que le mordía unos pechos escasos de leche, malnutridos, yo, un niño al que el marido ni siquiera conocía porque su nuera tardó meses en llevarlo con ella a las visitas que le hacía en la cárcel, alegando que era demasiado pequeño y frágil para un viaje que resultaba tan pesado e inseguro. No quiero exponer al niño, sabe Dios lo que puede pasarnos en el tren, lo que nos puede pasar a la entrada de la cárcel. Se llevaban la abuela y ella al mayor, y no en todos los viajes. En muchas ocasiones se lo quedaban los padres de ella. La abuela creía que estaba deseosa de cambiarlo por otro marido, quizá mejor dotado para enfrentarse a los tiempos que se iniciaban. Al fin y al cabo, aquellas bodas civiles ahora no tenían valor, eran nulas. Hay en la relación un momento confuso que nadie me explicó nunca. La abuela era desconfiada y no acababa de querer a mi madre, una muchacha torpe, que carecía de ideas propias, y que toda la energía la ponía en fregar la casa, lavar la ropa y cocinar, siempre mohína, llorosa, porque mi padre estaba fuera y ella a merced de la suegra autoritaria. La abuela le exigía otro vigor a aquella mujercita. Las discusiones entre las dos mujeres por la entrega de mi padre las habían separado. Mientras mi abuela vivió, nunca se rompió la distancia que se había generado en aquellos días. Tu padre se entregó por no oírlas, bromeaba el tío Ramón cuando me lo contó años después.

Se entregó y pasó casi tres años en la cárcel pendiente de una condena a muerte que le fue conmutada. Salvó la piel, pero se sintió desertor de un ejército que sólo existía en su cabeza, la fantasmal armada de los que hicieron lo que él querría haber hecho, luchadores que no se rindieron, que consiguieron cruzar la frontera, se echaron al monte para unirse al maquis, o se quedaron en el pantano, y vivieron de la caza y la pesca durante unos años. Lo hicieron algunos del pueblo, inocuos robinsones a quienes, por lo demás, no les fue bien en su forzosa vida lacustre: contraían el paludismo, se les infectaban las heridas, cualquier pinchazo con una caña en aquel ambiente les provocaba el tétanos, condenándolos a muertes atroces, sufrieron las exhaustivas batidas de guardiaciviles que los perseguían como si fueran alimañas, e incluían las quemas de vegetación. Hasta Olba llegaba el ruido de los carrizos que estallaban al arder y el pegajoso olor del humo que asfixiaba a los animales del marjal. Arrojaban gasolina para que el fuego se propagara por los cañaverales y quemara las matas, muchas de las cuales eran islotes de vegetación flotante. No todo fue represión. Hubo su parte de negocio. Con la excusa de cazar a aquellos desgraciados aceleraron la desecación de las lagunas, promovieron los aterramientos, y les regalaron tierras pantanosas a algunos camaradas y excombatientes concediéndoles autorización para drenarlas y cultivarlas. La codicia fue un acicate para movilizar a los voluntarios que participaban en las batidas. Fincas como Dalmau o La Citrícola nacieron de aquellos repartos. La exportadora Dalmau se creó a partir de las roturaciones en los terrenos pantanosos adjudicados al general Santomé, poco más que un chusquero ascendido por méritos de guerra (y, según fui enterándome, instigador en la retaguardia de fusilamientos indiscriminados, tiros en la nuca como el que le dieron a mi abuelo, quemas de caseríos con los habitantes en el interior: campesinos acusados de proporcionar alimentos, ropa, mantas o simplemente de dar conversación a los fugitivos y fumarse un cigarro con ellos), y La Citrícola nació de la superficie de laguna que le concedieron para su desecación a Pallarés, un camisa azul que caciqueó –pistola en la sobaquera– la zona hasta bien entrados los sesenta, momento en que se hicieron cargo de

97

la finca los herederos, que, signo de los tiempos, se han comportado con bastante más discreción aunque con idéntica codicia en negocios ya limpios de las viejas telarañas ideológicas: dinero en estado puro, sin el envoltorio de arengas patrióticas, proclamas ni rumor de armas. Las agresiones programadas al pantano fueron mezcla de estrategia militar, venganza política y rapiña económica. La tormenta perfecta, que dicen ahora los cursis para expresar que las condiciones para que ocurra algún desastre se dan a punto de caramelo. Cuando capturaban a uno de los evadidos, los guardiaciviles exhibían su cadáver paseándolo en carro o en la caja de alguna camioneta por las calles del pueblo. Los vecinos se sentían orgullosos de fotografiarse de pie detrás de los cuerpos putrefactos. Alguien tiene que tener esas fotos, idénticas a las que se hacen los cazadores cuando concluye una batida de jabalíes. Las piezas cobradas muestran manchas negras en el pómulo, en la frente, en la camisa, en la entrepierna del pantalón. Ésos han sido los súcubos que han perseguido a mi padre. A los batidores de aquellas cacerías los vigiló después durante años, mediante las informaciones que le aportábamos la mujer y los hijos y no sé si algún informador secreto. Lo alimentaban nuestras palabras. Ahora ya sé que las palabras nutren. Yo también he llegado a aprenderlo: puedo hacerle un buen sancocho de gallina porque acá, en la tienda del locutorio, venden toditos los ingredientes, y venden la yuca, el ñame, y todo eso que antes no se podía encontrar en las tiendas de ustedes, pero ahora, desde que pusieron el locutorio-tienda de la esquina, lo venden todo allí como si estuvieras en el mismo Manizales, en Medellín o en Popayán: puedes cocinar un patacón pisado, unas arracachas, preparar unos buenos tamales de pipián, todo lo puedo cocinar yo acá el día que usted quiera. No me diga que no le gusta esa cocina que no probó nunca. Primero hay que probar. Y a lo mejor también a su papá le gusta, su papá tuvo que ser un hombre muy dulce, a mí me hace pensar en mi abuelito.

Se enfadaba cuando escuchaba que a mi tío las cosas le iban bien en Misent. No falta el trabajo, los turistas compran apartamentos, chalets, se necesitan puertas, marcos de ventana, persianas, comentaba mi tío mientras se echaba un chorro de coñac en la taza de café y mi padre le decía que aquí las cosas seguían más o menos igual: en Olba somos gente de agua dulce. Y el agua dulce sólo atrae mosquitos. Se burlaba de él: ahora pescarás en el mar. Sé que los aparejos para pescar en el marjal se los has dejado a éste (no decía mi hijo, o Esteban, ni siquiera el muchacho: éste). Tráenos algún mero, alguna loncha de atún en salazón o algunos salmonetes de roca el día que vuelvas a visitarnos. Cuando decía gente de agua salada, no se refería a los pescadores del puerto de Misent, que siempre han formado una colonia marginal de gente pobre (¿te olvidaste de aquello, Leonor? Las casas que se inundaban cuando el mar batía, carentes de servicio, de cualquier comodidad), sino a quienes llegaban atraídos por la fuerza imán de la costa, el hechizo del mar, que ha generado tanto trasiego, tanta especulación durante los últimos decenios, una invasión de la que mi tío había empezado a formar parte. Misent. El mar trajo a principios del siglo XX a los primeros turistas que pisaron Misent, unos cuantos burgueses, familias con pretensiones de aristócratas, como durante los siglos precedentes trajo a comerciantes, aventureros, contrabandistas (el mar como fuente de violencia), invasores que obligaban a los hombres de agua dulce a protegerse, llenando el litoral de torres vigía y fortalezas defensivas, que se levantaban en medio de los marjales, el incierto mar como metáfora de ambigüedad moral: los casinos de Misent, los prostíbulos, las fondas y los cafés que atraían a los marineros que amarraban en los noráis del puerto y a los campesinos de los pueblos de interior. Se proveían en los almacenes, se dejaban auscultar en las consultas de los médicos, firmaban documentos en las notarías, y frecuentaban cafés, casinos y ruletas, hasta que los bombardeos de la guerra dejaron el puerto inutilizado durante decenios y Misent pasó a ser una ciudad muerta: no llegaban barcos que descargaban maderas o cemento y cargaban uvas pasas e higos, naranjas, pomelos y granadas, embalajes de maderas pintados de llamativos colores y en cuyo interior se ordenaban los frutos envueltos en delicado papel de seda. Seguían veraneando las familias burguesas, que tuvieron sus cafés en la avenida Orts, pero aún no se trataba de invasores, los que acudían a veranear eran una especie de invitados: vivían en casas elegantes, con fachadas llenas de molduras de escayola tras altas tapias cubiertas de jazmín, galán de noche y glicinias, situadas en los tosales que dominan la llanura, con vistas a las plantaciones de viñedo; para aquella gente, el mar era sólo una cenefa azul en el horizonte; aún no esa fuerza invasora que llegó después: decenas de miles de chalados (así, chalados, los ha llamado él, chalados, mochales), que se han comprado apartamentos en sus orillas, ¿quién ha vivido nunca a la orilla del mar?, decía, en la orilla han estado siempre las viviendas más miserables, las de pescadores y gentes sin oficio, y, claro, los almacenes de los comerciantes, que no tenían más remedio que estar a pie de negocio, y las fondas y pensiones para marineros y putas. Yo mismo veo las cosas un poco del modo en que él las ha visto, y, en ese maremágnum, el pantano me parece el núcleo de pervivencia de un mundo sin tiempo, que se sostiene a la vez frágil y energético, en el centro del tapiz menguante –verde piel de zapa– que forman los campos de naranjos y pomelos, las plantaciones de frutales, las huertas que beben del pantano gracias a un complicado sistema de acequias. Llamamos naturaleza a formas de artificio que precedieron a las nuestras, no nos paramos a distinguir que los paisajes no son eternos, han estado, y están –como nosotros– condenados a dejar de ser, no siempre más despacio que nosotros mismos. Puedo dar fe de ello. Basta fijarse en lo que ha ocurrido en los últimos veinte años. Pero ¿qué te pasa? No me pasa nada, no, déjeme, no se preocupe usted, no es nada, no estoy llorando; o sí, sí que lo estoy, don Esteban, lloro pero es por nada, mis cosas, son preocupaciones mías que no tengo por qué traspasarle a usted, son mis cosas, mis problemas. Pero, hija, tranquilízate, dime qué te pasa. Para, para. Cuéntame ese llanto a qué viene, cálmate, serénate un poco, así, toma un pañuelo, límpiate, así, así, a ver esa cara, levántala un poco más, deja que te limpie yo, ¿ves? Así está mejor, hala, ya está, tranquila, que te pones muy guapa cuando sonríes, y si lloras te pones fea, aunque no es verdad, no te pones para nada fea, estás guapa siempre, pero no quiero verte triste, a ver, te limpio otra vez, perdone, perdone usted por esta confianza, pero no, no te preocupes, puedes apoyar la cabeza en mi hombro, así, apóyala si eso te tranquiliza, relájate, qué mano tan pequeña tienes, fíjate, si la pones junto a la mía, parece de juguete, una mano de muñequita, mira, la envuelvo con mi mano y no se ve nada, desaparece, así me gusta, verte reír otra vez, con esos ojos tan preciosos, tienes las manos pequeñitas, mira, ponlas sobre las mías, ja, ja, fíjate si las cierro, no se ven, se quedan metidas dentro de las mías, tienes las manos pequeñas pero los ojos grandes. Relájate. Todo pasa, no hay mal que cien años dure, cuando te venga una desgracia piensa que las cosas no vienen para quedarse, pasan, la vida es eso, nacer y morir, pasar y pasar, nada se está quieto, todo se va, nos vamos, mi madre hace más de veinte años, y el tío Ramón, ¿cuántos años hace que murió el tío Ramón?, el que no llegó a tiempo de participar en la guerra, aquel al que mi abuela daba de cachetes mientras lo apretaba contra su cadera cuando entraron los fascistas, ¿pero no veis que es un niño?, decía, el que se casó tarde, enviudó pronto y nunca tuvo hijos, aunque muchas veces pienso que sí que tuvo un hijo, que fui yo, del mismo modo que él fue para mí lo más parecido a un padre. Los últimos años volvió a Olba, había cerrado el taller de Misent cuando murió su mujer: todo me recuerda a ella, no soporto la carpintería, ni la casa, ni los muelles del puerto, ni los cafés y las tiendas y las sucursales bancarias de la avenida Orts. Le dio por echarle la culpa a un Dios en el que no creía. Los hombres –decía– pueden joderte la vida entera, pero, como aseguraban los místicos, te dejan libre la eternidad para que descanses, o para que sigas cagándote en sus muertos. Cada hombre tiene su forma particular de mal y tú puedes prepararte para hacerle frente (hablaba de los hombres como de los peces y de los jabalíes, a cada uno su carnaza prendida en el anzuelo, de cada uno su voracidad, a cada cual su trampa). No les tengo miedo a los hombres, me da miedo que Dios exista. Ése ha tramado el mal de cada uno de nosotros, el nuestro, el que guardamos dentro, el que sale al exterior para torcerlo todo. No quiero pensar de qué estará compuesta esa divina cabeza ni qué cagará ese sagrado culo, Marte y el Sol y Júpiter y la Luna, sus boñigas, y nosotros y las ratas y las cucarachas, malolientes salpicaduras.

Alguna tarde me pedía que lo acompañara en el coche a las putas. Allí, subía al cuarto con alguna de ellas, pero ni siquiera se desnudaba: cómo me voy a desnudar, con todas estas grasas que se desmoronan (seguía engordando, la viudedad lo había vuelto más glotón, los ojos se le empequeñecían encajados entre almohadillas de grasa) y esas venas que me estallan por todas partes. Se levantaba la pernera del pantalón y me mostraba sus piernas varicosas, a la vista toda la gama que va desde el azul celeste al azul marino, el lila y el negro. Pagaba, se sentaba en la cama, miraba a la muchacha desnuda durante media hora, alargaba la mano para tocarla, apenas una caricia, y volvía a bajar vacilante la escalera, la palma de la mano palpando la pared en busca de apoyo. De camino a casa, yo lo miraba de reojo, sentado en el asiento del copiloto, y veía el fulgor que rebalsaba el párpado y resbalaba por la mejilla. Cómo podían ser hermanos aquel hombre sensual que buscaba en su vejez el placer de la mera visión de la carne, y se peleaba con la vida de tanto como la quería, y mi padre, el oscuro murciélago que se mantenía durante semanas enteras sin salir de casa y con las ventanas entornadas para que no le hiriera la luz del sol. Sin embargo, con esa falta de sentido que exhibe el universo, fue el que estaba lleno de vida el que murió primero, mientras el otro se ha quedado agriándose: el que hace más de sesenta años mostraba desinterés por la vida aún se pudre y contagia con su amargura cuanto le rodea.

Tampoco nos parecíamos Germán, mi hermano mayor, y yo: variante del mismo tema bíblico, Caín y Abel, sombra y luz, aunque, en este caso, el murciélago superviviente he sido yo, y fue él quien murió de un fulminante cáncer de pulmón (no fumaba). Desde el primer día dijo que no quería ser carpintero. Le gustaba la mecánica, desmontar y montar piezas de coches y motocicletas. Aunque al principio se opuso con todas sus fuerzas, al final mi padre cedió y le ayudó a abrir un taller que se acabaron quedando la mujer y los cuñados, un final nada bonito y un colofón poco ejemplar. No es fácil entender cómo aquella muchacha tan enamorada, Laura (al parecer su padre le puso ese nombre por la película, estrenada por entonces, era siete u ocho años más joven que él), siempre cogiendo del brazo a mi hermano, besuqueándolo, la chica alegre, servicial, que ayuda a preparar la comida y a servir la mesa, meticulosa con los detalles domésticos, pendiente de todo, atenta a las necesidades familiares, que le trae regalos a mi madre y la llama mamá, y besuquea a mi padre y lo llama papá, la que ha conseguido que él no gruña cuando nota en la mejilla sus labios, y se emocione con el par de calcetines o el jersey que acaba de regalarle, sacrificada, hacendosa, fuera la que cortó toda relación con nuestra familia en cuanto Germán murió. Ni siquiera durante su enfermedad se portó demasiado bien con su marido desde que se enteró de que se trataba de un cáncer letal. Se contagió de un frío desinterés por cuanto se refiriera a nosotros, a su familia política, incluido su marido. Germán estuvo más atendido por mi madre que por ella, que se pasó los últimos días correteando el registro de la propiedad, los bancos, las notarías y los despachos de abogados, pendiente de dejarlo todo bien amarrado, haciéndole firmar papeles a mi hermano cuando ya no podía sostener la pluma con la mano. Hasta a mi padre lo llamó para que firmase unos cuantos documentos. Por los niños, se justificaba. Al final, consiguió quedarse con el taller y la casa que mi hermano había montado con el dinero paterno. Durante varios años, mi padre tuvo que seguir pagando las letras pendientes. Pero, entonces, qué eran aquella voz dulce (no se parecía a la estilizada Gene Tierney que protagoniza la película, era baja, regordeta, aunque con una cara muy alegre), aquella hiperactividad doméstica cuando comían en casa, su afán por colocar platos y cubiertos, por estirar y planchar el mantel, por ayudar en la cocina, la amable hormiga hacendosa que llamaba papá y mamá a mis padres y besuqueaba a mi hermano y le colocaba el cuello de la camisa y le palmeaba las nalgas, o se cogía a su cintura, o entremetía los dedos de su mano en los de la de él mientras le miraba embelesada los ojos. ¿Todo teatro? ¿Todos actores, que en cualquier momento nos cansamos del papel que representamos y tiramos el disfraz? ¿O podemos decir que hay gente de verdad? Pero ¿qué es eso?, ¿qué quiere decir gente de verdad?, y si eso no quiere decir nada, ni es nada, ¿qué sentido tiene la vida?, ¿qué es de nosotros si no existe esa gente? Uno tiende a pensar que la verdad de las personas aparece en los momentos decisivos, en el filo, cuando se bordean los límites. El momento de héroes y santos. Y, mira por dónde, en esos momentos el comportamiento humano no suele resultar ni ejemplar ni estimulante. El grupo que se da de codazos por llegar el primero a la taquilla en la que se expenden las entradas para un concierto; los espectadores que se pisotean huyendo del teatro en llamas y pasan por encima de los más débiles sin fijarse en ellos, el niño, las marchitas carnes del anciano, aplastados por las suelas de los ansiosos fugitivos, pinchados por los tacones de las jóvenes vestidas con elegancia para la salida nocturna; los honrados ciudadanos, incluidas las señoras –de buena familia, u obreras, en eso no hay distingos– que golpean furiosos con los remos las cabezas de los náufragos que intentan acceder al repleto bote salvavidas. Sálvese quien pueda. Ya lo sabemos, padre, tu lugar en el mundo es fácil de conseguir, la vida se empeña en darte un día tras otro la razón. La gran familia humana. De los dos nietos que te dio tu hijo mayor no hemos vuelto a tener noticias: desaparecidos. De cuando en cuando, mi madre lagrimeaba por ellos: tengo nietos y es como si no los tuviera. Esa sinvergüenza (ahora era sinvergüenza: ya no era hija, hija mía, te he guardado una fiambrera con croquetas para que os las friáis esta noche en casa, que a los niños les gustan mucho recién hechas, calentitas), esa sinvergüenza, decía mi madre, me los ha quitado (los nietos). Los ha robado. Como robó todo lo de nuestro hijo. Como nos robó lo nuestro.

Los hijos de mi hermana le aquietaron un poco el recuelo de maternidad que estimulan en las mujeres los nietos. A éstos los tenía, aunque fuera lejos, en Barcelona. Venían a verla. De su hija no hablaba mal, pero yo sé que le dolía que no la hubieran invitado nunca a la casa de Barcelona. No lo hicieron. O porque les molestaba la vieja y no sabían qué hacer con ella en la ciudad, o porque –como decía Carmen– la casa era de verdad pequeña. Ella lo sufría como desamor, pero eso se convertía en un estímulo. Sufrir la entretenía, le daba sentido al tiempo, lo fijaba; y le permitía quejarse, desaguar su amargura: ellos, los niños, allí; y ella, su abuela, aquí, a cuatrocientos cincuenta interminables kilómetros de distancia. Les mandaba por correo jerséis que les tejía, chaquetas que les compraba e imagino que mi hermana regalaba a algún pobre, a algún vecino necesitado, jerséis pueblerinos, rebecas y chaquetas pasadas de moda, nadie con aspiraciones debía de vestir así en una gran ciudad. A los hijos de Germán no volvió a verlos, no vinieron ni a su entierro, no recuerdo si, cuando ella murió, vivían aún en Misent, que era adonde mi hermano se había trasladado cuando se casó y donde había abierto el taller. Ahora sé que no viven ya allí. Hace años que mi cuñada vendió casa y taller –el taller se lo traspasó a uno de los hermanos de Leonor–, se casó de nuevo, y se los llevó fuera, no sé si a Madrid. Desde luego, yo no me he cruzado nunca con ellos. Imagino que se acordarán de nosotros cuando se enteren de que el viejo ha muerto y yo no dejo herederos. Confiarán en sentarse con el resto de la familia para dar cuenta de los despojos. Ellos, los nietos, y los hijos de los nietos, si es que los tienen, que alguno tendrán, y los hijos y nietos de Carmen (de los nietos de Carmen conozco su existencia, pero no los ha traído nunca, sólo he visto fotos. La culpa: las nueras, ya sabes cómo son las nueras). Llaman ropavieja al guiso que se prepara friendo los sobrantes del cocido del día anterior. Pues eso vendrán los de Germán a comerse, la ropavieja. Conocerán a sus tíos: al tío Juan (el que nació después de mí), el calavera, que llegará desde algún lugar del mundo para reunirse con ellos en el despacho de la notaría; conocerán a su tía Carmen y a los primos y sobrinos de Barcelona, se besarán felices de encontrarse, intercambiarán teléfonos, direcciones, todos de buen humor, optimistas ante la perspectiva del dinero obtenido por el reparto de las cuentas, por la venta de casa y carpintería, un solar magnífico en el centro del pueblo, aunque ahora ni pensar en venderlo, a cualquiera se le ocurre poner algo en venta, si está todo en oferta, si es temporada de saldos; en cualquier caso, felices por las tasaciones del terreno de Montdor, a pesar de que también esté en caída libre el precio de los terrenos ahí arriba: la tercera parte de lo que se pagaban hace media docena de años, pero aún hoy una suma muy apetecible; por la huerta que cuidó mi padre hasta hace no muchos años, hoy reconvertida en zona urbana y que, como lo demás, vender en estos momentos supone una tarea casi imposible.

Hasta para morirse ha tenido mala sombra el viejo, comentarán en broma en el saloncito del tanatorio, el ataúd con el cadáver de papá detrás de la cortina que alguien ha corrido pudorosamente, porque no resulta agradable verlo a pesar de que los de la funeraria han hecho un trabajo excelente. Un ciezo toda la vida ha sido nuestro padre, un amarguras, dirá la que fue su hija predilecta. Y Juan, el tío calavera: un rata, un egoísta, acordándose de todas las veces en las que se hizo el sordo cuando él le pidió ayuda. A ellos, a los hermanos supervivientes, a los sobrinos, los hijos y nietos de Carmen y los de Germán, los acercará durante unas horas la codicia, hasta que descubran que los cajones de casa están vacíos y no queda nada en las cuentas, y que terrenos y domicilio y taller ya no son propiedad de la familia, entonces llegará precipitadamente el fin de esa confraternidad y sustituirán los lazos familiares por los documentos de una sociedad limitada constituida con fines judiciales, las peticiones de una derrama para pagar un abogado (un buen abogado, dirá alguno de ellos, supongamos que la viuda de Germán. El mejor, fijaos que vamos contra los bancos, el tema es de aúpa), las discusiones porque al hermano saltarín y calavera ha de parecerle necesariamente caro lo que proponen la hermana de Barcelona y sus descendientes (seguro que, con ese motivo, hasta viene el marido, ¿cómo vas a ir tú sola?, para vigilar de cerca el negocio mejor cuatro ojos que dos), y los hijos y probables nietos y la esposa del hermano que descansa en una tumba de Misent desde hace decenios. Y al poco tiempo, tras los primeros escarceos, y el darle vueltas al tema por aquí y por allí, estallará la gran batalla, el Waterloo familiar, regreso al estado natural de la humanidad, todos contra todos por todos los medios, sin piedad ni distingos, hermanos contra hermanos, cuñados contra cuñados, tíos contra sobrinos, nietos contra abuelos, primos que se enfrentan entre sí, intentando comerse unos a otros a bocado limpio, porque las perspectivas de obtener algo son muy dudosas (que no se nos olvide que vamos contra los bancos, un asunto correoso), y por la falta de resultados de las gestiones forenses, a pesar de lo elevado de la minuta del abogado (renunciaron al que yo propuse como el mejor, porque la derrama no dio más de sí, miserables hasta para ganar dinero, y eligieron a éste, que, al final, ha resultado más caro y ha acabado siendo un tunante de tres al cuarto, se quejará la de Germán), y las irremediables sospechas de que hay un acuerdo de un sector de la familia con el abogado con el propósito de despojar a los demás; y de nuevo la continuación de la gran guerra familiar por otros medios, y en otros ambientes, las frías y húmedas Ardenas, el polvoriento El Alamein. Y, una vez que se convencen de que lo único que pueden heredar son deudas, y están defendiendo una absoluta ruina (ahora la escenografía es más bien Monte Casino-mayo de 1945, un paisaje quemado en el que sólo quedan muros calcinados, cadáveres hediondos y media docena de moribundos), la disolución de la sociedad y la separación sin rencor. Ahí, el hermano saltarín, por lo que pueda ocurrir, repartirá una tanda de besos, no vaya a ser que aún alcance a rebañarles algo, un préstamo, un anticipo, una cena, o una plaza en la mesa del comedor y una cama caliente, ahora que tiene sus direcciones y, sobre todo, los teléfonos y direcciones de internet, gateras por la que se cuelan los intrusos en nuestro tiempo; lo dicho: una tanda de besos y despidámonos como hermanos, sin rencor. Queda la desesperanza, el descrédito de la familia en la que tantas ilusiones pusieron, la que, por un momento, llegaron a pensar que iba a ser imprescindible reunir de vez en cuando, sólo para notar el calor de la pertenencia al clan: para que no sea ni Madrid, donde vivís vosotros, ni Barcelona, donde vivimos nosotros, podríamos vernos una vez al año en algún sitio a mitad de camino, en Zaragoza, en Teruel, el Monasterio de Piedra que es precioso, ¿verdad, Pedro? (es Carmen, dirigiéndole la pregunta retórica a su marido). Estuvimos hace un par de años en el Monasterio y vimos la cascada de la Cola de Caballo, ya os digo, todo precioso; vernos una vez al año para banquetear juntos (se suponía que con los restos del botín que pudieran rebañar). Parece mentira, tanto egoísmo entre hermanos, entre primos, sangre de nuestra sangre, se quejará de vuelta en Barcelona mi hermana Carmen a los amigos más íntimos. No puedo creer que todo sea tan mezquino, se lamentará, benéfica, seráfica. No ha sido un espectáculo instructivo para los muchachos. ¿O sí? Mejor que vayan aprendiendo cómo las gasta la vida.

Con su pan se lo coman. Hermanos. De momento, una desaparición dura (la muerte siempre es eso, dureza), la de Germán, y dos desapariciones menos estridentes, dos fugas blandas, progresivas, sigilosas: la de Carmen y la de Juan, sombras familiares que se mueven en la lejanía sin que sus radiaciones nos den un poco de calor: Juan emite escasas señales desde su vida nómada, y supongo que agitada, aunque quizá el paso del tiempo lo haya tranquilizado: el tiempo nos domestica a todos, nos tranquiliza, nos seda, nos acuna suavemente hasta que nos duerme. La última vez que Juan telefoneó hace tres o cuatro años fue para contarnos que tenía una empresa inmobiliaria o algo relacionado con la construcción en Málaga. Algo así me dijo. Todo bien, todo bien, decía con voz de vendedor de crecepelo. Ya te contaré. Dile a padre que se ponga. Pero padre no se quiso poner, me hacía gestos con la mano, como apartándose una avispa. Padre no está ahora aquí, le dije, ha salido a dar un paseo y vendrá tarde. Qué pasa, se quejó, ¿que no quiere ponerse? Yo no le respondí nada. Silencio. Carraspeó, y: que os den, empezó a decir en el momento de colgarme el teléfono, una décima de segundo después de que lo colgase yo, sin ningún interés por saber quiénes, qué o por dónde iban a darnos. Desde entonces, silencio. Estoy convencido de que también esa vez mentía, ni Málaga, ni inmobiliaria, ni bienestar. Ése no ha dicho una verdad en sus más de sesenta años de vida. Puede estar en cualquier parte, en A Coruña, en Bilbao, en Bangkok, repartiendo naipes en cualquier timba en el reservado de un garito de carretera, el pitillo en la boca y una rayita en el lavabo esperándole para cuando termine la mano; cortándose las uñas de los pies en la celda de una cárcel o apretando los codos contra un colchón esforzándose para ver si le saca algún gemido a una muñeca internacional. O ha salido de una cárcel hoy y llama por teléfono porque intuye que mañana entrará en otra, y ha de aprovechar el momento en que tiene acceso a una cabina y suficientes monedas para establecer llamada, maquinando quién va a pagarle la fianza que necesitará para salir del nuevo presidio. La última vez que vino se presentó con una ucraniana con la que, según dijo, se había casado (ella tendría unos treinta años menos que él), y luego resultó que era mentira, que ni boda, ni pareja de hecho, ni siquiera relación más o menos estable: una puta que lo acompañaba en su aventura porque se la había encontrado en el camino unos días antes, buscona ella, buscón él, un gancho que se traía para facilitarse los atracos, los que diera, incluido el que pensaba darnos a nosotros. La metió en casa, y aquí se estuvieron los dos, el falso matrimonio, durante un par de meses: moscones que zumbaban en torno nuestro repitiendo a cada instante la palabra dinero, porque eso, dinero, era lo que querían conseguir, mi hermano decía que para instalarse en algo que iba a aportarle estabilidad a él y riqueza a todos nosotros. Aunque para empezar ese negocio fabuloso necesitara liquidez, cash, contante y sonante. Quieren pasta a toca teja –nos decía a mi padre y a mí–, para poder sustanciar el gran asunto, y porque ya se sabe que los bancos no conceden crédito sin avales, poner la morterada de dinero nuestro sobre el mostrador del banco como aval del saco de crujientes billetes que él iba a recibir a cambio. Me lo dejáis (ya había olvidado lo de me lo dais a cuenta de la herencia, yo firmo la renuncia: ese truco no funcionó). O, más fácil aún, yo ni siquiera toco vuestro dinero, firmáis para que el banco os lo retenga a plazo fijo mientras yo pago lo que ellos me presten. Una especie de fianza que no será fianza, que estará dándoos beneficios, prácticamente lo mismo que hacéis ahora, supongo, porque tendréis dinero a plazo fijo, ¿no? Todo el mundo tiene dinero a plazo fijo. Lo que os propongo es muy fácil y vosotros no tenéis que desprenderos del dinero, ni arriesgarlo. Es un tipo de aval que no pone en peligro lo vuestro. El olor del dinero –ese por el que se sabe que está cerca, pero no exactamente dónde, ni cómo conseguirlo– debe de alterarte mucho los demás sentidos, porque no sé cómo podía creerse que iba a sacarle un céntimo al viejo, al que no ha habido manera de atracarle. Ni truco del nazareno ni trile ni avión, no se lo ha sacado nadie ni con buenas palabras, ni con ruegos, ni con amenazas. Ni siquiera la cercanía del final volvía generoso a mi padre. ¿Para qué querrá la pela el puto viejo? –me preguntaba mi hermano pequeño, queriendo convertirme en cómplice, como si a los dos nos movieran los mismos intereses y no intereses opuestos, lo que tú consigues yo lo pierdo, y viceversa: otra vez lo de Caín y Abel, la aburrida historia–, ¿cuándo y en qué pensará gastársela?, porque en el más allá no admiten papel moneda. Además, culminaba la broma, él es comunista y no cree en la otra vida. Yo me hacía el longuis: ya ves cómo me tiene a mí, le decía, a pan y agua; aunque no me olvidaba de barrer para casa: tampoco creo que tenga tanto dinero el viejo. Él: pero la carpintería va bien, ¿no? Pse, soplaba yo como queriendo decirle que ni fu ni fa. Desde luego que no iba a sacarnos el dinero con la trampa del cariño. No iba a sacárselo al viejo y no iba a sacármelo a mí, que aquellos meses no le di ni para el tabaco que me pedía alguna mañana. Me lo pedía, déjame quinientas pesetas para tabaco, para poder tomarme un café, una cerveza, estamos sin un duro. ¿Y cómo te crees que estoy yo?, me defendía. Yo no se lo daba, y a ellos los veía fumar (la ucraniana fumaba aún más que él), tomarse cañas en La Amistad, el bar de enfrente de casa, y llegar algunos días montados en un taxi de Misent. Prefería no conocer sus actividades, la fuente de sus ingresos. En cualquier caso, a la pareja no le faltaba la comida. Cuando les venía bien, comían con nosotros. Eso sí que lo hacían. Para eso, el viejo ha sido estricto, buen padre. La comida de casa es de toda la familia, para todos la misma ración de arroz, de acelgas, de cazón, las mismas brecas, el mismo trozo de tortilla a disposición de quien quiera tomarlo. Ningún lujo, pero nutrición correcta. Justicialismo: de cada uno según sus posibilidades y a cada uno según sus necesidades. Marx en estado puro. Pero, fuera de ahí, fuera del apartado nutritivo, al viejo, mientras ha tenido uso de razón, nadie le ha sacado un céntimo. Tiene un método muy fácil: no te lo enseña, el dinero, no habla de él, no cuenta con él, se supone que no existe, no ha existido mientras ha tenido uso de razón (ni somos explotadores ni somos especuladores). Y eso es lo que volvía loco a Juan, saber que tenía que existir, que estaba en alguna parte que él no conseguía localizar. Daba por supuesto que algo de dinero –el que fuera, mucho o poco– tenía que haber, y le desesperaba olfatearlo: el perro se exaspera porque huele el orín de la liebre, la piel, y hasta husmea la sangre que bate su corazoncito, pero no encuentra la puerta de la madriguera en que se refugia el animal. Jadea, gruñe, escarba, ladra el perro. Yo sí que sabía las coordenadas de la madriguera, y podía ver su boca, pero tampoco era capaz de dar un paso en el interior del agujero. En realidad, la liebre no era de gran tamaño, animalito exiguo, pero se cobijaba en tres madrigueras, la CAM, Banco de Santander y Banco de Valencia. Que yo supiera, ni un céntimo en casa, nada de cajones cerrados con llave o caja fuerte tras un cuadro. Algo así como la santísima trinidad: la pasta era una, pero reverberaba pálidamente en tres entidades bancarias distintas, ahí se pagaban las facturas de los proveedores, se ingresaban los cheques de los clientes, se domiciliaban los recibos de la luz, del agua, las contribuciones municipales. Y nuestro padre tenía en exclusiva la llave de entrada de las tres puertas. Era él quien hacía y deshacía. El único que tenía firma. Cuando hace dos años saqué del banco la cantidad que necesitaba para hacerme socio de Pedrós, y poco tiempo después el resto para ampliar la participación en la sociedad, estaba aterrorizado pensando que el viejo iba a recuperar a la vez razón y habla para llamarme ladrón. Aunque llamar robo a lo que he hecho es una manera poco precisa de hablar. Mejor sería llamarlo restitución, o anticipo o liquidación de cuanto me debe, deuda histórica lo llaman ahora los políticos autonómicos cuando le reclaman al Estado más transferencias de capital. Otra cosa es que me haya equivocado, o que arriesgara en exceso, qué podía hacer, cómo actuar, quién preveía lo que ha llegado; que lo que parecía un bien en ascenso, un globo, se deshinchara hasta caer al suelo y se prendiera en llamas. Necesitaba ver engordar ese capital escuálido que había guardado después de tantos años, ver despegarse del suelo nuestro particular aerostato, que volara junto a otros que yo veía flotando orgullosos en el cielo, un dinero que era tan mío como suyo, el fruto de nuestro trabajo en la carpintería; que se hinchase más deprisa para asegurarme un final digno. Se trataba de pagar la eutanasia, la suya y la mía, la de los dos, el lugar de reposo, financiar la atención (ayuda a la dependencia, lo llaman los socialdemócratas a los que tan generosamente ha odiado mi padre), los cuidados paliativos, y la operación con Pedrós iba a tener efecto anabolizante, iba a muscular un poco nuestras flácidas cuentas: eso fue todo, pero era mi dinero y el suyo, el dinero de los dos. La liebre fui yo, yo era mi orín y mi piel, me olfateaba y cazaba a mí mismo. Me cacé y perdí la pieza. Qué se le va a hacer.

Mi hermano: si no os satisface ninguna de las soluciones que propongo, me conformo con que me firméis un aval redactado de tal modo que los dedos del banco no puedan llegar nunca hasta vosotros. Sé cómo hacerlo –insistía infatigable–, un aval que le pasa la pelota a otro, avales en cascada –él a lo suyo–. Tengo un amigo en Barcelona que ha redactado unos cuantos contratos-trampa de ésos que luego el banco se tira de los pelos por haberlos firmado: así nos mendigaba, intentaba engañarnos, ¿cuándo le han colado avales de pega a un banco? Los banqueros pueden pegártela a ti, pero ¿tú a ellos? Ja. Y él dale que dale: nunca he pedido nada. Otra mentira de las suyas: desde pequeño no ha hecho más que pedir. Pedía. De cualquier manera, con cualquier excusa, en cualquier tono: seduciendo, amenazando, mendigando, suplicando. Pedía desde que aprendió a hablar, y antes de hablar pidió por gestos. Se lo sacaba a mi madre cuando vivía; por entonces, en mi adolescencia, aún me lo sacó en alguna ocasión a mí (poco, nunca tuve gran cosa: para golosinas, para el cine cuando era pequeño; para tabaco y alguna cerveza cuando empezó a afeitarse), a mi hermana creo que también le sacó algo (aunque esa cabrona es correosa, ya puedes ordeñar con fuerza, que sale poca leche de su mezquina teta), intentaba sacarles a los vecinos, a los amigos, y nunca conseguíamos saber cómo se le escapaba el dinero entre los dedos, tan deprisa. Tan jovencito y ya tan derrochador, tan mangante, tan golfo. Con doce años, localizó el escondite del dinero de nuestra madre y se compró al contado una bicicleta de carreras que hubo que ir corriendo a devolver a la tienda. No la querían aceptar, porque ya le había rayado el sillín.

En esa visita, su última ocasión, lo mismo nos contaba lo del negocio que un par de días más tarde se lamentaba de que se estaba haciendo mayor, y *necesitaba* comprarse un piso, tener una casa propia para no verse a la vejez en la calle sin nada, me asusta verme sin casa, acudiendo a los comedores sociales y durmiendo en los albergues de Cáritas, o, peor aún, envuelto en cartones en un portal, metido en el cajero de un banco, un pedazo de pan duro y un tetrabrik de vino para combatir la helada. Había angustia en su mirada, te encogía el alma. Quería un pisito pequeño, lo imprescindible. Buscaría un trabajo y se retiraría cerca de nosotros. Le propuse: aquí, en casa, hay habitaciones libres y puedes trabajar en la carpintería. Pero no, no era eso lo que quería: un pisito para mí, decía vertiendo toda su ternura en el diminutivo. Mi padre seguía comiendo, miraba el plato, la cuchara rebosante de arroz caldoso se detenía un instante en el aire, su mirada se fijaba en el minutero del reloj de pared: el torpedo de Juan no tocaba barco. Otra vez agua. Él cambiaba la estrategia. Otro día: ahora lo que quería era alquilar, se conformaba con eso: había visto un apartamentito pequeño, nada, en un tercer piso, luminoso, salón y cocina todo junto, una habitación, y el servicio, eso sí, con una buena bañera de cuerpo entero, una ganga, los propietarios pedían menos que nada si se trataba de comprar, y una suma ridícula si nos decidíamos por el alquiler, pero un pequeño inconveniente: exigían el aval de una fianza elevada, y eso, el aval para la fianza y el dinero para los cuatro o cinco primeros meses, hasta que volviera a organizarse aquí y encontrara un trabajo, era lo que él nos pedía para cumplir su sueño: tener una keli para vivir: sale disparado otro torpedo, la cuchara en el aire, la vista paterna en el reloj, y, de nuevo, huy, agua. El barco a flote, impasible, navega con rumbo seguro. Mi padre se lleva a la boca la cuchara con el caldo azafranado y los granos de arroz, y se le oye sorber haciendo más ruido que de costumbre. Esto está ardiendo, dice. Y se supone que, cuando dice *esto*, se refiere al arroz caldoso. Días más tarde Juan había descendido a ras de tierra y lo que quería comprar era un bajo, un local comercial, un almacén –o, mejor que comprar, alquilar–. Ya no estamos en un tercer piso (el pisito recogido y cómodo con la bañera de cuerpo entero), sino en una planta baja; la actividad económica ha descendido varias plantas, pisa suelo, cuando observa que tampoco esta vez mi padre aparta la vista de la cuchara y del reloj, y en cambio yo levanto las cejas y formo con ellas algo que se parece a una irónica interrogación. Por fin estaba a punto de conseguir el gran proyecto de su vida. Se había movido mucho en las últimas semanas, había dado muchas patadas, pero, eureka, se había producido el milagro (le decía milagro a mi padre, que interrumpía unas décimas de segundo el viaje de la cuchara a la boca, él nunca ha creído en los milagros, coño, Marx, república y lucha de clases), tenía la oportunidad de abrir una concesionaria de coches. Todos los papeles municipales en regla, el beneplácito del fabricante, a punto los papeles de la franquicia, sólo faltaba firmarlos, pero, para eso, también, mira por dónde, necesitaba, vaya, vaya, cierta cantidad de dinero. No mucho, la fianza y los tres primeros meses por adelantado del local y el depósito y los avales para que le dejara los coches la casa Hyundai. Se daba cuenta de que era bastante más de lo que pidió para la fianza del apartamento, unas mil o dos mil veces más, pero, claro, es que se trataba de algo importante, no un préstamo, ni un aval, sino un negocio familiar que garantizaba ganancias a corto plazo, ganancias que, por supuesto, compartiría con nosotros. Todo a repartir a partes iguales, en realidad yo seré el empleado, el gestor, y vosotros los capitalistas. Enseguida íbamos a poder empezar a devolver el incómodo préstamo que pidiéramos y a meter monedas en la hucha. Dinero, argent, money, flus, Geld. Eso necesitaba y eso devolveríamos y eso repartiríamos y, en los ratos libres, seríamos felices. Todos los vericuetos pretendían llegar al mismo lugar. A la madriguera de la liebre, ¿dónde coño se habrá metido la cabrona?, si la estoy oliendo. No pedía ni mucho ni poco. A los pocos días, otro cambio de rumbo, mientras la ucraniana metía el cuchillo en la pelota del puchero, se llevaba un pedazo a la boca y decía: bueno, de verdad muy bueno. ¿Y esto, en español, se llama pelota? Algo parecido tenían en Ucrania y lo llamaban con una palabra mucho más larga o un poco más corta. Y él a lo suyo, a intentar sacar. Lo que se pudiera, lo que hubiera. La liebre con sus patitas ágiles, sus labios nerviosos tras los que se ven las palas de los dientes; el tieso bigote, las simpáticas orejas, y las patas con las que se rasca el hocico. Le habían dado la concesión de la Hyundai para la comarca –al parecer tenía relaciones privilegiadas con el país del sol naciente–, nos contaba, y no podía perder esa oportunidad. Lo decía con toda la cara, como si yo no pasara demasiadas veces por la puerta de la Hyundai situada a la salida de Misent. Cuando tengo algún reparto y me toca acercarme, veo los coches nipones de segunda mano destellando al sol, recalentándoseles los bajos con la flama que desprende el asfalto, y leo los carteles con el precio en estridentes números rojos y los reclamos, OPORTUNIDAD ÚNICA, escritos en colores chillones sobre los capós de los de segunda mano: EL OFERTÓN DEL AÑO. Los coches nuevos se guardan en el interior del edificio, tras los grandes cristales ahumados, y están allí, frescos, protegidos por el aire acondicionado, ésos sí bien alineados, relucientes, diciendo: tómame si puedes. Llévame a pasear contigo por veinticinco mil.

Nunca se ha hablado tanto de negocios en esta casa como se habló aquellos días a la hora de comer. El comedorcito con el aparador y las sillas que labró el abuelo, o mi padre, o que labraron a medias, los marcos de nogal encuadrando fotos color sepia con parejas cogidas del brazo en las paredes, ella apretando el ramo de flores con las dos manos, él apretándole el brazo a ella; la vieja lámpara modernista de vidrios de color verde, la alacena con las tacitas chinas que eran el tesoro de mi madre y que, de valer algo, Juan ya habría intentado vender: aquel comedor tenía más actividad económica que el de Cristal de Maldón, el restaurante de Leonor Gelabert, en el que, por lo que contaba Francisco, comían directores generales de economía, de hacienda, de obras públicas y hasta algún que otro ministro (Leonor, te fuiste sin despedirte. Ninguna de las dos veces). Alquilar, comprar, vender, hipotecar, traspasar, construir, decorar, poner en circulación, almacenar, avalar, suscribir, firmar. Fueron los temas de conversación a la hora de las comidas durante un par de meses, hasta que mi padre se hartó de que se le agriaran arroces caldosos y en paella, sopas, pescados, croquetas, tortillas y filetes rusos servidos siempre con abundante guarnición de fajos virtuales de dinero, con montones de letras a punto de ser firmadas y con cientos de metros cuadrados de locales en venta o en alquiler, con y sin traspaso, y una tarde, después de tomarse el café y de encender el toscano que se encendía tras la comida, les puso los equipajes a la puerta de casa a él y a la ucraniana. Se las encontraron así las maletas, en el umbral, cuando volvieron de madrugada. Las maletas a la puerta, y la puerta cerrada y, por si acaso, blindada con los dos pestillos y la llave metida en la cerradura. Imagino que el viejo pensó que, aunque los equipajes estuvieran en la acera durante horas, al alcance de cualquiera que pasara por la calle, no se corría el riesgo de perder gran cosa de valor. Ni cash, ni talonarios o tarjetas de crédito, ni avales bancarios, ni escrituras de nada, ni cuadro de firma enrollado, ni joyero conteniendo brazalete de brillantes y aderezo de oro blanco con esmeraldas engastadas en la casa Piaget. *Ualó*, que decía Ahmed. *Rien de rien.* Nada. Ropa gastada y dudosamente volteada por la lavadora para escatimar jabón. Juan y la ucraniana se habían pasado la sobremesa dándose gritos encerrados en la habitación, mi padre sentado frente al televisor como está ahora, pero con la copita de coñac, el café y el cenicero en la mesita que hay junto al sofá, dándole tragos al coñac y caladas al cigarro. Se llevaba la copa a los labios y la dejaba junto al cenicero justo donde ahora le coloco el vaso de leche antes de acostarlo. La llenó un par de veces y se fue bebiendo el contenido despacito, como para tomar fuerzas. Era cada tarde lo mismo antes de abrir a las cuatro el taller. Ellos se gritaban insultos y él parecía no oírlos, pero aquel día la cara se le fue volviendo cada vez más gris, la piel de las mejillas más tensa, los pómulos se le afilaron. Yo conocía bien esa forma en que se manifestaba en él la ira. Cuando al cabo de un rato la banda de los Barrow –nuestros Bonnie and Clyde familiares– salió de casa, se levantó, entró en el cuarto que ocupaban (el de la cama de matrimonio que él había usado hasta que murió mi madre, el que fue santuario prohibido para los niños cuando oía la BBC y la Pirenaica, aún no me explico cómo dejó que se instalaran allí), recogió él mismo la ropa y la fue metiendo de cualquier manera en maletas y bolsas, mientras refunfuñaba y respiraba fuerte (esa cama matrimonial profanada, el olor de colonia de ella, sustituyendo el vago perfume de Maderas de Oriente que usaba mamá y aún impregnaba la habitación, yo creo que la idea de profanación se le cayó encima de repente, con todo su peso). Tú no tienes nada que ver con esto, bájate, que hay que levantar la persiana del taller, me dijo cuando me vio observándolo, apoyado en el marco de la puerta. En esta casa yo nunca he tenido nada que ver con nada. Encendí un cigarro en el taller, no metido en el despachito, sino sentado en el suelo, la espalda apoyada en la aserradora. Mi padre no quería que fumara nadie allí, hay serrín, hay viruta, hay cola, barnices, esmaltes, trabajamos con materiales inflamables, se fuma en casa, en la calle, se puede fumar en el despachito, detrás de la cristalera, pero no en el taller, me decía, aunque él se movía de acá para allá con el toscano entre los labios, bien es cierto que casi siempre apagado. Esto no arde ni aunque lo metas en gasolina, refunfuñaba dándole golpecitos al puro con el índice para justificar su inconsecuencia. Entre tanto, sacó los equipajes de la pareja a la calle y los tiró delante de la puerta. Cerró por dentro y dejó la llave metida en la cerradura, y echó los dos pestillos. Esa tarde no vino a trabajar, ni quiso cenar conmigo. Por la noche, desde mi habitación, oí rascar en la cerradura durante un rato. Luego empecé a percibir la voz de mi hermano emitida en diferentes tonos y registros: primero fueron susurros; a continuación, nos llamaba, al principio suavemente, como con un cariño profundo, luego con irritación, después a gritos; refunfuñaba, cagondiós, maldecía, escupía tacos en un crescendo que culminó en un largo y ruidoso solo de batería con la puerta, algo que me parecieron patadas repetidas. Después, el silencio de la noche, el cricrí de un grillo, el motor de un coche, el lejano ladrido de un perro. La apacible noche de Olba.

Fue la última vez que oí en directo la voz de Juan. Desde entonces, no hemos sabido de él. Ni una carta, ni una tarjeta postal, sólo la misteriosa llamada desde Málaga hace tres o cuatro años (y siete u ocho después del desalojo), contándome a mí –él sabría por qué, a lo mejor sólo para comprobar si el viejo seguía con vida, o si ya podía pasar a recoger la herencia– lo bien que le iba en su nueva empresa, algo relacionado con el negocio inmobiliario (¿o directamente con la construcción? Ahora no recuerdo bien). Mi padre se había negado a coger el teléfono que le tendí en cuanto escuché en el auricular la voz de Juan. Sus últimas palabras: que os den. No dijo que le den. Me incluyó en su imprecación. Pero estoy convencido de que aparecerá en cuanto falte el viejo para exigir su parte de la herencia, la que quería que le adelantáramos: volverá convencido de que la herencia ha seguido engordando como un bulímico de comedia yanqui (siempre ha creído lo que le convenía, lo que deseaba: nunca se ha regido por el principio de realidad) porque, para su mente febril, la carpintería es un negocio fabuloso –lo ha tenido que ser en estos años de pelotazo inmobiliario–, y en algún lugar del sótano –ése que olfateaba, pero no localizó– se amontonan los lingotes de oro, los fajos de billetes morados ordenados por series, los paquetes de acciones. Le faltan pocas horas para salir de su error. Por cierto, antes de la apresurada despedida de la pareja de atracadores frustrados, tuve ocasión de ver desnuda a la ucraniana. Fue una mañana en que él había salido de casa. Olena –así dijeron que se llamaba– apareció apoyada en el marco de la puerta de mi habitación vestida (llamémoslo de esa manera) con una bata transparente. No llevaba ropa interior, sólo aquella batita abierta, un pezón rosado a la vista y la sombra rojiza de su sexo asomando entre los muslos blanquísimos que la gasa, o lo que fuera aquel tejido sutil, no llegaba a cubrir. Me pedía un cortaúñas. Ella sabría para qué. Las llevaba largas y esmaltadas, las de las manos y las de los pies. Quizá para cortarse algún padrastro, puede ser, aunque estoy convencido de que la envió mi hermano, en una variante más de su mendicidad, y que aquella aparición era una propuesta societaria. Pensé que la batita, el pezón y la sombra rojiza cobijada entre los mármoles blancos eran una invitación a que el hermano pasara a formar parte de la banda y colaborase en la tarea de encontrar el cofre del tesoro, la manera de darle entrada a un nuevo socio en la empresa. Si no, por qué leches se había levantado tan temprano, se había marchado solo y había dejado disponible el destello pelirrojo, si siempre iban juntos a todas partes, él vigilando a la propietaria. Sin duda, lo dicho: propuesta de negocios de familia. Rechacé la participación en aquella empresa –no sé si anónima o limitada– que la gasa dejaba entrever. A cambio, me quedé sin el cortaúñas que le presté a Olena y no me devolvió.

No pude hacerme el ánimo cuando lo vi boquear tres o cuatro veces, las manitas le temblaban, azogadas, y la sangre fue rodeándolo a medida que él se iba quedando quieto, yo lo llamaba, como si llamándolo pudiera hacerlo volver, pero no, tras media docena de espasmos, se le quedó la boca abierta, y los dientes asomaron, tomaron un aspecto amenazador. Un ser insensible, me pareció, desconocido y cruel. Como si la muerte hubiera fijado el retrato de su verdadera naturaleza. De pronto, no lo conocía ni podía quererlo. Ya no quise acariciarlo, ni mirarlo quería. Los ojos vidriosos, los colmillos afilados, la rigidez que se apoderó de él en sólo un instante. Un animal carnívoro que sólo me causaba sufrimiento, temor, y mucho asco. Es que ya no era él. Aparté la vista. No sé por qué la gente se empeña en contemplar los cadáveres de los seres queridos, si ya no son ellos ni se les parecen. Luego se te queda grabada la última visión para siempre, te vuelve cuando menos lo esperas y enturbia el recuerdo de lo anterior, del tiempo en que lo querías a ese ser; en que te parecía hermoso verlo correr de un sitio para otro, y tenías ganas de acariciarlo y hasta de llorar de emoción cuando te miraba con ojos afectuosos. El conductor del coche ni siquiera se había detenido. Me dijeron que a lo mejor no se dio cuenta de que lo había atropellado, era tan pequeño. Quizá sea verdad, aunque yo más bien pienso que seguramente se trata de un desaprensivo que se dio a la fuga. No pude hacerme el ánimo, las vecinas tuvieron que acompañarme al centro de salud porque me dio un ataque de nervios. Allí me pusieron una inyección. No podía parar de llorar, mi perrito, tan lleno de vida, ahora era un tieso perro de trapo.

Estoy tan sola, mis hijos viven lejos, y la verdad es que tampoco se han preocupado demasiado de mí, vienen poco a verme, mi vida matrimonial no puede decirse que exista. Con mi marido apenas hablo, ni siquiera estos días en que lo han despedido de la carpintería y se pasa el tiempo metido en casa. Se instala ante la pantalla del ordenador, se conecta a internet, y se molesta cada vez que le dirijo la palabra, o si le pido que me acompañe a comprar al Lidl, a Mercadona. Álvaro, vente conmigo, así te despejas un poco, te desemboiras. Vete tú, que yo no tengo ganas de salir. ¿Y qué tengo yo desde que me dieron la incapacidad permanente y tuve que dejar el trabajo? ¿Qué vida? Las visitas al hospital, que al fin y al cabo me sirven de entretenimiento. La sala de espera en la que te sientas hasta que se abre la puerta de la consulta del médico, o la puerta del cuartito en que te hacen las pruebas, o ese otro cuarto que tiene pegada a la pared una camilla que nadie usa y donde aguardo el control del sintrom después de preguntar quién es el último. Es un entretenimiento, sí, está feo decirlo: no es que vaya a la consulta por entretenerme, voy a que me controlen el sintrom (si usted es el último, entonces yo voy detrás de usted), pero me gusta encontrarme cada mes con las mismas caras que acuden a lo mismo que yo, y a las que a cada visita se les añade alguna nueva. También hay caras que desaparecen y por las que prefiero no preguntar, ya se sabe que en los hospitales la gente desaparece, por eso produce una alegría tan grande encontrarte de nuevo con alguien a quien llevabas tres o cuatro meses sin saludar, gente a la que ves periódicamente y no es con la que tienes que convivir cada día desde hace cuarenta años, gente a la que te gusta ver porque es nueva en tu vida, no sé si se me entiende: aunque a lo mejor lleves ya un par de años coincidiendo con ella en el centro de salud, no es un trato diario, que desgasta, es una sonrisa, un saludo; con la repetición de los encuentros, alguna pregunta, que si todo bien, algún comentario, que si hace más calor de lo normal por estas fechas, y el calor ya se sabe cómo nos afecta a los que sufrimos afecciones cardiacas, por eso, porque vuestros encuentros son sólo durante el tiempo que dura la espera de la consulta, supones que esa persona guarda algo, piensas que puede sorprenderte algún día con una historia, o que puede sentirse sorprendida favorablemente por algo tuyo, que descubra en ti algo que todos esos que convivieron contigo han sido incapaces de descubrir. Una no imagina lo llenos de gente que están los hospitales hasta que no empieza a pisarlos, la animación de las consultas externas, las horas de espera en los bancos del pasillo, el cloqueo de los zuecos de las enfermeras que charlan y se ríen y dejan un rastro de perfume cuando pasan delante de ti, perfume que no es de alcohol, de medicina, perfume de mujer saludable; y cuánto agradeces cuando entre toda esa gente te encuentras con algún conocido al que perdiste de vista hace tiempo. Al principio me acompañaba Álvaro a la consulta, a costa de escaparse de la carpintería un rato que luego recuperaba quedándose hasta más tarde. Ahora voy sola. Estoy muy contenta de tener el carnet de conducir, me lo saqué sólo para ir de compras y para venir al médico, porque la verdad es que para el trabajo no lo necesité nunca. Estaba harta de depender de él, porque Álvaro es tan poco sociable. Se enfadaba cada vez que me ponía a charlar con alguien, a él todo le parecen pamplinas. Le aburría esperar, se levantaba de la butaca, se rascaba el cogote, aquí se viene a pasar el día, decía en voz alta cuando cruzaba cerca de nosotros una enfermera, como si la chica tuviera la culpa de cómo planifican las visitas. Desde que tuve el trombo, me preocupaba por lo que sería del animal cuando yo faltara, desde luego mi marido no iba a preocuparse de comprarle el pienso, de tener limpio el cajón en el que caga, quién se haría cargo de él, pobrecito mío. Está —no, no está, estaba— tan viejo y enfermo como la dueña, me daba pena irme yo y que él se quedara solo, sin mí, y mira por dónde, el perrito ha muerto antes que yo, se ha llevado su alegría y buena parte de la mía. Soy yo la que se ha quedado sola.

Lo envolví con papeles de periódico procurando no volver a mirarle aquellos dientes amenazadores que la muerte le había sacado, y lo guardé en una bolsa de plástico, hasta que llegué a casa y lo puse en una caja de madera que Álvaro había fabricado mucho tiempo antes para guardar herramientas y no usaba. Pensé que me iba a reñir cuando lo viera, que se iba a ofender porque la caja que a él le daba igual yo se la regalaba al perro muerto, la caja le iba a parecer enseguida una obra de *arte, algo hecho con un esmero que yo despreciaba. Ya lo oía quejarse: todo lo que yo hago te parece basura. No fue así. No dijo nada de la caja, pero se burló porque, junto al cuerpecito, yo había puesto las cosas con las que el perro jugaba, la pelota, el hueso de plástico, y también la manta en la que dormía, y el abriguito que le ponía cuando lo sacaba a pasear en invierno. Pensé que esas cosas le harían compañía. Guardé la caja con el animalito y sus cosas durante todo el día en el salón, hasta bien entrada la noche, cuando lo enterramos debajo del magnolio de la plazoleta que hay cerca de casa. Obligué a Álvaro a salir de madrugada conmigo a pesar de sus protestas (todo esto es siniestro, el perro ahí metido) y cavamos a escondidas para que no nos descubrieran los guardias ni nos viera ningún vecino. Estás loca, lo malo es que si me pillan dirán que estoy loco yo también, refunfuñó, pero en voz baja, sin gritar ni enfadarse demasiado, porque sabía que yo no lo iba a soportar. Esa noche, no. Estaba demasiado nerviosa, y triste, y malhumorada. Me dio igual lo que dijera esa noche. Lo importante es tener cerca a mi perro como lo tengo ahora.*

Hablo con él. A solas, por la noche, en la habitación, porque tengo su foto en la mesilla, al lado de la de mis hijos, pero también le hablo muchas tardes en que me siento en el banco que hay cerca del magnolio. Y en primavera, cuando vea abrirse esas flores grandes, como de seda cruda, pensaré que él está ahí debajo, alegrándome con su fuerza después de muerto. Pienso: me alegra tu recuerdo, para mí es como si fueras inmortal, porque me acompañas mientras vivo, eres inmortal porque yo vivo, y morirás cuando yo muera, ni un minuto antes: moriremos de verdad los dos al mismo tiempo. Mi marido dice que estoy loca de atar, pero yo no sé por qué tenemos tan claro eso de que sólo las personas tienen alma, por qué hacemos esa separación tan tajante, los ojos que tenía, cómo me miraba, algo de alma tiene que tener un ser así, un alma pequeña, frágil, seguro que la tiene. La alegría con que me recibía cuando volvía cargada de la compra, cómo me devolvía los besos que yo le daba, él sacaba su lengüecita rosa y me acariciaba la cara, un niño más alegre y cariñoso que la mayoría de los que me cruzo por Olba con sus vaqueros a medio culo, enseñando el calzoncillo, y con el i-pod metido en la oreja, o patinando en el parque con esas tablas ruidosas sin importarles si hay personas mayores sentadas en los bancos. Algo de alma tiene que tener un animal así, la alegría en sus ojos, la tristeza, el miedo, ¿no son ésas las cualidades del alma?, y si no la tenía, si no está ya en ninguna parte, a mí me consuela, para mí sigue estando, al menos tengo a quién dirigirle la palabra. Me da vergüenza decirlo, pero lo vivo así, sobre todo desde que Álvaro no acude al trabajo y se pasa todo el día tumbado en el sofá, chupeteando botes de cerveza, ahora le ha dado por la cerveza, él que siempre se ha tomado un vino antes de comer y otro antes de cenar, ahora se traga un bote tras otro de cerveza, que apesta con su olor agrio toda la casa, y tecleando en el ordenador y mirando la tele. Entiendo que se encuentre descolocado. Tiene que ser duro acostumbrarse a su nueva situación porque para él su vida ha sido la carpintería, pero ¿no estaba deseando dejarla?, ¿no decía que, tras la jubilación, nos íbamos a pasar la vida en una autocaravana, moviéndonos de un sitio para otro, una vida a campo abierto? Con lo que nos queda a los dos podríamos hacerlo, vender el piso, comprar la caravana, meter lo que nos sobrara a plazo fijo, e irnos lejos, yo con mi tarjeta sanitaria en el bolso. Por ahora, le rezo a mi perro para que nos libre de toda la desgracia que se nos puede venir encima si Álvaro sigue en ese plan.

Mi hermana Carmen hace decenios que no viene a estar con nosotros como hacía antes, cuando, un par de veces al año, se traía a los niños y a veces al marido. Apareció en visita relámpago con motivo de la operación de mi padre. Cuando sus hijos eran pequeños, se instalaban aquí todos ellos el verano entero, aunque no ponían los pies en casa más que para dormir, porque el día lo pasaban en la playa y las noches en la terraza de alguna de las heladerías de la avenida Orts, en Misent. Su marido se añadía al grupo cuando cogía las vacaciones en la fábrica de hilados, generalmente la segunda quincena de agosto. La casa se llenaba de voces y de cachivaches multicolores de esos que rodean a los niños: avionetas y cochecitos de plástico, bolsitas de golosinas y frutos secos, chicles pegados en la balda del baño, flotadores, aletas de goma y gafas submarinas con boquilla y tubo respiratorio tirados sobre las sillas del recibidor para enojo de mi padre. ¿No sabéis que la sal se come el barniz y estropea la madera? Esas cosas se dejan en el terrado, fuera. Provocaban molestias, sin duda; pero también animaban esta casa, tan silenciosa y hasta sombría durante el resto del año, sobre todo desde que murió mi madre, que hasta sus últimos años mantuvo la costumbre de tararear mientras fregoteaba el suelo, golpeaba con los zorros los muebles y tendía la ropa en el patio. *La bien pagá*, *Picadita de viruelas*, *Angelitos negros*, *Ay mi Rocío*. Si un verano se retrasaban, o el año que no vinieron porque se habían marchado a Galicia, Carmen al menos nos enviaba fotos para que fuéramos viendo cómo crecían los niños (con los años, fueron fotos de los nietos a los que nunca trajo, la culpa, claro, ya lo he dicho, las nueras), yo creo que para que nos fuéramos enamorando de ellos mis padres y yo, el tío soltero del que se supone que van a heredar las criaturas. Pero lo del amor por poderes ya no se da, eso era en otros tiempos. Los reyes re-

129

cibían el retrato de su futura esposa y se iban enamorando de ella durante años, hasta que la veían aparecer de cuerpo presente a la puerta de palacio. Los indianos se casaban con alguna pobre chica con la que habían intercambiado foto y correspondencia y que cruzaba el océano, dócil y asustada, para reunirse con un marido desconocido, pero supuestamente con menos miseria que la que había en la casa que abandonaba. En Olba, a mediados de los años cincuenta, aún se dio algún caso de muchacha que buscó salir de la pobreza yendo a caer en brazos de algún emigrante supuestamente rico y desconocido, y que no pocas veces resultaba ser un miserable arruinado y cruel. Hoy damos por sentado que, para querer a alguien, te tienes que acostumbrar a la persona, convivir con ella, que se te haga cotidiana y, si te falta, la eches de menos, y ya digo que a mi hermana, a mi cuñado y a sus hijos apenas se les veía el pelo durante el desayuno del sábado y el domingo, días en que mi padre y yo nos levantábamos más tarde. Entre semana, yo veía a mis sobrinos de noche, dormidos los dos juntos en la cama al lado de la mía, me tocaba compartir habitación con ellos. Mientras permanecían en casa, me incomodaban, pero los echaba de menos cuando se marchaban. Con lo de internet, han vuelto en parte los viejos hábitos del amor a distancia, los adolescentes –y también los maduros– se enseñan fotos para ponerse cachondos, éste es mi coño, ésta es mi polla, DIECINUEVE CENTÍMETROS, y se escriben guarrerías y se excitan y pajean al mismo tiempo, viéndose en la pantalla del ordenador (¿tienes webcam?), o en la del teléfono móvil, más o menos lo de antes (lo de siempre: texto y fotos, la humanidad no ha inventado otra forma de presentación desde hace milenios, antes los príncipes herederos se enviaban un óleo, un medallón con el retrato y acompañaban con una carta el envío, lo que digo: texto y fotos), pero ahora se hace con inmediatez. Para escribir cosas así hace unos años tenías que ser el marqués de Sade o al menos Casanova. En la foto ni siquiera sale la naricita respingona de ella, el tupé engominado de él. Alguna vez yo mismo entro en esos chats y me hago pasar por otro, abogado de treinta y seis, 1,82, 78 kgs, morboso; arquitecto soltero de cuarenta busca sexo; en ocasiones hasta me hago pasar por mujer y tonteo con cuatro gilipollas que aseguran excitarse contigo, incluso estar enamorándose de ti. Sigues encontrándote con sus mensajes cuando abres esa dirección de correos aunque hayan pasado meses. Te echan de menos. Ya sé que no quieres nada conmigo, se quejan. Imagino que sufren, y tienen bien merecido ese sufrimiento. Si no llegas a conocer a quienes viven contigo durante decenios, ¿cómo vas a fiarte de alguien que se oculta tras una pantalla? El argumento es poco más o menos el mismo: por lo que me cuentas de cómo tienes las tetas y el culo, me gustarás mucho; además, cada vez que recibo un mensaje tuyo siento la cercanía de dos seres que se comprenden, almas gemelas. Te mando dos fotos de mi nabo, en una sale encogido, ¿a que no está mal? El capullito se escapa un poco del prepucio, de pequeño me operaron de fimosis y me quitaron el frenillo y algo de piel, ¿te gustaría lamerlo así?, y en la otra sale empalmado, ¿a que tengo un buen cacho? ¿Te gusta? Ese capullo gordo y reluciente está buscando tu puerta. ¿Se la abrirás?, ¿o tendrá que derribarla él de una embestida? Es todo para ti. Te entrará hasta el mango. Quiero que lo notes bien dentro. Del culo no te mando foto porque no sé cómo hacérmela con el móvil. Tendría que decirle a alguien que me la hiciese y a quién se lo iba a pedir. Pero lo tengo duro y un poco respingón. El pecho, ya ves, todo músculo. Tableta de chocolate. Cuando me mandes la foto de tu cara te mandaré la mía, ¿y puedo saber dónde vives? Me dices que en esta provincia, pero no me has dicho si vives en la capital o en un pueblo. ¿Por qué no quieres decirme el nombre del pueblo? Eres tan misteriosa. ¿No te fías de mí? A lo mejor resulta que eres vecina mía. Ésa es la mecánica comunicativa. Con variantes: si en vez de presentarte como un masculino pecho musculoso en la flor de la vida te haces pasar por chica joven, adolescente de teta limonera, empieza el mosconeo de casados maduros en el chat, pederastas al acecho, ¿pero cómo eres de joven?, seguro que te quitas años, eres más mayor y tienes más de diecinueve, las niñas de catorce no hablan como tú, o a lo mejor es que estás muy desarrollada. ¿Ya te has metido un buen rabo o tienes aún el chochito sin abrir? Te lo habrán clavado por todos los agujeros, cerda. Joder, una de catorce viciosa. Es que no me lo puedo ni creer. ¿Te mando una foto de mi ciruelo, golfa? A que no has visto ninguno como éste (el desmesurado ciruelo lo sacan de alguno de los archivos guarros de internet). En cambio, si adoptas la personalidad de una mujer madura, los que llenan tu correo de proposiciones son muchachitos excitados que quieren tener acceso a lo que ellos piensan que es la sabiduría de un futuro remoto. El fetiche de la experiencia. Todo eso tiene poco que ver con el amor y, si se me apura, poco que ver con el sexo. Es bla bla bla. Si quieres follar, te buscas una puta, o lo que te guste, si es que te gusta un tío, y no te pasas el día enviando mensajitos para calentarte. Y lo del amor, o como quieran llamarlo, es otra cosa: si ni siquiera nos funciona el día a día, ver e ir conociendo poco a poco, durante años, cómo va a funcionar lo de la foto del coño de sopetón, mientras te tragas el café con leche del desayuno. Mira por dónde, sexo aparte, yo llevo sesenta y siete o sesenta y ocho años con mi padre (desde que salió de la cárcel), y aún no he aprendido a quererlo. La mayor parte del tiempo he deseado perderlo de vista, sólo a veces he creído entenderlo, y han sido contados los momentos en que hemos llegado a alcanzar cierta unión: no fui el hijo que buscó tener, con él casi nunca he sentido esa transmisión de energía que me proporcionaba el contacto con mi tío cuando me llevaba a cazar al pantano, cuando me sentaba en sus rodillas para que pegara el sello de una carta, cuando me fabricó un carrito de madera para que jugase, catálogo de regalos de pobre: una caña entre las piernas es un caballo sobre el que corres; un pájaro atado de la pata con un hilo, animalito que adopté como amigo, con el que hablaba y al que daba de comer migas de pan empapadas en leche, y cuya desaparición una mañana viví como traición y abandono, y me hizo llorar amargamente. Debió de morirse y mi madre lo haría desaparecer antes de que yo lo viera, sin darse cuenta de que resulta más desazonante que alguien te abandone sin darte ninguna explicación, más inquietante que la propia muerte, que no depende de un acto de voluntad, no es una decisión del sujeto, al menos en la mayoría de los casos, sino una circunstancia que acaece; y cuando es fruto de la decisión del sujeto, provoca infinito dolor en los deudos, remordimiento porque es un modo de huida, de abandono, un castigo. ¿Qué habremos hecho para que haya decidido abandonarnos? Si no le faltaba de nada, no podrá decir que no lo quería, que no lo trataba como a un príncipe, se queja la viuda, el mejor bocado, el mejor butacón, el mando de la tele. ¿Por qué le habrá dado esa perra de matarse? No será ése mi problema. Leonor, Liliana, pájaros en fuga. El dolor nuevo tapa el que provocan las llagas viejas.

Lo que mi padre me ha enseñado. En casa: coge bien el cubierto, que no estás manco, ¿es que no sabes cerrar una puerta sin hacer ruido?, ¿qué mierda de carteles estás pegando en las paredes?, la cosa es joderlas con las chinchetas, estás dejándolas como un colador. En el trabajo: así no se maneja una sierra, te cortarás la mano, y voy a acabar teniendo un hijo tullido, una rémora en casa, ya sería hora de que aprendieras a encolar y no me hicieras esas marranadas. Siempre de un modo áspero (la letra con sangre entra: la sangre, siempre el rastro de la sangre), poniendo en evidencia mi falta de habilidad y, sobre todo, rebajando mis aspiraciones como la vida se las rebajó a él. Lo que con él hicieron los ganadores de la guerra él lo ha dejado caer sobre mí, el único hijo que ha tenido a mano. No puedo decir que haya llegado a quererlo nunca. He pagado mi negativa a cumplir las aspiraciones que había depositado en mí. Como el suicida que se mata porque no se acepta a sí mismo, él me odiaba seguramente porque, aparentando ser lo contrario (ni quise ser artista ni me interesaron nunca sus aspiraciones políticas), he sido lo más parecido a él. Con otro físico, él ha sido alto, delgado, con un rostro anguloso, grandes ojos, y cierta expresión dramática surgida de la intensa mirada y las profundas arrugas que surcan su cara desde hace decenios. Imagino que habrá atraído a las mujeres. Les gustan los tipos así, que parecen repletos de vida interior. Liliana dice que sigue siendo guapo a sus noventa y tantos años, y cuando ve la foto de la boda que hay en el aparador, insiste: de verdad fue un hombre guapísimo. Pero en el fondo él y yo idénticos. El mismo pesimismo. La misma idea de que no hay hombre que no sea un malcosido saco de porquería. Yo creo que esa idea es la que convierte en más profundas mis depresiones poscoito: la sensación de que es la suciedad lo que me atrae: haber manoseado alguno de esos sacos podridos, haber desaguado parte de mi suciedad en él. Me pregunto por qué he aceptado el papel servil si siendo iguales deberíamos haber sido socios o al menos rivales en similitud de condiciones. Las razones no es fácil encontrarlas: no las encuentra uno como encuentra el corazón, el hígado y el bazo cuando abre un cadáver. Los miedos, los deseos están fuera del alcance de los bisturíes. Aunque, la verdad, no me parece grave no querer a alguien, qué significa la palabra querer. La mayoría de la gente vive junta sin necesidad de algo que no sabemos lo que es hasta que no lo leemos en las novelas o lo vemos en el cine. Yo creo que el hecho de que, de partida, no sepamos lo que es ya nos indica que quizá se trata de algo que no existe en nosotros, que, más bien, se nos inculca, o importamos. Creo que era un viejo filósofo francés quien decía que cuando uno expresa lo mucho que ama a la señora marquesa, lo que la aprecia por lo inteligente que es –qué armonía se revela en sus movimientos y qué ideas tan extraordinarias y qué sensibilidad tan exquisita exhibe–, lo que está queriendo decir es que está loco por follársela por acá y por allá como si fuera una perra. Algo de eso hay. Confundimos la simpatía o la piedad con el deseo, creemos que deseamos acunar, proteger, cuando lo que queremos es entrar, violar. Pero no es verdad. Yo he llamado hija mía a Liliana, he querido protegerla, y eso ha sido otra cosa, otro lenguaje. El lenguaje, a pesar de lo que pensara el filósofo francés, pone las cosas en un sitio o en otro. Las sube o las baja. Hablar bien concede elevación, nobleza. Le digo a Liliana lo mismo que mi padre llamaba a su bienquerida Carmen. Le digo hija mía. Mi hijita, mi hijita querida, le decía mi padre, besándola. Qué lejos te vas, mi hijita. A Barcelona. Qué solos nos dejas. Aquel día lo vi sollozar. La única vez. Esas palabras no pueden estar contaminadas. ¿Sabe usted que la flor del cafeto tiene un olor tan dulce como la del naranjo? Y también se le parece, blanca, estrellada: el naranjo, el jazmín, esa que ustedes llaman galán de noche, o esa chiquitica de colores, el dompedro que le dicen acá, son plantas de olor. Pero yo creo que la flor del cafeto es la más delicada. Nosotros allá al café lo llamamos tinto, pero para ustedes el tinto es un vino. Su padre se parece a mi abuelito, no sabría decirle en qué, en esa seriedad de la cara, o en los ojos un poco tristes. Tuvo que ser muy bueno su padre, ¿verdad? Da pena verlo así. Tiene ojos de bondad. Tú qué sabes Liliana. Sabes de lo tuyo, de tu dolor doméstico del que también yo conozco algo, porque me lo has contado. Un dolor que me conmueve como si fuera mío, que despierta en mí ganas de abrazarte, de beber esas lágrimas tibias que te resbalan por la mejilla. Piel canela. No, tú no conoces la canción, ojos negros, piel canela, eres demasiado joven, me importas tú y tú y tú y solamente tú, dice la canción. Eres mi única hija. No tengo otra. Al menos que yo sepa, ninguna que reconozca. Tuve un hijo que no pasó de coágulo. ¿Qué quiere decir con eso, señor Esteban? ¿Te ríes? Así me gusta verte, Liliana, riéndote, no como el otro día. Pero es que el otro día me vi agobiada porque no tenía ni para prepararles la comida a los niños. Las baldas de la nevera blancas, relucientes, sin nada que sostener, el cajón de las verduras vacío. En la empresa de mi marido no les pagaron aún el mes, así que menos mal que usted me prestó que, si no, no sé qué hubiéramos hecho nosotros. Yo sé tus problemas, Liliana, para mí eres una hija y yo soy para ti un padre al que has de contárselo todo. Lo que te pasa, lo que sueñas, lo que deseas. Ya me lo devolverás cuando puedas. El dinero no es nada. O, peor, el dinero es el que todo lo corrompe, lo estropea, un mal padre, padrastro, pero que –fíjate cómo son las cosas– tantas vidas en apariencia incompatibles une. Es una de sus virtudes. Tiene otras. Ahí podríamos decir que es un padrastro que les concede todos los caprichos a sus hijos. Los malcría. Sin su cemento, cuántas familias rotas, cuántas vidas a la deriva. Pero no, ellos tienen letras por pagar, facturas, obligaciones que cumplir, y siguen unidos hasta que la muerte los separa, tal como juraron; aunque también ocurre que muchas personas no tienen otra idea mejor en su cabeza que la de pelearse y amargarse a diario, y les espanta cualquier cambio que se produzca en una situación que consideran segura porque es estable. El rencor es una buena manera de buscarte compañía segura, poder echarse en cara una noche sí y otra también las ofensas, eso concede estabilidad. La gente se lo piensa: ¿qué hacer? ¿Quedarse solo? Los oyes hablar y eso parece lo peor: quedarte solo. La soledad. El abandono. Palabras tristes, o amenazadoras. Terribles: ya verás lo que es la vejez, si cometes el error de quedarte soltero. Te asustan. Te dicen: como sigas así, te vas a quedar solo. Tremendo morir solo, como un perro, te dicen. Y ésa parece la peor desgracia; hay que morirse, sí, todo el mundo tiene que morirse, pero acompañado, no como un perro. Morirse solo es desolador, resulta impúdico, revela una carencia del ser humano (ser humano, eso lo diría Francisco: la expresión conmueve) que debe ser disimulada, protegida en la penumbra, tras el biombo que ponen ante la camilla en la sala común del hospital cuando van a hacer algo feo con el enfermo. Por el contrario, también podría decirse que morir solo expresa cierta prepotencia, algo que podría calificarse como un exceso de orgullo. Hay que compartir –dicen–, o sea, mendigar cariño, pena, pasar al cobro viejas facturas: yo te crié, te alimenté, te vestí, te presté, te hice, te di. Ahora es tu turno. Cárgate con la esponja, con la toallita detergente, y empieza a frotar estas carnes manchadas, devuélveme algo de lo mucho que te entregué. Paga lo que me debes. El éxito de una vida, lo que se dice cerrar bien el ciclo de tu vida, estriba en conseguir reunirlos en torno a tu cama. Ponerlos a tu servicio, tener una multitud dispuesta a limpiarte el culo con la toallita detergente. Cuantos más, mejor. Como si la UVI fuera una fiesta navideña a la que acude toda la familia, el vibrante momento en que padres, hijos, nietos y primos y sobrinos cantan el noche de paz, y raspan con las cucharillas del café en las botellas de anís los campanilleros, y tocan las zambombas los pastores, y no estuvieras tú con tus tubos, tus sondas, tu mascarilla y las hipodérmicas asaeteándote, un sansebastián, o ese pobre toro de Tordesillas al que persiguen todos los brutos de la población armados con lanzas. Qué pueden importarte en esos momentos los demás. ¿Están picándolos y banderilleándolos a ellos? O se trata –otra vez el reino de la economía– de no representar a teatro vacío algo tan estremecedor como una agonía. Rentabilizar la función. Repartir generosamente localidades para que asistan al tránsito, espectáculo de alto voltaje y equipaje utilísimo para el tour de la vida. Capitalizar la energía de los últimos instantes. Estar solo o acompañado les parece decisivo para darle sentido a sus vidas. Que familiares y vecinos vean los derrames, los moratones, las equimosis, la infinidad de lesiones provocadas por todos esos aparatos punzantes, por esa vía intravenosa que te perfora y ennegrece el dorso de la mano y por la que te meten sueros y venenos; por las sondas, las cánulas, los drenajes que te sacan líquidos viscosos de alguna parte del cuerpo; las ventosas pegadas al pecho en las zonas en que la enfermera ha aplicado la maquinilla de afeitar para eliminar el vello, dejando ronchas de piel blanquecina, la maraña de cables y tubos que salen de cualquier parte, incluido el dedo índice, el ventilador que te han metido en la nariz, o directamente perforándote la garganta, el metal de las camillas y goteros,

138

las bolsas de plástico con sus inquietantes líquidos, sueros, soluciones que van directamente a la sangre, esa cantidad ingente de inversión en industria sanitaria. Los visitantes contemplan al irreconocible agonizante (hay que ver lo que ha adelgazado, y el mal color de la piel: se le ha vuelto gris, de ésta no sale) y, como al paso, admiran el progreso, los avances de nuestro sistema hospitalario en su pabellón de terminales, miran con temor reverente el complejo aparataje. Ese tremendo aporte de experiencias se tira por la borda si lo vives y sufres en soledad. Mi madre me insistía: antes de morirme, me gustaría verte casado con una buena chica que te quiera, que te cuide si te pasa algo. Tienes que pensar, hijo mío (yo era el hijo mío de mi madre, como Carmen era la hija mía de mi padre), que ahora te comes el mundo porque eres un muchacho joven, porque estás sano, la juventud sólo piensa en hoy, no mira que las hojas del calendario se caen. Te ríes de lo que te digo, pero cuando llegue el momento, ya verás la falta que hace un apoyo. Cuánto se necesita el cariño para vivir a medida que pasan los años. Alguien que esté a tu lado y te coja la mano en el último momento, (¿qué otra cosa vas a poder cogerle a un moribundo?). Y mientras los oyes hablar así, a la gente, a tu madre, te angustias, te ves –en efecto– sin poder levantarte de la cama, agarrándote a los respaldos de las sillas para moverte por el interior de la casa, apoyándote en las paredes para llegar al excusado, empapado en rancio sudor senil; o asfixiándote porque te has atragantado con algo, con un pedazo de babilla de vaca mal masticado, un sorbo de agua, una miga de pan, una pastilla de esas que tomas para la tensión, para facilitar el fluido sanguíneo, para el colesterol, para la hiperglucemia; te estás ahogando en tu propia saliva: toses, boqueas, sin nadie al lado que te pegue un par de palmadas en la espalda, o introduzca sus dedos en tu boca para ayudarte a echar eso que te está ahogando, alguien que avise al 112 o te meta en un coche y te lleve a toda carrera al hospital o al centro de salud más cercano. La soledad, Liliana, la gente piensa que es lo peor. No sé qué te diga. Aunque es posible que lo sea, porque, al fin y al cabo, la soledad –como la desnudez, la desnutrición, el calor o el frío– es sólo manifestación del verdadero mal, un mal de armas tomar, espantoso, que cualquier persona con dos dedos de frente debe evitar por todos los medios, y que no es otro que la pobreza, sí, Liliana, ése es el único mal verdadero desde que el mundo es mundo, qué voy a contarte que no sepas. De qué huiste tú, de qué te escapabas cuando viniste aquí. Decía el filósofo: yo soy yo y mis circunstancias. Muy bien dicho. Pues hazte la idea de que yo es el dinero que te permite financiar las circunstancias; si falta el dinero, te quedas tú con tu yo vacío, mero cascarón sin circunstancia que valga: te abandona esa oportuna mano que iba a darte las palmadas para que echaras fuera el bocado de pollo a medio masticar que en este instante te sella la glotis (no, no se me ocurre decirlo por ti, Liliana, cómo se te puede pasar eso por la cabeza, hablo en general, tú ya sé que no me abandonarías nunca); en cambio, si lo tienes, si tienes dinero, puedes pagarte la compañía, un enfermero, una enfermera. Puedes pagarte un pedicuro que te trate hasta los últimos instantes las durezas y te corte las uñas de los pies –una tarea que se te convierte en agotadora cada vez que la intentas–, y te las lime para que no se doblen y se te claven en la carne, un tipo experto y delicado que te recorta los callos, y te cura esas llagas peligrosas en la planta del pie que la hiperglucemia amenaza convertir en crónicas y, si perduran y se extienden, pueden gangrenarse y forzar una amputación del miembro; con dinero puedes permitirte un masajista y un peluquero que te corte el pelo y te afeite en

140

la cama, un dealer de la farmacopea que te administre los calmantes más efectivos para acariciar el cielo antes de hora, oír las campanillas celestiales y ver las blandas alas de los ángeles (¿sabes que en la iglesia de un pueblo de aquí cerca se venera una pluma del arcángel San Miguel?) y puedes permitirte un maniquí que (perdona la dureza del lenguaje, Liliana) te la menee. Todo ello en una vivienda cómoda o en una clínica de Lucerna, habitación luminosa con vistas a un lago, a los verdes prados, las vacas del chocolate Milka y las nieves del Kilimanjaro, y tú tendido sobre un mullido colchón de viscolátex (¿se dice así?) en el que agonizas como quien toma el té de las cinco si eres inglés, o una cañita de mediodía con calamares a la romana si eres de donde yo soy, toda la escena representada a una temperatura ideal programada en el climatizador. Con el último comprimido, te dan una copita de champán. Pero te has puesto muy seria, y no, no quiero que te lo tomes así, lo de pagarle a quien te atienda, lo de comprarlo, no te ofendas, te repito que no lo digo por ti, tú para mí eres otra cosa, eres mi hijita, lo que mi hermana Carmen ha sido para mi padre, tú eres algo muy especial para mi padre y para mí, para nosotros: eres familia, una más, nuestra hija tardía, la familia somos tres, dos viejos tristes y una muchacha que trae vida a casa, me gusta oírte cantar cuando friegas, cuando tiendes la ropa, me recuerdas a mi madre, oír la radio que te pones en la cocina cuando planchas, y yo creo que a mi madre también ha de gustarle, aunque no podamos saberlo porque a ella no se lo podemos preguntar, ya no está, no pongas esa carita triste, porque me dan ganas de abrazarte, de cogerte la barbilla con el índice y el pulgar y levantarla hacia mí para que me mires a los ojos. Así, mírame. Pero, don Esteban, sabe que, aunque no cobrara ni un céntimo, a ustedes no iba a faltarles mi compañía. Ya ha visto cómo nada me produce aprensión: puedo lavarle, darle la comida, lo que sea puedo hacerle yo a su padre, pues lo mismo a usted. Mientras yo viva, a usted no va a faltarle esta enfermera, o mejor, si usted me lo permite, esta amiga. ¿Sabe que me gusta que me llame hija? Ya lo sé, Liliana, lo sé, anda, dame un besito y deja de poner esa cara de pena. ¿Estás otra vez llorando? Es que yo les tengo el mismo amor que a mis padres, o que a mi madre, porque mi padre me quitó el amor que le tenía a golpes y garrotazos. Pero ¿estamos hablando de amor, Liliana? Desconfía de esa palabra. No, no te ofendas, no lo digo por ti, pero mejor decir que nos dejamos vivir con respeto porque nos queremos y no nos amamos. Ni pensamos en lo que pueda pasar el día de mañana entre nosotros. Eso es lo que distingue que-rerse de amarse. Somos los de hoy, y vivimos hoy este mo-mento que estamos compartiendo, estas ganas de llorar los dos juntos, porque hay comprensión entre nosotros, maña-na ya veremos. No, no, don Esteban, mañana y pasado y al otro, hasta que se muera puede usted contar conmigo. Us-tedes son mi familia. Aunque no me pagara, vendría. Al fin y al cabo, el dinero es mierda. Ya lo sé, hija mía, pero mira, Liliana, mi hermana Carmen, la hija querida de mi padre, su preferida, la bienamada, ya ni siquiera llama. En su día fue todo amor, y, ahora, ¿qué es? Nada. Mira por dónde, la bienamada ahora ya no es nada. Una extraña. Peor que una extraña, porque con una extraña puedes acabar alimentando un sentimiento, y aquí es al revés, se ha enfriado un fuego, y un fuego que se enfría mancha de tizne el suelo en el que ardió y eso no hay quien lo borre. Cuando le hicieron la operación de tráquea a padre, estuvo en casa lo imprescin-dible: el día de la operación durmió en el hospital a su lado, y a la mañana siguiente dijo que no podía quedarse más tiempo: ya está fuera de peligro, ahora a recuperarse, lo sa-carán enseguida del hospital, seguro que mañana o todo lo más pasado le firman el alta, en estos tiempos procuran quitarse de encima a los enfermos cuanto antes; además, con las técnicas nuevas que usan, poco invasivas, apenas les dejan rastros de la herida, ni cicatrices, convalecen en pocos días. Y eso fue todo su aporte de amor. *Bye, bye*. El resto, los cuidados, las noches sin dormir porque se asfixia, la túrmix para hacerle los purés que se traga a duras penas, la lavadora, la ducha, lo de viste y desnuda y cambia los pañales, todo eso quedó a cargo de quien no amaba ni fue amado, de quien no le quería ni le quiso ni le quiere. Mera prolongación del trabajo de la carpintería, del funcionamiento de la sociedad. ¿Ves cómo unen más las obligaciones empresariales que el amor? Manifestaciones cambiantes del padrastro dinero. Ella lloró por teléfono repetidas veces a medida que yo le iba contando que nuestro padre se convertía en un vegetal. Ni hablaba ni parecía entender, y había que hacérselo todo, lavarlo, darle de comer, acostarlo y levantarlo de la cama. Qué pena. Lloraba. Se querían. De verdad que daba pena. Te encogía el ánimo. Aquellos pucheros transmitidos por teléfono. Me sacaba a mí mismo las lágrimas, y eso que yo no soy demasiado llorón. Pero, lo que se dice venir, ya no vino: sólo las lágrimas llegaban. Por si no las captaba yo a través del teléfono, por si ella no era capaz de transmitirlas a través de los casi quinientos kilómetros de hilo de cobre o de fibra de vidrio que nos separaban, entrecortó las palabras, suspiró, se paró unos instantes, carraspeó, reemprendió la conversación, enronqueciendo la voz (se supone que lloraba, un nudo en la garganta, suspiros de pesar): tendrás que buscar a alguien, tú solo no vas a poder atenderlo a él y ocuparte del taller, del trabajo, cocinar, fregar los platos, poner la lavadora, tender la ropa. Pues claro que no voy a poder y claro que tendré que buscarme a alguien. Pero acerca de quién iba a pagarle los ocho euros la hora a ese alguien (que has acabado siendo tú), o si tendría que ofrecerle un contrato para que se estuviera todo el día en nuestra casa, y a cuánto iba a ascender, no dijo ni una palabra. Suspiros, pesar. Se comportaba como si fuera de mal gusto envilecer el dolor con la economía, sucio mezclar amor paterno con dinero, aplicarle a la cantidad de amor un baremo económico. No, no, el amor no puede cotizar en el mercado. Es íntimo, callado. Está libre de ataduras. No hablamos de dinero. Meses atrás, cuando se le bloquearon los bronquios y hubo que ingresarlo de urgencia y ponerle la bombona de oxígeno, y volvieron a internarlo durante una semana, telefoneé para contárselo, más por fastidiarla que porque pensara que iba a darme algún apoyo, y, como era de suponer, todo fueron excusas: el marido, los hijos, el trabajo, la economía, lo tenía todo en contra. Ya no se preocupó por llorar. Una letanía de inconvenientes: estoy histérica, ya te contaré con más tranquilidad el caos en el que vivo, en plenas obras, cambiando el viejo sistema de desagües, y ya sabes que Pedro (mi cuñado), metido en su trabajo, no me ayuda, no puede ayudarme en nada, así que a mí me toca trabajar y lidiar con fontaneros, con albañiles, con las trampas que intentan hacerte y con la suciedad que dejan por todas partes, y lo que quieren cobrarnos, que no sé de dónde lo vamos a sacar: lo cierto es que por aquí no apareció. La pobre, bastante tenía con lo suyo. Llamó al cabo de seis o siete días, y antes de que le dijera nada, ya saltó ella: pero está mejor, ¿verdad? (en esa ocasión, la voz era clara, esperanzada, matinal: voz de mañana soleada y limpia –mañana de invierno como la de hoy, este cielo azulísimo flotando sobre el pantano–, una brisa fresca aventaba cualquier sombra de tragedia). Y otra vez: has buscado a alguien para que se encargue de él y lo atienda, ¿verdad? Tú no puedes mantenerlo limpio, tenerle la ropa a punto, hacerle la comida.

Se preocupaba por el viejo y se preocupaba por mí. Era de agradecer. En efecto, yo no podía mantenerlo limpio, ni coserle los botones de las camisas y de las braguetas que se arrancaba a manotazos en cuanto se ponía nervioso porque no lo atendías al primer gesto imperativo, al primer gruñido; seguramente tampoco era yo capaz de mantenerme limpio a mí mismo y eso a ella la tenía sin dormir. La solución me la daba: contratad a alguien que os cuide. Cuánto cariño. Contratemos a alguien que nos cuide, que nos mantenga limpios y bien nutridos. ¿Ves qué fácil? Se supone que he sido el gran beneficiario en todos los asuntos familiares, he tenido casa a mi disposición, he heredado un trabajo, y, sobre todo, se supone que tengo firma en las cuentas. De eso también se preocupó, generosa, dijo: si papá está en esas condiciones, habrá que organizarlo para no tener luego problemas con el banco, que no inmovilicen los ahorros, hacer de modo que tengamos acceso a las cuentas los hermanos por igual. Me reí: ¿le vas a dar firma a Juan? No, eso no, ni pensarlo, las dejaría limpias en una semana, se apresuró a decir. Y, claro, la cosa era que estuviéramos limpios nosotros, no las cuentas, las cuentas bien forradas con billetes verdes, con billetes amarillos, con billetes morados, y que, de la tarea de aventar esa masa de papel –lo que Carmen llamaba limpiarlas–, nos encargásemos a medias, ella y yo. Y luego están los hijos y los supuestos nietos de Germán, su viuda. También ellos tendrían que tener acceso a las cuentas bancarias. No podemos disponer nosotros dos solos. Eso sería irregular, incluso ilegal.

Se supone, sobre todo, que papá gasta de lo suyo, de lo que tiene y de lo que le sobra, y nos beneficiamos los dos de ese capital. Y yo entiendo el fastidio, el desapego de Carmen, su prevención. No resulta apetitoso el postre: el final del banquete de la vida no es precisamente dulce, pero que nadie hable aquí de amor. ¿Me entiendes, Liliana? A nadie le apetece encontrarse con un zombi que camina por el pasillo y mira con ojos fijos hacia el aparato de televisión, o se queda boquiabierto cuando lo tumbas en la cama con la mirada clavada en el techo, un zombi de auténtica película de terror que chasca la dentadura postiza como las calaveras del tren de la bruja, y la empuja con la lengua hasta colocarla entre los labios para que se vean los dientes de pega encajados en plástico rosa, zombi que come con avidez y, sobre todo (eso es lo más desagradable: zombi-tamagotchi), sigue defecando un par de veces al día (si no hay descomposición). Ella, como Juan, como la viuda y los hijos de Germán, aparecerá cuando el cadáver se esté quieto de una vez y haya que repartirse el tesoro escondido bajo la calavera. Entonces vendrán a fiscalizar la cuenta, querrán sacar las escrituras del taller y de la vivienda, las de la huerta urbanizable, la del terreno de Montdor, donde a mí me hubiera gustado levantar una casita para retirarme con el perro Tom, los dos solos paseando por el campo, él precediéndome al trote, y a cada momento parándose a esperarme, como hace cuando venimos al marjal, envejeciendo los dos. Tiene cuatro años, podía haberme acompañado hasta el final. Le quedan unos diez o doce de vida, o le quedaban; ahora le queda lo mismo que a los demás. Y cultivar algunas hortalizas, los frutales, recoger en una cesta de mimbre los nísperos, los melocotones, las ciruelas, las manzanas, los membrillos, adornar con frutas multicolores el centro de la mesa, esas frutas que Liliana dice que no tenemos aquí, ponerlas en una fuente, un frutero sobre el mantel de hule, y que, al abrir la puerta, te llegue el olor de la fruta madura. Ellos vendrán, hablarán de la legítima en la notaría y reservarán un billete de vuelta a sus casas en avión, convencidos de que pueden permitírselo con lo que van a obtener de la rebatiña (la exhaustiva limpieza de cuentas que sospecha la hacendosa Carmen, la venta de inmuebles). Los vivos se nutren y engordan a costa de los muertos. Es la esencia de la naturaleza. Basta ver los reportajes de fauna de la tele, aves enormes tirando con el pico de las tripas de la víctima, peleándose entre sí; la leona que escarba en la carne ensangrentada de la cebra. Pero no hace falta irse a la naturaleza, las góndolas —las llaman así, góndolas, aunque se trata más bien de estantes, o baldas— de los supermercados son deprimentes cementerios: paletas de cordero muerto, huesos y chuletones de buey apuntillado, vísceras de vaca sacrificada, cintas de lomo de cerdo electrocutado, empaquetados en contenedores fabricados con los restos de árboles abatidos. Vivimos de lo que matamos. Vivir de matar, o de lo que se nos sirve muerto: los herederos consumen los despojos del predecesor y eso los nutre, los fortalece a la hora de levantar el vuelo. A mayor cantidad de carroña consumida, el vuelo es más alto y majestuoso. Desde luego, más elegante. Nada que esté fuera de la condición de la naturaleza.

Cuando vuelva a casa, me lo encontraré frente a la televisión, de un humor que resulta imprevisible adivinar, la demencia es ciclotímica, unas tardes dormita, ronca con la cabeza inclinada sobre el pecho, en cambio otras tiene clavadas en los ojos dos puntas de alfiler, como si hubiera tomado alguna droga: patalea cuando me ve, y mueve la cabeza en todas direcciones y gime o gruñe, y me golpea con los puños el pecho e intenta alcanzarme con sus golpes la cara. En cualquier caso toca levantarlo de la butaca, liberar-

147

lo de la sábana deshaciendo el nudo, calentar la comida, ponerla en la mesa, servir los platos, hoy comerás tarde, papá, disfruta de las horas que te quedan; aunque tú no te enteres (o sí) hace un día precioso, la naturaleza nos despide vestida con sus mejores galas, el invierno se ha disfrazado de primavera para nosotros y el hombre del tiempo anuncia un día igual de luminoso para mañana. Disfruta con las verduras: el platito con una patatita, unas acelgas, una alcachofa, son muy buenas las verduras, alimentos benéficos, la alcachofa es diurética, las acelgas cardiosaludables; por suerte el mercado de Olba, aunque es pequeño, está muy bien abastecido, y los productos de las huertas cercanas que ofrecen en las verdulerías del mercado se completan con las importaciones, con los envasados que ofrecen las grandes superficies instaladas en la comarca: anteayer miré el envoltorio de la mezcla de frutos secos –Cóctel Exótico, decía la etiqueta– que estuve royendo mientras veía la tele a tu lado, y resulta que los cacahuetes eran de China, el maíz de Perú, las pasas procedían de Argentina y sólo las almendras se suponía que eran españolas: un verdadero ciudadano del mundo, cosmopolita, el envasador de chucherías, que, según indicaban unas letritas minúsculas que, a pesar de calarme las gafas me costó descifrar, es una empresa de aquí cerca, de Alcàsser o de Picassent, un pueblo de la huerta, ahora no recuerdo cuál. Ex pueblos de huerta o pueblos de la ex huerta, que, en vez de judías, tomates y habas, producen envases de plástico para comercializar frutos cultivados y recolectados a diez o doce mil kilómetros de distancia. Barrios dormitorio de los polígonos industriales que los cercan. Lugares llenos de gente que parece nadie: naves abandonadas, almacenes cerrados, explanadas de hormigón en las que los skaters se deslizan ruidosamente entre latas vacías y botellas rotas. El almacén envasador de frutos secos, situado en alguno de esos deprimentes polígonos, concentra energías extraídas de los cinco continentes que han tomado forma de haba, cacahuete, nuez de macadamia, garbanzo tostado o grano de maíz. En qué lugares han rebotado esos frutos antes de llegar al saquito de plástico, en qué tinglados de qué puertos han sido almacenados y cuánto tiempo han tardado hasta llegar aquí; qué compañía han tenido en sus viajes esos sacos, junto a qué otras mercancías se han amontonado. Piñas trufadas con cocaína, maderas tropicales, quizá preciosas, que les han aportado el suplemento aromático de sus resinas y, por eso, las nueces de macadamia muestran un vago fondo de cedro, de resina de mobila, que un catador experto como Francisco podría detectar. Y una vez aquí, en España, ¿junto a qué otros cargamentos los han guardado?, ¿qué otros aromas han retenido en su largo viaje?, ¿gasoil?, ¿pinturas acrílicas?, ¿caucho?, ¿orín de rata? Caucho, pintura, excrementos de rata y gasóleo: olores de nuestros tristes trópicos contemporáneos. Al empleado de la empresa envasadora que abre y cierra sus puertas en un no lugar que antes fue huerta, lo rodean sacos procedentes de otros no lugares situados en las cuatro esquinas del mundo y él mete en la bolsa un pellizco del contenido de cada uno, una pizquita de pipas, otra de garbanzos tostados, nueces, pistachos, macadamias, unas pasas, y, concluida la selección, sella, retractila la bolsa de plástico que ha acabado por reunirlos hasta formar una familia heterogénea, mundializada y multicultural en feliz convivencia dentro del plástico. En la cara exterior del envase, es individualizado cada producto, nombrado bajo el epígrafe ingredientes escrito en letra tamaño cagada de mosca, que me exige calzarme otra vez las gafas para descifrar. El tamaño de la letra no me disuade, porque me gusta descubrir de dónde proceden las cosas, saber lo que me llevo del estante (lo que llaman la góndola) al carrito de la compra, del carrito al coche y del coche a la nevera y a mi boca. Conocer lo que me como, lo que va a compartir mi intimidad, alojándose dentro de mí. La lejanía, la sensación de ajenidad de los productos estimula, quieras o no, la desconfianza: es normal (¿me meteré eso dentro del cuerpo?), sabe Dios qué control –o qué descontrol– sanitario existe en esos países de origen, pero también me excita saber que estoy partiendo con los dientes el fruto de una planta que alguien cultivó, abonó y recolectó en lugares donde nunca pondré los pies. Mientras saboreo, imagino las caras de los recolectores: ojos almendrados o rasgados, pieles aceitunadas, tostadas, los atentos ojos de ellas cuando desgranan el fruto que en esos momentos me pertenece en exclusiva: he comprado la atención de sus ojos, el movimiento de sus manos, la gota de sudor que resbala entre sus pechos mientras trabajan en la nave cubierta con una lámina de zinc. Con cada fruto, con cada semilla, con cada baya, las casas en que habitan: ranchitos de caña con techo de hojalata, cabañas de bambú; el olor a pipián de sus guisos (los guisos que Liliana prepara en su piso de cincuenta y cinco metros cuadrados, los que ella cocina y come y comen sus hijos y su marido), a coco, a galanga, los bosques o las selvas que rodean esos sitios en los que viven los recolectores de mi aperitivo. Eso –ojos, pieles, paisajes, vegetación imponente– es lo que me como yo, lo que me deleita y nutre. Otro día observé que, en las góndolas de la frutería del Mas y Mas, a pesar de que estábamos en septiembre, el momento de esplendor del dulcísimo y perfumado moscatel de la comarca, las uvas blancas provenían de Argentina (¿pero el septiembre de aquí no es primavera en Argentina?, ¿hay uvas de primavera?). No tengo ni idea de qué variedad podían ser: granos gruesos, dorados, relucientes e insípidos; y el manojito de espárragos verdes lleva casi siempre una faja de papel que acredita su origen peruano: no piensas nunca en el Perú, un país que no suele salir en las conversaciones en el bar, del que nadie parece acordarse y resulta que se te ocurre leer la inscripción que aparece en la fajita y te lo encuentras. Ahí está escrito: Origen: Perú. Piensas: ¿los espárragos verdes los llevaron de Europa a América o ya los cultivaban y comían los incas en los banquetes que se daban entre los enormes pedruscos labrados que aparecen en los reportajes de la televisión que muestran Cuzco y el Machu Picchu?, ¿qué será antes, el huevo o la gallina? Y está sobre el mostrador ese pescado fresquísimo que tenemos: antes de comprar tienes que seleccionarlo, mirar con cuidado las minúsculas letras que anuncian la procedencia en el cartelito procurando que el cliente se entere lo menos posible, y donde también consta el precio en números perfectamente visibles, 6,50 8,50 9,25, 14,35, Atlántico norte Atlántico sur Pacífico Ártico Chile Indonesia Perú Ecuador India; puerto de desembarco: Marín Vigo Burela Mazarrón: santo Dios, las vueltas que han dado estas colas de merluza, estos rapecitos tiesos, estos langostinos indostánicos. Para nosotros, padre, busco el pescado que se supone que es más fresco, el que ha sido capturado en aguas cercanas, y desembarcado en alguno de nuestros puertos, aunque los pescadores de aquí –yo creo que imitando a los andaluces con el rollo de las pijotas y acedías de la bahía de Cádiz– han empezado a anunciar sus capturas desde hace un tiempo como de la bahía de Misent, de la de Calpe, de la de Peñíscola, o de la de Alicante, y ésos –los que se supone capturados por aquí– los señalan con unos cartelones especiales –SALMONETES DE LA BAHÍA DE MISENT, GAMBA DE LA BAHÍA DE DENIA, o MERO DE LA BAHÍA DE ALICANTE–, y resulta que se pagan mucho más caros, así que, de repente, todo son bahías en cuyo seno pastan peces salvajes y a ti y a mí nos toca pagar más caro el pescado. Compra pescado con la garantía de que

151

es nuestro, peces de nuestra comunidad. Eso dicen los anuncios institucionales de la tele, como si el pez tuviera su tarjeta sanitaria como nos obligan a tenerla a los bípedos, y pagara sus impuestos en la hacienda autonómica. Peces de roca, *mavra*, loro, negrito, *roig*, *furó*. El aceite para freírlo, riquísimo, traído de la sierra de Mariola, o no, aún mejor, porque la garrafa que me queda en casa –la última– es de la Sierra de Espadán. Hala, come. Es tu trabajo: come, tómate las pastillas –yo me he tomado ya mi menú químico en el desayuno–; para ti, seis por la mañana, precedidas por el milagroso omeprazol (un medicamento tan barato y efectivo que parece fabricado por los soviéticos que soñaste, padre), cuatro a mediodía y cuatro (¿o son cinco?) por la noche, siéntate en la taza y esfuérzate un poco, eso no puedo hacerlo yo por ti, aprieta, pero mantente tranquilo, tenemos todo el tiempo del mundo, no te me pongas nervioso, estate tranquilo aunque sin dejar de apretar, ¿eh? Relajado pero apretando, no sea que me vea obligado a ponerte un enema justo esta última noche. Y una vez descansado del trabajo, cumplida la tarea, mira la tele, y no me des guerra. Precisamente hoy, no. Aunque no hace falta que te anime a comer, el apetito no lo pierdes. No lo has perdido en todos estos meses. Es otra de tus contradicciones: pocas ganas de vivir, pero muchas ganas de comer. Ya me explicarás. Morirás rumiando, haciendo crujir las falsas muelas, moliendo. Un chorrito de aceite crudo para las patatas y las judías verdes, sé que te gusta así, toda la vida te ha gustado. En esas gotas doradas se concentra el sol del Mediterráneo, la salud, la vida. Desde hace unos años, vivimos todos de acuerdo en que está encerrada en cada gota de aceite una explosión saludable, esperanza de vida, el bálsamo con el que se ungían los atletas griegos y los patricios romanos, con el que la iglesia unge a sus moribundos, el fruto de ese árbol sagrado

–Como ramos de olivo, en torno a tu mesa, Señor, cantan los católicos en sus misas–. Lo dicen en la radio, en la tele, en los periódicos. Son otras grasas las peligrosas: las margarinas, las grasas animales, mantequillas, leches sin descremar; y los aceites de girasol, de cacahuete, de palma, de maíz, o de soja, los aceites que en la actualidad toman esos pobres negros de culos gigantescos y trémulos como platos de natillas que se arrastran por las calles de Nueva York y vemos en la tele; tristes negrazas, hipopótamas sobre dos patas cuyos muslos se frotan al caminar provocándoles llagas; elefantiásicos blancos fracasados, malolientes alcohólicos con la nariz amoratada y una red de venas cárdenas cubriéndoles la cara, tipos al borde de perder trabajo y hogar o que ya los han perdido y forman parte del ejército de los desahuciados, cuerpos que no pueden tomar asiento en el autobús porque sus nalgas no caben en el sillín y la barriga no encaja en el espacio que deja libre el respaldo de delante, por más que abran las piernas para que se les aposente sobre los muslos en inútil estrategia de optimización del espacio, individuos enfundados en un deforme chándal que hablan ante el locutor de la televisión explicándole que los ha echado de casa el banco porque no pagan las letras que firmaron cuando pesaban algunos kilos menos y aún podían acudir al trabajo. Anda, come, padre, corta esa tortillita francesa que perfuma el ambiente con su olor de fritura en honesto aceite de oliva. Colesterol del bueno –eso dicen los científicos– para que la sangre circule sin obstáculos por las venas. La santa cena, la última cena. La mayor parte de las casas de Olba la tenían colgada en el comedor en relieves de metal, de loza, en grabados que reproducían el cuadro de Juan de Juanes. Jesús con sus doce apóstoles, el traidor sentado al bies, sosteniendo la bolsa con las monedas a sus espaldas. En nuestra casa nunca entró esa quincalla, ¿ves cómo hay cosas que tengo que agradecerte?

153

Enseguida lo volveré a colocar en la butaca (esta vez sin necesidad de atarlo con la sábana, estoy yo para vigilar), y otro ratito de televisión: se duerme, después de comer acostumbra a quedarse dormido hasta la hora de la merienda. Hoy almorzará tarde, pobre, se le va a juntar la comida con la merienda, pero es que he tenido que venir aquí, ¿sabes?, a este fango, a estos cañaverales, a esta agua estancada. He querido revisar el escenario, impregnarme con el dudoso o contradictorio perfume del decorado en el que vamos a escenificar lo nuestro. Igual que los que cultivan esos frutos exóticos tienen su entorno de cocoteros, cafetales y bambú, nosotros tenemos nuestro propio entorno, nuestro podrido y vivificante marjal, y quiero ver que todo sigue en orden la víspera de la première, que será también dernière, ¿no se dice así en francés? La *première* y la *dernière*. Algo recuerdo de mis días parisinos y de los años de bachillerato, el alfa y el omega de los griegos, lo aprendí en aquellos viajes que me ayudaste a pagar cuando aún estábamos a tiempo de esperar algo el uno del otro, viajes de formación de un artista, ¿no se hacía así antes? Obligatorio el viaje a Italia, que yo no hice. Donatello, Della Robbia y Miguel Ángel para abrir boca vocacional a un hijo que tiene que ser lo que a ti no te dejaron ser, lo que no pudiste. Estreno mundial en función única: las dunas, las cañas, los juncos y carrizos, los berros cuya presencia indica el lugar en que mana el agua del chortal, tan pura, y el culantrillo que trepa protegido en la penumbra del pozo, los lirios azules, los lirios amarillos: sólo falta el pobre tío Ramón, pero, tranquilo, no te preocupes, lo veremos, un día de éstos acabaremos dando con él mientras paseamos por ese lugar en el que ya no se suceden los días y las noches, donde nada ocurre digno de mención que registren los libros (no hay historiadores que lo hayan documentado): él está allí esperándonos, impaciente, ya lo verás, y tú, tú vas a volver por fin al sitio en el que estuviste a punto de perdernos de vista para mantener tu dignidad. La opción te pareció así de clara, tajante: tenías que elegir: éramos nosotros o la dignidad, y tú, generosamente, nos elegiste a nosotros –los que estaban y los que íbamos a llegar–, sacrificaste el tesoro de tu dignidad, aunque estabas convencido de que esa generosidad con que nos habías premiado era un modo de traición a los tuyos, la odiaste, y, consecuentemente, no pudiste querernos a quienes nos habíamos beneficiado de ella. Te debo el desgarro de ese instante en el que yo ni siquiera había nacido. Tengo que pagártelo. Te devolveré lo que te arrebatamos, no te preocupes, restituiré la cuota de dignidad que me regalaste entonces, si es que eso –el impagable tesoro de la dignidad– es algo, y si, además, se puede recuperar lo que se pierde: un pie, una pierna, un brazo, la cara actualmente pueden reimplantárselos a quien los ha perdido siempre que se actúe con rapidez, y si no, se reconstruyen: lo hace el doctor Cavadas de Valencia, pero tú no puedes recuperar lo que perdiste, y cómo reconstruirlo, han pasado tantos años, y aquello se pudrió. Pero te libraré de las obligaciones que adquiriste, las que te impidieron ser un hombre cabal: darnos de comer, vestirnos, educarnos, la viscosa telaraña en la que se enredó tu biografía, aunque no pienses ahora en eso, total para qué, si es tarde: si me temo que no tenemos tiempo de reparar nada, por mucho que lo intentemos. Toma, bebe, le digo, mientras le pongo el vaso de leche templada (cuidado, no te quemes), lo agarra con las dos manos apretándolo y se lo

155

lleva a la boca, coge el paquete de galletas que devora hasta que se lo quito de delante. Van a sentarte mal, le digo sin saber si me oye: se aferra al paquete de galletas cuando se lo aparto, se queja: una especie de mugido sordo, un gemido, los dedos huesudos apretando el envoltorio.

Todos sabemos que el mundo se divide entre lo que yo soy y lo que es lo demás. La gran grieta existencial. La historia entera de la filosofía gira sobre ese tema, y es algo que damos por supuesto desde que empezamos a adquirir nuestras primeras percepciones. Forma parte del imprescindible equipaje para la vida, pero, para ti, el mundo no ha sido más que eso, lucha entre el yo, tu yo, y los demás, que componíamos una sociedad de cómplices, una familia culpable de la que te sentías excluido. Te equivocabas por poco: casi todos lo eran –lo fueron–, cómplices. Ahí los tenías, arrodillados en misa, arrastrándose temerosos ante las autoridades, respondiendo a las preguntas del comisario con voz trémula, vocecilla de vieja asustada, y, sobre todo, abalanzándose como manada de lobos para repartirse los restos del caído, comiéndoselos con impudor. Se denunciaban unos a otros para borrar de su ficha policial el recuerdo de la media docena de años en que habían sacado pecho y habían dicho a voces lo que pensaban, se daban codazos para optar en la subasta de los bienes requisados. Habías visto a tus vecinos envueltos en la bandera tricolor durante los años de la república y los primeros días después de la rebelión militar, cuando estaban convencidos de que iban a ganar la guerra, y los viste a la vuelta, cuando todo había concluido: hacían cola ante el ayuntamiento para denunciar, se apresuraban a darles pistas a los matones susurrándoles en qué escondite, en qué casa de campo, en qué desván, en qué pajar, en qué cueva del monte, o en qué rincón del marjal, podían encontrar al desaparecido por el que se interesaban. Todo valía para salvarse. De pronto, el orgullo ya no era levantar el puño, cantar *La Internacional* y agitar un trapo tricolor. Era llevar una chaqueta más o menos nueva (con la camisa azul aún no se atrevían, se arriesgaban a que alguien los apaleara, ¿tú?, ¿tú te atreves a ponerte la sagrada camisa azul que josantonio bordó de rojo con su sangre?), hablar con prudente desenvoltura con el jefe local del Movimiento, con el comandante de la guardia civil; que tu mujer se arrodillara tocada con una mantilla de blonda negra en las primeras filas de la iglesia en misa de doce, misa mayor (lentamente, anadeando, la cabeza erguida, cruzaba el trayecto desde la casa a la iglesia, para que la vieran, la mantilla cubría el cabello, las manos sostenían el misal envuelto en el rosario). Yo soy un hombre y me visto por los pies, repetían en cuanto tenían ocasión, pero saludaban temerosos al monigote de falange que se había pasado la guerra escondido –el quinta-columnista–, y se había unido al cortejo de los vencedores con la información de cuanto había ocurrido en Olba durante aquellos años. Se quitaban la gorra y agachaban la cabeza al paso de un concejal o de la pareja de la guardia civil, besaban la mano del cura. Hombres como toros doblaban la columna y apretaban los labios contra la manita blanda del padre Vicente, sonriéndole como beatas. Todos ésos que, durante la transición, han sacado de desvanes, cofres, agujeros excavados en el piso o en el suelo del corral, las fotos que captan el fogonazo de los tiempos de orgullo, y han enterrado, borrado, hecho desaparecer, las que muestran las complicidades y miserias de después. El que ahora se peleaba por coger el anda del santo en la procesión; el que se salvó por los pelos y le llevaba un cajón de naranjas al cura (las más dulces del término, don Vicente, insistía baboso), y se ofrecía para hacerle gratis las reformas en la casa parroquial, y oía misa cabizbajo, junto a una columna, la boina enrollada entre las manos. El que leía aplicadamente en el misal en uno de los primeros bancos durante las ceremonias religiosas y había quemado *El jardín de los frailes* de Azaña en la chimenea de la cocina.

Aunque no te quedaste en el pantano como pretendías, tú no fuiste de ésos. Te mantuviste en tu madriguera. Otros también lo hicieron. Vivieron como sin haber vivido. No contaron, no fueron parte de su tiempo. Se fueron muriendo sin haber tenido existencia. Caminaban deprisa por la acera pegados a las paredes, miraban de reojo, esquivos. Encerrados en casa cocían su tristeza en silencio. Formas parte de esa legión de sombras, tan cargadas de dignidad como carentes de importancia. Recién salido de la cárcel, tomas nota de los cobardes, de los traidores. Preparas el siguiente acto. Pasas revista a tus tropas. Calculas tus efectivos. Le pides a mi madre, a mi tío, que te cuenten de éste y de aquél: si agachan la cabeza, se paran y saludan a los de la falange cuando se cruzan con ellos en la calle; me envías a mí, que tengo siete u ocho años, a ver si fulano acude este año a la procesión, si lleva las andas, si va descalzo y arrastra cadenas prendidas de los tobillos o si se ha puesto camisa morada de penitente. Idiota, dices cuando te cuento que sí, que ha ido descalzo. Idiotas, qué se puede pensar de hombres que aceptan sin rechistar lo que cuenta desde lo alto del púlpito un tipo que dice lo primero que se le viene a la cabeza, porque sabe que nadie puede rebatirle. Qué sentido del bien común es ése, hombres hechos y derechos con la boca cerrada asienten dando cabezazos a lo que dice el cura:

vírgenes que paren, pescadores que hablan todos los idiomas del mundo, muertos que resucitan, demonios con tridente que pinchan a unos desgraciados metidos en cacerolas o tumbados sobre una parrilla. Y ellos, callados. ¿Pero es que nos hemos vuelto todos locos? Tenías que haber visto las asambleas, los mítines que se celebraban en el Cine Tívoli o en la plaza del ayuntamiento durante la república: gritaban todos al tiempo, se quitaban la palabra unos a otros, discutían, se amenazaban, se cogían de la solapa de la chaqueta. Te callas de repente. Te das cuenta de que hablas conmigo. Probablemente descubres mi gesto de fastidio. No hablas con un camarada, ni siquiera con tu hijo mayor, que parece que te sigue la corriente aunque luego te traicione, sino con este otro hijo al que le aburren tus historias, y piensas que es por su culpa –por culpa del hijo, de los hijos, de la mujer, en este punto no haces distinciones– por lo que estás aquí, en el taller y en la casa, prolongaciones de la cárcel: lo eran. Durante años, recibió las visitas de la brigadilla, tenía prohibido salir del pueblo, se presentaba a firmar en el cuartel de la guardia civil cada semana, y, para defenderse, para resistir, descifraba los que le parecían signos de algo que iba a llegar. Ellos habían ganado una batalla, pero seguía sin resolverse la guerra. Cuando salió de la cárcel, prefería dar paseos solitarios por Montdor. Por no verlos, se quejaba. Después se encerró en casa, seguramente porque no había manera de no verlos. Sólo salía por exigencias del trabajo. No iba al bar por no toparse con los de la camisa azul dándole golpecitos a la sobaquera en la que guardaban la pistola con las cachas de nácar cada vez que tiraban una carta sobre el velador cubierto con tapete verde, y a los que les reía los chistes esa gente que, desde que esto cambió, ha vuelto a enseñar sus fotos de cuando, antes de correr como perritos atados al carro de los vencedores, fueron jóvenes republicanos. Sabe Dios dónde las tendrían escondidas, la gorrita con la borla en la frente, la bandera que no muestra sus colores en las fotos en blanco y negro, pero que se sabe que es roja amarilla y morada, el puño en alto. Años ochenta: cuando ves las caras de los hijos de los oportunistas de posguerra en los carteles electorales, gruñes: de qué presume. Su padre y su abuelo podrían haberse hecho ricos montando una charcutería. Hijo y nieto de carniceros, ¿qué va a enseñarnos éste?, me dices.

A pesar de que nunca me han interesado tus obsesiones políticas, reconozco que unos cuantos centilitros de ese veneno los he heredado yo: esperar del ser humano sólo lo peor, el hombre, una fábrica de estiércol en diferentes fases de elaboración, un malcosido saco de porquería, decías cuando estaba de malhumor (en realidad, decías un saco de mierda). Pero no le he otorgado a ese pesimismo mío una dimensión social. Lo he mantenido en la intimidad. He sentido mi frustración sin pensar que formaba parte de la caída del mundo, más bien he vivido con el convencimiento de que cuanto me concierne caducará con mi desaparición porque es sólo manifestación del pequeño cogollo de lo mío. Un ser sustituible entre miles de millones de seres sustituibles. Ahí, nuestro desencuentro. Tú has tenido la capacidad o el don de leer tu biografía como pieza del retablo del mundo, convencido de que guardas en los avatares de tu vida parte de la tragedia de la historia, la actual, la de las habladurías y miserias de Olba, y la vieja historia de las infidelidades y traiciones de la guerra, y también la que se representa a miles de kilómetros de aquí, y a varios siglos de distancia: te conmueven las guerras que se desarrollan en las montañas de Afganistán, en Bagdad, en algún poblachón de Colombia: tu sufrimiento es un sufrimiento que está en todas partes, en el núcleo de cada desgracia como, para los cristianos, el cuerpo de Cristo está en cada una de las hostias y en todas ellas: el cuerpo entero, terso y vigoroso, en los frágiles pedazos de pan que se dispensan uno y otro día a los fieles en cualquiera de las iglesias del mundo, el mismo cuerpo entero e idéntico en las hostias que se han dispensado un siglo tras otro. Como en el caso de los que acuden a la iglesia, tu actitud me confirma que lo que mejor soporta el paso del tiempo es la mentira. Te acoges a ella y la sostienes sin que se deteriore. En cambio, la verdad es inestable, se corrompe, se diluye, resbala, huye. La mentira es como el agua, incolora, inodora e insípida, el paladar no la percibe, pero nos refresca.

Secta sin afiliados ni cómplices: tú, sólo tú, y tus camaradas, tan ubicuos y tan invisibles como el cuerpo de Cristo guardado en las hostias, gólems a la medida de los propios deseos. Celebras tus ritos en casa: el despachito acristalado del taller, el cobertizo del patio, la soledad de tu cuarto, donde encima de un pequeño tocador tienes puesto el aparato de radio. Años cincuenta, sesenta: pegas la oreja a la rejilla de la radio conectada a un volumen apenas perceptible. Escuchas las noticias que, sobre España, emiten la BBC de Londres, radio París, la Pirenaica: para aislar el sonido, cubres con una toalla a la vez el receptor y tu cabeza, ninguno de nosotros puede pisar esa habitación mientras escuchas los noticiarios; en el taller, bajo el banco de carpintero, en un lugar invisible (lo descubro en mis juegos, arrastrándome por el suelo) encolas fotografías con la cara barbuda de Marx, la de la Pasionaria, que has recortado de algún viejo libro, de alguna revista. Pasará mucho tiempo antes de que yo sepa quiénes son esos personajes cuyas caras guardas en un lugar inaccesible como los pintores de las cuevas de Altamira guardaban las imágenes de sus animales fetiche. Y, en el revés de los calendarios que hay colgados en el almacén, desde que has salido de la cárcel anotas a lápiz las fechas que para ti son pasos decisivos en el restablecimiento de las circunstancias que van a permitirte completar la hombría demediada desde el momento en que decidiste entregarte. Guardaste entre tus papeles esas estampas de calendario con sus anotaciones, como imagino que has creído guardar para esa normalidad venidera, para el día en que concluyan los tiempos sombríos –los años que nos han convertido en nulidad–, el amor de esposo, los afectos, el trato paternal, la comprensión, la solidaridad que nunca practicaste, o cuyas expresiones yo no he sido capaz de entender (la tuya, una solidaridad futura, que nunca encontraba su momento, pájaro sin rama en la que posarse y hacer nido). Encontré algunas de esas láminas de calendario hace bastante tiempo. Las guardabas al fondo de una de las cajas amontonadas en el despachito. Mensajes del pasado, y cebadero de afectos futuros, vísperas de la fiesta de la solidaridad. En la hoja correspondiente a agosto de 1944, apenas unos meses después de conseguir la provisional, habías anotado: *alzamiento en Varsovia; día 25: la división Leclerc mandada por nuestro paisano Amado Granell, un r. de Burriana* (r. sin duda quería decir republicano), *toma París, y la bandera t.* (t, claro, es tricolor) *española ondea en el Arco de Triunfo.* Y escrito con lápiz rojo, con trazo ancho y letras mayúsculas, se diría que con rabia: *SE GANA FUERA LO QUE SE PIERDE DENTRO.* Yo había nacido cuatro años antes (tuviste que engendrarme en aquellos días del fin de la guerra en que dudabas si debías entregarte), estabas en la cárcel y no pudiste anotar mi nacimiento en tus calendarios, ya lo sé, pero Juan y Carmen nacieron durante aquellos años, en el cuarenta y cuatro, en el cuarenta y siete, y no merecieron ninguna anotación en el calendario, seguramente su nacimiento no te pareció que anunciara nada, no viste ninguna esperanza en ellos y, por tanto, ninguna esperanza para ellos, como no creo que la vieras en mí. En el revés de una de las hojas del calendario del año siguiente habías escrito: *13 de febrero, los rusos toman Budapest;* en otra: *13 de abril, las tropas soviéticas ocupan Viena;* en la siguiente: *2 de mayo, LOS NAZIS RINDEN BERLÍN A LOS SOVIÉTICOS.* En 1949: *1 de octubre, Mao Tse Tung* (entonces se escribía así) *instaura la república popular en China.* 1959: *8 de enero, Fidel Castro entra en La Habana. ¿Con quién está?, ¿con nosotros o con ellos? No preguntes por saber que el tiempo te lo dirá.* Y habías añadido*: el tiempo, el puñetero tiempo, qué deprisa pasa, veinte años de aquello, parece que fue ayer; y qué despacio pasa, cada día se me hace un siglo. De momento se va Batista* (no hay un insulto, no dices el cabrón de Batista, ni siquiera el dictador Batista, anotas sólo el nombre: tienes que tener cuidado con lo que escribes, esos papeles comportan un riesgo, pueden acabar cayendo en manos indeseadas, revelar que el virus no está muerto, sólo dormido, me extraña que te atrevieras a escribir los pronombres nosotros y ellos, que por entonces tenían un sentido unívoco y peligroso). 1968: *Los tanques rusos toman Praga. ¿¿¿¿¿¡Qué está pasando?????? No entiendo. Tengo ganas de llorar.* Tu letra escrita en el reverso de láminas coloreadas que representan paisajes, cuadros de Velázquez y Murillo, catedrales de España, o cupletistas, jugadores de fútbol y toreros. Anotaciones clandestinas, estériles, condenadas a enmohecerse de cara a la pared, aunque también imagino tu secreto regodeo porque lo que se mostraba a la vista en el despachito del taller –la mansedumbre y vulgari-

163

dad de aquellas estampas– escondiera tu orgullo: el mal ni siquiera estaba dormido, trabajaba sigiloso pero infatigable. Seguía intacto el núcleo duro que no habían conseguido fundir ni los años de cárcel ni el vacío al que luego te sometieron los vecinos. El viejo topo horadaba en la noche, o eso creías, porque la verdad es que aquellas hojas no transformaban ni nutrían nada, ni siquiera podía leerlas nadie que no fueras tú. No sabíamos de su existencia. En la soledad de Olba, que te condena a melancólicos paseos por el monte (juntarme con alguien es señalarlo como sospechoso, te justificabas, yo creo que no soportabas a nadie, ¿tu camarada?, ¿el padre de Álvaro?), te alimentas a ti mismo con esas anotaciones: son nutrientes que te permiten resistir hasta que llegue tu día. *Qué deprisa pasa el tiempo, y qué despacio pasa,* lo habías escrito, *cada día se me hace un siglo:* el tiempo, a la vez que se tragaba velozmente el recuerdo de lo terrible, seguía generando variantes de lo ominoso. Ya lo he dicho: ninguna anotación sobre nosotros: tu mujer, tus hijos; ni siquiera tu madre y tus hermanos aparecen en las notas. En esas hojas de calendario no nacemos, ni cumplimos años, ni padecemos enfermedades, ni empezamos a acudir a la escuela; tu madre muere durante esos años, el cincuenta o el cincuenta y uno, y no aparece. No merecemos ni una mención, no formamos parte del avance del mundo, no conmovemos a ningún dios, estamos fuera de ese sistema universal del dolor y la injusticia y la rebeldía, no formamos parte de la legión de cuerpos transubstanciados, pálidos camaradas que se adivinan en el horizonte; ni accedemos a los grandes conceptos que los nutren. Somos lo privado, que es deplorable, que te ata y te pone a ras de tierra, en la frontera del animal: nacer, comer y defecar, trabajar, reproducirse: y de qué triste manera se reproduce uno, qué abajo en la escala de las especies te coloca la reproducción. Agonizar:

un momento tampoco digno de filmarse, de nuevo esa cercanía del animal, retorno por el que se confirma tu percepción. Cuanto aprendes y sabes se disuelve en nada. Seres sin importancia pública, individualidades que van cayendo como hojas en otoño. Otras empezarán a brotar en pocos meses y las sustituirán y no habrá diferencia entre aquéllas y éstas.

Cuando Francisco compró la casa de los Civera y la rehabilitó, no me encargó la carpintería; quería un restaurador. Los albañiles habían picado y sacado a la luz en todo su esplendor la piedra de la fachada, las jambas y dintel de la puerta construidos con esa porosa piedra marina que llaman tosca. El ebanista restaurador dejó la puerta de entrada y las vigas –de mobila una y las otras– como nuevas. Habían tratado el mobiliario del comedor (tú que sabes de maderas, ya ves, un conjunto que volvería loco a un anticuario, o que podría ocupar la sala de un museo), y toda la batería de armarios exentos y empotrados, tocadores, mesitas, camas, alacenas, estantes, y repisas, distribuidos por la casa. Se trataba de muebles de nogal, de cerezo, de tilo, de palisandro o de jacarandá, un auténtico catálogo de formas y materiales, el porterío de la cocina, del salón, de los vestidores, todo iba incluido en el precio de la casa, todo: las mesas, las camas, las mesillas, los tocadores, los armarios, no se llevaron ni una tabla, ven, ven que te enseñe, hasta se dejaron este bargueño, fíjate, y la mesita de taracea, es marfil la incrustación. Han dejado la casa como si estuviera recién estrenada; mejor aún, porque le hemos mejorado los barnices, le hemos quitado repintes que se efectuaron hace veinte o treinta años con material de pésima calidad y estaban dañando la madera y la corroían, hemos tratado contra los ácaros toda la carpintería, descubrimos un foco de carcoma y hemos acabado con ella. Los hermanos no se podían ni ver y vendieron la casa de una tacada, para no reñir por el tuyo y el mío, querían dinero en mano y de un solo golpe: fíjate lo que podrían haber sacado con todo esto bien vendido, en subastas, en tiendas de anticuario, pero no, prefirieron la opción toma el dinero y corre. Consiguieron menos, pero, al parecer, así no tuvieron que humillarse viéndose las caras, discutiendo, cediendo unos ante otros: pagaron el orgullo, que suele ser una mercancía extremadamente cara y pasada de moda. Además, en el camino, se perdió alguna otra propiedad entre los pliegues de las sotanas. Como en tantas casas durante aquellos años, los testamentos no los redactaban los notarios, sino los curas, y parte de la propiedad correspondía a una tía beata que la donó a la Iglesia, así que el reparto de bienes acabó resultando bastante ruinoso para la familia, prejuicios religiosos y prejuicios humanos, siempre suele resultar inconveniente la relación del dinero con lo trascendente. En fin, menudencias de viejas familias agonizantes desde hace decenios. Francisco me llevó para que viese cómo era aquella casa repleta de trabajos de los que ya no se hacen y las restauraciones que estaba llevando a cabo. Yo conocía la casa, había entrado en un par de ocasiones para realizar algunas chapuzas con mi padre, que les reparó una alacena en la cocina y unos armarios en el cuarto de plancha hace una infinidad de años. Miraba aquellos muebles de la zona de servicio con temor. Temblaba, no sabía ejecutar el trabajo sin vacilar, asustado porque podía cometer algún error en un encargo que, sin duda, era el más importante que le habían hecho.

O el que le había hecho el personaje más importante, el padre de los Civera. Las dos cosas. Aunque se tratara de la zona de servicio, cuanto nos rodeaba destilaba nobleza. Los armarios de la cocina y de la despensa eran de madera de tilo, y los de la cocina habían sido labrados con figuras geométricas. A él le tocaba reparar unas sencillas puertas bajo el fregadero y las de una alacena, y rehacer unos armarios en el cuarto de plancha, con decoración floral. Trabajos que se salían de la rutina y –en el caso de los armarios– exigían un despliegue de cierta habilidad. Tarea de ebanista. Pero él estaba asustado. Aunque procuraba que no me diese cuenta, advertía su nerviosismo. Al llegar, a medida que una criada nos guiaba al fondo de la casa, él me señalaba levantando la barbilla el mobiliario de calidad, y me susurraba al oído, luciendo sus saberes de experto: las cristaleras, las fantasías en las barandillas, los trabajos delicados en el pasamanos de roble, los cabezales labrados, pero también las filigranas en la forja de metal, los balcones, el trabajo en vidrio coloreado y forja del mirador. Tenía los ojos húmedos. Esa misma tarde me pidió que no lo acompañara: no haces más que estorbar, me dijo, pero yo sabía que no quería que contemplase su impericia, o el temor a su propia impericia, no era aquello lo que me había contado, no eran aquellas manos las que parecían capacitadas para tallar la mesa del despachito, sus medallones, sus figuras humanas, sus grutescos, las habilidades del que había querido ser escultor.

Medio siglo después, volví a ver aquella casa: recorrí el salón, la cocina, las habitaciones, lo que recordaba y lo que no, lo que reconocía al verlo otra vez, lo que había olvidado, lo que no había visto en mi primera visita en la que no pisamos más que el rincón de casa en el que íbamos a trabajar y las estancias y pasillos que conducían hasta él. A dos carpinteros, o a un carpintero y su ayudante, no se les enseña la casa, no se les hace el recorrido que se acostumbra con los invitados. Se les dice esto está aquí y está así y me gustaría que estuviera de esta otra manera. En esta visita, Francisco me solicitó la opinión sobre los resultados de la restauración que estaba llevando a cabo, me explicó que eran trabajos que hoy ya nadie podría permitirse, piezas de museo, magníficas. Me invitó a acariciar los bordes de mesas y aparadores, a abrir las puertas y cajones, para que comprobara la perfección de los acabados, la precisión de los ajustes, muebles que tienen cien años, repetía: puertas que encajaban y cajones que se deslizaban perfectamente un siglo después de fabricados. Había buscado al único restaurador de ebanistería que aún queda en la comarca:

—Trabaja con aceites naturales, no agresivos, reconstruye milagrosamente lo que está dañado, podrido, astillado, carcomido o roto, he visto trabajos suyos admirables, artesonados del XV en un palacio de Valencia, bargueños renacentistas. Aquí, como ves, ha hecho maravillas, aunque la verdad es que, por lo general, lo que hay en la casa se ha mantenido en un magnífico estado de conservación, se trataba de darle un lavado, de aplicarle los tratamientos más convenientes para proteger las maderas, tú tienes que conocer a ese hombre, a pesar de que no vive en la comarca, aquí ya no queda nadie que haga esos trabajos, a éste lo llaman no sólo de Valencia, de Barcelona, sino de París, y hasta de Italia, que es donde están los mejores de la profesión, aunque el hombre me dice que no tiene muchas ganas de viajar. Viajo por gusto de enfrentarme a esos retos. Es bastante mayor que nosotros. Debe rondar los ochenta pero se conserva como un muchacho. Y no piensa en jubilarse. Me enseña las manos, no le tiemblan. Enjuto, puro músculo pegado al hueso, sin embargo se carga a hombros un tablón que yo no creo que fuera capaz de levantar. Me dice: trabajo con maderas que triplican mi edad y no han renunciado a su tarea, guardan ropa, o vajilla, sostienen techos, tienen trescientos años y siguen cumpliendo con su obligación, ¿por qué voy a jubilarme yo a los ochenta si mis materiales resistirán trescientos? Me niego a que me miren con aires de superioridad, a que se crean mejores que yo. Se ríe mientras se toma su traguito de vino, un vasito en el almuerzo, otro en la comida y otro en la cena. Eso no le ha hecho nunca daño a nadie. Y después de cenar, un chupito de coñac.

No pude recriminarle que hubiera contratado a ese hombre. Era lógico que eligiese al mejor, a quien estuviera a la altura de lo que se iba a restaurar, la casa lo merecía; por mucha amistad que nos uniese, me hablaba de un mundo que yo desconocía, al que mi padre me contaba que aspiró, y a mí ni siquiera había llegado a interesarme, lo desprecié en su día, yo he sido carpintero de rebote, he efectuado trabajos de batalla, he sido un pequeño industrial sin ambiciones, no he pretendido más desde que tuve claro que renunciaba a mis aspiraciones para, a cambio, aceptar un futuro cuyos límites coincidían con el taller y la sombra tutelar de mi padre. El abecé de la carpintería: he producido más deprisa y con mejor herramienta que uno que se dedica al bricolaje, pero seguramente con resultados apenas mejores, o ni siquiera mejores, no he sido capaz de ponerme como horizonte tareas más complicadas. Resolver con corrección encargos poco exigentes, puertas, ventanas, armarios, estanterías, todo elemental, funcional, tabla contra tabla, o tabla encajada en tabla, sin más dificultades; y carpintería para construcción. Trabajo hecho a destajo, ninguna filigrana. Hasta el último momento ha sido así. No sé si lo siento. No haber aspirado. Quizá, de haberlo hecho, se hubiese acentuado mi amargura, se hubiera impregnado con esa bilis que ha dominado a mi padre durante toda su vida, y con la que ha contaminado cuanto lo rodea. No puedo decir que perdí mi empresa porque aspiré a algo mejor, que aposté para ganar y me vencieron: no, no tengo esa excusa, ni la busco. Aposté para seguir sobreviviendo, para ir tirando. O para ayudarme a morir mejor. El objetivo estaba fuera de la profesión: la casa que iba a construirme en la montaña, más bien un pequeño refugio; los paseos con el perro, la caza en el marjal. Ni siquiera he perdido por mis propios deméritos, sino porque Tomás Pedrós no ha colmado las expectativas, porque me enredó él o quise enredarme o me dejé enredar yo. Él sí que apostaba, ha apostado toda la vida, es más joven, saldrá de ésta y seguirá haciéndolo, seguirá apostando. Ya tuvo otra empresa con la que ganó mucho dinero a fines de los ochenta, y que, según Bernal, mandó al carajo. Dejó al socio en la estacada, desplumado, dice. Según su versión, de ahí fue de donde –tras mantener el dinero en la nevera durante algún tiempo– sacó para montarse el almacén de ferretería y, enseguida, iniciar su expansión: la tienda, su entrada como socio en la empresa de residuos, las primeras promociones urbanísticas. Dijeron que le había tocado la lotería, o que había dado un golpe, traído algo en alguno de sus viajes; que había trabajado como correo para Guillén, que todos sabemos de dónde ha sacado el dinero. En cambio, para mí lo de Pedrós ha sido la gota que ha colmado el vaso. Ahora lo veo. Se asoció conmigo porque sabía que apostaba en una jugada de riesgo. No tenía claro que fuera a salir adelante la promoción, y no se trataba tanto de repartir beneficios si la bola caía en el número afortunado de la ruleta, sino de minimizar los pérdidas si, como era lógico, se detenía en uno de los alvéolos que no llevan incorporada la suerte. Su apuesta ha sido mi fracaso, que se ha sumado a la cadena de impagos durante estos dos últimos años: en el encargo de la carpintería de sus fincas exigía acabados rápidos y materiales de ínfima calidad, puertas y paneles de aglomerado, serrín compactado entre dos láminas de chapa; lo más noble con lo que se trabajaba, el pino recién cortado y sin curar, y montado deprisa y corriendo: pero qué explico, ése ha sido el modo de trabajar de todo el mundo, encargos para salir del paso y engatusar a clientes de esos que se creen clase media porque no trabajan con un pico y una pala y son justo la más triste clase baja contemporánea. Lo de Pedrós iba a permitirme vender la casa paterna y el taller, repartirnos entre los herederos los beneficios con el mismo ánimo de rapaces en fuga que exhibieron los Civera, acabar de una vez con todo esto que ya dura demasiado, y con lo que obtuviese de la operación (sí, operación), y con los ahorros que había ido escondiendo fuera de la mirada del gavilán, levantar una casa en el monte en la que retirarme con el perro, e incluso con algunas herramientas con las que empezar a trabajar en caprichos de ebanistería, aunque no fuera más que una mesa pasada de moda, con grutescos y medallones de arcaico estilo renacentista como la que labró mi abuelo, o mi padre, o labraron a medias.

Mientras se desprende del as de bastos con un golpe rápido y seco, Francisco, que nunca ha querido a Pedrós, quizá porque piensa que en la barra del bar y en la sociedad local le quita parte de un protagonismo que necesita íntegro, interviene completando el razonamiento del bucanero Lecter (estos tiempos consiguen hacer curiosos compañeros de viaje):

–Los anuncios en la radio y en la televisión local, la directiva del fútbol, la presidencia en la comisión de fiestas.

Voracidad. Ese hombre es un tragón: ha pretendido meterse en la boca todas las cucharas a la vez. En los banquetes chinos te ponen todos los platillos a la vista, te los sirven al mismo tiempo, pero tú vas tomando uno tras otro de la mesa giratoria, en una especie de juego de ruleta que combinas a tu gusto. No te los metes en la boca al mismo tiempo. La ferretería, el almacén de electrodomésticos, la promotora, las participaciones en la sociedad de recogida de residuos y en la depuradora de aguas: este hombre tiene, o tenía, más secciones que un edificio del Corte Inglés.

–Ha utilizado eso que él llama sinergias (en el lenguaje de los grandes grupos empresariales) para abrirse paso en cualquier frente; si añades que le ha gustado mangonear, figurar, descollar en la vida social, te sale un explosivo, un aparato que puede reventar en cualquier momento: la envidia es malísima. Si una cabeza sobresale por encima de las otras, todo el mundo quiere cortarla; si alguien corre el primero en la maratón, siempre hay algún espectador dispuesto a alargar la pierna para ponerle una zancadilla. Qué se le va a hacer, si el Señor o la naturaleza nos han hecho así. La gente no soporta ver que alguien sube como la espuma. Cuantas más relaciones mantienes y más amigos buscas, más enemigos consigues y más hilos de tu fracaso tejes. No sé si aspiraba a ser alcalde, diputado. No hay concejal al que no haya tenido en el bolsillo, al que no le haya hecho favores, haya invitado a cenas, le haya regalado cajas de champán, lo haya untado con calderilla de algún negocio, lo haya llevado de putas, o le haya pagado un crucero. Todo eso sirve en el día a día, pero al final se evapora, cambia el concejal, o aparece otro socio con más posibles, y entonces son tiempo y dinero perdidos, y te preguntas: total para qué. Pan para hoy y hambre para mañana –completa el razonamiento Bernal, que siempre ha sentido celos del otro.

Justino disiente, a pesar de que Francisco y Bernal han venido a decir casi lo mismo que él. Busca diferenciar su posición poniendo en primer plano el matiz. Orgulloso de su propio orgullo, no le gusta darle siempre la razón a Francisco, necesita mostrar que tiene criterio propio, no va a venir uno desde Madrid a explicarnos cómo funcionan las cosas de aquí:

–Si hubiera querido ser político se habría presentado a las elecciones. Se tiene más poder y se manda más cuando te proteges entre bambalinas, libre, sin el control de ningún partido, fuera de los focos de periodistas y políticos, de sus luchas y envidias, manejando en las sombras los hilos de las marionetas –se ha puesto razonable el esclavista, el traficante de mano de obra, o el plusvaledor de fuerza de trabajo como, en su juventud, lo hubiera definido Francisco, su pareja de juego esta noche en el bar de un pueblo donde lo más que se juega uno es una ronda de cafés, de vinos, o de cazalla, al menos de día.

De noche, a puerta cerrada, la cosa se pone más seria y aparecen sobre la mesa unos cientos de euros, o la garantía de unas copas y unos polvos en el Lovers, en Ladies, que multiplican por cien o por mil el importe de las rondas de la barra. Pero a esas horas Francisco ya no está en el bar. Ceniciento ha vuelto a casa antes de que la carroza se convierta en calabaza, sin dejarse ningún zapatito en el trayecto, se esconde pronto en la madriguera para leer y escribir, al menos, eso es lo que me cuenta:

–La noche, ningún ruido, ninguna llamada telefónica, nadie que apriete el timbre a la puerta de casa. Esos momentos son los mejores del día –me dice, como si su noche no estuviera tan poblada de fantasmas como la de cualquiera que haya cumplido setenta años. El músculo duerme, la ambición trabaja. Francisco sentado ante su escritorio de palosanto rellena cuartillas, o teclea en el ordenador, escribe la novela o las memorias que le alcanzarán el prestigio que la agitación de estos pasados años no le ha permitido tocar. Catas de vinos, reseñas de libros, críticas de restaurantes, el folio del editorial escrito brillantemente cada quincena, la media docena de folios del artículo sobre alguna denominación de origen vinícola, trabajos menores que no te permiten pasar a esa posteridad que los más ambiciosos reclaman, obtener vida después de la vida, aunque sea a costa de romperte los nervios y la salud en pesadas tareas nocturnas de escritura, y los ataques de rabia porque las genialidades a las que aspiras se niegan a comparecer a la voz de ya. A los setenta años, a altas horas de la noche, en vez de las ideas geniales, te salen los muertos mal enterrados. ¿Y cuál está bien enterrado? Ni uno solo, todos se quedan con un miembro fuera. Con cada uno, no se sabe por qué, acabas teniendo una deuda pendiente que se quiere cobrar. A todos les has hecho algo que no deberías, o no les has hecho algo que sí deberías haber hecho. Si lo sabré yo. Pero el nictálope Francisco tendrá suficiente sangre fría para enfrentarlos, tendrá eso de lo que yo carezco, siempre lo ha tenido. Se aliará con unos fantasmas contra otros y acertará en sus alianzas. Intuirá de qué lado cae la moneda. Al anochecer se encierra en casa. Dice que se pone a trabajar, aunque yo creo que la clausura, además de al cansancio producido por la edad –a estas alturas, quién se ve con ánimos para zascandilear de noche–, obedece más bien a cuestiones de imagen. Él anda con mucho cuidado para no caer en los pozos oscuros que a altas horas de la noche minan el exterior, incluso en un pueblo como Olba: las partidas que duran hasta que apunta el sol en el horizonte con el bar a puerta cerrada, las copas que no se acaban nunca y parecen siempre la misma, el vaso otra vez lleno (¿otra copa?, pero si ya van nueve,

¿o son diez?), las barras fluorescentes de Ladies, la carne con su color azul eléctrico, pero que uno imagina que tiene que ser blanca, o rosa o dorada cuando se aparte de la engañosa luz de los focos, carne que puedes comprar por horas, y de eso Francisco se resguarda, hace como que se conforma con sus propios abismos –su ascética soledad–, los prefiere, o los soporta mejor, eso dice; además –eso lo digo yo–, guarda cuidadosamente su prestigio como degustador de vicios de más altos vuelos. Se juega mucho no dejándose contaminar por la vulgaridad que invade los lugares que permanecen abiertos a esas horas, las risas, las palmadas en la espalda, los chistes procaces, las obscenidades, los empujones. Si de joven buscó separarse de ese ambiente frecuentado por los amigos de su padre, cuánto más ahora: enseguida correría la fama de viejo rijoso. Que los otros te palmeen la espalda y te azoten entre carcajadas el culo, y te vean magrear a la ucraniana, darle la lengua a la rumana, y que el bulto del pantalón revele que te has empalmado con esa carne que, siendo muy vistosa, suave, extremadamente agradable de tocar, apenas vale cuarenta euros la media hora y la han toqueteado fontaneros, albañiles y emigrantes latinos o subsaharianos. Eso es caer muy bajo. Choca de frente con tu imagen de exigente catador del gran mundo. Si se comportara así, no sería Francisco. De joven, se hacía el interesante conmigo trayéndose de Madrid la pelotita envuelta en papelfilm. La ponía en un espejito que sacaba de la guantera, la cortaba colocándose el espejito sobre la pierna, junto a la palanca del cambio de marchas. Un ambiente morboso se apoderaba del cubículo del coche aparcado en el nocturno descampado. En el interior del vehículo sólo la luz de la luna destella sobre las rayas blancas que irradian una cegadora fosforescencia en el espejo, ambigua intimidad de compartir algo prohibido, pero también cosmopolitismo de

Francisco, melancolía cosmopolita mía (Cocaine, Heroin, David Bowie Lou Reed y la Velvet Underground: me traía sus pósters y sus discos), el rito de picar las rocas y separar las rayas con la tarjeta bancaria, hacer el canuto con el billete de cinco mil pesetas, solos los dos en la noche, algo casi tan morboso como el sexo, como cabalgar a una desconocida en el retrete de la discoteca presionando con alguna parte del cuerpo la puerta sin cerrojo para que nadie la abra, o penetrarla a campo abierto, contra el tronco de un algarrobo cuyas anchas y bien foliadas ramas protegen discretamente del faro impertinente de la luna. Él dobla la cintura, inclina el cuerpo hacia mí; pasa ante mis ojos el brazo, la mano que sostiene el espejito que me ofrece para que lama la superficie, antes de devolverlo a la guantera, noto un instante la presión de su codo en mi estómago, luego, la punzada del hueso del antebrazo sobre mi muslo, somos amigos íntimos, dos amigos a los que la coca les da ganas de seguir hablando y hablando y hablando hasta que apunta una confusa pincelada rosa en el horizonte, algo sobrehumano que crece sobre el negro del mar que, a su vez, se vuelve leche y plata antes de volverse dorado y azul, todo eso visto tras el visillo sanguinolento que forman los miles de insectos pegados al cristal del parabrisas. A veces, te dejaba una cucharilla de plata para que te sirvieras, como el protagonista de una novela que nos leímos por entonces. Un dandy lejano y fascinante. Su presencia tiraba por elevación en el mundo en cuyos sótanos me había movido con él unos años antes, cuando viajamos juntos, los viajes que, para mí, iban a ser prólogo de algo y fueron epílogo de todo, atrapado en la telaraña de una tejedora de sueños –más bien deseos– llamada Leonor. No para él. Para él fueron la oca sobre la que emprendió el vuelo por encima del mundo, como el Nils Holgersson del cuento que leímos en nuestra infancia. Pero no hay que salirse del tema: añadía capítulos al relato formativo de su vida. Venía a Olba y cada viaje yo tenía la impresión de que crecía ante mí, en un contrapicado de los que los libros de Rialp nos explicaban como característicos de Orson Welles para agigantar a su ciudadano Kane, trucos para engrandecer a un personaje: me seducía desde su altura, me aplastaba, juego de plano y contraplano en los diálogos que, en realidad, eran contrapicado (él) y picado (yo). Lo que tú digas, Francisco, tú eres el que vienes de fuera, yo me paso aquí todo el año, hacemos lo que tú digas, lo que te interese ver, lo que te apetezca conocer, yo me sé todo esto al dedillo, para mí no es muy excitante, ni siquiera es excitante el cielo estrellado y el olor de azahar, esas cosas que tú dices que tanto echas de menos cuando estás fuera. Para mí es lo de todos los días. Lo seguía y, al mismo tiempo, no lo soportaba, porque no soportaba lo que me devolvía de mí. Me hacía seguirlo como un cordero sigue al pastor, como los patitos andan detrás de cualquier cosa que se mueva, cualquier objeto en movimiento convertido en presencia de mamá protectora. Esnifaba a su lado dócilmente, bebía en la barra oyéndolo hablar, subía a las habitaciones del puticlub con todo mi desistimiento, él delante y yo detrás, precedidos por las dos putas. Él no se había perdido en uno de esos caminos que –como los del pantano– acaban enterrados bajo las malezas, como me estaba perdiendo yo. Seguía yéndose. Hubiera necesitado demostrar que tenía mi personalidad, mi propio criterio, aunque fuera poniendo en primer plano el matiz como acostumbra a hacer Justino en las discusiones. Ahora estoy hablando de principios de los ochenta. Hacía tiempo que me había enterrado en serrín, ocho, diez años en los que no esperaba nada. Leonor ya no era mía, nunca lo fue. La mujer-oca que volaba a su aire y había cambiado el pasatiempo por el cálcu-

177

lo, sacudió el lomo y se desprendió del que la cabalgaba. Hoy la cocaína carece de prestigio, se la ofrecen los jovencitos que dejaron el bachiller para meterse en la construcción y ahora están en paro: pasa al tigre, que la tienes puesta. Por supuesto, a mí no me la ofrecen, la edad, la imagen de hombre formal, a pesar de que la condición de soltero y solitario te rodea de cierta aura bohemia: esos muchachos no conocen nada de mi pasado, ni les interesa, en los pueblos pequeños se convive gracias a que se echan periódicas capas de olvido sobre las cosas que van pasando; de no ser así, la vida resultaría insoportable; yo, como cualquier viejo de mi edad, soy para ellos una foto fija, sin evolución, sedimento solidificado. Los viejos alcanzamos el estado de atemporalidad, somos un estado inmutable, no un ser cambiante, se supone que no hay etapas intermedias entre envejecer y morir, aunque transcurran decenios. Envejeces y a continuación mueres; si por casualidad ven una imagen tuya de cuando tenías sus años –tengo cuatro colgadas en la pared del despacho, una de ellas con una melena que me toca los hombros–, se extrañan de que te parezcas tanto a ellos. Joder, llevabas el pelo largo, y el niqui es la hostia de moderno. En esa foto, lo llevo, el niqui, sobre el que cae un pelo largo, claro y liso; y en otra que hay al lado llevo una camisa de lino ancha y abierta que muestra sobre el pecho un collar de dientes de tiburoncito y la medallita con la A encajada en una circunferencia, aquí vas como los hippies; y en ésta es en la que estás más joven, ¿qué tendrías?, ¿dieciocho años?, ¿veinte? Llevas el pelo y el traje como los Beatles, con el cuello cerrado. Se pusieron de moda esas chaquetitas. Por entonces lo llamábamos cuello Mao, por el que hizo la revolución en China, que llevaba un uniforme con el cuello así. ¿Qué no sabes quién es? ¿No lo has visto nunca en algún reportaje de la tele? Joder, si te parecías a Leonardo diCaprio, no me jodas que ése eres tú. Lo que has engordado. Lo que te ha cambiado la cara. Y el pelo, tenías buena mata y ahora estás calvorota. Pues claro, hijo, qué te crees, que siempre he tenido esta cara de hogaza y este tambor en la barriga. Lo malo es que la mayoría de los que entonces llevaban collares de dientes de escualo o de conchas o cuello Mao, se han muerto o los han matado o han pasado la edad de jubilación, tienen nietos o biznietos, hiperglucemia, triglicéridos, colesterol, tres bypass, un marcapasos, varices, próstata y artrosis. O se desvelan de madrugada pensando en si vencerá o no vencerá la quimioterapia al cáncer de colon. Son viejecitos como yo, hogazas de pan, morcillas hinchadas, o dobles de Drácula en una película de serie B, delgadez grisácea, o amarillenta, arrugas verticales cruzando el rostro; provisión de calvas, mellas, desproporcionados dientes falsos y canas. Próstatas destrozadas, las huellas de las sesiones de radioterapia inscritas en la falta de brillo de la mirada, y en el aguzamiento de esos ojos pequeños y espantadizos que miran con precaución no vayan a tropezarse con la muerte. Caras de judíos pasados por el Auschwitz de la medicina contemporánea.

El maduro Francisco desprecia los *petits vices* de Olba, no cae tan bajo, algún gin tonic de Bombay Sapphire azul, o de Citadelle, que el propietario del bar Castañer le reserva. Tiene las dos botellas a medio consumir en la balda, sólo para él, es el único al que se le ocurre pedirlas. Los otros: Larios, Gordons, y los más caprichosos, Tanqueray. Francisco: un gin tonic de Citadelle, muy cortito de ginebra, como medicina que alivia la traicionera caída de tensión vespertina, la hipoglucemia, pero nada de juego fuerte. Póquer, putas y drogas, prohibidos: enfurruña su decrépita naricita de liebre cuando oye algún comentario de los viejos (las putas, el juego) o de los jóvenes (las rayas, el cigarrito de

179

hierba: la maría se da bien en la soleada comarca, clima privilegiado, los jóvenes la plantan para consumo propio, media docena de plantitas en el patio de casa, en la azotea) porque se supone que tiene mejores cosas que hacer, o las mismas cosas, pero a otro nivel, calidad suprema, nada que ver con la que pueden ofrecer los cuartuchos con rumana depilada con cuchilla de afeitar o a la cera porque aún desconoce la alta tecnología láser, y si la conoce, no se la puede permitir; cuartitos con jacuzzi de juguete. Siempre me pregunto cómo las bañeras del club pueden dar cabida a esos corpachones que se apoyan en la barra del Lovers, tipos de noventa, cien, ciento diez kilos, y aún más, fornidos campesinos, robustos albañiles, camioneros obesos, mecánicos, sedentarios empleados de inmobiliaria, de banca, culigordos, culiblandos, culibajos, gente de cadera ancha, tipos que caminan campaneando como badajos. Ese modelo fisiológico de ánfora mediterránea que se supone sólo femenino y es unisex. Conozco mucho putero de cadera ancha, vaya usted a saber por qué. No creo que quepan en la minibañera esos corpachones. El mío, desde luego, cabe a duras penas. En vez de chapotear en la balsa con chorros de agua a presión, se pondrán en cuclillas en el bidet como me pongo yo cuando voy, tú montado en el caballito (¿no es eso, caballito, o jaquita, lo que quiere decir la palabra francesa bidet? Tengo que mirarlo en el diccionario que aún guardo del bachiller, el de Rafael Reyes) mientras ella te frota el rabo y el agujero del culo con jabón antiparasitario para que salgan en fuga las ladillas que anidan en el ojete; la piscinita-jacuzzi es puro decorado para encarecer la sesión, espejismo de lujo al alcance de los muertosdambre. La pagas, la tienes, pero es tan complicado usarla que perdonas el palo por el coscorrón. Otra vez será, te dices, la próxima, o dentro de unos meses, cuando dé resultado el régimen alimenticio que me ha puesto el médico para bajar el colesterol y los triglicéridos. Me ha dicho que tengo que perder casi quince kilos, y comer muchas pechugas de pollo a la plancha, y ensaladas, que, si no, estoy al borde del estallido, saltarán las arterias y el corazón por los aires como una piñata bien rellena. Al fin y al cabo, yo lo que he venido aquí es a follar. Bañarme ya me baño en casa. No. Francisco no va a esos sitios. En Olba la imagen se te viene abajo en cualquier mala jugada, se te desvanece la figura y ya no hay forma de recomponer el dibujo, mi amigo de juventud, nuestra eminencia local: cuando aquí bebíamos vino de la cooperativa de Misent y encargábamos las paellas en algún merendero, él era periodista en Madrid, en una revista de tirada nacional, *Vinofórum*, además de copropietario de un restaurante de moda. Figuraba como propietaria su mujer (por si las moscas, habían firmado separación de bienes) y, gracias a unos empresarios castellanos, de Salamanca o de Valladolid, socio de un par de hotelitos con encanto con bodega de vinos de pago incluida: se llaman así, vinos de pago, no porque sean caros, sino porque es la traducción cursi de lo que los franceses llaman *cru*, finca, propiedad: pago, una palabra medievalizante, hay mucho medieval franquista enquistado en este puto país, me explicaba, si yo te contara, y me hablaba de las laderas de Borgoña y del Corton-Charlemagne, que produce vinos blancos porque el emperador era rubio y el vino tinto le manchaba la barba; y de la Romanée-Conti, del Médoc y de Château Latour. Te explicaba las virtudes de la *botrytis cinerea*, ese hongo neblinoso que endulza los vinos de Sauternes; y te aleccionaba acerca de los tiempos de decantación que exige cada botella: experto en vinos y escritor de libros de cocina y de artículos y libros de viajes. Ya no le interesaban las epístolas de San Pablo a romanos y tesalonicenses, ni Miret Magdalena; y el Concilio Vaticano

Segundo se la traía al pairo, ni se acordaba de que había existido (¿eso en qué año fue?, los lejanos sesenta), ni Karl Liebknecht y Rosa Luxemburgo, que era a quienes leía y de quienes hablaba unos años antes. De quienes tantas noches hablamos los dos. Años antes, él me hablaba de San Pablo, yo la verdad es que nunca fui creyente, me gustaban algo más –tampoco mucho– los revolucionarios alemanes: aventuras más interesantes aunque siempre me fastidió esa veta política que cruzaba los avatares de sus vidas; de eso, mejor que se ocupara mi padre. Francisco hubiera disfrutado hablando de ellos con él, si mi padre hubiera aceptado la discusión, pero mi padre no podía perdonarle ser hijo de quien era y yo les he tenido alergia a héroes y santos, no me he visto capacitado para seguir esos ejemplos, lo hablamos Francisco y yo, por entonces discutimos de todo eso, no sólo aquí, también en París, en Londres, en Ibiza durante los meses que duró mi gran escapada, mi fascinante otoño indio que terminó atrapado entre las redes de Leonor. Luego, estos cuarenta largos años de invierno. Esa gente de la Alemania de la República de Weimar era como de la familia para Francisco (se había alineado con las piezas que hubieran hecho las delicias del cazador Gregorio Marsal), y eran familiares los paisajes, el canal helado al que los camaradas socialdemócratas los habían arrojado. Sabíamos mejor los avatares de sus vidas que lo que habían sufrido nuestros abuelos. A mí apenas me habían contado el final del mío, todo medio dicho, sobrentendido, aún no sabía lo del tiro en la nuca a unos centenares de metros de casa, pero sabía lo de los cuerpos revolucionarios flotando en las heladas aguas del Spree (cuando se habla de crimen y de Alemania, siempre hay noche, niebla, y las aguas tienen que ser heladas: hasta Marx en su *Manifiesto* habla de las aguas heladas, en su caso, las del cálculo capitalista, de eso me acuerdo). Tam-

182

poco creo que conociera él las aficiones cinegéticas que mostró su padre allá por los cuarenta. Ya estábamos en los primeros ochenta. Nos ocupábamos de otros temas. No era momento de cárceles, ni de cadáveres flotando en ríos de aguas turbias y frías más que como capítulos de una novela de aventuras, algo como las andanzas de Miguel Strogoff en aguas del Yenisey, aventuras de las que Francisco había querido ser protagonista mientras que yo limitaba mis aspiraciones al papel de curioso que las lee en algún libro. ¿Es pecado no tener interés en hacer la revolución, no querer indagar en la historia? Aunque él, después de muchos tanteos, tampoco había apostado por la historia ni por la lucha del proletariado. Eligió otros espacios más acogedores para su aventura, mientras yo renunciaba incluso a enterarme de esas cosas por los libros (mejor, el libro de la propia vida). Al fin y al cabo, la opción positiva, no destruir, sino elegir lo mejor de lo que hay –una disyuntiva que le ocupaba y resolvió por entonces–, parecía más acorde con la procedencia social, o con su estatus familiar, o, por decirlo mejor aún, con las aspiraciones y fingimientos de su estatus familiar, porque el estatus de su familia se consideraba elevado en el pueblo, pero de un modo más bien confuso; del origen de esa posición (papá-falange: pistola, requisas, mercado negro, saltos por los peñascales detrás de famélicos espantapájaros cubiertos de harapos) resultaba conveniente no hablar con la media docena de familias acomodadas por herencia, por tradición, las llamadas buenas familias de toda la vida de Olba, las que habían sabido guardar bienes y estatus sin tanto aspaviento ni chabacana sobreinterpretación; entre los nuevos ricos sí que colaba el sainete que representaban los Marsal, sus fingimientos, don Gregorio por aquí y por allá, la criada con cofia sirviendo la mesa cuando tenían invitados, eso se lo tragaban los advenedizos de posguerra y los que se hicieron ricos en los sesenta, gente que, de algún modo, se consideraba heredera suya —seguidores del camino emprendido por don Gregorio Marsal en la inmediata posguerra—, y se miraba en su espejo: segunda generación de predadores, algunos de ellos hijos de los que corrían con los perros de la jauría de la que él formaba parte a bordo del Hispania, manijeros, gentecilla, gentuza recién enriquecida, con licencia de pistola por si te entra un hijoputa en casa y te quiere limpiar la caja con el dinero negro. Sus hijos —más pastueños aún— llevan bandera española en el llavero y en la pulsera del reloj, y tienen el chiste de negros y moros siempre a punto en la boca, convencidos de que en ese espacio cuartelero está la clase, pobres ignorantes que no se enteran de que ésa es la puerta de entrada de los bufones. Los Marsal están bien considerados entre los constructores locales, los comerciantes de materiales para la construcción, de pintura, de ferretería, los propietarios de bares, la multitud de recién llegados que han competido en los últimos treinta años por ser más fachas que sus inmediatos predecesores: los retoños de los vencedores de la guerra: Suárez al paredón. Carrillo-Paracuellos. Hitler se quedó corto matando judíos: en eso acuñan su sello de clase, en frecuentar a don zutano y don mengano, muy del régimen, hermanos del general del ejército del aire, o del coronel de la guardia civil, y, dale, más banderita española en el llavero que sacan al ir a poner en marcha el coche, y el sonido de llamada en el móvil te suelta a toda pastilla el himno de España en mitad de la comida en el restaurante, y colocan el *Cara al sol* en el CD en cuanto te subes al todoterreno, sin contar con la ropa de camuflaje con la que se visten en este espacio tan urbanizado, y el gusto por las armas disfrazado de pasión por la caza. Ese mundo no era ni de lejos el de Francisco cuando se marchó, ni lo hubiera sido de haberse quedado aquí. Al revés. Esa gente era su pesadilla, su suelo movedizo, los que sacaban a la luz sus vergüenzas, el cadáver a medio enterrar que esconde cualquier fortuna reciente. Se fue precisamente para escapar de ese medio, él no estaba dispuesto a entrar por la puerta de los payasos, ser comparsa, y eso es lo que, al fin y al cabo, habían sido su padre y sus amigotes entreteniendo a gobernadores, procuradores y militares de alta graduación en visita a la comarca. Guisándoles paellas, *all-i-pebres*, llevándolos a pasear en barca para que vieran los imponentes acantilados de Misent mientras se metían una cabeza de gamba en la boca (la cabeza es lo más sabroso, mi general) y a la barra del club en el que se alojaban las mejores tías. Cuando empezó a enterarse de los asuntos de familia, escupía en las fotos de juventud que su padre tenía colgadas en el despacho, camisa azul y correajes, la araña bordada en la pechera –tenía buen cuidado de borrar las huellas del escupitajo antes de que entrara el viejo–, y el busto de José Antonio en bronce que usaba como pisapapeles no le hacía ninguna gracia. Ocultaba a los amigos el santuario que guardaba las pruebas del pecado original. Yo creo que fui el único autorizado a pisar ese cuarto que él consideraba innoble porque revelaba los sombríos orígenes de don Gregorio Marsal padre. Su hijo reniega del despacho, porque se ha escapado a otro mundo en el que, como los astronautas, puede disfrutar de la falta de gravedad, nada que lo amarre al suelo de la historia reciente, que es pura vulgaridad: las partidas de tute de don Gregorio mostrando la pistolita en la sobaquera, la música chabacana, las croquetas de mamá, el orinal bajo la cama, el enema del abuelo, todo eso borrado; disfruta de no tener que pisar el sucio polvo originario, vive en la ingravidez desde la que uno puede reconstruirse de la forma que le parezca más conveniente. Su nuevo mundo: las crepinetas y la crema parmentier, el *foie gras* del Périgord y las pulardas de Bresse, los dorados bosques de Francia en otoño, los viñedos con sus pámpanos rojos destellando bajo el frágil sol de octubre en algún lugar de la Borgoña. Yo –como todos– durante aquellos años –han avanzado los ochenta, la que parece nueva España se ha impuesto– lo escuchaba boquiabierto. Su naricita de liebre descubriendo en la copa una frutería completa: cereza, albaricoque, ciruela; un almacén de maderas: cedro, roble; un ultramarinos: miel, azúcar, café; un jardín sumergido: hay un fondo de flores acuáticas –decía–, de lirio, de nenúfar, agua clara estancada. Como si no supiera que lirios y nenúfares, como todo lo que se cría en el pantano, huelen a pescado podrido. Cultura gastronómica y enológica, dominio de la *haute cuisine*. Por la noche, registraba en los magros estantes de mi habitación buscando algún libro de la Luxemburgo, de Gramsci, de Marx, y, sin saber cómo, descubría que a mí también me habían desaparecido. No quedaba ni uno. Ni recordaba qué había podido hacer con ellos. Lo más seguro es que los leyera porque me los prestó Francisco. O ni siquiera los leí. Hablé de ellos sin haberlos abierto en la vida. Estaban en el ambiente. Una niebla espesa y centroeuropea, Nacht und Nebel, un agua helada, anegaba el cerebro y cubría los recuerdos de la etapa a la que renuncié cuando decidí volver a Olba, y de una narración épica que nunca sentí como mía. También en mi caso el pasado había dejado de existir al volver a la carpintería. No soportaba las alusiones de mi padre –siempre misteriosas– a cosas que habían ocurrido. Primero, no las entendía; luego, me aburrieron. Al final, me asquearon. Se creyó que yo había aceptado la carpintería por algún modo de vocación, y entonces tuvo prisa por hablarme de aquello, por contarme que él formaba parte de esa narración épica, pero yo no estaba dispuesto a escucharlo. Le dije: el rencor no te deja vivir. Aquello pasó, se acabó, ¿te enteras, padre? Como Francisco, también yo había empezado a pisar un planeta ingrávido. Leonor me hizo flotar y luego me dejó caer. Algo aprendí de todo aquello, el periodo de readaptación, ese tiempo de descompresión que necesitan para volver a la superficie los buzos, aunque, en aquel tiempo, lo que hice sobre todo fue sufrir, sufrir una barbaridad, ella estaba en todo lo que miraba, lo que tocaba: no era amor, el amor no dura tanto, habían pasado unos cuantos años, más bien debía de ser rencor, el rencor no tiene fecha de caducidad, ella vuela y se salva, yo me anclo a tierra por ella y me quedo solo, braceando en el barro, y me condeno, es injusto, no lo soporto, cabrona, volver por las noches a casa, unas noches rabioso, otras con irresistibles ganas de llorar, y siempre harto de alcohol. Pensaba en lo que me había perdido por no haber tenido valor para irme de aquí. Podía haberme liberado de los mártires alemanes y los gélidos canales sin necesidad de tener que meterme de nuevo en casa: mi padre y el taller. Francisco lo hizo, se libró de ellos, y eso que tenía una fe que yo no llegué nunca a conocer. Mi padre era un Liebknecht doméstico, y yo me había encerrado con él, o flotaba ahogado en el mismo helado canal que él. Flotábamos juntos pero mi planeta no tenía comparación con el suyo. Sierra, martillo, formón, torno, berbiquí, las voces de mi padre, las voces de los jugadores de tute en el bar, el alcohol tomado compulsivamente, el recuento de monedas de fin de semana, a ver si he conseguido ahorrar lo suficiente para permitirme pasar media hora en un cuartito de Lovers, cuarenta años de un mundo rasposo como una lija, vulgar, sórdido, y mi amor de juventud, la que no quiso ser madre de mi hijo, con mi mejor amigo, en un paraíso poblado de pavos trufados, pulardas, patos a la ruanesa, seres políglotas y habitaciones de hotel con vistas al lago de Genève. Me sentía como el astronauta torpe al que se abandona en un inhóspito aerolito mientras la tripulación de la nave prosigue su rumbo hacia un planeta desconocido y azul, cubierto de vegetación, sembrado de lagos y poblado de ninfas tentadoras y faunos ávidos. Falta de aspiración, condicionantes del medio. Pensaba: soy propietario de mis carencias. Mi única propiedad es lo que me falta. Lo que no soy capaz de alcanzar, lo que he perdido, eso es lo que tengo, lo que es de verdad mío, ése el vacío que soy. Tengo lo que carezco. Y sentía una pena infinita por mí mismo y un rencor que a veces se parecía al odio por ella, falso odio (no, no creo haberla odiado nunca, me excitaba cuando la veía, la deseaba, la deseé hasta el final, ha sido mi única mujer), y falso odio a Francisco que se extendía a mi padre (¿y a él?, ¿lo odié?, ¿lo sigo odiando?), o viceversa: amor por ausencia. Eran cara y cruz de la misma moneda, lo que se me ofrecía inalcanzable ocupaba una cara, y en la otra estaba grabado lo que se me negaba: Francisco me mostraba lo que podría haber sido, y la hondura de esa nada que se había convertido en mi única propiedad me la enseñaba mi padre: me restregaba por las narices lo que no iba a ser: el taller, el piso amueblado en el que no había un espacio que pudiera llamar mío, las jaulas con los jilgueros que me encargaba de cuidar yo desde que murió mamá, la tarde de sábado en la habitacioncita con los pósters de Deep Purple, Jimi Hendrix y Lou Reed, que fueron envejeciendo y acabé arrancando; el terciopelo de la carne azulada o rojiza junto a la barra de un club que cambiaba de ubicación con los años, y cambiaba de nombre, y venía a ser el mismo, los caminos semiborrados que recorren el marjal, el olor de vegetación que se humedece y pudre, las plumas de una focha, mojadas en un líquido fangoso, y pegajosas de sangre, el vaho humeante que se escapa de la piel de un perro que jadea. Lo mío antes de que la palabra mío fuera sólo hueco de lo perdido, habían sido las dos o tres escapadas a la aventura que Francisco supo capitalizar y yo despilfarré. En todas esas ocasiones estuvimos juntos, o mejor, a todas ellas me arrastró Francisco: unos meses en París, seguramente por la única razón de que, para vivir la vida a lo grande, o para apostar por una vida grande, se supone que siempre ha habido que ir a París; una estancia en Londres, porque, por entonces, la vanguardia estuvo en Londres, el op y el pop, lo más in se cocía allí; unos meses en Ibiza, donde aún no habían aparecido los hippies, pero donde ya habían llegado unos cuantos tipos que cultivaban marihuana y traían nadie sabe cómo peyote mexicano o guatemalteco, y se lo tragaban con unción religiosa, siguiendo las enseñanzas del brujo Castaneda. Laila preparaba unas exquisitas tortas de cañamones y, después de tomarlas, reíamos, llorábamos acordándonos de no se sabe qué, y se acababa acurrucando en el hueco que le dejaba algún pecho. Se llamaba Laila, creo que sí, ahora que lo pienso no estoy muy seguro. Si tuve otras preocupaciones, no me acuerdo. De aquellas escapadas, volví periódicamente –y hoy no sabría decir por qué– un tanto asqueado y (ahí sí que sé el porqué) sin un duro. En términos taurinos diría que tuve querencia al toril, me acorralaba yo mismo, me metía en tablas sin que nadie me empujara, tiraba de mí la casa, la cuna; si me apuras, tiraba de mí el útero materno, y Leonor me lo ofreció: qué es el sexo sino ese afán de recogerse y acorralarse en el recinto rosado y mullido: meterse dentro de otro por cualquiera de sus agujeros, deseo de volver a estar allí, en la sombría oquedad interior, calentito, mecido en el líquido amniótico, acunado entre flemas. Uterinos eran también las camisas lavadas, planchadas y plegadas en los cajones de la cómoda, la ropa interior destellante de blancos (la lejía, el bloque de jabón Lagarto, el azulete maternos, las prendas balanceán-

189

dose al sol en los tendederos de la azotea bajo la cúpula azul del cielo, la veo, la huelo), el arroz caldoso calentito sobre el mantel y servido a su hora, con sus judías, su nabo, las pencas, la manita de cerdo, su oreja y su morcilla. Sin embargo, aún hoy le echo la culpa de aquellos regresos a mi padre. Es la versión que conté a los demás, no a los del pueblo, a los del pueblo no les conté nada, para qué, para darles motivos de chanza, de crítica, otra cosa no hubiera conseguido, no es buena idea en Olba andar contando verdades, pero sí a los amigos que conocí por ahí fuera y con alguno de los cuales mantuve correspondencia o relación telefónica durante algún tiempo (¿qué se habrá hecho de ellos? Casi cincuenta años desde entonces y aún los recuerdo. ¿Cuántos, a estas alturas, serán piltrafa y hueso?), los que fueron amigos durante un tiempo, con los que tomaba un café calva cerca de la Bastilla en París frente a la parada de algún autobús de periferia (Vitry, Ivry, Maisons-Alfort, Vincennes), una pinta de cerveza en Camden; los que frecuenté los pocos meses que pasé en Bellas Artes y ya no volví a ver, la historia que me he contado siempre a mí mismo, la quejumbre de lo que pudo ser y no fue: me cuento que fue mi padre quien me ató al taller, el que me cortó las alas como los campesinos se las cortan a los patos del corral para que no levanten el vuelo cuando los llaman desde las alturas los que emigran desde el marjal en dirección al norte (los biólogos los anillan cada año y comprueban que migran a Inglaterra, a Rusia, a Suecia, tataranietos de los que transportaron al Nils Holgersson que traté en mi infancia), el *padre padrone* que me exigía que me quedase a su lado, porque los otros hermanos habían emprendido el vuelo. Uno, más allá del nebuloso destino de los patos migratorios: Germán moraba, desde hacía unos pocos meses, en el país de irás y no volverás. Carmen acababa de escaparse a Barcelona, casi una niña, decía mi padre con lágrimas en los ojos –la única vez que lo he visto llorar–, y el tercero, el transformista Juan, no se sabe dónde, de acá para allá. Hemos sido una familia pajarera, volátil, migratorios hijos del pantano. Yo regresé al principio de sedentarismo. La insistencia de mi padre se había vuelto imperativa desde que murió mi hermano mayor. Su afán de posesión. Me quería aquí, con él, quería un ayudante y un heredero que diese sentido a su trabajo (al menos intenta ser carpintero, me había dicho), quería que le diera sentido a su vida. Una carpintería sólo para él ponía al descubierto su retórica futurista, su egoísmo, algo así como que lo que guardaba sólo lo guardaba por él. Si no trabajaba por el bien de nadie, para asegurar el porvenir de alguien, su vida no tenía sentido, su traición (digámoslo así, puesto que él así lo creía) lo habría tenido a él y sólo a él como destinatario. No habría sido un mártir sino un cobarde, un acorralado tendente al toril como yo lo he sido. Mi madre le parecía un territorio demasiado pequeño en el que ejercer su autoridad. Se sentía demasiado importante para gobernar sólo a una mujercita temerosa que nunca estuvo claro si lo quería o no y a la que su familia de campesinos acomodados no le había perdonado nunca su precipitada boda civil con un adolescente carpintero, hijo de carpintero pobre y rojo, que le ha hecho un hijo. Necesitaba extender su mando. La muerte de mi hermano me ató al taller, a pesar de que él nunca quiso quedarse allí, o precisamente por eso, porque él no había querido quedarse y lo acabaría pagando con enfermedad y muerte. Versión oficial. No suena mal, la muerte me ató al taller parece el título de una tragedia soviética o variante social de una del Oeste de Sergio Leone. Esa culpa ya no me la he quitado hasta hoy mismo, aunque siempre he presentido que biológicamente soy un esclavo en busca de amo, no sé si está en mis genes esa mansedumbre, o si se me transmitió con la leche que mamé. Digno hijo de mi madre, reina de los suspiros, de las lágrimas que caen como para que no las vea nadie, pero para que todos sepan que está llorando, el gesto rápido de llevarse el pañuelo a los ojos parece disimulo, cuando ese gesto es el que convierte sus lágrimas en protagonistas indiscutidas del momento, sea una despedida, una discusión, un desacuerdo, la desobediencia a una orden o una palabra pronunciada más alta que las otras. Enseguida, las lágrimas. Los suspiros. Y la ira creciente de mi padre como contrapunto. He pensado muchas veces si mi abuela no tendría razón al dudar de que estuviera enamorada de él cuando se empeñó en que se entregara, sí, yo también lo he pensado muchas veces, porque esas lágrimas exhibidas con falso pudor y las recriminaciones fueron una forma de sacar lo peor de él, de desmocharle el poco orgullo que le quedara. Su ira descontrolada al verla llorar, los portazos, y luego el silencio tenso durante horas, escondido en el taller o en la habitacioncita que llamaba su despacho, ella lloraba y él se enfurecía y luego debía de sentir odio por su brutalidad, o compasión por sí mismo durante días enteros, se despreciaba, comprobaba que su vida había sido una equivocación. Y, en ese clima, o en el silencio que lo fue ocupando tras la muerte de ella, mis casi cincuenta años de taller, intentando borrar las hojas del pasado, ponerlas en blanco, adaptando mis costumbres y mis aspiraciones a las de los demás, la pura nada, la cazalla de mediodía, la partida de la tarde, el Lovers o Ladies un par de veces al mes (antes del Lovers fue El Rincón, y antes Caricias, ya lo he dicho, cambiaba de nombre, de ubicación, pero era el mismo sitio). Años ochenta, noventa, fin del siglo XX, siglo XXI, siempre solo, rehuyendo los testigos, algunos me toman por maricón, ni novias, ni amantes, ni putas, sé que dicen a mis espaldas unos cuantos;

a otros me los he ido encontrando pegados a la misma barra que yo: me consideran un vicioso raro; el taller, la comida con mis padres, luego las comidas sin mi madre, los dos solos, mi padre y yo sin hablarnos, moviéndonos entre las máquinas, entre los tableros, pasándonos las herramientas: un gesto, una orden, coge esto, esto hay que acabarlo hoy antes de cerrar, mañana hay que llevárselo al cliente, sostén el tablón; la casa con tres habitaciones cerradas y la mía con dos camas, una de ellas vacía (dormía en ella el tío Ramón cuando aún estaban en casa mis hermanos), excepto los días en que aparecían mi hermana y los niños, e instalaban a los niños en la cama de al lado; el resto del tiempo, yo como residuo de lo que fue una familia: los primeros tiempos leía y escuchaba discos; mi padre, desde que murió mamá, en la habitación de al lado (¿por qué ésa y no la que compartió con su mujer al otro extremo del pasillo?, ¿o la que ocupó mi hermana Carmen, también alejada?, ¿por qué al acecho, tabique con tabique, escuchando mis suspiros, los crujidos de la cama, convirtiéndolos en culpa?), golpea la pared cada vez que aumento el volumen del tocadiscos. Desde hace años ni leo ni escucho discos, pero escucho esos programas para solitarios de la madrugada, abandonos, polvos insatisfactorios, amores rotos, espantosas enfermedades incurables, es lo que hay, el mundo saca su áspero envés por la noche. La radio lo captura y lo muestra como queriendo reblandecerlo, o que lo creamos reblandecido, y mientras oigo en la radio todo ese catálogo de desgracias envueltas en caramelo, pienso una noche tras otra en la gente que conocí y no he vuelto a ver; de algunos recuerdo apenas sus nombres, a ninguno sabría cómo encontrarlo, no nos une ni un conocido común, nada, gente caída al fondo del saco, pienso en los que se han ido –¿quiénes de ellos?, ¿cuántos?– y en que yo estoy a punto de irme y en que, cuando yo me vaya, nadie se acordará de ellos y nadie se acordará de mí. Nadie piensa en mí a estas horas de la madrugada. Soy yo mismo carne de programa radiofónico. Sentirte como una sombra a través de la que se puede pasar, falto de densidad, alguien que no es como los demás y se esfuerza por serlo, ser el que se esfuerza por ser lo que los demás quieren dejar de ser; un extraño en una casa que nunca ha sido mía, ni en las escrituras de propiedad ni en las normas de uso: no se han abierto y cerrado las puertas cuando yo he querido, los enfados de mi padre cuando llegaba tarde en los años de juventud: esto no es una fonda, la próxima vez te tocará dormir en la calle; no se han colgado los cuadros ni los pósters que a mí me gustaban, mi habitación ha sido una madriguera vigilada por los dientes del hurón: las puertas de las habitaciones no se cierran, que no vivimos entre ladrones. Quita esa basura de las paredes: algunos pósters políticos –él, llamando basura a lo que continuaba sus aspiraciones, le parecía en mí inconsciencia, frivolidad: lo era–, algunos retratos de conjuntos musicales que me fue trayendo Francisco, Crosby, Stills, Nash & Young; los Rolling, David Bowie, Lou Reed, Janis Joplin. Como dice Bernal entre risas cada vez que alguien le viene a contar un problema: el Señor es bueno y nos tiene con vida, de qué te quejas. De qué me quejo, tengo una buena salud relativa pasados los setenta. Cuántos la quisieran. Un poco de colesterol, la tensión y las pulsaciones más bien altas, triglicéridos, lo que a mi edad tiene todo el mundo que tiene la suerte de no tener algo mucho peor. Lo que me ocurre, lo que me ha ocurrido, lo he construido yo mismo. Hablo mal de Francisco, y es verdad que no lo quiero como lo quise en mis años de infancia y juventud, no sé cuándo empecé a cocinar el resentimiento, fue antes de lo de Leonor, estoy seguro, pero a estas alturas tampoco lo envidio como lo envidié durante tanto tiempo: reconozco que él se atrevió a apostar. Claro que había puesto bases más sólidas que las mías. Entre escapada y escapada, tuvo tiempo de estudiar filosofía, algún curso de derecho, y luego periodismo. Aprendió a pensar, a escribir y a hacer negocios como mandan los cánones a los que necesita uno ajustarse si se quiere estar arriba. Yo corrí con él, a su lado, lo seguí como un perrito, pero mis aventuras fueron puro derroche, despilfarro, creía que quemaba el tiempo pero me iba quemando yo mismo. Si no sabes adónde vas ningún camino es bueno. No me daba cuenta y resulta que estaba gastando las escasas provisiones que la providencia me había puesto en el morral. Pero eso es olvidar que su turbo se movía alimentado por la gasolina de primera calidad que le inyectaban los padres, el dinero que tanto fingía despreciar o que fingíamos despreciar los dos, ciertas discretas recomendaciones. No son peccata minuta. No se puede excluir el detalle si se quiere que la historia sea creíble. Pero, además de eso, y quizá por eso, él tenía un proyecto. Viajar, follar, tomar drogas, ver cine, oír música, discutir de esto y aquello con unos y con otros, formaba parte de eso que Marx llama la acumulación primitiva de capital. Para su padre fueron las batidas nocturnas, los paseos por los acantilados de Misent y por las barras de los clubs con las autoridades. Habían cambiado los métodos, pero el mecanismo seguía funcionando. Hasta el escupitajo en la foto del padre falangista formaba parte de su ciclo de formación. Se trataba de poner los cimientos sobre los que levantar esa empresa de empresas que ha sido Francisco Marsal. Seguramente, más fácil cuando tu acumulación no es precisamente acumulación primitiva, sino un incremento de segunda generación, porque tu padre, en su tarea de acumulación y en su propio proceso formativo, hizo cosas bastante menos instructivas que las que tú haces, te evitó tener que trabajar con el estiércol que se necesita para poner en marcha la plantación: tener un capitalito previo en la recámara te da esa perspectiva de continuidad, sinergias multiplicadoras, el capital que no te puedes permitir obtener cuando saltas de un trabajo a otro, de una chapuza a otra, que es lo que yo hice en Londres y en París, limpiar aquí y allá, reunirme con unos y con otros, como diría la canción de Aznavour, *rien de vraiment précis:* eso te mete en un túnel sin luz al fondo, te asfixia, te quema, te desgasta. Es muy difícil que, con esa dinámica, se produzca el milagro. Él se fabricaba o se construía, no sé cómo se dice mejor, un currículum, que pasó por abandonar pronto su puesto de profesor en un colegio mal pagado en el que tampoco entró por necesidad, sino más bien por cumplir los ritos que su novela de aprendizaje exigía, antes fue lo de la HOAC y las visitas a los barrios obreros, su militancia, dejar eso luego para dedicarse a la política, de la que también se cansó pronto, tan pronto como dio por tejidos los hilos de la telaraña que iba a permitirle capturar después sus presas.

—Lo de los vinos y los restaurantes me mantiene al margen en estos tiempos en los que todo el mundo quiere entrar en política, ser concejal, asesor, diputado, periodista en el congreso —me contó.

Así hablaba a mediados de los ochenta, superada la fiebre política. De la gran ilusión a la gran ocasión. Los tiempos lo permitieron. Una labilidad, un trajín social como el que se produjo por entonces dudo que vuelva a darse en muchos decenios. Así que Francisco Marsal no le ofreció a la humanidad tratados de ética marxista, si es que esa disciplina existe; ni ensayos acerca de las relaciones entre lucha política y lucha de clases, o sobre los conceptos de ciudadanía en San Pablo y en San Agustín; ni la gran novela que a veces decía que quería escribir (¿quién coño no quería escribir una novela? Yo. Yo ni quise escribir novelas, ni quise esculpir, ni por nada del mundo quería ser carpintero, y menos en casa de mi padre. Quería vivir y no sabía lo que era eso, vivir era follar con Leonor hasta quedarme seco, tenerla, disponer de ella), sino artículos sobre algo tan inconsistente como los vinos, la cocina y los viajes. No digo que sean inconsistentes esas actividades, Francisco escribió artículos sobre vinos y sobre gastronomía, y es cierto que vino y comida tienen su trascendencia, cómo no: somos lo que comemos y bebemos. Lo que resulta frágil es que alguien quiera capturar con palabras algo que se desvanece y deja de existir en el momento del consumo, uno no escribe, ni teoriza, ni puede pretender fundamentar una experiencia intransferible. Los místicos se trabajaron mucho ese tema. Cómo contar un éxtasis. Cada botella de vino es distinta. Cada plato sabe diferente, a pesar de que lo cocines con la misma receta. Al poco tiempo, en uno de sus viajes a Olba, me entregó con orgullo la tarjetita: VINOFÓRUM *Francisco Marsal. Director.* Ya no era el gacetillero que escribía noticias sobre el vino bajo el seudónimo de *Pinot Griggio* (una ironía, él no se consideraba en absoluto gris: sus artículos desbordaban ingenio). Imponía respeto la palabra Director bajo el nombre de una revista prestigiosa. Eso fue a fines de los ochenta, cuando una revista de gastronomía ya no era un boletín para uso interno de brigadas de restaurante, ni un recetario para amas de casa, lectura para un público mayoritariamente femenino, sino un producto para uso de varones que habían triunfado y buscaban información sobre las mesas caras que aparecían en sus páginas, sobre las etiquetas de vino de prestigio y las *delicatessen* cuyas catas se reseñaban para ellos. Querían saber cuánto tenían que pagar y qué plusvalía social podían obtener por comer en un sitio, por pedir una botella determinada de vino o cuando pedían tal o tal otro plato, porque ellos ya tenían acceso a cuanto quisieran, pero aún no habían aprendido a desenvolverse entre todo aquello (el aturdimiento de un niño en una tienda de juguetes o en un almacén de golosinas); y había que aprender deprisa para diferenciarse de los arribistas que empujaban en oleadas por detrás, porque también aspiraban a triunfar y buscaban con avidez el contacto con lo que creían que muy pronto iba a ser su mundo para no tener que comportarse también ellos como niños aturdidos cuando por fin llegaran. Antes de acceder a las cosas, conocerlas, saber sus nombres, sus cualidades y defectos, saber su precio y su valor, más que su valor de uso, su valor de cambio, su valor de representación porque en realidad tenía poca trascendencia el momento gustativo, importaba la fase previa, vestir la mesa con esas botellas, vestirte tú con esas botellas y con esos manteles en esos restaurantes. Uno no es exactamente lo que come, como dicen los clásicos, y como yo mismo he dado por supuesto, sino que uno es, sobre todo, dónde come, y con quién come, y cómo nombra con propiedad lo que come, y el acierto con que elige en la carta lo más correcto y lo hace ante testigos, y uno es, muy especialmente, el que luego cuenta lo que come y con quién. Si sabes eso de alguien, sabes quién es el pájaro. A qué altura vuela. Si merece la pena perder un cuarto de hora con él, pagarle la copa y hasta intentar citarte para cenar otro día, establecer una relación. O si, más bien, al tipo ese que quiere entablar conversación contigo, le dices que llegas tarde a una reunión, y te miras tres o cuatro veces el reloj antes de escaparte al trote, aunque sea él quien está dispuesto a invitarte a la cena. Y luego estaban los que te hablaban durante media hora acerca de las virtudes de un vino que no iban a catar en su vida y de un restaurante en el que jamás pondrían los pies. Me lo explicaba Francisco: es propio de advenedizos: primera fase de la ambición: el Génesis: En el principio era el verbo. La palabra precediendo al ser (o, al menos, de momento, sustituyéndolo, un *Ersatz).* Conocer por los libros y las revistas lo que otros viven a diario. La teoría precediendo al conocimiento empírico, y el valor performativo de las palabras como primer paso en el movimiento de ascenso. Decir quiero. Bastaba con eso. Decías quiero y todo se ponía en marcha. Yo no me atreví a hacerlo. Me parecía que Francisco había llegado a alguna parte, la que fuera, no supe ver que las tareas de dirección de una revista no consumían suficientemente sus energías ni, desde luego, su ambición: estaba en el camino. Desde el púlpito de apóstol del vino y la cocina, se había convertido en gerente en la sombra del restaurante que ha llevado Leonor hasta el final, pronto declarado como uno de los templos gastronómicos del país: llamarlo santuario en vez de templo sería rebajar la perfección de las croquetas de Leonor –sublimes, en palabras de la crítica gastronómica: usan ese lenguaje los críticos: los novísimos, la gloria y el infierno, para definir una salsa bearnesa. Son los gastrónomos. Tocan el cielo con un bacalao al pilpil. Esa suerte tienen. Leo sus crónicas en los suplementos de los periódicos, en eso también sigo los pasos de Francisco, lo persigo, lo vigilo–. La brandada de Leo, la caza al estilo de Leo, la *bécasse,* ah, la *bécasse* de Leo. Sé que, con el tiempo, sus enemigos la llamaban a ella La Becasse, por esa cara delgada y la nariz picuda que parecía crecerle con el paso de los años a medida que la anorexia, o los primeros signos de enfermedad, la descarnaban. Lo leí en alguna crítica de los periódicos. Por Francisco supe que acudían clientes desde el País Vasco a degustarla: cada mediodía se reunía una docena de políticos y financieros en torno a las mesas de Cristal de Maldón, prestigio, vanguardia, oler, degustar, masticar la moda, sentir entre los dientes el crujido del poder con el de la tosta sobre la que han untado las entrañas del pájaro. Pocos años más tarde, el restaurante fue laureado con dos *étoiles* Michelin, no hizo falta que él me lo contara, ya no pisaban por aquí, ninguno de los dos se acercaba a Olba, ella no volvió nunca y él en contadas ocasiones, para el entierro de su padre, para asuntos de familia, el reparto de la herencia con sus hermanos. Lo de las dos estrellas lo dijeron en el telediario, y luego lo leí en el bar Dunasol, mientras tomaba café. Lo comentaban los periódicos al día siguiente. Los ojeo cada mañana en la barra. Y volví a encontrarme con Leonor en las noticias de televisión mientras pelaba la naranja del postre en el comedor de mi casa, lo repitieron en el noticiario de la una, ofrecían una pequeña entrevista con la primera mujer galardonada con dos estrellas Michelin en España, un mérito enorme en un mundo tan machista como el de la alta cocina, en una publicación tan condenadamente machista como *Michelin* (¿cuántas dos estrellas femeninas en Francia?, ¿en el resto del mundo? No recuerdo si dijo que en Francia había otra o si dijo que no había ninguna). Luego la vi muchas veces, a medida que los cocineros ocupaban cada vez más espacio en la tele, embarcada Leonor en sucesivas oleadas del gusto: cocina de los aromas, cocina de los sentidos, cocina tecnoemocional. La veía en la tele, con su toca, su bata blanca, posando tras una bandeja de pescado, sosteniendo un manojo de espárragos, un ramillete de verduras, una fuente de porcelana sobre la que yacía un mero, siempre sonriente Leonor, con esa dentadura que destellaba a la luz de los focos como en un anuncio de dentífrico (¿te maquillan los dientes con alguno de esos clysidens cuando te graban, cabrona?), y yo tenía que apagar la tele antes de que acabase de cocinar la receta que proponía, o antes de que respondiera a las preguntas que le planteaba el locutor, porque la imagen de la tele se fundía enseguida con las que seguían almacenadas en mi cabeza y saltaban de pronto, interponiéndose una y otra vez, impidiéndome ver lo real y tirando de mí hacia un mundo de recuerdos confundidos, los vividos con otros inventados, aunque todos insoportables. Para entonces, hacía ya tiempo que Francisco, en sus contadas visitas a Olba, no me hablaba como periodista, o como escritor: me hablaba de su poder en la revista, de su poder en las bodegas, su asesoría imprescindible a la hora de mezclar los mostos –el *coupage,* decía él–, elegir las barricas, aprobar las etiquetas y –muy importante– fijar lo que llamaba la filosofía del vino, que se traducía en su precio. A más filosofía, más precio. Y los otros negocios, el restaurante de Leonor, los proyectos hosteleros de él, que lo llevaban a relacionarse con empresarios y políticos. Aparecía la larga nariz de La Bécasse en la tele y lo que yo veía era a Leonor desnuda entre los brazos de él, de Francisco. La veo. Leonor atrapando con sus piernas los lomos de él: la cara de Leonor asomando por encima del hombro masculino, su pupila fija en la mía, su boca entreabierta, y las nalgas de él moviéndose, abriéndose y cerrándose, mientras los pies de la mujer las golpean. Leonor en la portada de una revista de moda muestra una bandeja sobre la que yace un bogavante de intenso color púrpura, un bogavante cardenalicio que, cuando me fijo, resulta ser un muñeco ensangrentado y en posición fetal. Me incorporo en la cama. Grito, exijo que me dejen en paz. Los recuerdos. Al Francisco de ahora, que ves tan campechano, tan sencillo, echando la partida de la tarde con los pueblerinos, te lo encuentras si sales a pasear por el campo, camina en la playa de Misent a paso ligero, hace senderismo por las laderas de Montdor, ayudándose de un bastón en la marcha, y eso que el Montdor es puro pedregal emborronado con matorrales espinosos, un decorado idóneo para alguna de esas representaciones de la pasión que hacen por Semana Santa en muchos pueblos, el sitio más inhóspito que uno pueda imaginar, la vertiginosa pendiente de cuarenta y cinco o cincuenta grados, las calizas puntiagudas y resbaladizas entre las que crecen espinos de todas las variedades que la naturaleza ha ideado, cardos, aulagas, coscojos, qué sé yo: desde la terraza de mi casa lo veo algunas mañanas dirigirse a la montaña, imagino que con el bofe fuera, trepando por esa ladera tan inclinada, convertido en amante del campo y guardián de las tradiciones y sus símbolos: la áspera montaña sagrada, la tierra que fertilizaron los huesos de sus antepasados –más bien, los huesos de las presas que cazaron sus antepasados, las que cazó su padre, alguna debe de estar aún allí, huesos que se deshacen en el suelo–, paisaje de mar y montaña, de bancales de secano y llanuras de regadío, sobre un fondo de mar y marjal; nuestros antepasados ya preparaban el arroz caldoso con nabos, manita de cerdo y morcilla se supone que poco más o menos como se prepara hoy, él lo documenta en el libro que está escribiendo, signos por los que se manifiesta el espíritu del pueblo, el *Volksgeist*, la patria a la que ha regresado a retirarse el peregrino: Feliiiz al fin, puedo, ooh paatria, miraaarte (en esa versión cantamos juntos en el coro de la escuela la canción de los peregrinos que contemplan Roma al final del Tannhäuser, también cantamos el *Cara al sol* y *Montañas nevadas*, era obligatorio, mi padre bufaba, pero no había otra escuela más que ésa), la tierra de la que el hombre se ha apropiado, la cultura que ha desarrollado: el pedregal y el arroz caldoso, y los anisados y aguardientes de hierbas, y los huertos de naranjos y pomelos y las huertas de judías que trepan enredándose en las cañas, y los habares que inclina la lluvia que el viento de levante arrastra desde el fondo del mar, y el verde de pimientos y tomateras; y el marjal, que fue despensa natural de nuestra culinaria y hoy es una charca abandonada a la que nadie se acerca. Todo eso lo documenta él. Ya digo: los almuerzos interminables con las eminencias locales, el recién desaparecido Pedrós, el resbaladizo Justino; Carlos, el director de la sucursal de la caja de ahorros que asegura que ha pedido el traslado aquí cuando podía haber solicitado Misent, porque así está en contacto con la naturaleza y, sobre todo –y eso no lo dice–, porque en Misent un chalet como el que tiene al pie de Montdor le costaría una fortuna; Mateu, el comerciante de frutas y verduras que exporta a media Europa; Bernal, que contaminó el marjal con sus telas asfálticas, ¿cuántos siglos se necesitan para que desaparezcan esos venenosos asbestos?, las partidas vespertinas en el bar Castañer, donde se junta lo más granado de Olba, lo que quiere decir propietarios de inmobiliarias, de concesionarias de automóviles, de supermercados, de hectáreas de frutales, empleados de banca, funcionarios del ayuntamiento; activos emprendedores de negocios claros u oscuros, fauna tan espinosa como la flora del promontorio de Montdor: todos en torno a los veladores de mármol en los que suenan los golpes que dan con las fichas de dominó: el que quiso ser como los Kennedy y ha desaparecido llevándose con él mis ahorros, el traficante de carne humana, el que está dejando sin vivienda a la mitad de la población de Olba (ay, aquellas hipotecas firmadas alegremente en la década feliz), el profesor que dirige la banda de música y, a veces, sí, el simpático y despistado profesor de filosofía del instituto de Misent, que vive aquí, en Olba, porque –y ahí coinciden el epicúreo filósofo y el despiadado director de la caja de ahorros– es un lugar más apacible y auténtico: de nuevo la patria, feliiiz, al fin, puedo, ooh paaatria, mirarte, las esencias del país tapando el hecho económico de que una vivienda en Olba cuesta exactamente la mitad que en Misent: como él, algunos están plácidamente jubilados, otros –como el de la caja– en la primera fase de su ascenso socioeconómico. Una partida de prestigio local, a la que se añade el carpintero que, desde que volvió Francisco, ha cambiado de mesa y ahora juega en la de esta gente, legitimado por su pasado vagamente viajero, vagamente aventurero y vagamente hippie, y por un presente vagamente culto (con el carpintero se puede hablar, el tío sabe lo que dice), y por su misteriosa vida de solitario, encerrado en un sedentarismo que ha durado decenios; legitimado porque me he juntado con Pedrós en la barra muchos días y, sobre todo, porque Francisco me palmea la espalda en público y se refiere a mí como su amigo de infancia, su amigote de correrías, su colega, el que rechazó las vanidades del mundo para abrazar esa profesión de gente que elige la sencillez de los márgenes, los santos, carpintero como San José, el buen artesano. La profesión del cornudo, me digo yo. Francisco remueve con la cucharita el carajillo, lo hace todo con naturalidad, como si ese ritual y esa forma de vida fueran lo único aceptable, con la misma desenvoltura con que, en su día, lo único que pudo hacer fue alinearse –como sin querer– con lo que un viejo amigo que se llama Morán, a quien conocí en Ibiza y cuyos artículos leí durante algún tiempo en la prensa nacional (no sé qué habrá sido de él), definió como élite en posición de saqueo. Ahora, *beatus ille*, menosprecio de corte y alabanza de aldea, se ha instalado en la serenidad de la madurez. Aquí pasan días, meses, y no detectas su adscripción a esa élite que, en su día, fue despiadada y voraz, no adivinas ese pasado, el meollo de su vida. Como si nada hubiera ocurrido ni entre nosotros ni en cada uno de nosotros desde aquellos años de infancia y adolescencia compartidas; yo mismo me lo creo, hasta acabo entendiendo lo de la casa de los Civera, ¿quién no aspira a lo mejor para pasar los últimos años de la vida?, un cenobio lujoso, hasta que un día vas con él de paseo a Misent y, como quien no quiere la cosa y tras el largo vagabundeo, nos encontramos con que nuestra caminata –en apariencia puro azar– nos ha llevado a Marina Esmeralda, y él, distraídamente, levanta el brazo, lo extiende, separa el índice de los otros dedos de la mano, y, mira, Esteban, señala con un gesto distraído, es estupendo para salir a dar un paseo alguna mañana, el dedo se queda señalando, invitándome a mirar, y lo que me invita a mirar, lo que, según él, resulta estupendo para pasear alguna mañana, es un velero amarrado en el pantalán de al lado, un elegante velero que resulta que es precisamente el suyo, el barquito del que te habló una vez como al paso mientras discutíais otro tema, y de cuya existencia ni siquiera te acordabas, porque no creías que tuviera mucho fundamento: un barquichuelo como el que se ha comprado tanto pobretón en los años del pelotazo, lo que llaman un yatecito y es poco más que un flotador. Pues no. De repente te das cuenta de que si te ha sacado de excursión es con el fin de que no te mueras sin verlo, hay que darse prisa para que el carpintero lo vea, conviene asestarle el descabello al carpintero antes de que muerda el polvo de muerte natural, poco más o menos lo que se hace con los toros, darse prisa en ajusticiar al animalito antes de que empiecen las protestas en la plaza porque remolonea y no se deja morir, todos sabemos que nadie es tan joven que no pueda morir hoy, lo dice el clásico, así que está bien que el carpintero vea el velero y envidie y pene y sufra, se me fue Leo –a ti, carpintero, se te fue antes, ¿llegó a saber lo nuestro?, ¿se lo contó alguna vez Leonor? No creo, una relación que no añade plusvalía es chatarra de la que uno se desprende–, pero yo tengo casa noble y velero (tengo, tengo, tengo, tú no tienes nada, tengo tres ovejas en una cabaña, una me da leche, otra me da lana), así que te hace saltar a cubierta, pisas la teca, te baja al salón con su cocina y su mesa de comedor puesta como para un inminente banquete, y la barrita de bar con su trasera de botellas, y te abre la puerta del baño y te enseña las dos habitaciones, esto está de la hostia, joder, dice el artesano, el cornudo San José que saca virutas empuñando con habilidad el cepillo, el que sube unos escalones más para ver las pantallas de luces parpadeantes que rodean el timón. Muy cómodo, añade Francisco. Eso es lo que de verdad es, cómodo, subraya. Como si yo vibrara de admiración y también de emoción por el orgullo que me produce saber que lo que veo y toco y acaricio pertenece a mi viejo amigo, mi compañero de correrías, y él quisiera bajarme a una modesta realidad. Ahí está la planura del lenguaje para demostrarlo: ¿ves? Un cacharrete cómodo. Puedes navegar a vela, pero también a motor, tiene un motor de más de doscientos caballos. Y ese cacharro *cosy* lo tiene amarrado Francisco no en los pantalanes que construyó el ayuntamiento para los barquitos de la que se define como nueva clase media y es un conglomerado de variantes de la clase obrera sin conciencia que trajo el thatcherismo y se está llevando consigo la crisis actual desarbolándole los humos, y, como consecuencia de la cual, muchos de los barquitos amarrados en toda esa zona popular y municipal tienen pegado ahora sobre la cubierta el cartelito de SE VENDE OPORTUNIDAD ÚNICA. No, no es ahí donde tiene él el yate, sino fondeado en Marina Esmeralda, donde, en cada balanceo, rozan cubierta con cubierta yates de millonarios alemanes o gibraltareños o rusos, barcos de treinta metros de eslora que pertenecen a traficantes de algo, de salchichas, de panes y bollería industrial, de obras de arte, monedas o armas; yates de constructores que han puesto en el mercado más toneladas de coca que de cemento; lavanderos de dólares, de euros, de libras. En esa marina a quién puedes encontrarte que se haya ganado la vida honradamente, como no sean los camareros que se mueven bandeja en mano en las terrazas de los bares instalados en el muelle, junto a las tiendas que anuncian yates en oferta por encima del medio millón de euros. Y hasta esos camareros dan miedo cuando levantan la vista y te echan una ojeada mientras derraman en el vaso ancho el Glen con hielo *frappé* que les has pedido. Son falsos camareros: matones, guardaespaldas, porteadores de mercancías, de sustancias, mamporreros, sicarios, mulas, culeros, chaperos de propietarios de yate, criados de mafiosos engominados que, cuando los entrevistan en el espacio de sociales de la televisión local, se definen como propietarios de negocios nocturnos. Sí, Francisco, el gran mundo es eso, ya lo sé, la buena vida está reñida con la ley, con la justicia, y es rigurosamente incompatible con la caridad. Pero la vida son dos días, y nadie es tan joven que no pueda morir hoy ni tan viejo que no pueda durar un año. ¿Te acuerdas del dicho? Lo estudiaste en la facultad y me lo leías a mí, idiota a quien su padre obligaba a ser artista y él no sabía qué quería ser, pero sí que conocía de sobra lo que no estaba dispuesto a ser. Al mostrarme el yate –como me mostró antes la casa– confirma que la vida rústica –partida del bar Castañer incluida– forma parte de una juguetería que le divierte, reglas impuestas por el juego que ha elegido, como cuando dices de oca a oca y tiro porque me toca, y haces saltar la ficha por encima de la de tus rivales; o, si juegas a los barcos, dices lo de agua, tocado o hundido, y no tachas o tachas los cuadritos que habías marcado con una línea: cada juego tiene sus reglas que sólo rigen mientras dura la partida, en su caso es rigurosamente así, sus reglas del juego de humilde pueblerino duran exactamente lo que la partida de la tarde, y ya no rigen cuando (a ver qué día nos tomamos un whisky de turba cojonudo que tengo guardado, mientras entorna una puertecita de madera) te deja meter por segunda vez la nariz en su casa, la de los Civera, ya rehabilitada, y el carpintero que no ha llegado ni a ebanista ve el mobiliario: palisandro, rosal, caoba, los estantes acristalados en los que guarda libros encuadernados en seda, en piel de buey, ediciones centenarias, y los cuadros de Gordillo, los cuadros y grabados de Tàpies, las aguadas de Barceló, de Broto. Pero todo esto vale un dineral –le digo– y él se ríe, no me han ido mal las cosas, ya te contaré más despacio, así que con él siempre tengo la impresión de que, cuando habla de quienes odia (es especialista en despotricar públicamente de empresarios sin escrúpulos y banqueros sin ética, echa pestes de la loca especulación inmobiliaria de estos últimos años, desde luego no cuando está con Pedrós, con Justino o con Bernal), en realidad lanza invectivas contra sí mismo, se cisca en su propia biografía, él es el cosmopolita Mr. Hyde que contrapuntea al pueblerino Jekyll barajador de cartas. Pero todo esto resulta un retrato muy precipitado, incluso torpe. Habría que indagar en su pasado de joven católico con vocación social, la JEC, la JOC, la HOAC y esas cosas. Llegó a tener sus dudas sobre si debía o no debía meterse en el seminario, le pesaba el ansia de justicia, aspiraba a la felicidad universal e igualitaria, y quién no, por entonces: ser cura obrero en la España de Franco, la teología de la liberación, ser cura guerrillero, como lo sería Camilo Torres en algún sitio de Latinoamérica, pero tenía la polla hecha de un material fácil de imantar, una rémora psicofisiológica que muchos curas consiguen convertir en preciosa herramienta pastoral gracias a la impagable colaboración de esa auténtica red de contactos eróticos que ha sido el confesionario, aunque yo creo que lo que a él le cerró el camino fue comprobar que el poder dentro de la Iglesia se le ofrecía como un fruto exigente, cultivo de códigos y retóricas demasiado retorcidos, arduos reglamentos, y a la vez movimientos extremadamente sutiles, insinuaciones, medias palabras, ligeros arqueamientos de cejas, imperceptibles presiones de los labios. Él tendía a acciones más directas que las habituales en el clero, un complicado laberinto dibujado con reglas barrocas, la herencia de Trento, exigencia de lentitud en los avances; falsos ejercicios de sometimiento a la jerarquía, sigilosas intrigas e irracionales entregas u obediencias, demasiados susurros y pocos gritos, y precisamente gritos fue lo que le ofreció la política cuando la tomó por los cuernos a fines de los setenta: aquello, la verdad sea dicha, tenía otra franqueza, tácticas y estrategias parecían más evidentes (una sobrerrepresentación que invertía la que practicó su padre), y la imagen propia poseía dimensión pública, aunque sus primeros pinitos fueran en tiempos de clandestinidad –pero ya iniciada la transición– había reconocimientos entre los enterados y no ese secreteo de los pasillos de parroquias, sacristías y palacios arzobispales: dirigías las células, las asambleas semiclandestinas, y adquirías un prestigio, aunque fuera amparado por tu nombre de guerra mientras se desmoronaba una dictadura sin dictador, y, tras la implantación de la democracia, ya fue el acabose, desnudo del nombre de guerra, apareció el nombre verdadero, y con esa verdad, lo político como valor supremo y casi único, muy por encima del que pudiera tener cualquier otra actividad social: te subías a un tablado y desde allí gritabas y tus gritos se amplificaban gracias a un soberbio sistema de megafonía (la factura corría a cuenta de suecos, alemanes y franceses, camaradas socialdemócratas solidarios con los luchadores antifranquistas), y tus berridos se acompañaban con músicas de zambombas y quenas y tambores a todo volumen, a desalambrar, a desalambrar, dale tu mano al indio, dale que te hará bien, eso

209

era irle de cara al mundo, y no lo de pasarte la vida moviéndote en mustias sacristías, sombríos pasillos y húmedos despachos llenos de crucifijos y cuadros de santos martirizados o llagados, pálidos como acelgas hervidas, oscurecidos por cientos de años de exposición al humo de las velas que parecían hechas con el mismo amarillento material que los rostros de quienes habitaban las estancias, lugares limítrofes con el temible continente de los novísimos: filo en el que lo vivo se adentra en lo muerto, camino trazado entre las sombras de hoy y el abismo de las que aguardan a la vuelta de la esquina. Aunque, en realidad, mientras se mantuvo en política –o, más tarde, en su vida profesional como escritor, empresario o lo que fuese–, pareciera actuar como un cura, y manifestase querencia por los conciliábulos y la movilidad entre bambalinas: ocultaba cuidadosamente la punta de los dedos cuando tiraba de los hilos, un maniobrero, era la opinión de quienes habían militado con él: enseñaba los ojos, fulgor convincente y estimulante; los labios, de los que surgían las proclamas; el pecho hinchado por el aire con el que iba a soplar la consigna, y escondía las ágiles manos con las que era capaz de mover decenas de hilos al mismo tiempo. Me lo contaba divertido. Exhibía ante mí sus sinuosas habilidades. A mí me lo podía contar, al fin y al cabo yo no conocía a nadie a quien pasarle las informaciones. La afición por la intriga no lo ha abandonado nunca: cuando dejó la política, desde la penumbra de las mesas de cata controlaba unos cuantos grupos empresariales propietarios de bodegas, el precio de cuyos vinos dependía en buena parte de las notas que le concediera *Vinofórum*, la revista que acabó dirigiendo, después de acuchillar a unos cuantos competidores, que, por cierto –según me contó–, mostraron inusitada ferocidad en su resistencia, incluida la guerra de dosieres, el envío al editor de informes en los que se le relacionaba con todas esas bodegas de las que cobraba y con las que él, con una sangre fría jesuítica, negó mantener contacto alguno (especialidad de la familia de sus correligionarios, primero religiosos y luego políticos: hacer lo contrario de lo que dicen, que no vea la mano izquierda que muestras lo que meneas con la derecha que escamoteas); desde el fondo oscuro de la redacción en el que se había refugiado como fugitivo de las intrigas políticas, acabó subiendo con la inexorabilidad de una burbuja de champán en la copa, hasta alcanzar un puesto destacado en el consejo del grupo editorial (la superficie del champán, desde donde se ve –en perspectiva de cámara en picado– ascender las burbujas que están abajo: la oficina se situaba en la planta treinta y pico de un rascacielos de Madrid-Castellana), revistas, guías de vinos, publicaciones para hoteles y restaurantes, un par de mensuales de viajes (uno para la clase *up* y otro para la clase *down:* en la portada de uno los diez mejores hoteles del mundo; en la del otro los diez campings de la Costa Dorada con mejor relación calidad-precio), intereses en cadenas hoteleras, en grupos de distribución de bebidas. Me lo contaba en sus viajes como Stanley contaría a sus amigos su avance por el África desconocida. Una aventura excitante. Desde ahí –y ya más bien como entretenimiento– se pudo permitir sin cortapisas levantar hasta el cielo o patear en el barro a temerosas legiones de chefs que repartían su foto entre el servicio de sala con orden expresa de que les avisaran en el momento en que cruzase el umbral: fijaos bien en ese caraculo: que se os quede bien grabado. En cuanto aparezca me avisáis, que no se os escape (aún no eran exactamente estrellas los cocineros, fue en la fase previa, cuando, como dijo Arzak, los chefs empezaban a tener la misma consideración que un ingeniero, un arquitecto, un médico). Los chefs, como condenados de retablo gótico, envueltos por

211

las llamas y azuzados por una legión de marmitones a modo de oscuros diablos, correteaban entre cacerolas y fogones cada vez que el maître se asomaba a la cocina para anunciarles que el crítico Marsal, ex *Pinot Griggio,* había aparecido en la sala. Extorsionó a enólogos que se dejaban los cuernos experimentando con merlot, sirah o viognier, cepas foráneas por las que él apostaba y recomendaba asegurándoles que iba a darles todo su apoyo al experimento. Vas a tener un 93 en la mesa de cata. Eso seguro. Con un poco de suerte, tres o cuatro puntos más. Eso es estar arriba, en lo más alto, entre los grandes. Tú verás si te conviene la oferta. Luego, se lo daba o no se lo daba, el 93: había que negociar más cosas en la letra pequeña, fijar ciertas cantidades, la publicidad en las páginas de las revistas del grupo, el contrato confidencial para diseñarles la campaña de promoción, incluidos trípticos desplegables y etiquetas, y establecer la filosofía del vino, que empezaba precisamente con la sugerencia de cambio del enólogo por otro que su grupo editorial estaba interesado en convertir en mediático, por su adscripción a un gran holding de distribución de bebidas con el que la casa mantenía estrechas relaciones y que, en realidad, era una de sus fuentes principales de financiación. Sus artículos en todo el grupo de revistas, sus afilados editoriales, sus calificaciones en las mesas de cata tuvieron no poco que ver en la consolidación del prestigio de algunas de las bodegas que hoy día mejor cotizan su vino. Y consiguió que su mujer pasara de ser una cocinera que había abierto un localito para no aburrirse a *vedette* de la gastronomía: cuatro mesas y un fogón, decían los dos quitándole importancia a la cosa, cuando vinieron a Olba poco antes de la inauguración en Madrid (yo creo que ése fue el último viaje en que ella lo acompañó), algo sencillo, un comedor como de fonda burguesa de antes. Me gustaría que te escapases y vinieras ese día, prométeme que vendrás, me invitó Francisco, sabiendo que ni por la imaginación se me pasaba acudir. Para empezar, ¿con qué traje?, ¿con qué corbata? No tenía nada que pudiera considerarse admisible por los códigos de vestuario que exigían los nuevos tiempos. Leonor, callada a su lado, como si ella y yo nos conociéramos apenas de vista. Al poco tiempo hacía declaraciones diciendo que estaba ante el fogón del restaurante como prolongación de su actividad de ama de casa, eso afirmó en las páginas en color de los suplementos dominicales que su marido le consiguió, mientras él recorría el mundo entrenando nariz y papilas gustativas con borgoñas, rines y moselas (no sé cómo puedes catar, si tienes que tener el olfato hecho polvo, con la coca. No exageres, la pruebo de uvas a peras, cuando vengo aquí, para cortar con todo y charlar un rato contigo, ah, los viejos tiempos), crepinetas aromatizadas con trufa piamontesa, carpachos de buey de Kobe; y rellenando con crema montada –especialidad de la casa– los coños de cinco continentes. El ama de casa en su comedor con apenas media docena de mesas pasó a convertirse en la primera mujer española que conseguía dos estrellas Michelin, y las más altas calificaciones de las guías gastronómicas, incluida la que editaba *Vinofórum*. Pero en este instante ella ya no está y se apagaron las estrellas que la enorgullecieron, y su viudo deja caer con suavidad un tres de copas, mientras dice:

–Lo más fácil para llamar la atención es hacer cosas extravagantes, o estúpidas. Destacar por el trabajo resulta bastante más difícil. Salir en el periódico local firmando el contrato para renovar los vestuarios del campo de fútbol y la grada sur, o entregando a la comisión de fiestas el cheque con el que se pagan los toros de este año. Eso es lo más fácil. Casi nadie está dispuesto a perder dinero en esas estupideces. Te aplauden el día de la inauguración o cuando, delante de la prensa y del alcalde, le tiendes el cheque con tu firma estampada a la concejala de deportes, y ahí se acaba todo, e incluso en ese momento te están criticando, los vecinos –incluidos los beneficiados– te llaman derrochador, fanfarrón, y se preguntan si no estarás traficando con algo, drogas, armas, blanqueando dinero de alguien, para ganar esa pasta que derrochas a espuertas. En vez de subir un escalón, inicias el descenso cuesta abajo. A los tres meses todo el mundo se ha olvidado del detalle del cheque, pero permanece la sospecha de que no eres trigo limpio.

–Empeñarte en que te recuerden por hacer algo que nadie hace: tirar el dinero. En eso, te quedas solo, porque lo que habitualmente le gusta a la gente es recogerlo –asiente Bernal.

Sin embargo, esta luminosa mañana de invierno, soy yo –uno de los inocuos– quien busca el decorado en el que restablecer una parte del código en una representación íntima, teatro de cámara, reparación de lo que la historia quebró. Preparo el momento, padre, me encargo de devolverte al lugar en que quisiste quedarte y por nuestra culpa no te quedaste, reconstruyo el cuerpo demediado de tu dignidad para devolverlo a la plenitud de hombre que no conocí, porque mi otro hermano, mi hermana y yo llegamos después de la mutilación, hijos de una servidumbre aceptada, seres sin forma propia, criaturas domésticas faltas de aspiración. El país entero había sido privado de aspiraciones. Nada podía crecer al margen de esa grisura. Me toca cumplir su deseo aplazado, devolverlo a sus camaradas. En realidad, aplico la lección que mi tío me enseñó: concederle a cada presa su propio destino, una agradecida restitución a la naturaleza que –igual que la gran tragedia de la historia o el milagro de la transubstanciación– guarda toda su esencia en cada minúsculo elemento que la conforma; nace vive y agoniza en cada una de sus manifestaciones. Cebar con la carnaza apropiada cada anzuelo. Le devuelvo lo que como hijo le debo, cambio vida por vidas, cumplo mi papel anónimo en la cadena de la historia, lo acompaño para que no le falte nada en el último acto, un papel decisivo, aunque vicario. Los pueblos cultos han banqueteado en honor de sus muertos, han festejado sus tumbas. Vicario de tu ceremonia, soy la mosca que se va poco a poco secando, atrapada en la urdimbre pegajosa de la trampa, insecto condenado a encriptarse pegado en la telaraña de voces ajenas, eco sin soporte de voz: sí, don Esteban, pues claro que es bueno el olor del naranjal que cultivan acá, no digo yo que no, pero a mí me parece más fino, más delgado y elegante el de la planta del café, usted habla así porque no conoce el olor de la flor del café, ¿a que no? Mejor el aroma y más bella también la flor, esas rositas blancas perfumadas que, con aquel clima cálido que lo tuesta todo, llenan el aire con un perfume tan espeso que parece que se toca. Allá todo es olor de café y de canela y de piña de cacao. Olores que dicen del trópico. Usted nunca vio una flor de café, ni ha visto crecer el árbol del cacao, nunca ha visto una piña de cacao, ¿verdad que no la ha visto? Aquí no llegan. Ni llegan los granos metidos en su coraza. Ustedes ven esos polvos que venden en el supermercado y que vete a saber de qué están hechos. Los indios usaban piñas y granos de cacao como moneda porque les daban un valor tremendo. Decían que el chocolate era bebida de dioses. Además, aquellos campos tienen otra ventaja muy grande y es que puede una mirarlos de

215

cara: son campo verdadero, plantaciones y plantaciones ondulándose en las laderas de las colinas, y algún ranchito o alguna finca grande, allá al fondo, o en una ladera que se dibuja sobre el fondo nevado de los volcanes, no como acá, que por todas partes ves los edificios en construcción, los basurales, en el paisaje de acá no hay calma ninguna, si es que hasta por los caminos más estrechos has de andar con cuidado porque todo es un tráfago de coches y camiones, aún ahora lo es, sigue siendo un infierno, cuando ya Wilson me dice que no hay obras en marcha, que todo está parado. Allá no es así: es todo muy hermoso, se lo prometo. De allá no nos echa la tierra ni nos echa el clima. Son las circunstancias las que nos expulsan. Los hombres han hecho malo el paraíso, y yo creo que eso Dios, que dicen que todo lo puede, no va a poder perdonarlo. O no querrá perdonarlo. La telaraña de voces que te envisca, el insecto atrapado en la tela que de repente se rasga.

¿Cambio de canal, padre?, ¿quieres otra película del Oeste?, ¿o prefieres la de los terroristas suicidas que van a saltar de un momento a otro por los aires? La tarde se va en un pispás, ahora en invierno se hace de noche enseguida, y eso deprime, en cuanto terminemos de comer dejaré caer las cortinas para que no veamos la noche de fuera y sigamos merodeando un rato más bajo el sol implacable del desierto de Texas o de Kansas en compañía de estos cuatreros. Cuánto desierto, qué sequedad. Tengo que levantarme a tomar una cerveza porque el polvo de las cabalgadas se me agarra a la garganta a pesar de que el radiador no consigue templar el saloncito ni absorber la humedad ambiente. Aquí, en Olba, más que el frío, es el exceso de humedad lo que vuelve desagradables las tardes de invierno. Una película, yo te dejo viendo la película mientras me doy una vuelta por Olba, te dejo bien atado con la sábana, echo un par de manos en el bar con Justino y Francisco, un dominó, y estoy aquí a la hora del telediario; y a continuación volvemos al ataque con las verduras, nuestra última cena: la eucaristía de la loncha de jamón de york y el vaso de leche, los sagrados ritos de la noche, comunión bajo las dos especies, Cristo sólido y líquido, como hacían los primitivos cristianos y restauró el Concilio Vaticano II. No importa que hoy vaya a llegar un poco más tarde, porque también la comida de mediodía la tendrás más tarde, y así no se te juntan comida y cena. Después de la cena, te dejaré otro ratito en la butaca antes de cambiarte los pañales y lavarte. De noche el lavatorio es sólo de entrepierna. Una inmersión ligera, como la del cura que, al acabar la misa, se lava la puntita de los dedos con unas gotas de agua. Nosotros, en nuestra ceremonia, también un chorrito de agua templada en eso que queda entre el pañal y la piel. Guantes de látex, agua templada y una de esas toallitas que resulta que son de jabón, las que usan para lavar a los enfermos en los hospitales, y más agua templada hasta que le dejo el culo como el de un recién nacido: la misma pasa arrugadita y amoratada. Ya he aprendido a untarme con un gel mentolado las fosas nasales para adormecer el olfato. Vi en un programa de la tele que eso es lo que utilizan algunos médicos forenses cuando tienen que lidiar con carroñas y decidí imitarlos. Así y todo, el olor no se va de la casa en todo el día por más lejía y jabón que gastes. Impregna paredes, muebles, la ropa. Olor de pañal de viejo. Me impregna. De cara a la noche, lavado *pret-à-porter*. La ducha toca por la mañana. La ducha despeja y yo lo que tengo que procurar es que llegue a la cama lo más agotado posible. Que no tenga fuerzas para incorporarse, para levantarse, no se me vaya a caer, como ya ha ocurrido en alguna ocasión; que no tenga ánimos para quitarse el pañal, que no me ensucie todo el dormitorio. Es mi programa diario, mi agenda desde que tuve que prescindir de ti, Liliana. Siempre me admiró que tú llevaras a cabo esas tareas sin que pareciera importarte (de verdad, no lo parecía). Es muy bueno su papá. El mío no era así. De Colombia no echo de menos a la gente que dejé, un poco a mi mamá tal vez, sólo echo de menos el paisaje, usted no puede hacerse una idea. Yo veo las palmeras de acá y me parecen de juguete, comparadas con nuestras palmas de cera, tan elegantes, tan hermosas, las nuestras son rectas y delgadas, y parece que van a tocar el cielo, y una no se explica cómo puede un tronco tan flaquito sostener su cesta de palmas allá arriba a cincuenta metros, y los troncos son tan suaves, tan limpios, de ese color que es azulino. No sé cómo no las traen para plantarlas por acá, aunque me parece que esas palmas son muy delicadas y necesitan mucha agua y, sobre todo, un clima suave como tenemos allá, los prados altos en los que pastan las vacas, los cerros donde crecen los cafetales, las plataneras, la caña dulce, las plantaciones de mangos: allá los calores tropicales se suavizan con la altura, tierras fértiles, de por sí frondosas, a más de dos mil metros, donde el aire es suave y puro. Yo creo que si se pudieran plantar las palmas de cera en cualquier lugar, nadie en este mundo plantaría otras que no fueran ésas. No tienen comparación, pero le digo que lo malo es que creo que esas palmas necesitan calor de trópico y altura, algo que no se puede cambiar de sitio, imposible, fíjese usted lo grandísima que es África y por lo que dicen en la tele apenas puedes encontrar unos pocos lugares con condiciones como las que gozamos allá, porque África es

muy llana, eso dicen en los reportajes, un monte muy alto
con su capuchón de nieves, y el resto es planicie o cerros y
colinas de escasa altura. Ya ve si es el mundo al revés, que,
siendo un paraíso nuestro país, tenemos que salir de allá
porque los hombres lo han hecho infierno. Debían ser los
españoles, con esas montañas pedregosas que tienen ustedes,
y esas llanuras tan áridas que tienen los castellanos y que yo
vi cuando venía en el autobús desde el aeropuerto de Madrid,
ustedes debían ser los que emigraran allá como ocurrió en
otro tiempo, y sin embargo somos nosotros los que venimos
a esta tierra tan árida, porque acá, en cuanto te sales de este
trocito de huerta que hay junto al mar, todo es seco y pe-
dregoso. Pero qué dices, Liliana, si esto es lo que más se
parece al paraíso de cuanto hay sobre la tierra; si los jubilados de medio mundo quieren instalarse aquí en alguna de
esas casitas de mírame y no me toques, sin cimientos y con
tabiques de pladur. Aunque ahora mejor te callas, Liliana,
disculpa, pero no me interrumpas, esa voz me molesta,
déjame pensar en lo mío, en la manera en que el viejo sigue
marcándome el tiempo de la agenda, como me lo ha marcado durante toda la vida, y más ahora que no estás, los dos
solos, y yo a su servicio: hacerle la comida, servirle, fregar
los cacharros, lavarlo, acostarlo, meter la ropa (el olor, este
olor que no se va de casa) en la lavadora. Él trabajó para ellos
cuando estuvo en la cárcel. Como esclavos, lo contaba, pi-
cando, acarreando piedra, no tenían látigos como sale en las
películas que tenían los nazis, pero cuando se enfadaban se
quitaban el cinto y con los pantalones flojos te freían a co-
rreazos y a patadas si descubrían que te parabas un momento para limpiarte el sudor. Sí, padre, pero lo tuyo en los
trabajos forzados o disciplinarios, como los llamaran, fue un
año o año y medio, y a mí me dura esto más de medio siglo,
y lo has conseguido sin necesidad de aflojarte los pantalones

ni blandir correa, sólo tu voz, tu mirada, y yo como un corderito asustado: una condena larga. Antes se quedaba Liliana contigo, padre, Liliana, la que yo creía que iba a guardarme, la que era tan mía como yo lo soy tuyo. A mí me tendrá siempre, señor Esteban, Liliana, el sancocho el pipián la palma de cera el runrún de su parla, se quedaba con él la mayoría de las veces hasta la hora de la cena, el olor del café el olor de las bayas de cacao el olor de los frondosos árboles las hojas frescas recién mojadas por la lluvia del trópico puro verdor y humedad el aire suave de las alturas el estallido de color de un flamboyán, ¿nunca vio un flamboyán? Es todo flor, una llamarada de fuego escarlata que brota entre el verde de la selva; un poco más allá, el fuego azul de la jacarandá, y le daba de comer, y lo bañaba, y ése era el momento que aprovechaba yo para salir a jugar la partida en el bar. Cuando lo dejo solo en casa, hundido en la butaca, salgo con miedo de que, durante la partida, me pregunte alguien por él, me diga: ¿cómo anda tu padre?, con quién está, con la colombiana, ¿no?: me molesta tener que mentir diciendo que sí, decir: está con la colombiana, ya sabes, no lo puedo dejar solo ni un momento, a riesgo de que el que acaba de preguntarme se la cruce un minuto más tarde por la calle, que alguien se entere de que ya no viene y lo dejo solo en casa. Ahí pueden intervenir los de la asistencia social, denunciarme por abandono, por malos tratos, vaya usted a saber, puedo hasta ir a la cárcel, la gente está muy ligera para pedir responsabilidades a los demás, tiene mucha desenvoltura para marcar las obligaciones ajenas y se muestra muy poco dispuesta a asumir las propias, ni siquiera dispuesta a hacer favores está. Tendría gracia, toda la vida avasallado por él y que te denuncien por abandonarlo en el último momento. Cárcel, galera, la guinda del pastel. Aunque me temo que no van a llegar a tiempo. Mentir, decir que ella está allí, y mi padre bien atendido, vigilado. La colombiana, así la llaman los compañeros de partida cuando se refieren a Liliana. ¿Me ayuda usted a doblar las sábanas, a meter la almohada en la funda? (breve roce de las manos). ¿Podría usted adelantarme unos euros a cuenta de los próximos días? Es que no tengo ni para comprar el pan, un mes espantoso, feísimo, los libros de los niños, la ropa del mayor, crecen, y las prendas se les quedan enseguida pequeñas, o las rompen jugando al fútbol en el patio de cemento del colegio, y los zapatos, una no da abasto y Wilson está pasando la peor temporada en el trabajo. Las obras paradas, los bares y las tiendas de alimentación trabajando a medio gas, despiden a la gente por todas partes, hay poco trabajo y el poco que pueda salir lo pagan con sueldos miserables (en el bar, durante la partida, Justino, siempre ojo avizor: tiene buen culo la colombiana esa de tu casa), si le soy sincera no puedo decir que me acabe de gustar España, ni que me haya ido bien en este país, no es que me queje, pero no ha sido como yo imaginaba cuando llegué, el culo un poco bajo, pero contundente, con ese vaquerito ceñido que lleva, se le sale la regatera, se ríen. Las bolas traseras se le salen, se nota que las tiene bien duras y pueden con la tela. Parece que le va a estallar el pantalón. Las cabronas, yo no sé cómo se embuten ahí dentro. ¿A ti también te da un remojón cuando lava a tu padre?, se burla Bernal, ¿te cambia los pañales?, ¿te pasa la esponja?, ¿te seca, te frota, o sólo te humedece?, y a mí no me hace ninguna gracia que hablen así de Liliana, no, de verdad que no me fue muy bien, no digo por usted, que es para mí un padre, pero desde que llegué todo han sido promesas de algo que parece que va a llegar pero que siempre está detrás de la esquina, cuando le pongo al viejo el plato de verdura, la tortilla francesa con perejil (a las finas hierbas la llaman en los restaurantes franceses, papá), o el jamón de york, y el tazón de leche, la tengo a ella en torno a la mesa, como si ella me hubiera enseñado a poner taza, plato, cuchara, cuchillo y tenedor, sí, señor Esteban, me ha parecido oler lo bueno sobre todo al principio, cuando por fin vinieron mi marido y mis hijos y nos instalamos y yo me quedé embarazada del pequeño, pero lo bueno que se anunciaba no ha llegado: he sentido esa excitación que te produce saber que va a llegarte la felicidad pero la felicidad verdadera no me ha llegado, no sé si me entiende: sólo esto y aquello, cuando compramos el coche, cuando firmamos las letras del piso, cuando dejábamos a los niños con la vecina y nos íbamos al baile, pero, luego, mero salir de apuros, los preparativos de algo, así ha sido, señor Esteban, dice, todo ha ido a peor, ni siquiera para llegar al día quince tenemos; y yo: querida Liliana, suele ser así, la felicidad la sientes cuando piensas que va a llegarte, la presientes, luego resulta que pasa de largo, se te escapa, ya no está. Voz dulce como canela que vuelve mientras lo seco después de frotarlo bajo la ducha: el frío cuerpo de mi padre como un paradójico depósito que guarda el calor de las manos de ella: por esa carne mortecina, por ese mapa en relieve de tendones rígidos y músculos flácidos, por esas superficies irregulares y llenas de manchas –multitud de islotes negruzcos, morados, amarillentos, una especie de mapa de Melanesia, o de Micronesia–, por ese cuerpo pasaban las manos de ella cada día, y lo han contagiado; quiero olvidarla, no, discúlpeme, tiene que coger por las puntas la sábana y yo la cojo por este otro lado, así muy bien, ahora démela, olvidar, el borde de su mano se roza con la mía, es blanda, de un color tostado, está caliente, como quiero olvidar las conversaciones con el asesor, con los de la agencia tributaria, con el director de la sucursal de la caja que me mira en el bar como si ninguna escena se hubiera representado entre los dos; quitarme de la cabeza las discusiones con Joaquín, con Álvaro, con Julio, con Jorge, con Ahmed, y, sobre todo, que desaparezca de mi memoria la escena final con cada uno de ellos, el encuentro con cada uno sentado del otro lado de la mesa del despacho.

Nunca me ofendió, en todos aquellos años no me ofendió. Ni de palabra ni de obra. ¿Crees que eso es normal entre las parejas? No sé si era amor lo que ella me tenía, yo sí que la quise con locura, aún la quiero, pero algo debió de quererme también ella para no faltarme al respeto en tanto tiempo. Otra cosa es que trabajara en lo que trabajaba. Eso queda al margen. Salía cada noche a lo suyo, y volvía a casa, como yo salía a lo mío y volvía a casa. Ya sé que te parece raro, pero nunca vi en aquello más que un trabajo; y ella yo creo que también lo veía así. Qué quieres preguntarme, ¿si se sintió atraída por algún cliente, si le daban alguna vez gusto los que follaban con ella? Nunca lo supe. Creo que no me interesó. Interferencias en la radio durante la retransmisión de un partido. Eso no es gran cosa. También yo me sentía atraído por mujeres de las que venían a echar gasolina, las veía inclinarse para meterse en el coche, o para coger el monederito o el bolso que estaba en el asiento, el vaquero dejando al aire la mitad de las nalgas y ciñendo la otra mitad; o el cuerpo insinuado bajo la falda casi transparente que dejaba ver más de la mitad de los muslos. Y, no te lo niego, tuve algún devaneo, les sonreía, les decía cosas insinuantes, con doble sentido. Pero nunca le puse los cuernos a ella. Nunca le dije a ninguna métete en el servicio y quítate las bragas, métete en el despachito, que ahora voy; o espérame a la salida, a que acabe el turno, y nos metemos en algún camino y lo hacemos en el coche, o alquilamos una habitación por horas aquí cerca, en el Hotel Parada, a menos de trescientos metros. Eso no lo hice nunca, y creo que ella tampoco lo hizo con ningún cliente. Estoy seguro —y eso es lo que importa— de que nunca se dio gratis a nadie. ¿Por qué iba a hacerlo, si podía cobrar? O, mejor dicho, y sobre todo, para hacer eso, ¿por qué iba a estar conmigo pudiendo tener a otros que, además, se mostraban dispuestos a pagarle? Lo que hacía era su trabajo. Y yo era su casa: su hijo (lo traté mejor que si fuera mío) y yo éramos su casa. Los muebles, el sofá, el olor a café y tostadas cuando se despertaba a mediodía, eran su casa. Creo que no es tan difícil de entender. En casa nunca se comportó mal, nunca se mostró caprichosa, ni se enfadó, ni levantó la voz. Además, no sé si con muchas o pocas ganas, pero se dejaba follar, y yo me deshacía entre sus brazos: se duchaba, se perfumaba y se tendía en la cama, y yo sabía que esa mañana quería que la follase, a pesar de que tenía que estar cansada —a veces, asqueada— de lo que le hubieran hecho otros un rato antes. Y ya te digo: a mí nunca me riñó, ni me levantó la voz, ni se enfurruñó conmigo nunca; a lo mejor, porque estaba harta de oír jaleo, voces, ruido de cristales contra el mostrador, o cuando se brinda golpeando vaso contra vaso, y de fingir caprichos en su otra vida, en el trabajo: esos caprichos que tienen las putas en la barra: sácame un paquete de Marlboro, dame una moneda para echar a la máquina, ponme una copa antes de que te enseñe el color del tanga que llevo hoy, esas frases que las putas te dicen como para ponerte en tu sitio, para que sepas que no todo es llegar y pagar, sino que tienes que ganártelas, jugar al juego de hombre que seduce a mujer, aunque sea de mentirijillas; disfrazar lo que hay y todos dan por supuesto, que lo de subir a la habitación con ellas no es cosa de simpatía y antipatía, de atracción o rechazo, que es sólo cuestión de dinero, que les importa un bledo *cualquier bulto tuyo que no sea el de la cartera, pero les gusta que tú hagas como que te crees que están allí por capricho, porque se aburren en casa, o porque no les gustan las amigas que las invitan al cine, que están allí porque te esperaban desde hace meses a ti. A lo mejor, precisamente porque se veía obligada a tener que hacer todo ese paripé, tenía un concepto más elevado de lo que es la familia; porque lo conocía, lo vivía a diario, convivía con la mentira, con la representación, y por eso sabía lo que significa estar fuera de cualquier familia, a merced del primero que se acerca a una barra; no tener un agarradero, vivir a la intemperie. Cuando la conocí, tenía treinta años, no era una niña, pero ya sabes que hay un público para ese tipo de mujeres a punto de marchitarse, se supone que, experimentadas, en su agujero guardan el aprendizaje de muchas horas con mucha gente, almacén de vicios insospechados se supone que es su coño, y que tú, de algún modo, vas a recoger parte de ese capital almacenado. En cualquier caso, no es fácil vivir bajo el mismo techo y nosotros vivimos ocho años juntos.*

Se pasa el dorso de la mano por los ojos. Se la deja un instante a modo de visera, ocultando la mirada, expresando una pena que podría llamarse reflexiva, un pensamiento dolorido, mientras yo miro de reojo el reloj y pienso que ya es tarde. Joaquín habrá acostado al pequeño y a lo mejor incluso se ha acostado también él, o está viendo algún programa de National Geographic que es lo que le gusta. Cómo no voy a echarla de menos, se lamenta con una especie de gemido. No está llorando, pero quiere que yo perciba la emoción en la voz, en el gesto. Me está diciendo: podría llorar, o he llorado tantas veces pensando en ella, o ya no me sale el llanto porque se me han secado los lacrimales, pero te dedico la representación del llanto, del mismo modo que los actores repiten con verosimilitud lo que aparece en el libreto que alguien escribió hace mucho tiempo y lo hacen con verdadera emoción, como si por primera vez repre-

sentaran en público la tristeza del abandono o la angustia ante la muerte. Representa para mí un llanto de hace tiempo. A su capacidad para convertir en verosímil la representación en el teatro lo llaman meterse en el personaje. Pero cómo fue de verdad lo que él me cuenta así. Intento reconstruir cómo fue la mujer que durante diez o doce años se prostituyó en clubs de carretera: no, nunca fue una puta de lujo, no sé si porque llegó tarde para eso, ella decía que no le gustaban los clientes pretenciosos de los clubs más o menos privados. Los ejecutivos son gentuza, me decía, son peor que los desgraciados, soldados, chóferes, obreros que pagan por follar conmigo. Puta en un club infestado de emigrantes que acuden a quemar las escasas plusvalías de la semana, de obreros de paso, de obreros borrachos, y de borrachos sin más, me lo está contando él, me está describiendo las calles, el ambiente, yo Madrid no lo conozco, lo pisé una vez en mi vida cuando fuimos Joaquín y yo a ver el musical de La bella y la bestia. Lo que este hombre me está contando no puede ser verdad. Intento saber cómo era aquella mujer, representármela incluso físicamente. ¿Cómo era?, pregunto. Y él: ¿qué quieres decir?, ¿a qué te refieres? Yo: ¿era alta, baja, morena, rubia, tenía la cara alargada o redonda? Llego a pensar si es posible que se me pareciera, que se pareciera a mí, tuviera la edad que yo tengo ahora, y, por eso, se levantan esos recuerdos en el hombre y lo arrastran a la confidencia: aunque no me ajusta el traje que él cose cuando quiere vestir el cuerpo de la mujer que deduzco por lo que me está contando. Toda esa dulzura, tanta serenidad. No me cuadra, no resulta creíble. Pero si eso es lo más tirado. Traficantes de cuerpos, droga, gonorrea, sífilis, sida. Y él habla de una especie de flor abriéndose en las madrugadas. Cumpliendo a su lado los treinta y uno, los treinta y dos, los treinta y tres, los treinta y ocho. Y cada noche abriéndose de piernas en un cuartucho de las afueras de Madrid. No es creíble. En esos sitios una aprende a gritar, a pelearse, a insultar, a atacar y a defenderse. Una aprende la inestabilidad de todo, la avaricia del instante que se consume de un trago, de un picotazo. Además, en esos sitios no cae una mujer por casualidad, tiene que haber frecuentado de antemano determinadas compañías, haber llevado un tipo de vida. Caer tan bajo. No lo entiendo. No entiendo cuál es la mujer de la que él habla, ni un grito, ni una voz más alta que otra durante todo aquel tiempo en el que vivieron juntos; y el niño, ese niño que, si lo oyes hablar a él, siempre parece que esté callado, un niño que cumple años al mismo tiempo que ellos, siete, ocho, once, haciendo sus deberes en la mesa del saloncito, merendando un pedazo de pan con chocolate, un donut, un vaso de leche; dormido en su habitación, qué te digo yo, con un osito entre los brazos. Ese paisaje familiar que él pinta no puede ser verdad. O a lo mejor sí, a lo mejor estaban los dos tan cansados que se ofrecieron como un mueble cómodo en el que se deja caer el cuerpo cuando uno vuelve a casa tras una jornada agotadora, tras un viaje pesado, el cuerpo del otro, acogedor silencio de siesta; en su caso, susurros de un sueño matinal, porque su vida en común empezaba cuando la mujer volvía cansada con el borde del cielo reluciente de nácar, o caminando vacilante a la luz del día que ya ha cuajado, los primeros rayos del sol doran los muebles del saloncito, de la cocina, del dormitorio, con esa miel tan dulce de la primera mañana. ¿Trabajaría él ya en alguna gasolinera?, ¿elegiría el turno de noche para estar durante el día con ella, o más bien procuraría hacer coincidir sus horarios con los del niño e iría a buscarlo a la escuela y le prepararía la merienda? La mujer vuelve cansada del trabajo, cierra la persiana de la habitación, se ducha, se seca, y él la espera ante un par de tazas de café que humean sobre la mesa, ante unas crujientes rebanadas de pan del día anterior tiznadas con la media docena de rayas paralelas que les ha dejado marcadas la parrilla, unas rebanadas que ella mordisquea con desgana; a lo mejor, también el muchacho había sufrido cosas tan atroces que pensaba que era mejor seguir con el hombre que no levantaba la voz ni, sobre todo, la mano, como hicieron otros hombres que se cruzaron antes en su vida; mejor el hombre callado que al llegar a casa desenvolvía el papel reluciente del que sacaba las lonchas de mortadela con aceitunas y tiritas de pimiento rojo; los cortes de cabeza de jabalí, de galantina de pavo, la tableta de chocolate. No, las cosas no son así, no pueden ser así, el ser humano es peor que eso. Nada escapa de lo que es. Todos los colores forman parte de la misma mancha. Pero por qué me he parado a charlar con él, ¿qué estoy haciendo aquí? Echar gasolina en un pispás, es lo que había previsto, y volver a casa para meterme cuanto antes en la cama: acabo de salir del último turno en el almacén de naranjas y tengo prisa por llegar, estoy cansada, picar algo en la cocina, darme una ducha y meterme en la cama; mejor dicho: estaba cansada, las palabras de él han hecho que se evapore el cansancio. Joaquín ya estará dormido, u oyendo el transistor con los auriculares puestos; a esta hora, toca el programa deportivo, todas las emisoras lo ponen a esta hora y no tienes manera de escuchar otra cosa que no sea fútbol. Estoy agotada. Por qué he empezado esta absurda charla con el empleado de la gasolinera al que apenas conozco de vista, porque me ha servido tantas veces, y al que hasta ahora me había limitado a sonreír cuando volvía hacia mí el aparato de las tarjetas para que marcara mi número secreto. Él me tendía el comprobante, me devolvía la tarjeta y yo le daba las gracias mientras metía el comprobante en el bolso. Yendo hacia la puerta, a veces cruzábamos tres o cuatro frases, le deseaba un buenas noches que él se limitaba a repetir como si su voz de bajo fuera eco de la mía. Hoy no ha dejado que me sirviera yo misma, se ha apresurado a arrebatarme la manguera, no tengo nada que hacer, y mientras dejaba caer la gasolina en el interior del depósito, ha le-

*vantado un par de veces la cabeza y ha sonreído con una espe-
cie de mueca indiferente, pero ha bastado eso, ha sido como si
me hubiera hipnotizado, hemos entrado luego en el local en el
que están el mostrador y la caja, he sacado la tarjeta para pagar,
y en vez de quedarse en silencio mientras marcaba mi clave, no
sé cómo nos hemos puesto a charlar, y el hombre ha salido de
detrás del mostrador, se ha sentado en un taburete y se ha interesado por mi trabajo, como te veo venir siempre a esta hora,
me ha preguntado por la familia, no, no, en casa ya no me
espera nadie, los niños y mi marido dormidos, le digo, o mi
marido con los auriculares puestos oyendo el fútbol, o viendo
programas de naturaleza, desde que no trabaja se pasa la noche
con los auriculares, me he reído con una risa nerviosa, no, él
no es mucho mayor que yo, somos casi de la misma edad, él tres
años más, he dicho, no sé por qué, y me ha dicho que ahora vive
solo, pero que tuvo una mujer mayor que él, que lo dejó, y un
hijo, o casi un hijo, o más que un hijo, ha dicho, de los que no
he vuelto a saber nada, y ha empezado a contarme esa historia
increíble, su vida con la puta y el niño. A lo mejor, como siempre vengo a esta hora de la noche, el hombre piensa que lo he
engañado, que no trabajo en el almacén de frutas sino en algún
local nocturno y, con esta historia, lo que hace es decirme que
no le importa en qué trabaje, ni tampoco que sea algo mayor
que él. Tengo la sospecha de que me está engatusando con su
narración, de que quiere hacer conmigo lo que dice que no hizo
con ninguna y es lo que seguramente intenta hacer cada vez
que se le presenta la ocasión en este trabajo nocturno, llevarme
al cuartito trasero del que ha hablado, donde están los retretes
y el almacenillo de los productos de limpieza, darme la llave de
la puerta y decirme bájate las bragas que ahora voy yo, y, una
vez allí, cerrar la puerta con el pestillo y abrazarse a mí, ba-
bearme, empujarme, desnudarme con prisa, presionarme con
las manos en la cabeza para que siga allí agachada hasta el*

último momento, y luego vestirse con prisa y decirme: aquí no puedes estar porque a la una viene el que hace caja y son ya las doce y media pasadas. Seguramente es eso lo que persigue cuando me cuenta la historia, pero me atrae esa tristeza que él muestra o finge, me parece que la historia es mentira, pero que la tristeza es verdad, y es verdad la mano carnosa y atravesada por grietas negras que se pone cerrada —un puño— ante los ojos para limpiarse una lágrima, quizá falsa, verdad es el aire de resignado desvalimiento que no se sabe lo que oculta, y que de pronto siento la tentación de descubrir, descubrir si ese cuerpo sereno y triste es la verdad de sí mismo, o si oculta un depredador que calcula sus movimientos, sus estrategias ante la posible presa. No me hago el ánimo de no tenerla a ella, de no tener al muchacho, dice, se fueron, y ahora la voz es más ronca, casi cavernosa. No sabes lo que es llegar a casa y no tener a nadie, tú tienes suerte, tienes a tu marido, a tus hijos. Siento tanta atracción como miedo, pero me levanto y le pongo la palma de la mano sobre el hombro y él permanece inmóvil, compungido, sin separar su propia mano de la frente, nos separa el vaso con hielo que se va derritiendo pegado a la raja de limón, mientras me pregunto por qué le he hablado de los problemas que tengo desde que se quedó Joaquín en el paro, de la distancia que nos separa desde que estamos más horas juntos. Pero por qué le he contado cosas de mi casa, de mi intimidad. Pienso que, a lo mejor, también yo soy un depredador, aunque lo que pienso, sobre todo, es que estoy perdida. Quiero saber más de él.

A Álvaro le cayó el despido por sorpresa, también a mí me ha caído por sorpresa lo que se me ha venido encima, ¿o no?, él se creía que la empresa era algo tan inevitable como la piel que te cubre, nunca se interesó por albaranes, libros de contabilidad ni balances, y miraba burlón cuando yo me quejaba de los problemas o de las dificultades, cuando me veía enredado en los números de los presupuestos y tenía que hacer malabarismos para datar los pagos de modo que me coincidieran con los cobros y no me dejaran al descubierto. Calcular bien o equivocarse, ganar dinero o perderlo. Ya me he equivocado demasiadas veces haciendo presupuestos para los clientes desde que mi padre dejó esa tarea, y he perdido demasiado dinero, justificaba aquel rato que me pasaba repitiendo las operaciones, sumas, restas, multiplicaciones, cálculos que se me hacían complicados; y luego estaban todas aquellas hojas con figuras dibujadas a mano, líneas trazadas con el lápiz, con el bolígrafo, a las que les añadían números por arriba o por abajo. Cliente: F. Delmar. Aglomerado/ 6: 0,35 ancho × 8,20 largo. 2: 0,40 ancho × 2,30 alto. El trabajo, como la familia, un peso que hay que aguantar, qué remedio, lo das por supuesto, la maldición bíblica a la que uno intenta encontrarle ciertas ventajas, ya que es irremediable: te dices que siempre va a ser así, ley de vida, esa monotonía, más aún si llevas treinta y tantos años sin cambiar de puesto encerrado ocho o diez horas diarias durante cinco días a la semana en el taller. Salir con Joaquín y con Ahmed, con Julio, a efectuar algún porte, alguna entrega, algo que hay que montar a domicilio, mueble, armario, estantería, resulta un alivio. De vez en cuando se buscaba excusas para hacerlo, como yo mismo me las he buscado. Nunca se te ocurre pensar que las cosas no son eternas y pueden cambiar de un día para otro. Cómo se te va a ocurrir que tu infierno pueda ser quedarte fuera de la maldición de Yahvé, en un lugar que está en el exterior de las páginas del libro de anotaciones de pedidos, del bloc de albaranes, lejos de las máquinas y las herramientas, y que es inversa expresión contemporánea de la maldición bíblica: No podrás ganarte el pan con el sudor de tu frente. Un pliegue diabólico e inesperado. Descubres la irritante placidez de las mañanas sin despertador, el día como una pradera que se extiende hasta el horizonte, tiempo sin márgenes, paisaje sin accidente que lo acote, ningún rebaño pasta en esa extensión que se te hace infinita, no avistas la figura de ningún edificio, la silueta de un árbol. Tú solo caminando en la nada. El infierno como almacén desamueblado, silencioso hangar en el que reina un tremendo vacío. La maldición divina de ganar el pan con el sudor de la frente acaba pareciéndote muy placentera, el ruido de despertadores, el agua de grifos y duchas en el baño, el gorgoteo de la cafetera, el ajetreo del tráfico matinal, el murmullo de las conversaciones en la barra de la cafetería en la que te tomas el cruasán, las voces de unos y otros en la nave, las discusiones entre compañeros, el zumbido de las máquinas, el bocadillo y la cervecita de media mañana. Álvaro: entrada en la carpintería a las ocho; pausa para el almuerzo a las nueve y media; vino, vermut o ricard a la una y media, y trayecto hasta la casa, donde a las dos en punto la mujer ha puesto sobre el hule de la mesa el plato de arroz, otro con la ensalada, los encurtidos, y, al lado, un pedazo de queso y la cesta con la fruta; una cabezada en la butaca mientras empiezan las noticias en la cadena autonómica, y el paseo de vuelta al taller –que ayuda a hacer la digestión–, la galbana laboral de la tarde cuando los movimientos se vuelven inevitablemente más lentos, y, a continuación, unos vinos en el bar con los amigos (Álvaro los ha tomado siempre solo, según unos por una especie de misantropía, otros piensan que por simple tacañería), cena, sofá y tele antes de meterte en la cama. ¿Y ahora qué? No se ha hecho el ánimo. Adiós a su cara de satisfacción al comprobar que el pedido sale en fechas y el género se entrega impecable. Es verdad que un trabajador no tiene por qué tener visión de conjunto, eso que se llama mentalidad de empresario, una perspectiva que, como su nombre indica, nos pertenece a los que poseemos una empresa en propiedad o a quienes –si hablamos de las empresas de más tamaño– ejercen como directivos, como gestores. Las obligaciones de un trabajador concluyen en el momento en que se embala el género y se carga en la camioneta que está con las portezuelas abiertas esperando al chófer, la caja debidamente cerrada. Algo fastidioso, pero que tiene la ventaja de que te permite liberarte en cuanto el reloj marca la hora de salida. Él ni siquiera ha tenido esa punta de comprensión que me hubiera gustado recibir, y siempre pareció molestarle que le solicitara. Si tomando café en la cafetería Dunasol le hablaba de facturas, de albaranes, de letras, de impagados, miraba hacia otro lado y cambiaba de conversación. Lo veo revisando los nudos de la madera: sigue cada veta, detecta la fragilidad de la albura, acaricia con dedos expertos, dedos herramienta, detecta el punto de curación: su mano es más grande que la mía, sus dedos son más ágiles, más nudosos y fuertes, poseen una cualidad instrumental que los míos no tienen a pesar de haber trabajado siempre en esta profesión. Los míos muestran otra blandura: aunque llenos de callos y durezas, mis dedos son carnosos, como es carnoso mi cuerpo, de siempre en la incierta frontera de la obesidad, mientras que el suyo tenía en la juventud la flexibilidad del junco (y su fondo, la turbiedad del pantano en el que los juncos crecen) y ahora ha adquirido la dureza e irregularidad de ciertos troncos especialmente nudosos, un viejo olivo, un algarrobo. Está concentrado en su tarea, ajeno a cuanto ocurre al lado, por arriba o por debajo de él, indiferente a las vicisitudes empresariales. Empresarial es una fea palabra en nuestros tiempos, hace un siglo significaba agitación, progreso, ahora es sinónimo de unas cuantas palabras cargadas de energía negativa: explotación, egoísmo, despilfarro. Se extrañó cuando, en vez de jubilarme y dejarlo a cargo del taller aumentándole la asignación, lo que iba a resultarle muy provechoso para el cómputo de la jubilación, me quedé tras la mesa labrada en el altillo acristalado que llamamos despacho, y desde el que se contempla todo el taller: lo veo a él ante el torno, al lado de la sierra, junto a la cepilladora, puedo seguir todos sus movimientos. Además, contraviniendo el principio de mi padre (nosotros no explotamos a nadie, vivimos de nuestro trabajo) contraté a Jorge, otro carpintero, que él pensó que venía a disputarle su poder, y a tres ayudantes para que nos echaran una mano, y, sobre todo, para que llevaran la furgoneta y se encargaran de las piezas más fáciles que había que montar a domicilio y, muy especialmente, las que había que instalar en los pisos de las promociones de Pedrós, nuestras promociones. Quiero añadirle un pellizco más a la jubilación y me he metido en una operación fuerte, más trabajo para todos y mejor remuneración para ti (no, no era sólo la remuneración que él esperaba obtener como jefe de taller, pero le subí el sueldo, bienvenido sea): cumplir con los pedidos pequeños, con las chapuzas de cada día, pero, sobre todo, ponernos a trabajar a todo gas con el porterío y la carpintería de las fincas de Pedrós, habrá que hacer horas extra, se cobrarán bien (no le conté que me había asociado con él en la promoción de apartamentos que estaba construyendo, en la que estaba casi a punto para la entrega de llaves y también en los dos edificios recién empezados, uno de ellos aún en el estadio de cimentación, me había convertido en avalista de su crédito con el terreno de la montaña en hipoteca, y en coprestatario del crédito que obtuvimos para efectuar la obra, y socio al cincuenta por ciento de las nuevas construcciones, lo que exigió, además de hipotecar la casa y el taller y los terrenos, la inversión de los ahorros que el viejo tenía guardados en el banco y la de los que yo había conseguido mantener a salvo de su control). Mucha tela, me dijo, y eso que sólo le había hablado de la carpintería de la obra que se estaba acabando. Aún no había llegado el momento de hablarle de las otras dos promociones recién iniciadas. Ni por supuesto le dije lo de la sociedad. No le hablé para nada de los préstamos y las hipotecas. Le conté que iba a meter gente nueva. Eso sí que se lo dije. Puso cara de que a la vejez parecía dejarme morder por la codicia. ¿Te has hecho responsable de toda la carpintería de Pedrós?, se hacía el duro de oído, como si no entendiese las cosas a la primera. Lo oía hablar a él y escuchaba las palabras de mi padre: nosotros no explotamos a nadie, vivimos de nuestro trabajo. Eso era lo que él quería, que sonaran fuerte en mi oído. Álvaro la excepción, el hijo del camarada, seguramente el hijo preferido de mi padre. Un familiar más, inexplotado. Por vez primera en mi vida, yo tomaba decisiones, aspiraba a algo, mostraba ambición. En vez de un esperado y languideciente final, nos aguardaban unos meses de actividad frenética. No quiero jubilarme con la mierda de pensión de autónomo que me queda y el ridículo plan de pensiones. Sí, sí, tienes razón, queda una mierda de jubilación, pareció aceptar. Eso fue todo. No me dijo: vende los bajos de la casa, vende la carpintería, o vende la finca entera y te buscas un pisito que pagas con la renta que te quede de la operación, tras repartir lo que tengas que repartir con tus hermanos; o te construyes esa casa que siempre has querido tener en los terrenos de la montaña, y te mudas allí a descansar. Podría haberme dicho eso, pero no lo hizo: miraba por sí mismo, la carpintería tenía que ser intocable, a él lo que le preocupaba, lo que le fastidiaba, era no quedarse a cargo de ella. Exigía que siguiera sosteniendo con mis privaciones su puesto de trabajo, los plazos de la caravana que iba a comprarse cuando se jubilara. Él sí: vender el piso, cambiarlo por un apartamentito compartido con su mujer, para qué queremos ese piso, con los hijos casados, la pareja sola, mejor el apartamento y, con los ahorros y el dinero obtenido en el cambio, comprar una caravana para pasarse el invierno instalados al calor de alguna playa del sur, llenándose los pulmones con la yodada brisa del mar; y el verano aparcados ante el telón de fondo de un picacho de esos a los que en agosto aún se les está derritiendo la nieve, la espuma de los fríos torrentes cayendo por la ladera. Sonrió con la sonrisa poco franca que tiene, y que, más que alegría, parece expresar pena por algo indefinido. El que en su vida ha roto un plato, su seriedad de callado hombre honesto, el que suponemos que lleva una pena interior que todos debemos respetar, el que toma un par de vinitos de camino a casa a mediodía y se pide alguna tapa, él solo, ante la barra (la gente no ve esa pena en el solitario, dice que bebe a solas por cálculo, para no tener que pagarle una ronda a nadie). Por eso, me sorprende la capacidad de odio que muestra cuando le comunico que el proyecto con Pedrós se ha venido abajo, que no se va a cobrar, y los impagos de material ya entregado van a obligarnos a cerrar durante un tiempo la empresa para pensar alguna salida, poner en orden las cosas en mi cabeza y a ver si consigo, si organizo, de modo que vosotros no os veáis perjudicados y podáis recuperar los sueldos que os debo y en poco tiempo seguir trabajando todo el mundo con normalidad (me callo el resto, pero él tiene claro que es el cierre definitivo, a mi edad qué puede esperarse). No espero que llore por mí, ni que se ofrezca para ayudarme en algo, o me diga aquí me tienes, como siempre desde hace más de cuarenta años, a tu lado, a tu disposición para lo que te haga falta, no espero eso de este sacristán que bebe vino y tapea con la vista baja para no tener que pagar la ronda de nadie, bebe y tapea con la concentración del que comulga bajo la forma de las dos especies (sólido y líquido, pan y vino, cuerpo y sangre: siempre el rastro de la sangre), aunque sí que pido un poco de comprensión, cierta difusa solidaridad, incluso estoy dispuesto a aceptar con emoción un atisbo de piedad, un gesto o una palabra de consuelo. El taller es su vida pero también ha sido, durante más años, la mía. Y ha sido mi casa, o al menos la casa de mi padre, en la que yo he vivido. Aceptaría que dijera: pobre Esteban. No me parecería, en estas circunstancias, humillante; un abrazo breve mientras me palmea la espalda y lo dice: pobre Esteban. Pero no, en un momento pasa de que lo mejor es ignorar cuanto no sea su tarea, aserrar, encolar, pulir, montar, a un odio que lo abarca todo, el odio universal u omnímodo, y ahora mismo en él no hay nada más que odio, una mala leche que se derrama sobre mí y sobre cuanto nos rodea, máquinas, piezas, espacios que han dejado de ser instrumento para su propio beneficio: los tornos, la sierra, la cepilladora, la pulidora, y las paredes del taller, y los fluorescentes que penden del techo, cada elemento se convierte en objeto de su odio, odia los tableros, odia las máquinas y herramientas, odia el local porque ya no van a colaborar para que él pague la autocaravana y se vaya a ver y gozar bobamente de nieves veraniegas y playas invernales, todos esos instrumentos, las instalaciones, las herramientas, no van a trabajar a su servicio para que realice su egoísta sueño de vida rodante al sol que más calienta, el sueño infantiloide al que ha sacrificado su vida; por supuesto que la mala baba se derrama especialmente sobre mí, y es mala baba física, que le extrae un líquido blanco y pegajoso en la comisura de los labios, saliva coagulada por la rabia, baba pegajosa y blanca, cola de carpintero. No han sido sólo las palabras que ha pronunciado, es el tono de voz, el gesto, la violencia que se ha transmitido a sus manos herramienta, convertidas en tenazas, en martillos: las uñas marcan las palmas contra las que se aprietan con unas rayitas rojizas, aprieta fuerte, concentra en esa presión de los dedos la rabia: como si hubiéramos sido enemigos desde el primer día que nos vimos, y él siempre hubiese sabido que acabaría estafándole: de momento, calla, nunca ha habido franqueza en sus reacciones, él es resbaladizo, él es escurridizo, él es pantanoso, pero ahora sí que hay una especie de claridad, una solidez, puedes ponerte de pie encima y no tienes la sensación de que te vayas a hundir: nunca me fié de ti y no me equivoqué, tenía razón tu padre, me dicen los ojos, los labios apretados, las uñas clavadas en la palma de la mano, explosión de una sospecha que ha durado más de treinta años. Entró en casa cuando yo me fui a la Escuela de Bellas Artes y mi padre se quedó solo, él me sustituyó, mi padre lo medioadoptó a la muerte del suyo, era un niño, fue un hijo querido que vino a reparar las carencias del hijo indeseado; aunque me desazona, sobre todo, lo que me están diciendo sus ojos, observo sus puños tensos, dos herramientas que parecen a punto de desplegar su fuerza sobre el vidrio que cubre la madera de la mesa del despacho, esa mesa supuestamente elegante, con tallas renacentistas o de gótico isabelino que labró mi abuelo, o labraron mi abuelo y mi padre, exhibiéndola en su despachito, la que mi padre acabó convirtiendo en su obra maestra, no sé si por apropiación indebida. Mi padre actúa como si las habilidades se heredasen y no fueran, más bien, fruto de un costoso aprendizaje. Continuador del trabajo de su padre. La mesa es el falso catálogo del muestrario exhibido para engatusar al cliente que la ve y ve las cuatro sillas todas a juego, iguales en sus trazos más evidentes, pero distintas cuando uno se fija en los detalles: cambian las incisiones del respaldo, los labrados de las patas traseras, lo que en unas es vainica geométrica, en otra es guirnalda, o retícula floral, se supone que –eso sí– todas supuestamente salidas de las manos de quien quiso ser escultor, aunque, ya digo, la autoría siempre queda en el aire, las hizo él y le ayudó el abuelo o las hizo el abuelo y le ayudó él: cambiaba la versión según el cliente, él sabría por qué, se haría sus cálculos, echaría sus cuentas, hacer valer la solera de la casa, hacer valer sus méritos, a cada presa su cebo, como decía su hermano; con el tiempo, cada vez más la primera versión en la que se atribuye la autoría él, el abuelo mero auxiliar, o un mirón, mi tío nunca aclaró el misterio como si se tratara de descubrir al asesino que cometió el crimen original sobre el que se levanta la empresa, y la confusión sirviera para ocultar lo que importa. Mi padre tras la mesa: una empresa que pronto será centenaria, está diciendo en el momento en que yo entro en el despachito para pedirle un albarán, y cuando habla así, piensa que convence al comprador de que se encuentra en una ebanistería de altos vuelos habituada a trabajar con las maderas más finas, el tilo, el nogal, la caoba, y no en una carpintería de tres al cuarto que sobrevive a costa de aceptar encargos mezquinos, chapuzas, incapaz de ejecutar un trabajo delicado, aunque él no duda en decir que sí, sin problemas, lo hemos hecho muchas veces, el año pasado hicimos algo parecido a lo que usted me propone, más complicado, y el cliente quedó encantado, aún me felicita cuando me ve, aceptarlos esos encargos, pan comido, aunque luego los aplace indefinidamente hasta que el cliente se aburre y desaparece. Como si al cliente no le bastara echar una mirada a través de la cristalera que domina el taller para descubrir los materiales almacenados, los aglo-

239

merados falazmente embellecidos por la delgada lámina de chapa, las tablas de pino mal curado, los tableros de fibras, los contrachapados. Sí, déjeme la tarjeta, me lo tengo que pensar, ya le llamo yo cuando tenga que ponerse manos a la obra, dice el cliente si tiene dos dedos de frente. Pero ahora estoy con Álvaro, y es esa mueca que le tuerce los labios hacia fuera, la lengua que chasquea con un sonido como de estar a punto de echar un salivazo sobre algo que le produce repugnancia. Es una sombría escultura de nogal, una representación en madera de la cara de algún diablo inclasificado, no Baal, no Belcebú, no Lucifer, no: es otro diablo, uno tenso, torturado, anónimo, de los que no se citan en la Biblia ni en los tratados de esoterismo y demonología. Ese repliegue del labio inferior. Y yo soy algo repugnante, un ser blando y pegajoso como los monstruos verdes de moco o de plastilina que salen en los dibujos animados que ven los niños. Casi grita: ¿qué voy a hacer ahora? ¿Tú crees que, en los tiempos que corren, alguien le va a dar trabajo a un viejo que ha cumplido sesenta años? Bufa. Se regodea en la palabra viejo y siento algo que se asemeja al asco: me parece rastrero. Él es el blando muñeco de plastilina. El cabrón me odia, y sin embargo finge desvalimiento, y no ira, ni desprecio, para que mi reacción no sea de contraataque, ni siquiera de puesta en guardia, sino de compasión. ¿Qué quiere este hijo de puta? ¿Qué me eche a llorar por él, cuando me niego a llorar por mí? No me gusta la gente que quiere dar pena. Los mendigos que, en vez de pedir dignamente limosna, se arrodillan y ponen los brazos en cruz a la puerta de la iglesia, y se cuelgan una estampa religiosa y gimotean padrenuestros y jaculatorias. No repugna que sean pobres, sino moralmente indeseables. Farsantes. Liliana, disculpa, con demasiada frecuencia no me gusto yo mismo. Eso es normal, don Esteban, nos ocurre a todos, también yo pienso muchas veces que no me gusto. No me gusto cuando me miro en el espejo del baño y me dan ganas de llorar, me veo fea, cansada, y salgo a la terraza y miro el cielo sin estrellas que nos cubre, sólo la luz amarillenta de las farolas formando una masa por encima, como un toldo de aire luminoso. Aquí en Olba no consigo ver las estrellas. Al parecer, sí que las veía desde la puerta de su casa, allá en los campos del Valle del Cauca, o del Quindío, y mirarlas le parecía como ver una exposición de vidas posibles. Eso me cuenta. Cada estrella una vida que podría vivir, una vida distinta de ésta. Pero, aquí, ese toldo blanquecino, o amarillento, la telaraña de luz de las farolas, las luces de las carreteras, de los polígonos industriales, de las urbanizaciones, cerrando la perspectiva, a ella le cierran también el horizonte, así lo dice. Pero ¿no vinimos acá para vivir otra vida?, le digo a Wilson. Mi marido se burla: la vida es igual en todas partes, o qué te pensabas, que acá íbamos a caminar bocabajo como antípodas. A veces pienso que, desde que vine, he vivido en propia carne eso que nadie sabemos en qué consiste pero a lo que aspiramos en secreto: no hay cielo que valga, eso aprendí aquí. Dicen que el Dios de allá lo trajeron de aquí, pero aquí parece que lo ha abandonado todo, o que se ha ido, que se fue de acá quizá para allá y luego también abandonó aquello y se marchó a otra parte que ya no sabemos cuál sea: el cielo acá es la ropa que te compras, las cremas de maquillaje, el frigorífico y lo que el frigorífico guarda, el auto para ir al trabajo o para sacar a los niños de paseo el domingo por la tarde, a la playa de Misent, a que jueguen con la arena y chapoteen en el agua, que, la verdad, pueden hacerlo pocas veces porque Wilson, cuando se lo pido, me dice que el fin de semana es para descansar tumbado en el sofá, para aburrirse, que eso es descansar, o para ver los partidos de fútbol, y no para ponerse de chófer y sufrir los atascos que hay en la carretera de la playa. En vez de reposo, nervios, tensión, más fatiga. Ni hablar, dice. No hay otro cielo que ese amontonar cosas, y ese cielo cuesta dinero, el dinero es la llave del cielo, y eso produce mucha desesperanza si no tienes los euros que te hacen falta para los pagos. Te destroza tener que echar tantas cuentas cada mes para acabar en nada, pidiéndole a usted una ayuda. Allá los pobres le rezan a una figurita de la Virgen que sostiene a un niño y pisa la luna, nuestra señora de Chiquinquirá, o a un niño vestido con una capa roja y que lleva una corona en la cabeza y una bola del mundo en la mano, o a ese otro Divino Niño, tan lindo, con su túnica rosa y su cinturoncito verde, que levanta los brazos al aire pidiéndole a su padre que lo tome en brazos, pero en Olba todo eso no vale nada, los santos son muñecos en los que nadie cree, yo sé que los santicos no pueden darte nada pero te acompañan, y te dejan con la ilusión de que algo extraordinario o inesperado pueda ocurrirte, el milagro, algo que venga y cambie esto que hay y es tan doloroso, este desamor tan grande que lo ocupa todo, porque ya hasta a los niños ocupa, ellos se van por la mañana a la escuela, al instituto, y vuelven y no te quieren a ti, no quieren lo que tú tienes y puedes darles, ellos quieren cosas que no están a tu alcance o que sólo puedes conseguir con sacrificio, y las piden, y se enrabietan porque no se las compras, las zapatillas nike, la overol adidas, la playstation, conseguir su parcela de ese cielo que cuesta dinero y no puedes regalarles, y, si lo piensas bien, te das cuenta de que tienen razón, porque ¿cómo van a quererte, si los privas del cielo? No es así de fácil, Liliana. Hay otras cosas. Pero dígame cuáles son. No sé, esto que nos une, esto que conversamos. ¿Por qué no haces un tintico –¿está bien dicho?– y nos lo tomamos? Hoy no me pongas sacarina, ponme azúcar, así beberemos los dos exactamente lo mismo. Unidos en la pena y en el dulzor. Vamos, ven, que te voy a enseñar una cosa, mira, aquí, esta caja de aquí, ¿verdad que es preciosa? Tócala, verás qué suavidad. Huélela. Está hecha de una madera que se llama palisandro. Pero ábrela, no te cortes, quiero que veas lo que hay ahí dentro, así, ¿qué te parece?, ¿te gusta? Es el aderezo de mi madre, que lo heredó de la suya, una abuela que no conocí. Mi madre me quería más que a los otros hermanos, yo la quería a ella a mi manera, me molestaba que llorase a cada momento, pero yo también le lloraba a ella, creo que es la única mujer ante la que he llorado, pero no, no es verdad, hubo otra, otra ante la que no lloré pero que me hizo llorar. Pero estamos hablando de mi madre. Yo creo que ella hubiera querido tener estampas y figuritas de vírgenes y de santos, en su familia fueron muy beatos, pero mi padre esa parte de ella no la soportaba, y ella se vengó sorbiéndonos el alma a los hijos, gallina que cubre bajo sus alas la pollada, a veces me parecía que era hijo sólo de ella y no de mi padre, te lo daba todo y hacía como si lo hiciera por sacrificio, pero en realidad era por egoísmo, para robarle a mi padre la parte nuestra que le pertenecía a él. ¿Te gusta el colgante?, ¿te gustan los pendientes? Las únicas joyas de la casa, tienen más de cien años, los padres de mi madre tenían una buena posición, no le perdonaron su boda con un muerto de hambre, las piedras son zafiros, cógelas, quién mejor que tú, qué manos mejor que las tuyas. Póntelas, que te las vea puestas. Que te vea a ti. Preciosa, estás preciosa, el azul del colgante y de los pendientes vuelve aún más meloso el color de tu piel. Mírate en el espejo. Pero no, no te los quites. Te los llevas puestos. Hoy es nuestra fiesta. ¿Y ahora es momento de echarse a llorar? A tu marido le dices que te las ha regalado un viejo que está agradecido por tus cuidados, por el cariño con que lo tratas a él y tratas a su padre, aún más viejo que él. ¿Cómo va a tener celos tu marido? Tus besos y tus lágrimas juntas, me llegan a la vez. Besos mojados. En cien años las piedras no han perdido esa agua azul, ni el oro blanco su brillo frío. Esa estabilidad de las joyas transmite esperanza, Liliana. Saber que hay cosas que se mantienen en un mundo que cambia y se degrada. ¿Sabe usted que la Virgen del Rosario de Chiquinquirá se quedó sin color y de repente un día, por milagro, lo recuperó más bello aún que el que tenía cuando la pintaron?, ¿y si a nosotros nos ocurriera un milagro así? Que de repente todo esto que es espeso y sucio se llenara de color. Anda, Liliana, prepara el café. No me digas que no te provoca tomarte un tintico conmigo. ¿Lo he dicho bien? ¿Le provoca a usted, doña Liliana, tomar un tinto conmigo? Sorber de la taza mientras te contemplo enjoyada. A los viejos nos gusta mirar la juventud. A mi tío Ramón le gustaba, y me lo decía. Yo era demasiado joven para entenderlo. Un día te hablaré de él.

Álvaro tiene los ojos pardos, Julio entre azules y verdosos, envueltos en unas pestañas espesas que maneja con intención, las baja lentamente cuando quiere pedirte algo, las mueve arriba y abajo, con sequedad, cuando intenta atemorizarme, insinuándome que ha trabajado en negro, sin contrato. Estoy blindado. Si me denuncia, yo pagaré pero él tendrá que devolver años de paro y prestación social. Elige tú mismo, le dice mi mirada, y él vuelve a bajar lentamente los párpados. Ahora hay suavidad o resignación. El iris de Ahmed, reluciente negro azabache, flota sobre un fondo de córnea amarillento, que no diluye ni suaviza, sino

244

que resalta el dibujo de la pupila. Mira con falsa rabia, y la falsedad me dice: yo sé que tienes que hacer este número ante los demás, pero luego estoy convencido de que me llamarás y seguiremos trabajando juntos y pescaremos en el pantano y almorzaremos sentados sobre la hierba: eso quiere decirme. Aún cree que todo esto tiene mucho de teatro. Que es un montaje para librarme de alguno que me cae mal (¿Julio?, o, seguramente, Jorge). Ya veremos qué ocurre cuando se dé cuenta de que no hay vuelta atrás. Yo no lo veré, no estaré, no me importará. Los ojos castaños de Jorge, pequeños y brillantes, están casi enterrados en los pliegues de la grasa, resultan hirientes, untan con pringue sus palabras y hasta sus silencios, se ríen, amenazan, se burlan, ellos solos, los ojos de Jorge, pragmático: me quedan dos años de paro, dicen. Pórtate con la indemnización, y tan amigos. Pero, si no, ya sabes que voy por ti. Él piensa que para un buen carpintero –lo es– siempre acabará habiendo una oportunidad. El tiempo de paro, una vacación entre dos trabajos. De Joaquín no sé qué pensar. Un niño desorientado, los ojos húmedos, a punto de empezar a derramar lágrimas porque se le ha roto el juguete que acaban de traerle los Reyes. Mientras camino, tengo ante mí los cinco pares de ojos, puedo verlos, distintos, pero se confundían estos días pasados, cuando me miraban desde el otro lado de la mesa, en un solo par de ojos que los juntaba y revolvía todos, un fragmentario ojo poliédrico y amenazador, ojo-polifemo al que me dan ganas de clavarle una estaca para que deje de vigilar, de acusar, de burlarse, de mendigar, ojo que es a la vez azabache, castaño, pardo infantil y azul verdoso, que flota sobre córnea amarilla y brilla y está semienterrado entre pliegues de grasa, ojo de todos los ojos. Clavar la estaca, cegar a la bestia y escapar de la trampa. Porque eso es lo que repentinamente veo, la bestia, el depredador originario, el carroñero. Descubro el fondo oscuro del hombre: el rencor de abajo. Ellos cazan y sus cálculos se basan en la pura eficiencia, obtener más con menos esfuerzo: es el plano de la necesidad, exento de valores morales, economía en estado puro: cómo clavarle el cuchillo en el gañote al cerdo para que dé menos guerra en su agonía, cómo pelar con más rapidez la gallina; yo –como, en su madurez, el padre cazador de Francisco purificado de sus devaneos de juventud– chapoteo en la charca de la moral, el estadio superior de los buenos modales. Hablo con suavidad, razono. Descubro la persistencia de lo que Francisco y yo hubiéramos llamado en otros momentos la lucha de clases. Pero no puede ser: la lucha de clases se difuminó, se disolvió, la democracia ha sido un disolvente social: todo el mundo vive, compra y acude al hipermercado y a la barra del bar y a los conciertos que paga el ayuntamiento en la plaza, y todos hablan a un tiempo, las voces mezcladas, como en las tumultuosas reuniones que recordaba mi padre en el cine Tívoli, no se percibe arriba y abajo, todo está embarullado, confuso, y, sin embargo, reina un misterioso orden, eso es la democracia. Pero, de repente, desde hace un par de años, parece que se palpa la reconstrucción de un orden más explícito, menos insidioso. Es visible el nuevo orden, arriba y abajo bien claros: unos cargan orgullosos con las repletas bolsas de la compra y saludan sonrientes y se paran a charlar con la vecina a las puertas del centro comercial, otros registran los contenedores en los que los empleados del supermercado han tirado las bandejas de carne pasadas de fecha, las frutas y verduras maceradas, la bollería industrial caducada. Se pelean entre ellos. Y yo no sé quién soy, dónde estoy, no tengo claro si me paro a saludar o si registro en el contenedor, porque si alguien ha sido explotado en este puto taller ése soy yo, ¿Y mi fragilidad?, ¿nadie se ocupa de mi fragilidad?

246

Demostrarles que la línea del orden no pasa entre nosotros. Pero eso no puedo decirlo, porque pasa la línea entre nosotros. La marca el borde de la mesa. Yo estoy del otro lado y discuto lo que se adeuda y lo que no, las indemnizaciones a las que tienen derecho, mezclo en mis manos su futuro como en el bar barajo las cartas, les hablo de cuánto y en qué plazos podré YO pagar y ELLOS podrán cobrar (miento, les estoy mintiendo, no hay ni un euro en la caja, ¿quién va a pagarles estos últimos tres meses que no han cobrado?). Pero por qué pienso ahora, mientras camino, en eso que es pasado: se acabó la empresa, no hay arriba ni abajo que valga, o para mí ya no lo hay. El embargo, una llana que ha vuelto a igualarnos, todos al mismo nivel, todos al suelo, que les decía Tejero a los parlamentarios, a ras de suelo, tumbados, lo que podría redimirnos es pasado y pronto será nada. Estoy en el pantano, recorro el marjal, busco el escenario, el sitio en el que se quiso perder mi padre. No es momento para lo trivial, sólo cuenta lo trascendente. Aunque qué digo, ¿trivial la lucha de clases?, ¿pues no era lo determinante, lo que impregnaba y marcaba todo?, ¿el gran motor de la historia universal?, ¿no fue eso lo que creyeron mi padre y sus amigos, lo que creyó en su juventud Francisco, lo que yo ni creí ni dejé de creer pero di por supuesto?, esos mártires, los caídos, los luchadores, los torturados por la brigada político-social, por la PIDE, por la CIA, por la Ojrana. Han sido la pila voltaica que alimentaba las aspiraciones de mi padre, las del joven Francisco en sigilosa lucha contra su propio padre (escupir sobre el retrato del falangista y borrar las huellas del escupitajo). Por eso desprecié a mi padre desde que tuve uso de razón. Por poner eso en el centro de su vida. Me fastidiaba oír el lamento en su boca, las imprecaciones. Que todo fuera arriba y abajo, ellos y nosotros. Tuyo y nuestro. Que siempre acabara siendo eso. Aunque, esa tarde, ante el Polifemo de cinco pares de ojos que son uno solo, ha vuelto el lenguaje que usó hasta aburrirme: ellos soy yo y nosotros son ellos. Basta. A lo que vamos. Tomarse en serio el momento. Qué es lo serio en esta vida. ¿Morir es algo serio? Pero si hasta los recién nacidos saben hacerlo. Si mueren los animales más estúpidos. No tengas miedo, papá, la muerte carece de seriedad, no es nada, sólo que el pantano tiene el regazo blando, y el cieno es una cuna templada que te recoge cuando cae la noche, un colchón de espumoso chocolate en el que descansas, en el que descansamos. ¿No has visto esas tumbas de señores medievales en las que, labrado en el mismo mármol que su dueño, se acurruca a los pies el perro fiel? Pues lo mismo, tú y tu gozque.

–Que te recuerden por tirar el dinero, que es lo que procura no hacer nadie –repite Justino Lecter, mientras aspira la boquilla de plástico, el falso cigarrillo mentolado que, desde que prohibieron que se fumara en el bar, ha sustituido al puro que se fumaba durante la partida, un argumento que creo recordar que ya ha enunciado antes alguien. Como si no fuera precisamente de tirar el dinero de lo que presume él cuando habla conmigo: caviar, champán, coños, maridajes, sabores complementarios, en la misma tonalidad, o realzados por el efecto contraste. De cómo gana ese dinero que él asegura que se niega a tirar prefiere no dar muchos datos: pisos patera, naves en las que se hacinan negros de batas multicolores, moros mal afeitados o barbudos, y ciudadanos del Este, tan rubios, con esas pieles tan claras, tan limpias aunque no se laven: eso sí, cada especie animal en su alvéolo, en su cubículo, rusos con rusos, subsaharianos con subsaharianos, magrebíes con magrebíes, un zoológico perfectamente ordenado, nada de mezclar churras con merinas, gacelas con tigres, a pesar de que en esos barracones hay poca gacela: hienas y lobos, de ésos hay los que quieras, sobre todo hienas que recorren el país de vertedero en vertedero, escarbando en la carroña, recogiendo, almacenando. La constante, lo que une todo ese trasiego de lenguas, colores y razas, lo que todos los animales del zoológico de Justino comparten: furgonetas que no han pasado la ITV cargadas de carne humana o de fruta robada, o de las dos cosas, que circulan de noche con las luces apagadas por los intrincados caminos de la huerta, trabajos miserables, naves industriales abandonadas que son viviendas colectivas, mobiliario recogido en sucesivas batidas por los vertederos, hornillos de gas alimentados por defectuosos tubos de goma siempre al borde de la explosión, palanganas con agua jabonosa, cuerdas de las que cuelgan harapos húmedos.

Carlos, el director de la caja de ahorros en quiebra, ha llegado hace un rato y mira –sentado en segundo plano– la partida. Sonríe permanentemente como si se divirtiera con cada frase que soltamos. Si la pieza que interpretamos cada tarde fuera un auto sacramental, él sería el representante de la bonhomía, de la equidad: honesto ejecutivo de una caja de ahorros. Tesón, claridad, servicio público. Servidor de los ciudadanos más desatendidos. ¿No fue ése el origen de las cajas de ahorros? ¿Atender las necesidades de las capas que llamamos populares? Hace como que desconoce que cada luz engendra su sombra, y cada día tiene su noche, y la noche es vivero en el que engorda el mal y en el que las necesidades de los desgraciados pagan los caprichos de los poderosos. Como si no se hubiera enterado de que esa retórica del bien común se ha ido a la mierda. No se la cree nadie. Él mismo es un disimulado nido de sombras cuando firma los documentos por los que se solicitan las ejecuciones de desahucios por impago, incluido el mío. Cualquiera diría que de eso se ocupa otro. En todo caso, tengo claro que de su boca no saldrá esta tarde el nombre de Pedrós, que él sabe irremediablemente ligado al mío, porque controla los expedientes, los papeles de las hipotecas, y ha tenido que firmar el placet a nuestra ruina; me mira de reojo, me está transmitiendo que soy testigo de que nadie podrá decir que dijo algo malo de Pedrós. Que conste. Por si acaso. No vayan a abrirle un expediente por revelación de algo. Mientras habla, pienso en que, desde la terraza de mi casa, puedo ver las grúas inmóviles por encima de los bloques de pisos a medio acabar, algunas llevan una carretilla colgando, y esas carretillas son el sello que representa el desastre, el mío, el abandono de mis proyectos, la señal que indica que las plumas están en desuso y la empresa en quiebra. Veo los bloques de pisos, a trechos mero esqueleto de vigas, en otros los ladrillos a la vista, sin enlucir. Me fijo sobre todo en los que nos pertenecen –o pertenecieron– a Pedrós y a mí: las plumas recortadas en el cielo y la carretilla colgada balanceándose como un suicida pende al cabo de su cuerda. Intento desviar la conversación hacia asuntos más abstractos. Como a Carlos, también a mí –sobre todo a mí– me conviene alejar a Pedrós:

–Llamar la atención se ha puesto muy difícil. Los niñatos que salen en los programas basura de la tele no quieren otra cosa. Llamar la atención no por algo que hacen, o producen, sino porque sí. Es la rueda imbécil, estás porque se habla de ti y se habla de ti porque estás, pero, si no estás, y no eres guapo, según el canon actual, y desvergonzado, y quieres entrar a que te pongan a girar en la noria por tu actividad, como no sabes hacer nada de provecho, inventar un motor, una vacuna contra el cáncer, necesitas hacer algo muy gordo. Se me ocurren algunas ideas: envenenar a tus hijos, o que te los violen y descuarticen; apuñalar a la mujer y tirarte por un viaducto. En ese campo las posibilidades tienden a infinito: consigues tres o cuatro minutos en un telediario. La locutora dice, con gesto compungido: espantoso parricidio, nuevo caso de violencia doméstica, otro crimen de género, y sale ese día tu foto de carnet en los telediarios. Los guardiaciviles te buscan, baten los campos cercanos con perros, y cuando el vecino le dice al reportero de informativos que te vio coger el coche y salir de estampida en dirección al monte, rastrean los pedregales, se meten en las cuevas de Montdor; y si en el telediario del día siguiente dicen que te han pillado en cuclillas escondido detrás de un olivo, o despatarrado en el fondo de un barranco, o balanceándote al cabo de una cuerda a la sombra de un frondoso algarrobo, tienes la oportunidad de que vuelvan a sacar tu foto. Si no te suicidas, sino que te entregas, el aura se acrecienta: de nuevo apareces en pantalla el día que te llevan a juicio, caminando con paso inseguro, como de borracho, esposado y con la cabeza envuelta en una manta y aplastada por la mano de un guardia, o tapada con una cazadora o metida en un casco de motorista. La primera vez que vi lo de las cabezas cubiertas para entrar en los juzgados fue hará una veintena de años: en el periódico aparecían dos tipos bien trajeados que, más arriba de las corbatas, llevaban dos cabezotas de toro en vez de las suyas; al parecer, se trataba de dos narcos norteamericanos que entraban en un juicio. A los colegas que estábamos en el bar nos dio un ataque de risa. No entendíamos aquello. Ahora nos hemos acostumbrado a verlos entrar en los juzgados con el casco de motorista con la visera bajada, o con una careta de Batman, de Rajoy o de Bush. También sales en la tele si te asesinan de un modo especialmente cruel: que te descuarticen y les envíen por correo los pedazos a tu cuñado y a tus primos, o que encuentren tus muslos en el congelador de un piso de un barrio periférico, y al asesino sentado a la mesa comiéndose tus criadillas rebozadas (son bastante más delicadas que las de toro, declaró a los guardias que lo detuvieron, según publica al día siguiente la prensa); si, en vez de víctima, te animas a ser tú el descuartizador, tienes garantizada tu cara en el periódico (y el titular: EL CANÍBAL SE COMIÓ LOS TESTÍCULOS. Excitación del lector: ¿cómo los tendría la víctima?, ¿darían para un menú completo?, ¿qué receta elegiría el criminal?), pero, la verdad, a un precio muy elevado. La foto no compensa, ni aun en el supuesto de que den el álbum de familia entero y pongan tu caso en un debate televisivo sobre inseguridad ciudadana y nuevos delitos, o sobre asesinos en serie, o sobre el canibalismo contemporáneo. O discutan en una mesa redonda entre gastrónomos y nutricionistas acerca de las ventajas gustativas y alimentarias de la carne humana sobre la de cordero en la que se cita la pasión de mayas, caribes y de algunas tribus africanas o polinesias por ese manjar exquisito al que sólo algunos privilegiados tienen acceso en nuestros días.

—Un insolvente lo único que puede hacer fructificar es la violencia o, si es de buen carácter, la gestión de su cadáver. En el tercer mundo, hay quien vende un riñón o un ojo para llegar a fin de mes. Se venden por piezas.

Carlos:

—Tu vida laboral completa no vale lo que le cuesta a Freixenet el anuncio de fin de año. Suicidio y crimen, la venganza del pobre: estáis promocionando la única empresa que poseo, este cuerpo herramienta que malpagáis como fuerza de trabajo, jodeos. Hoy he ocupado más minutos en televisión que la Coca-Cola. Los familiares de las víctimas se reúnen todos los años y ponen velas y flores *in memoriam*, y, de paso, me recuerdan a mí, el verdugo. Quieren que no se olvide jamás mi maldito nombre. Pues un servidor, muy agradecido también porque esa explosión multiplicadora de mi fuerza de trabajo (estamos hablando de la propia muerte, y de la de unos cuantos más, ahí es nada) beneficia a mi viuda y a mis hijos, que, bien asesorados, pueden sacar un capitalito participando compungidos en unos cuantos realities durante las siguientes semanas. PIDE PERDÓN LA FAMILIA DEL ASESINO MÚLTIPLE QUE SE COMÍA A SUS VECINOS. LA VIDA ÍNTIMA DEL MONSTRUO. HABLA SU VIUDA. Ellos implantan el despido libre, el trabajo inseguro o directamente te arrojan al paro, y tú les respondes con la inversión de tu fuerza de trabajo multiplicada en proporción geométrica. EN EXCLUSIVA: LA CARTA DE DESPEDIDA QUE EL MONSTRUO LE ESCRIBIÓ A SU HIJA.

Justino:

–Mejor si tardan algún tiempo en descubrirte. Eso alarga el tiempo de juego ¿UN LOCO SANGUINARIO ANDA SUELTO? Así unos quince días. Dos o tres atentados menores, unos inocuos petardos que pongan en guardia a las autoridades, antes de la gran explosión suicida. Y a continuación, ya sabes, te has convertido en protagonista de las entrevistas, hablan de ti en los debates: el psiquiatra cordobés Giménez de la Pantera revela la personalidad del suicida de la guardería. Esta noche, EXCLUSIVA en Tele Ocho. ¿Es posible una seguridad absoluta sin romper las reglas del juego democrático?, ¿son incompatibles libertad y seguridad? Un debate apasionante entre el magistrado Camarón de la Ventisca y la profesora de ética Eloísa de Bracamonte, presentado por Mercedes Corbera.

El bueno de Carlos se preocupa por el porvenir del asesino-víctima:

–Lo triste es que si te sacan reventado y con las tripas esparcidas por el suelo, das más asco que pena...

Justino:

–No te creas. A la gente le gusta ver un buen lomo expuesto en la vitrina de una carnicería, un entrecot. Contempla extasiada en el supermercado esos despieces que en tiempos de crisis no puede permitirse, porque se le quedan fuera de presupuesto. Los nuevos arruinados sueñan con ellos como, durante la posguerra, Carpanta soñaba con un pollo asado. Un descuartizado en la tele es mercancía gratuita. La gente puede permitirse consumirla, la consume, y después, ése es el mayor placer, cuenta a otros su acto de canibalismo: ¿no viste al tipo que sacaron ayer por la tele? Tremendo, cómo estaba el tío. Como si lo hubieran pasado por el molinillo del café. Por Dios, esas imágenes en el telediario a la hora de la comida familiar es que te revuelven el estómago. Deberían prohibirlas.

Bernal:

–Pero si lo prohíben no lo ves. Una putada. No te lo zampas. Te quedas con la tristeza del potaje de garbanzos a palo seco. Cena cuaresmal. Y a todos nos gusta un buen cocido con su tocino, su morcillo y su hueso de caña.

Francisco:

–Se corren riesgos. Seas muerto o matador, si sacan alguna vieja instantánea con tus padres, míseros campesinos neolíticos, o con los amigos de juventud en una fiesta, el gorrito de papel en la cabeza y el matasuegras en la boca, lo que consigues más bien es hacer el ridículo. Los de la fiesta, con los ojos desencajados, boquiabiertos, despeinados, oliendo a vinacho treinta años después. Una imagen deplorable. Las ves esas fotos, de vez en cuando, en las revistas que financian los ayuntamientos con la excusa de que no se pierda la memoria de lo que fue el pueblo, cuando aquello que fue, lo que más o menos sigue siendo, convendría encerrarlo con siete llaves como el sepulcro del Cid que decía el reformador decimonónico, y olvidarlo para siempre jamás.

Bernal:

—No quedas mucho mejor en la foto del carnet, despavorido, como cada vez que te enfrentas a algo oficial (nada menos que la policía), sales con espantados ojos de buey impostor que quiere hacerse pasar por vaca mansa para que no sospeche el siempre puntilloso comisario (¿quién no tiene algo que ocultar?); y en las fotos de la mili el reflejo del mismo vinazo con casera que en las de la fiesta con los amigos, pero encima rodeado de desconocidos con cara de retrasados mentales y económicos, brutos que parecen sacados de algún álbum de Lombroso. ¿Por qué todos los compañeros de la mili tienen esos rasgos oligofrénicos? Con imágenes así, quedas muy por debajo de tus pretensiones, por modestas que sean. Mejor carecer de biografía; si me apuras, mejor carecer de existencia.

Carlos, el director de la caja, al que trasladaron desde Alcázar de San Juan:

—Ahí tienes toda la razón. ¡Se nos ve tanto el pelo de la dehesa en las fotos en cuanto pasan unos años! Cuanto más moderno quieres ser en el tiempo presente más te delatas en el tiempo futuro. Te conviertes en síntoma. Es lo que tiene haber nacido en un país pobre y en un pueblo aún más pobre. Tu cara, escaparate de toneladas de lentejas y garbanzos en la dieta alimenticia de tus antepasados. Nutrición sin un ápice de frescura, pedregosas legumbres, acartonadas tiras de bacalao salado.

Francisco:

—Tú dices eso porque eres castellano. Aquí la cosa va de leguminosas, omnipresente arroz, y no falta frescura, caldos ligeros, abundancia de verduras, pescados. La dieta es distinta, la pena la misma.

Yo:

—Simple cuestión de clases. A las clases altas el paso del tiempo las ennoblece en sus imágenes. Fíjate esas películas de época inglesas, las series de televisión, *Retorno a Brideshead*, o *Una habitación con vistas*. A los ricos les sienta cojonudamente el paso del tiempo, los mete directamente en la historia.

Francisco:

—Mezcláis cosas, en efecto ricos y pobres, arriba y abajo, pero también británicos y españoles, el norte y el sur, Europa y África. Porque esto, amigos míos, por mucho que nos esforcemos en negarlo, sigue siendo el África que empieza en los Pirineos. Hemos vivido quince o veinte años de espejismo. ¿No os habéis fijado en que, con la crisis, hasta el parque móvil empieza a parecerse más al marroquí que al sueco o al alemán?

Justino:

—Os pierde un irredentismo pasado de moda. Oligofrénicos, neolíticos. De qué habláis. Los *hooligans* ingleses en acción son profundamente europeos y si los ves en la tele se parecen cada vez más a especies evidentemente inferiores: cerdos, bueyes, ovejas recién esquiladas. No tenéis ni idea. A la gente, hoy día, no le importa que le tengan pena si eso sirve para que hablen de ella. Madres que asfixian a sus hijos, hijos que decapitan a sus padres con una catana, o a sus hermanas, y gente que se manifiesta en su contra, o a favor, tomándolos como excusa para poder salir por la tele unos cuantos días quejándose sobre la inseguridad ciudadana, o pidiendo la pena de muerte para todo el mundo, incluidas la suegra y la cuñada del sospechoso que suele ser un indocumentado que pasaba por allí.

Francisco:

—Madres, suegras, nueras, cuñadas. Otro tema. La importancia que sigue teniendo la familia en los países del área mediterránea. Lo repiten ahora los analistas económicos: gracias a la familia no se notan los cinco millones y pico de parados. España resiste la crisis por el auxilio familiar, por la solidaridad entre miembros del clan, ayudas de padres, abuelos, hermanos, primos, tíos y cuñados. Si no fuera por el plato de macarrones que mamá pone cada día en el centro de la mesa para los cachorros del hijo en paro, la violencia se habría apoderado del callejero urbano. El país entero sería una falla en llamas, lo que no estaría nada mal. Volver a empezar. De las cenizas renacerá la luz, algo así dicen los evangelios, o San Pablo, ahora no me acuerdo. Ha pasado tanto tiempo desde que los leí. Regreso al viejo sistema de fertilizar la tierra mediante la quema de rastrojos.

Yo:

—Lo que pelearon nuestras madres intentando disimular una miseria que no había manera de ocultar y, por lo demás, todo el mundo conocía —lo que digo suena casi como un insulto, ¿pelearon la madre de Francisco?, ¿la de Bernal? No cabe duda de que pelearon en una guerra, pero fue otra, o fue otro el bando y fueron otros los objetivos—. Y ahora es al revés, si no padeces una miseria espantosa, no eres nadie; si no tienes una tragedia en casa, un marido que te pega, un hijo con enfermedad rara, un desahucio —procuro no mirar al de la caja—, no eres nadie. Es la única manera que tiene la gente para que alguien se fije en ella. ¿Quién no ha sido violado por su padre o por su abuelo en estos tiempos? Hasta escritores de postín lo cuentan en sus libros. Mi abuelito me la metió hasta el mango. Antes eso no ocurría, yo no conozco a nadie de mi generación al que se lo pasara por la piedra el abuelo. Los curas sí que metían mano a los

257

alumnos de vez en cuando, toqueteaban a los monaguillos, sobre todo en los internados. Francisco, tú que estuviste en uno, lo has contado a veces, pero siempre nos hemos tomado lo de los curas más como broma que como trauma: no me digas que don Domingo te tocaba la pilila y tú te dejabas, qué mariconazo estás hecho.

Justino:

–Como si, entre pobres, pudiera haber memoria sin que se te caiga la cara de vergüenza. –No cabe duda: sabe de lo que habla, él viene de abajo, lo que dice podría decirlo yo–. Un muestrario de barbaridades, comer gato, perro, rata, cáscaras de patata, melones podridos y carne agusanada. Eso hicieron nuestros padres. Y aún peor, pasar hambre. En esos museos de la memoria nunca ponen un CD con el runrún de las tripas famélicas o con el maullido del gato que llega desde el fondo de un estómago arrugado. ¿A alguien le han enseñado a distinguir esa música? No, el fondo musical de esos reportajes es Vivaldi, Mozart, Bach, o, todo lo más, alguna copla sacada de contexto y *Los cuatro muleros* de García Lorca, o el *Himno de Riego*. El maullido no sale.

Carlos:

–Disculpad, pero tengo que daros la noticia de que Laura –es su mujer, por supuesto– está embarazada. Será niño y lo esperamos para abril. Voy a ser papá. –Sonrisas, copas en alto, brindis–. Esteban, eres el único que no se ha animado. Aún estás a tiempo. Andrés Segovia tuvo un hijo pasados los ochenta, y creo que el padre de Julio Iglesias también anduvo reproduciéndose hasta muy tarde.

–Bien. El joven Carlos ya ha llegado al capítulo correspondiente a sexo en Educación para la Ciudadanía y está haciendo los ejercicios –se burla Justino–. Nosotros aprendimos más o menos lo mismo aunque detrás de una tapia, por nuestra cuenta.

El frailuco de la caja que está dejando a medio pueblo sin vivienda por impago de hipotecas acaba de llamarme capón. Espero que no cuente ahora que estoy arruinado. Francisco se calla. Su silencio expresa que la conversación no está a la altura de sus capacidades. Sigo hablando yo. Mejor hablar de sexo que de la quiebra de Pedrós (que es la mía):

–Lecciones de educación sexual. Como si el sexo pudiera educarse, controlarse, y no fuera siempre inquietud. Yo no sé por qué dicen que es fuente de placer. Mienten y saben que mienten. La sabiduría popular lo ha tenido claro. Cuando alguien te dice que quiere joderte o darte por culo no está diciéndote precisamente que quiere proporcionarte placer. Te voy a poner mirando a La Meca, dicen, y puedes prepararte para lo peor.

De vez en cuando, en los momentos en que se pone sentimental, Francisco me dice que he tenido suerte por haber pasado mi vida aquí, en la carpintería:

–Has vivido una vida tranquila, te la envidio, quizá hace veinte, treinta años, no lo entendía, no entendí tu decisión de quedarte, pero ahora estoy convencido de que fuiste tú quien eligió bien. Decía John Huston: dichosos los que no han tenido más que un pueblo, un dios, una casa, algo así decía. Yo he dado tumbos por medio mundo, me he preocupado por cuanto pasaba en el planeta, y al final, qué tengo, nada. Estoy solo. A Leo se la llevó la parca y Juanlu –tu niño, amigo Francisco, el puto niño que Leonor sí que quiso tener y no fue el mío– se instaló por su cuenta en no sé qué negocio, ni me interesa, y Luisa, mi hija, atenta a los dientes de sierra de la pantalla de la bolsa. Mi hijo se quejaba si se me ocurría interesarme por sus asuntos: déjame en paz, no soporto que quieras manejar mi vida, tú, que has hecho lo que has querido. Fíjate, mi hijo. Le hice caso. No me ocupo ni un segundo de su porvenir. Él no soportó que su madre quisiera dejarle en herencia un restaurante en la cresta de la ola, funcionando como un tren bala; o, elige a la carta, heredar de mí un apellido con prestigio, no es por nada, pero a mí se me respeta en el mundo de la restauración y en la prensa gastronómica, en el negocio del vino y la alimentación *gourmet;* podía tener una jugosa partida en el banco, y la posibilidad de obtener el crédito que quisiera para instalarse por su cuenta. Pues él no quiso, y aquí me tienes ahora más solo que la una.

Se queja de que su esfuerzo no sea hereditario y muera con él. Dentro de cien años nadie saldrá en la tele o en el periódico diciendo soy la quinta generación de los Marsal, la dinastía gastronómica que fundó mi tatarabuelo. El pobre, solo en su yate, un Robinson en un islote a la deriva, como esas engañosas masas vegetales que flotan en el marjal; solo en su caserón, monje metido por las noches en la celda de su Trapa; un tuareg que cabalga su BMW por el infinito desierto del desamor. Tiene narices. Sí, he visto lagrimear a Francisco –es verdad que un tanto cargado de copas–, no hace muchos meses, en la terraza de un local de Marina Esmeralda, incómodas sillas minimalistas y palmera en el muelle (el agua que rodea los pantalanes no es precisamente esmeraldina; de noche, bajo la luz de los focos, posee cualidades fulgentes: fosfóricos amarillos, verdes venenosos, azules neón: restos de aceites, de carburantes, de grasas de cremas solares, y de detergentes: Marina Química, Marina Kuwait), los palos del velero marcando el cielo en la noche bajo la luna creciente (¿o era menguante?), palos clásicos, de madera, aunque sean más incómodos, exijan más trabajos de mantenimiento; nada de aluminio ni de fibra de carbono.

–Hay que aferrarse a los pocos principios que nos quedan. Que el arroz de la paella tenga su *socarrat,* el *foie gras* y las trufas vengan del Périgord y el vinagre sea de Módena. –Ahora bromea–. Los nuevos principios, el último asidero, nos sirven para elegir el vino, los palos del velero y la munición para la caza. Ahí se ha quedado la ética y la estética, que ya sabemos que suelen ser lo mismo. Tu ética es el traje que usas, los zapatos que calzas, el vino que bebes, y si eliges un pescado recién capturado o un taco congelado de fletán que viene de donde Cristo perdió el gorro entre acantilados de hielo. Ética y estética la madera –gracias por el homenaje, amigo Francisco–, y antiestética y antiética la fibra de vidrio. Los tiempos han cambiado.

Pues claro que los tiempos cambian, Francisco. La vida no para de cambiar, es puro cambio. No tiene otro sino, cambiar y cambiar, lo sabían los griegos e imagino que incluso sus abuelos lo sabían, no te bañas nunca en el mismo río, ni siquiera te bañas con el mismo cuerpo, hoy bañas ese grano que ayer no existía, esa variz que se ha abierto paso durante largas horas, esa llaga en la ingle o en la planta del pie que la hiperglucemia impide que cicatrice, y es mentira aquello que decían los utopistas de que a esta agitación de avaricia y lujuria sucedería un mundo en paz en el que todos seríamos hermanos y, como en la edad dorada del *Quijote,* nos repartiríamos fraternalmente las bellotas que hubiera. Bajo la capa del cielo, no hay paz de Dios posible, sino guerra de todos contra todos y de todo contra todo. Lo malo es que tanto y tanto cambio es para que al final todo sea más o menos lo mismo. Me lloraba Francisco: la vida, un fracaso. Las cosas que se dicen cuando te has tomado más de tres copas. Pero qué esperas que sea la vida cuando vas a cumplir o has cumplido setenta años. Pues eso, un fracaso. ¿Irremediable? Pues sí, irremediable. Hoy peor que ayer, pero mejor que mañana. Ésa es la agenda del setentón. Leonor Gelabert triunfó, porque el único triunfo es morirse a tiempo, ¿te acuerdas? A quienes aman, los dioses se los llevan jóvenes. Ella se ganó a pulso lo que tuvo, se lo trabajó, no dudó en que el fin justifica los medios, ese principio que dicen que es jesuítico pero que seguro que también conocían los abuelos de los griegos, los medios, lo que hay que hacer, los sapos que hay que tragarse, pero también lo que hay que sacrificar, lo que tienes que apartar de ti, aunque sea dándole un puntapié: un carpintero que la recuerda, un globito rojo que se lleva el agua de la cisterna, son, fueron, parte de su proceso de purificación, etapas en su ascenso al monte Carmelo culinario y social. Si alguien escribiera una bien documentada biografía de ella, hablaría de sacrificios, decisiones que engrosaron la lista de sus penalidades, su rigurosa ascesis hasta alcanzar la perfección en la cocina y, gracias a eso, a esos sacrificios y renuncias, su momento de plenitud. Tuvo la suerte de morir ahí, arriba, no como nosotros, que somos egoístas, y cobardes: aunque hace tiempo que pasó nuestra plenitud, nos emperramos en seguir viviendo, no nos parece nunca buen momento para desaparecer, fingimos no haber llegado al sitio desde el que no puede hacerse más que bajar, y luego nos quejamos de la degradación, de la porquería que es la vida, de esta resistencia química, medicalizada: comprimidos, sueros, drenajes, los tubos ventiladores metidos en la nariz, la sonda en el agujero de la polla. Lloriqueamos. ¿Qué esperabas?, ¿Que te siguiera creciendo la polla a los setenta? ¿Ganar un triatlón? A la Gelabert la hendió el rayo en la cumbre, una escenografía envidiable, aunque, como ya sabemos que las cosas nunca salen redondas, le durase demasiado el capítulo final, quimio, repugnantes atracones de venenos, vomitonas, todo eso que me has contado, los pelos quedándose a mechas entre las manos, las uñas separándose de la piel, el cuerpo llenándosele de manchas negras, el paladar y la lengua llagados, y tampoco le dio muchas alegrías esa especie de sarpullido o de forúnculo que fue para ella el hijo. Mientras hablo con Francisco, pienso para mí: a lo mejor el cocinero que guardaba en ella fue el que se marchó en el torrente de agua. Un hijo inepto, el primero que llegó a hijo, o sea, el segundo que esa factoría que era sólo responsabilidad suya —no voy a repetírtelo otra vez: esto no tiene nada que ver contigo, es MI problema. Déjame en paz. No tienes por qué aceptar nada, ni acompañarme a ningún sitio. Tema zanjado— lo había manufacturado o, mejor, uterizado, ella; pero ella estaba en todas las mesas redondas en las que se discutía de alta cocina, en las cumbres gastronómicas, no sólo de aquí, estaba en las de Donosti, Barcelona, Copenhague y Nueva York. Sobre todo después de obtener la segunda estrella Michelin, nuestra chef iba como un tren bala, o como un tiro, que diría su marido. Los aprendices de cocinero, o los que querían mejorar sus técnicas, pedían turno con años de anticipación para poder apuntarse a un *estage* con ella, hijos de familias cargadas de dinero, hijos de gentes del mundo del arte y la política, buscaban recomendaciones para que les hicieran un hueco en el fregadero de Cristal de Maldón, y el niñato de los Marsal-Gelabert, que lo tenía todo al alcance de la mano desde que nació, resulta que odiaba ese oficio y ese mundo. Los millonarios pagaban un dineral para que admitieran a su muchacho, un ojo atento a las patatas que pela, a la cebolla que pica, al cubo de la basura que arrastra, y el otro a las manos fantásticas de la Gelabert, que sabe darle el toque de gracia al montaje del plato, revisa la guarnición, pega unas hojas de tomillo, o deja unos segundos más el recipiente bajo el soplete para obtener el punto exacto del gratinado, el milagro gastronómico.

–Juanlu podía haber sido lo que hubiese querido, lo que ha sido Adrià, lo que es Aduriz, o, por hablar de los de por aquí, de la comunidad, lo que es un Dacosta, pero todos ésos se lo trabajaron y él no quiso trabajar ni fregar ni pelar ni llenarse las manos de ampollas con el aceite que salta de la sartén. Adrià peló patatas en la mili, en el cuartel, no en la escuela de Lausana, y ha llegado donde todos sabemos; Juanlu pudo ser un chef estrella, un escritor de artículos sobre vinos, sobre cocina, haber estudiado en la mejor escuela de Lausana o con los Cordon Bleu; con los santones de Francia: con Besson, con Robuchon, con Guérard, con Senderens, con Trama, con todos ellos trataba Leo, con todos ellos había tratado yo diez años antes que ella, cuando empecé en los primeros ochenta. Aquí aún no había oído hablar casi nadie de esos tipos; claro, a ti no te suenan los nombres, pero cada uno de esos apellidos es, para un gastrónomo, como el Papa para un católico, porque la gastronomía es más bien politeísta, no tiene un solo Dios ni un solo Papa: la cocina es, como no podía ser de otra manera, materialista; laica, una república federal. Todos ellos, dioses culinarios oficiando cada uno en su templo, y todos ellos eran amigos míos, y todos adoraban a Leo. Le daba a mi hijo una vida hecha; si no quería seguir cerca de nosotros en Madrid después de haber pasado por todas esas cocinas, podía irse a Tokio, a Singapur, a Hong Kong, a Shanghái, a Dubái, montarse el restaurante en alguna de las ciudades emergentes si no estaba a gusto en las clásicas, otros lo han hecho luego, ahora los dragones del Este controlan la mejor cocina, los grandes buscan abrir restaurante en esas ciuda-

264

des de ojos rasgados, la cocina corre hacia donde está el dinero.

Se le quemaba un Marlboro entre los dedos, hacía rato que había dejado el Cohíbas a medio fumar en el cenicero, estaba a punto de llorar: no tenía pena por su hijo, tenía pena por él mismo, porque a sus trapicheos les faltaba continuidad, y eso duele mucho, haber hecho tantas cosas dudosas, digámoslo así –el fin justifica los medios–, para poder hacer algunas de las que enorgullecerse, y que eso se quede en agua de borrajas, caiga en manos de otros, se malbarate –tras la muerte de Leonor, cerró Cristal de Maldón: un restaurante es su cocinero–, él tenía ganas de llorar, y yo no sé de lo que tenía ganas; de hablarle del hijo que pudo haber venido antes que Juanlu, quizá ése sí un aplicado estudiante, un eficiente cocinero, el hijo que era una pelotita rojiza que se fue en el torbellino de agua cuando la mujer tiró de la cisterna del retrete en aquel piso de Valencia.

Lo que se iba aguas abajo pagaba parte del viaje que ella iba a emprender por tierra unos días más tarde: pero cómo has podido creerte que iba a quedarme para siempre en este pueblo. Un futuro prometedor: boda sorpresa, bombo anticipado que comentan las vecinas, maternidad a los cinco meses, y la eternidad de la nada para el resto de mi vida. Hoy has subido un poco tarde, cariño, seguro que te has juntado con tus amigotes en el bar y, mira, se ha pasado el arroz, una pena. ¿De verdad me has visto alguna vez en ese papel? Has tenido tiempo de sobra para conocerme. Yo, sollozando: pero yo te quiero y tú me has dicho que me quieres. Leonor: follando se dice cualquier cosa. Eso no vale. Nosotros nos hemos hecho compañía en el desierto, lo hemos pasado bien algunos ratos, es todo. ¿O te he prometido alguna vez algo? Yo me voy y también tú deberías ir pensando en la forma de largarte de aquí, no quemar tu vida en la mierda de la carpintería, con un padre que, cuarenta años después de concluida, cree que aún estamos a mitad de la guerra y nos queda por librar la batalla más interesante.

No era la única vez que Francisco me hablaba en ese registro quejumbroso. Las primeras confidencias de un Francisco fracasado se produjeron a los pocos días de volver para instalarse, cuando ya había negociado la compra de la casa de los Civera (de eso no me habló ese día, ni palabra), venía a retirarse como un humilde campesino (nuestro Josep Pla local), y para ese regreso a la sencillez cerraba el trato para la adquisición de la mejor casa de Olba, la de los antiguos señores del municipio, y ya hacía algún tiempo que tenía el velero amarrado en el pantalán de Marina Esmeralda a pocos metros de la terraza en la que después hemos charlado unas cuantas veces, ese cuya existencia yo aún no conocía, del que nunca me hablaba, porque a mí –¡ay!, los viejos amigos– me usaba como paño de lágrimas, mientras a los otros les dedicaba sus triunfos. Así es la amistad. De mí buscaba que la admiración se enriqueciera con una porción de pena. Vino a verme a la carpintería, se puso delante de mí, del otro lado de la pulidora, y habló de la alegría de volver a la vida sencilla, intentando convencerme de lo dura que ha sido su carrera, viajando de gorra por todo el mundo, catando vinos del Médoc y la Borgoña, de Sudáfrica, de Australia, de California, roncando en hoteles de cinco estrellas, comiendo de gañote en restaurantes *etoilés* Michelin, y empeñado en esos juegos de lubricados émbolos que atrapan a los humanos en los cinco continentes. Te relataba

266

sus experiencias de sexualidad étnica, y a los dos minutos se le saltaban las lágrimas hablando de lo mucho que echaba de menos a su mujer, de lo que lo había defraudado su hijo, de lo lejana que siente a su hija, y de lo que, durante todos estos años, nos ha echado de menos a nosotros, a los imbéciles que nos hemos quedado en este pueblo rascándonos el fondillo del pantalón, sin Robuchon, ni Troisgros, bebiendo vino de cooperativa (que hace unos años ni siquiera se parecía al de hoy, te intoxicabas al tercer trago), comiendo el arroz de dos mil maneras –al horno, caldoso, en paella, a banda– como se ha comido toda la vida (lo que él recopila ahora en el libro que está escribiendo –será una enciclopedia de la despensa y cocina de la zona, más de mil páginas, ejercicio literario y de investigación– para documentar nuestros hábitos como se documentan las costumbres de un jíbaro) y jugando a las cartas y al dominó por la tarde con los mismos hijos de puta que te la han metido doblada unas cien veces en los últimos cincuenta años, porque Olba es un pueblo pequeño y eso quiere decir que, para el teatro de la vida social, cuentas con compañía de repertorio, los mismos actores representando las diversas obras. Hoy Otelo, mañana Lear, pasado Romeo, y, si se tercia, al otro te pones la peluca y eres Lady Macbeth porque la primera actriz ha enfermado de anginas. Los ves en un bar y un rato más tarde en alguno de los otros diez o doce que hay en el pueblo, te los cruzas por la calle, están en los entierros de vecinos y en los encierros de toros; con traje de faena o vestidos de domingo, pero siempre los mismos. En cada lugar y en cada tiempo, representan un papel distinto. Es verdad. Pero siempre, siempre, los mismos. Y él quería que yo le tuviese pena. Se quejaba de que estaba solo, como si para mí fuese una suerte vivir en compañía de la momia del Tutankamon paterno, mi camarada, al que, años más tarde, hay que dar de comer, vestir y limpiar, el tamagotchi averiado que ni ríe ni llora, y ni siquiera dice papá y mamá como dice incluso la muñeca más barata que venden los chinos. Quería que le tuviese pena a él, que hace treinta años me contaba lo del restaurante montado con dinero negro de un cuñado de no sé qué alto cargo, y me describía el guión de los años del pelotazo en los que participaba como actor, los días dorados de Boyer y Solchaga, los tiempos felices en que –según el ministro socialdemócrata de economía– España era el país de Europa en que se podía ganar más dinero en menos tiempo. Yo le reía las gracias, aunque estaba muerto no sé de qué, si de rabia o de desprecio o de envidia, y le puntualizaba: el país de Europa en el que algunos como tú y tus amigos podéis ganar más dinero en menos tiempo, porque lo de la carpintería va a trancas y barrancas (los últimos ochenta fueron años malísimos en la comarca, la Expo de Sevilla –el mayor proyecto urbanístico de todos los tiempos en España, me decía excitado– y las Olimpiadas de Barcelona se tragaban los capitales públicos y privados y se llevaban a los turistas. Los obreros de aquí volvieron a emigrar, como en los años cincuenta, en España todo corría hacia los dos grandes sumideros de capitales: Sevilla, mire usted qué maravilla, y Barcelona, *bona si la bossa sona*). Él tenía en casa –así llamaba al restaurante: mi casa, también la expresión fue moda por entonces, lo decían los chefs en las entrevistas de prensa: en mi casa se come, tengo en mi casa, en casa sólo servimos– lo mejorcito de Madrid: el vicepresidente se había instalado en un piso del mismo edificio en que abría sus puertas el restaurante y cenaba allí buena parte de las noches. Cualquiera que quisiera hacer negocios a ante bajo cabe con el gobierno, y siempre a costa del gobierno, tenía que dejarse ver por Cristal de Maldón, fue una mina de oro, lo montaron muy bien. Y luego estaba aquella sociedad creada con dinero del ICEX para la promoción y exportación de productos españoles por todo el mundo, una tapadera para cobrar subvenciones que se repartió durante ocho o diez años con un secretario de Estado que había colocado a su mujer en la dirección de la sociedad, y los trapicheos que se traía con el vino, y los hotelitos, y su autoridad en el poderoso grupo editorial. Pero estamos en el bar Castañer, charlando de esto y aquello, para no hablar de lo que importa, y yo salgo en defensa de Tomás, como un modo de autodefensa y también para ver si así cierro de una vez el tema:

–Pedrós se ha buscado sus verdaderos amigos entre los tipos que le caen bien, gente con la que se siente a gusto charlando en el bar, tomando copas, o yéndose de juerga por ahí, sin preocuparse de si le convienen, de si pueden ayudarle en un momento difícil, o más bien ponerlo en dificultades. Lo otro, lo de los políticos, el pavoneo público, se le notaba mucho que eran meras relaciones laborales. Conseguir contratas con más facilidad que otros. Y ese candor la sociedad moderna no lo tolera, ni lo tolera la posición de uno mismo, ni lo toleran los demás, que desconfían de relaciones poco recomendables, sospechosas, por el mero hecho de estar fuera del circuito. –Debería morderme la lengua, cortármela de una dentellada, qué hago yo defendiendo al hijoputa que me ha arruinado, todo por disimulo, por decir algo así como que es buen tipo, y ya está, se cambia de tema, se habla de otras cosas. Pero no ha sido sólo por eso. En realidad, he disparado contra todos ellos para ver si así les tapo la boca, trepas, lameculos, siempre amarrados a la relación más conveniente: de Bernal y Justino me lo sé. Del directorcito de la caja me lo imagino. Y de Francisco lo doy por supuesto. Nunca me ha contado detrás de quién ha tenido que correr, ante quién ha tenido que arrastrarse y reptar, no hace falta que me lo diga. Esas relaciones

269

de las que me habla, esos secretarios de Estado, o ese ministro que se sienta cada noche en Cristal de Maldón y pide que la becada esté bien *faisandée*. Al fin y al cabo, no conozco de nada a esos individuos, ni he puesto jamás los pies en esos lugares del mundo de los que me habla, me basta con saber de él.

Justino riega mi intervención con un chorrito de pesimismo:

–Los que menos se fían de un tipo así son los que se supone que han sido agraciados como amigos. ¿Para qué me querrá a su lado, si no le aporto nada? –No sé si tomármelo como un dardo de vuelta.

Se agacha para recoger algo que se le ha caído al suelo y, mientras busca, se le sube la camisa, y donde termina la tela del pantalón que debería cubrirla puedes entrever un pedazo de esfera hendida, sombría como un mundo sin sol, y que se oscurece hacia el sur con una creciente mata de vello: te muestra generoso ese paisaje humano cada vez que se agacha en el campo de golf: desfiladero inquietante entre dos laderas boscosas que oculta sus misterios bajo la tela del pantalón. La esfera hendida acumula los suculentos lípidos consumidos durante todos esos años de comida cara, y por eso –quieras que no– uno la supone distinta de la que luce el nuevo jugador que se incorpora a la mesa para sustituir a Bernal, que ha salido a la calle para hablar por el móvil: el recién nombrado director de la caja de ahorros, un jovencito de cuerpo en forma de pera, al que han enviado desde La Mancha a esta sucursal de escaso movimiento (él dice que renunció a la de Misent, ja), cuyas descoloridas carnes –aún no se ha acostumbrado a la vida de esta Florida mediterránea: sol y tueste en la playa, en el golf– están sostenidas con el adobe de toneladas de gachamigas, decenas de miles de bocadillos de queso de oveja, montañas de legumbres (lo ha

270

dicho hace un instante él mismo) y tajadas de tocino de cerdo celta (apenas indicios de jamón ibérico de bellota –Cumbres Mayores, Guijuelo o Jabugo–: el que se haya comido de gorra este último año, desde que lo nombraron director de la sucursal). La conversación sigue insistiendo en los·diversos modos contemporáneos de alcanzar la fama con la menor cantidad de inversión. Y soy precisamente yo quien continúa cavando en esa veta que, para mí, resulta benévola. Lo que sea, menos Pedrós:

–Los islamistas han encontrado el método más efectivo para que los saquen en la tele. Claro que ahí tu nombre ni siquiera aparece. Eres sujeto anónimo de un relato colectivo, lo que pretendían los narradores de la revolución rusa, el ideal de los grandes utopistas: te llaman El Terrorista Suicida Que Se Inmoló. Pero, concesión al narcisismo moderno y a la tecnología, unas horas antes te puedes grabar en youtube con una sábana pintarrajeada con algún versículo del Corán y una metralleta de fabricación soviética o americana, o española (que de todo hay) entre las manos, y colgar la imagen para que te admiren los seguidores de Los Fieles de la Sangre del Cordero Degollado.

Interviene Francisco:

–¿Eso de la sangre del cordero no es judío?, ¿o cristiano? En cualquier caso, algo cercano a nuestra tradición. En Misent veneran la Preciosa Sangre de Cristo, es su fiesta mayor, la llaman así, la fiesta de la Preciosa Sangre, y, confirmando la rabiosa actualidad de la devoción hemófila entre los católicos, leí el otro día en la prensa que a Juan Pablo II tuvieron buen cuidado de extraerle un frasquito de sangre antes de morir, por si hay que hacerlo santo, que es evidente que sí. Cómo no hacer santo al que ha resultado vencedor en el choque entre dos ejércitos compuestos por cientos de millones de soldados, la armada cristiana contra el ateísmo y el terror rojos; si una victoria así no te merece un puesto en el santoral, ya me dirás qué es lo que tienes que hacer para que te veneren. Lo del papa León deteniendo a Atila resulta una broma al lado de esto. Extirpar la gangrena del comunismo de la faz de la tierra, se dice pronto. Joder, que hubo un momento en que más de la mitad de los habitantes del planeta eran comunistas, o estaban a punto de serlo. Se nos ha olvidado, pero allá por los sesenta y setenta la moneda estuvo en el aire. —Lo dice él, que estuvo muy atento para ver de qué lado caía. Un pie en el PC y otro en la socialdemocracia. Él siempre entre Pinto y Valdemoro.

Justino mueve arriba y abajo la cabeza, dándole la razón:

—Lo he leído. Los periódicos han hablado de unos frasquitos de sangre extraídos al hombre que libró una batalla concluida con trescientos o cuatrocientos millones de prisioneros: cuatrocientos millones de lobos convertidos en mano de obra a precio de saldo. Eso ha cambiado de arriba abajo la economía mundial. La crisis que vivimos no es más que el ajuste definitivo de esa nueva legión de hombres herramienta en busca de propietario que los ponga a producir.

—El hermano lobo comunista se hace vegetariano y come hierba en las manos de un hombre de paz, Wojtila, nuevo San Francisco de Asís. —Lo dice Carlos con retintín. Deja claro que está ironizando, porque él es rigurosamente laico. Me lo imagino huyendo como un gamo ante un hipotético avance de la jauría comunista que ahora le parece entrañable. Con el centón de desahucios que ha firmado no creo que salvara la cabeza. ¿O acabaría siendo subsecretario de economía del nuevo régimen? De ministro no le veo madera, aunque con estas mosquitas muertas nunca se sabe.

Yo:

–Los comunistas: fuerza de trabajo que pedía a gritos ser explotada. Ya lo tienen.

Bernal retoma el tema del principio:

–Pasar a la historia como El Terrorista Suicida resultaría excitante si fueras el único al que se le ha metido esa idea en la cabeza, pero cada día hay decenas de individuos que se vuelan por los aires en algún lugar del mundo. Además, qué consuelo procura eso: te revientas y no puedes volver a tu barrio a que la gente te felicite porque te ha visto en el telediario de la tarde. Para convertirte en suicida yihadista necesitas estar muy amargado o creer mucho en Dios.

–Las dos cosas –dice el de la caja.

Justino les sigue la corriente:

–Hombre, y tener bastante mala uva. Los atentados de los moros han colocado la cota muy arriba. Una bomba que mate a media docena de tipos es una intrascendencia. Tienes que cargarte por lo menos a medio centenar para que te den unos minutos en las noticias de la tele o una foto en la prensa escrita, sea a la puerta de un cuartel de Karachi, en un aeropuerto de Moscú o en un vagón de metro de Madrid; con lo de Madrid, te aseguras primera plana en España, eso sí; no sé en Karachi, en Lahore o en Kabul cómo estarán las cosas, a lo mejor lo de las carnicerías ya ni lo sacan en los periódicos, por puro aburrimiento. No darían abasto en fabricar papel si tuvieran que darle espacio a cada matanza. Matar por decenas, por centenares. Hasta los narcos se han contagiado de ese furor mediático. En México llevan cincuenta mil muertos en peleas entre narcos. Quieren que se hable de ellos. Lo del asesinato por unidades ha quedado más bien para esa cosa cutre de la violencia doméstica; y ni siquiera, porque los hay que aprovechan que han descolgado la escopeta del armero para limpiar la casa de hijos, hijastros, suegros, y llevarse por delante al nuevo amante de la ex, y hasta al perro si se pone a tiro. Lo de matar, ya sabes, es como lo de comer, todo es ponerse. Te cuesta tragar el primer bocado, lo demás entra solo.

La imagen del perro tendido en un charco de sangre me estremece (Tom, qué será de ti y de tu inocencia) y me saca la mala leche:

—¿A ti también te costó tragarte la punta? Creía que eso sólo me había ocurrido a mí.

Carcajada general.

Prosigo:

—Ayer leía en el periódico: inundaciones en Pakistán, no sé cuántos mil muertos; y a continuación: noticia desde Afganistán: un autobús vuelca y se cae a un barranco, treinta muertos más, estalla una bomba ante una comisaría de Irak, otros cincuenta que se han venido al suelo. Todo eso el mismo día. En el aluvión de noticias me pareció que lo de Irak era un esfuerzo voluntarista y candoroso; me dije que no sé por qué se empeñan esas criaturas en montar atentados si Allah por su cuenta ya se las compone para matar lo suficiente.

—Parias de la tierra que Fanon y Mao y Lenin y Marx y el Che quisieron en vano salvar (no se dejan, no hay quien pueda con ellos) y, razones del corazón que la razón no entiende, siguen cantándole suras a Yahvé-Allah, el barbudo, e incluso le ayudan afanosamente en su tarea de Gran Verdugo. No parece muy razonable que le busquemos un sentido a todo eso —dice Francisco.

Carlos, el laico:

—Alguien dijo que creen en Dios los que menos motivos tienen.

—La pobreza es pesimista por naturaleza. Los pobres están convencidos de que, por mucho que les pase, aún les puede ocurrir algo peor. El hombre es un ser culpable desde el nacimiento y Dios le da la razón en su pesimismo, sobre todo si te ha tocado nacer en un poblado de chabolas o en un barrio periférico y pasar hambre desde que tu madre te daba a roer una teta seca y te puso a trabajar en cuanto pudiste ponerte de pie. Si pierdes un brazo, el cura, el rabino o el ulema se encarga de recordarte que podrías haber perdido la cabeza, y si pierdes la cabeza te convence de que hubiera sido más grave que te hubieran hecho papilla y no hubieran podido echarte un responso de cuerpo presente (y entero). Aunque sea sin cabeza, los familiares están contentos y le dan gracias a Dios si les queda algún pedazo de cadáver para uso propio, porque así pueden llevárselo a enterrar, y se sienten superiores y les tienen lástima a los vecinos que no han encontrado ni la rabadilla de su muerto. Pobres desgraciados, piensan de los vecinos, porque no tienen a quién obsequiar con una ceremonia, ni poseen un trozo de bazo, un muslo o un riñón con los que consolarse –digo, contento del cambio de dirección de la charla.

–Yo creo que las clases altas son más escépticas respecto a las virtudes o cualidades de un cadáver. Pueden sustituirlo agradablemente con el cóctel en un tanatorio lujoso, o, si el dolor es más intenso, cambiarlo por un viaje de compras a Nueva York, o, quizá más acorde, por un melancólico paseo entre olivos, cipreses y ruinas en alguna de las islas griegas –me da la razón Francisco, que añade–: Conmueve ese afán por buscar a la desesperada a sus muertos, aunque estén hechos papilla. Les da igual que apesten, que estén mutilados, podridos: ellos quieren llevárselos consigo, recoger los cuerpos (los yankies llaman así, *corpses,* cuerpos, a los cadáveres) antes de que se los lleven los servicios municipales de limpieza, que es a quienes corresponde lidiar con la carroña ordinaria. Seguramente la cosa tiene algo de justicia distributiva, las familias más pobres de los países más miserables son las más ricas en cadáveres. No tienen dinero, ni villa en Cap Ferrat, ni de un modesto plan de pensiones disfrutan, pero son propietarias de una rica variedad de macabra biomasa: muertos por accidente laboral, por sobredosis, por desnutrición, por sida, por cirrosis, por hepatitis C, por violencia de género, o callejera; muertos porque, hartos de todo, se pegan un tiro o se cuelgan de un olivo. Son propietarios de un variado patrimonio de cadáveres que defienden con uñas y dientes. Dejad que los pobres se acerquen a mí, decía Jesucristo.

–No decía los pobres, decía los niños. –Es otra vez Carlos, El Laico En Forma De Pera.

Yo:

–Claro, pero se supone que se refería a los niños de los pobres, ningún rico deja a su hijo acercarse a un desconocido. El pobre sí, porque a lo mejor ese encuentro es el principio de alguna transacción beneficiosa. El pobre suele estar por debajo del umbral de eso que se inventaron los burgueses protestantes y se llama moral.

El olor agrio es el que predomina: en verano se mezcla con otros más intensos, más desagradables, olores de descomposición, de carne muerta, pero sobre todo resulta insoportable el olor de pescado o marisco podridos. Déjate un par de días bajo el sol una merluza, un pulpo o unos cuantos mejillones, o los restos del pescado que acabas de consumir, te los dejas metidos en el cubo de la basura de tu casa en esos días sofocantes del verano, y verás en qué se convierte eso que tanto te gusta y por lo que pagas quince o veinte euros en el restaurante o en la barra del bar: no es que fuera una maravilla lo de las basuras, en parte porque la gente es muy desaprensiva, nos hemos encontrado en los contenedores hasta perros muertos, gatos podridos, ratas, cuando saben que lo que se tiene que tirar ahí son bolsas de basura cerradas, no basura suelta, ni mucho menos carroñas animales; sobre todo en verano, las poblaciones no dan abasto para liquidar toda la porquería que producen los miles y miles de turistas, no hay un contenedor en condiciones, todos rebosan o están rodeados de bolsas que los perros —o las ratas— muerden, esparcen el contenido por todas partes, las calles del centro pero también las urbanizaciones apestan: es un olor fúnebre, uniforme, que se mezcla con el de las flores y la jardinería de apartamentos y chalets, con el de gasolina, y se convierte en un único olor, el olor de la costa. A mí me pagaban por soportarlo, había compañeros que se ponían la mascarilla, pero yo lo aguantaba bien que mal, tengo el olfato resistente, o tengo poco olfato, pero me extraña que los turistas vengan aquí y paguen por pasarse un mes junto a estos contenedores malolientes. Seguramente están acostumbrados porque sus ciudades huelen por el estilo, o aún peor, al fin y al cabo lo que se pudre es lo mismo en todas partes, las mismas marcas de las mismas cadenas de distribución, grandes superficies decoradas igual en cualquier sitio, acá y allá. Lo mismo da que me da lo mismo. Nico, uno de los compañeros de la brigada de la basura, que se vino de pequeño de un pueblo de la montaña, dice que es el verdadero perfume del siglo XXI, ni bueno ni malo, a esto huelen los nuevos tiempos, el del siglo XX era un olor y ahora es otro, dice. Hasta bien entrado el siglo XX, el olor era de hierba mojada, era de albahaca, pero también de boñigas de burro o de vaca, y de ropa sucia, y entrepiernas mal lavadas (no veas cómo te cuentan en el pueblo que olían las viejas que no se habían lavado en la vida, porque decían que lavarse era de putas, cómo olían a meado, a menstruo concentrado durante decenios; y cómo olían a lefa seca los viejos, a meado); ahora es el olor de

lo que la madriguera del animal que somos guarda en las ne-
veras hasta que encuentra el camino del cubo de la basura,
tampoco las cuevas y las cabañas de los hombres primitivos te-
nían que oler a Chanel, ¿y te imaginas las calles de esas ciuda-
des grandes de hace dos mil años? Roma, madre mía, mejor ni
pensarlo, huesos y tripas de animales pudriéndose en el barro
con las verduras y los restos de pescado, todo tirado en la calle,
los cubos con las deyecciones de la noche arrojados por las ven-
tanas a la voz de agua va, si es que el lanzador tenía la cortesía
de avisar. Los basureros de entonces tenían que recoger los
animales muertos abandonados en la vía pública y echarlos en
los carros de recogida, y barrer mierda de verdad, y, por lo que
uno ve en la serie esa de la tele, la que se titula Roma, cada
noche recogerían a lo mejor tres o cuatro cadáveres humanos,
upa, arriba, otro muerto al carro, cógelo tú de ahí, yo de aquí,
y venga, uno, dos, aaaaaarrriiibaaa, cogedlo de las piernas y
de los brazos y para arriba, lo que pesa: muertos con las tripas
abiertas, oliendo a mierda, o medio podridos, las moscas verdes
como esmeraldas formando una nube zumbona en torno al
cadáver, tirados por las esquinas; si una rata que es un cuerpo
de un palmo de largo huele así cuando se pudre y provoca ese
remolino de moscones y avispas alrededor de la carroña, ima-
gínate a lo que debe de oler un cuerpo de noventa o cien kilos
pudriéndose, y el enjambre de bichos que tiene que rodearlo.
Los cadáveres los ves en las películas, en las noticias de la tele.
Ahí no huelen, pero esos muertos flotando, podridos e hinchados
como botas de vino en las orillas del río que pasa por Roma,
que ahora no me acuerdo cómo se llama, imagínate el perfume;
y los empleados de la basura no llevaban guantes, ni mascarilla,
ni chaleco reflectante para que no los atropellara en la oscuridad
un caballo desbocado. Me imagino que harían la recogida de
día, porque de noche tú me dirás, imposible, con esa oscuridad,
qué iban a hacer. Aquí, en verano, tampoco huele a rosas. En

invierno es distinto: hay menos gente, los contenedores no rebo-
san de basura, a no ser que sean fiestas: Navidad, Año Nuevo,
o días de muchos regalos, el día de la madre, el del padre, los
Reyes, días así, contados: a no ser en días como ésos, los conte-
nedores dan de sobra abasto, y hay barrios por los que no vale
la pena ni pasar, barrios de chalets, de edificios de apartamen-
tos en la zona de La Marina, o en las urbanizaciones de la
montaña, donde los contenedores durante todos esos meses están
vacíos o guardan todo lo más una o dos bolsas, y el aire que se
respira es otra cosa muy diferente a lo del verano, el frío conge-
la los olores, les quita potencia, los encierra en su sitio, no deja
que se esparzan; cuando hace frío, huelen las cosas y no el aire,
huele cada cosa una por una, por separado; si algo huele mal,
es eso lo que huele mal, y no como ocurre en verano, que el olor
se extiende y ocupa metros y metros de terreno, hay como una
gasa en la que flota la peste de la suciedad y esa gasa está por
todas partes, lo envuelve todo. En días como hoy, de invierno,
cuando iba en la trasera del camión agarrado a los estribos,
dando tumbos por esas urbanizaciones de la costa, o entre los
chalets elegantes que hay en la ladera de la montaña, algunas
noches me sentía como tienen que sentirse los que hacen esquí
acuático en la playa: el aire frío dándote bofetones en la cara,
el olor de hierba húmeda, de resina, de tierra mojada, la soledad
de la noche (solos nosotros recorriendo las calles bordeadas por
tapias o verjas de las que brota la vegetación), la oscuridad,
barrios enteros en los que no se ve ni una luz en las ventanas y
en algunas calles el ayuntamiento ni siquiera alumbra las fa-
rolas. Te parece una ciudad de fantasmas en la que te sientes el
único hombre vivo, el rey. Estos días en que no tengo nada que
hacer desde que me echaron de la carpintería me da por cami-
nar por esas zonas, fumándome un cigarro, porque es una
forma de tranquilizarme, o de escaparme, de no pasarme todo
el santo día pensando qué cojones vamos a hacer con el sueldo

279

de mi mujer y los meses que me quedan de paro. No teníamos que haber comprado la tele nueva, la nuestra la dejamos para los chicos, que ahora resulta que se pelean a todas horas porque cada uno quiere ver un programa distinto: peor el remedio que la enfermedad, dice mi mujer, y más caro, añado yo para enfadarla aún más, porque lo de la tele fue idea suya; no teníamos que habernos comprado el Peugeot nuevo, parecía necesario porque, claro, mientras estuve en las basuras, nuestros horarios eran compatibles, ella de día y yo de noche, pero desde que entré en la carpintería era distinto, yo tenía que estar en Olba a las siete y media, y ella en la fábrica de galletas de Misent a las ocho, después de haber arreglado a los niños y haberles preparado el desayuno, imposible coordinarse, pero yo podía haberme apañado con la moto vieja, aquí tampoco hace tanto frío. O habernos organizado para que tuviera el turno de tarde que consiguió después y yo llevarla en el coche en cuanto acabáramos de comer. Ahora, desde que cerraron la fábrica de galletas, trabaja en el almacén de fruta, tuvo suerte, aunque, según los días, termina a medianoche y a veces bastante más tarde. Como yo me he quedado en el paro, es ella la que tiene necesidad de coche, la que lo usa. Menos mal que no nos dio por meternos en una casa en Olba, que a ella le gustaba más que Misent: por los niños, así tú tienes el trabajo a la puerta de casa y los niños están mejor que en Misent. Nos salvamos de milagro del desastre, porque incluso estuvimos viendo unos cuantos adosados: pero si es que están casi a la mitad de precio, y mejor construcción, mejores acabados, y con el jardín a la puerta, insistía, contemplando aquel pañuelito verde tendido, que se suponía que era el jardín, con una palmera de poco más de un metro de altura que, en un par de meses, se iba a comer el picudo rojo. Yo pensaba que por qué se fijaba en los precios de la vivienda y los comparaba con los de Misent, si en Misent no hemos tenido nunca un piso, siempre hemos vivido como *ahora, de alquiler, y quiera Dios que nos lo podamos seguir permitiendo.*

Me gusta salir a pasear si llueve. Me pongo un chubasquero y recorro calles de nadie. Nico, mi compañero, decía en esas noches lluviosas, cuando íbamos cogidos a la trasera del camión: ahora mismo, somos los dueños de todo esto, lo disfrutamos más y en mejor época que los gilipollas que pagan un dineral por venir aquí los quince peores días de agosto. Yo no me venía a veranear aquí en agosto ni aunque me lo pusieran gratis; al norte sí, a una zona en la que hubiera prados y un río limpio y un pueblo de veinte o treinta vecinos y donde pudieras comprar buen pan y negociaras con el vaquero para tener leche recién ordeñada, aunque ahora ni en esos pueblos abandonados tienes tranquilidad (en verano, vuelven todos los emigrantes desde Madrid, desde Bilbao o Barcelona, dando voces, sacando en el bar la cartera bien abierta para que se vean los billetes de cincuenta, y acuden legiones de turistas que, como tú, buscan la tranquilidad y se la joden unos a otros), ni puedes comprar leche recién ordeñada, no te la venden porque está prohibido y se arriesgan a que les pongan una multa del copón; o sea, que estás allí con la vaca al lado y compras paquetes de Puleva o de Pascual desnatada, descremada, o enriquecida con calcio, o con isoflavonas o con todas las vitaminas que se inventan. Ves las vacas pastando en los prados, pero tienes que comprar la misma leche que aquí. Te dan ganas de salir corriendo monte arriba, ponerte entre las cuatro patas del animal y meterte la teta en la boca. Qué gusto. Pero yo no sé de qué te podrán acusar si te pillan sobándole las tetas a una vaca, seguro que te acusan de algo: maltrato animal, abuso sexual sin consentimiento de partes, tocamientos a ser poco dotado, vete a saber. Pero qué gustazo, aprietas y el chorro de leche te pega en el paladar. ¿Sabes que me ha gustado mamarle la leche a mi mujer?, ¿tú no lo has hecho? Es más dulce que la de vaca. Yo creo que todos los hombres hemos mamado parte de la leche que les pertenecía a nuestros hijos. Los humanos tenemos tendencia a comernos y bebernos unos a otros, ¿no has visto ese cuadro de Saturno comiéndose a sus hijos?, ¿no te los comerías cuando son un cerdito rosado y tierno? Cállate, guarro, le decía yo. Y él gritaba: somos los reyes del barrio. Y yo pensaba: por detrás de los contenedores y las farolas y las plantas que trepan por verjas y vallas, que son nuestro reino, están las araucarias, las palmeras, las glicinias, los hibiscos, las piscinas al aire libre y las cubiertas, los jacuzzis con su chorro de burbujas, los televisores de plasma extraplanos y las casas y jardines a los que nosotros no tendríamos acceso ni para retirar la basura. Así que le decía: de lo único que somos reyes, y ni siquiera, es de la basura. Nosotros somos, más bien, esclavos de la basura, la reina de la basura es Esther Koplowitz, propietaria de la empresa que se queda con las contratas. Ya quisiera yo que me contrataran para limpiarles los jardines algunos de esos mamones, pero no, encima son unos miserables, y contratan a ucranianos, a rumanos, a los que les pagan diez o doce euros al día, gente que, después de podarles los rosales y desmocharles las palmeras, en justa compensación por el dinero que les han estafado, les golpean con un puño de hierro, con un nunchaku, o los navajean para limpiarles las joyas de la caja fuerte y los electrodomésticos de última generación. Restitución llaman a ese acto los confesores y los jueces. Los ricos fingen protegerse, pero les atrae el peligro, caminar por el filo de la navaja o por el lado peligroso, como decía la canción de Lou Reed que Esteban dice que le gusta, tu-turu-turuturutu-turu turu: se meten el ladrón en casa con tal de ahorrarse unos euros; a lo mejor Dios, o la naturaleza, o quien sea, les pone en los genes ese instinto incontrolable de reparto forzoso que limita su avaricia. A los ricos les gusta robar mucho y les excita que les roben un poco, sensación de peligro que seguramente viene a confirmarles su afán por encerrarlo todo bajo llave, les hace valorar más lo que poseen, los lleva a reponer precipitadamente lo robado, a esconderlo más y mejor, y así seguir acumulando botín. La naturaleza es sabia.

Ésos fueron los tiempos de basurero, luego me pasaron los de la misma empresa a barrendero, un trabajo mejor, dijeron, más pulcro, más señorito, baile de salón con escoba: con esa excusa nos engatusaron cuando nos dijeron que iban a cambiarnos de sección, del nocturno viaje en camión al diurno paseo con la escoba al hombro; nos explicaron que era mejor, más ecológico, mero gasto de combustible animal, un ascenso, ya, muy bien, aunque —y eso no lo decían, lo averiguabas tú luego— pagaban menos la hora y, además, ahí sí que no había hora extra que valiera, y la verdad es que las horas extra son la clave en profesiones como las nuestras. Tú no puedes vivir con los apenas setecientos euros del sueldo, pero, claro, de basurero te apuntaban trece y catorce horas muchas semanas, y te sacabas un dinero, sobre todo en verano con los turistas, los bares y los chiringuitos, o en las fiestas del pueblo con las casetas y los botellones, hasta que llegó el nuevo alcalde, que, según nos dijeron en la empresa, buscaba una excusa para cambiar la contrata de basuras a una sociedad amiga, cada alcalde es comisionista de alguien y cuando llega uno nuevo quiere poner a chupar a los suyos (nos lo explicaron así, como si alguien se creyera que les iban a quitar la contrata a las Koplowitz, que son las que la tienen aquí, en Olba, en Misent, en toda la comarca y en más de media España, FCC), lo que también nos contaron (y no tuvimos más remedio que creérnoslo), fue que el nuevo alcalde había dicho que resultaba ver-da-de-ra-men-te escandaloso que estuvieran apuntándonos dos y tres horas suplementarias todos los benditos días del año, así que cortaron radical las horas, incluso echaron a unos cuantos y a otros nos enviaron quieras o no quieras de barrenderos. Así fue la historia. Eso suponía bajarte el sueldo a la mitad, o a menos de la mitad; y

283

encima no podía quejarme, tenía suerte, había conservado el puesto de trabajo, porque echaron a más de una tercera parte de los basureros. Vamos a respetar los derechos, la antigüedad de los que se queden, dijeron, y también consideraremos las circunstancias familiares, así que yo, como tengo tres hijos, mantuve el puesto de trabajo como favor de la empresa, pero, claro, al pasarme de basurero a barrendero, me quitaron las horas extra: era agradable, más tranquilo, no era ese nervioso sube y baja, salta, carga y descarga de basurero, que acabas la noche desriñonado, aunque ahora cada dos por tres viniera el encargado a darte prisa y las noches de viernes y sábado, con lo del botellón, media ciudad fuera un retrete, una pocilga, no puedes hacerte una idea de lo que te podías encontrar en muchas zonas, jóvenes que se supone que han hecho la ESO, el bachillerato, o que ya están en la universidad, pero que son más bestias y guarros que si fueran gañanes: un día te encontrabas con que habían arrancado todas las palmeras del paseo que habían plantado esa misma semana y estaban aseaditas, a punto para que viniera el president de la Generalitat a inaugurar la jardinería, otro día eran los rosales del parque lo que habían sacado de raíz, o habían dejado pelados los arbolitos de alguna plaza nueva, el puro tronco, eso lo he visto yo: pasas hoy y ves el jardín cuidado, una maravilla, y vuelves al día siguiente y te encuentras con que los arbolitos que los jardineros habían plantado un par de meses antes y estaban preciosos, son treinta o cuarenta estacas sin una rama ni una hoja, ya me dirás tú qué gusto pueden encontrar en pelar árboles, en vez de pelárse-la ellos con la suya, y el trabajo que tuvo que costarles, hay que tener mala leche. La mala leche se ve que les da ganas de trabajar a esos cabrones, las ganas que no tienen de día para dar un palo al agua, las recuperan de noche, porque para pelar esos árboles habrán tenido que tirarse la noche entera con un hacha, con una sierra, con una radial o con lo que sea que hayan

usado; todos los fines de semana el mismo panorama: guarrería,
vómitos, meados, vidrios rotos, hasta cagadas: cagan en los
portales, o detrás de los matorrales y de los setos, cagan contra
las tapias, en el césped, y luego van los niños con sus madres y
se ponen a jugar con la arena, con la tierra, y les vienen a las
madres con las manitas llenas de mierda, y las madres le pro-
testan al ayuntamiento, se quejan de que todo está sucio, es que
hay hasta excrementos humanos, le dicen al concejal de jardines,
y el puro es para nosotros, como si los excrementos fueran nues-
tros, de los barrenderos. Los cabrones niñatos cagan en cualquier
parte por necesidad, porque se ponen hasta arriba de todas las
guarrerías y se les descomponen los cuerpos, y se van de vareta,
pero también por mala leche, para joder, para hacer daño, pura
mala baba (o, mejor, pura mala mierda); había momentos en
que pensaba que era mejor lo de basurero: tenías tu ruta, tu
trabajo, tantos contenedores, tal recorrido, y eso te daba una
seguridad, aunque alguna vez te encontraras con una sorpresa,
pero es que esto era la sorpresa permanente, y los días del mer-
cado, o los que montaba el ayuntamiento alguna verbena, algún
acto, era como para cagarse en la hostia santa, pensaba que
mejor cien veces basurero, aunque también es verdad que en
otros momentos me parecía lo contrario: esas mañanas lumino-
sas de invierno, o de primavera, qué más da, te veías tú solo
con la escoba como si fueras el dueño del pueblo, mañanas
fresquitas, soleadas, las calles vacías, la gente metida en sus
casas o trabajando, los niños en la escuela, sólo alguna vieja con
el carrito de la compra, sonriéndote, dándote los buenos días,
llamándote hijo mío, te dices que no querrías morirte nunca y
te sacas el bocadillo del almuerzo y tu botecito de cerveza, y te
sientas en un banco del parque a comer y beber al sol de invier-
no, o a la sombra primaveral de algún pino: te parecía menti-
ra que te pagasen por ese trabajo. Las mañanas en que coincidía
que me tocaba barrer frente al colegio donde va Iván, el peque-

ño, y era la hora del recreo, al principio me daba corte que me llamara y se acercara a la valla a besarme (satisfacción también, cómo no), pero luego se me alegraba el día al ver que todos los niños corrían con Iván a la verja para saludarme, y montaban una fiesta a costa mía, dando saltos y voces, riéndose con una alegría natural, porque a esa edad aún no tienen malicia, y además les gustan los disfraces, los uniformes: te veían con el uniforme y los angelitos te decían que de mayor querían ser barrenderos para ir así vestidos, todavía no habían llegado a la edad de saber lo que es ese uniforme, ya se lo explicaría la mamá, o el papá, cuando llegara a casa, ¿barrendero, cariño? Pero si eso es lo más tirado, no, cielo, tú serás ingeniero, que suena parecido pero no es lo mismo, o arquitecto, o cantante, o futbolista como Ronaldo, o actor de Hollywood como Brad Pitt. A buena hora iba a ser lo mismo con Aida, la mayor; o con Aitor, el de en medio. A los niños de sus cursos ya han tenido los papás la precaución de explicarles lo que es un barrendero, y que hay uniformes y uniformes; ésos, los de las edades de Aida y Aitor, si te ven por la calle vestido de barrendero, se meten debajo de una piedra, o querrían que se los tragara la tierra, aunque digo eso y no es verdad, eso es lo que cree la gente, porque la verdad es muy distinta: la muchacha, si me ha visto por la calle alguna vez, ha venido corriendo a besarme, aunque me imagino que no le tiene que hacer gracia que las amigas, con la tontería que tienen ahora a los catorce años las muchachas, que todas parece que son hijas de notario por más que su padre esté de peón amasando cemento (las ricas y las de mediopelo van a la privada), no le tenía que hacer gracia que supieran que su padre era barrendero, aunque los de ellas no sean más que putos peones de albañil, o fontaneros que se pasan todo el día desatascando porquería en las tuberías; ella, Aida, es más cariñosa, Aitor es más seco, más asno, chico al fin y al cabo, pero también viene a besarme. Se apartaba del grupo de zo-

pencos que están sentados en algún banco, maquinando lo que sea, casi nunca bueno, y se venía cabizbajo a besarme. Y en casa me decía muchos días: yo sé quiénes han sido los que han arrancado las palmeras, o los que quemaron los tres contenedores, pero no te lo puedo decir, son unos hijos de puta, papá, queman los contenedores, los buzones, se cagan y graban todo eso, zurullo incluido, en el móvil, y yo pensaba a veces si no serían algunos de sus amigos, los tiparracos del banco, que están todo el día con el porrito en los morros, la media sonrisa en la boca, mirándote como si se rieran de ti y de cualquiera que les pase por delante. Yo, vergüenza de ser barrendero, no la he tenido nunca. Es un trabajo necesario, cómo estaría todo esto si no estuvieran dale que te pego los barrenderos, aunque digo mentira, sí que la he sentido, la vergüenza, cuando he visto a esos del paro que enchufa el ayuntamiento, escaqueándose, escondidos detrás de algún seto del parque, o en el bar a media mañana, pegándose la comilona, carajillo va, carajillo viene, y la gente diciendo: de barrenderos no van más que los vagos, y ellos se ríen como si tal cosa, les resbala; si te descuidas son ellos los que están haciendo chistes de lo poco que trabajan con el primero que pasa. Ahí me ha dado vergüenza ser barrendero, la única vez, o las únicas veces, porque eso era día sí y día también. Más rabia me dan aún ahora: los veo ahora y se me quema la sangre, yo en el puto paro y esos enchufados mamoneando y riéndose de todo el mundo. No, lo malo de ser barrendero, por lo que lo dejé, no era la vergüenza por el oficio; fue que nos prohibieron las horas: si hay baile o fiesta del ayuntamiento, o botellón, trabajáis más deprisa, y si no acabáis a tiempo es problema vuestro, vosotros veréis. Te dabas una paliza, y encima tenías que soportar a la gente que te decía que el barrio estaba sucio, pero no era eso lo grave, lo grave era cómo te las apañabas con setecientos euros al mes. A mí, vergüenza no me ha dado. Mi padre: hombre, tampoco creo yo que te

287

conformes con que eso pueda ser para toda la vida. No es un oficio para un hombre de cuarenta años, decía. Y yo: papá, ya no son tus tiempos. Mi madre: deja al muchacho. Hasta que me harté de verlo hinchado como un pavo, los ojillos de borracho brillando burlones, echándome en cara mi trabajo. No pude contenerme. Salté: y tú, ¿qué oficio has tenido?, collidor, recogedor de naranja. No hace falta estudiar una carrera para aprender a manejar unas tijeras, unas cizallas de esas que usáis para cortar naranjas; cargar cajas como un mulo, y estar pendiente del día que llueve y del que no, porque si llueve no se cobra, y comer hay que comer todos los días, ah, y, después de toda esa miseria, te toca quejarte de viejo de la hernia de disco, y andar doblado. ¿Y qué te ha quedado de jubilación? Lo mínimo. Menos, sería nada. Nos picamos, mi padre y yo, así que él contraataca: ya, pero esas cizallas son instrumento de hombre, y vas en una cuadrilla con hombres (eso sería antes, ahora está lleno de rumanas que cortan naranja, me burlaba yo, más tías que tíos, y cortando más rápido y cargando más cajas, y si te descuidas, de jefas de cuadrilla, gritándoles y poniendo firmes a los hombres: lo he visto), y cortar naranja y podar y quemar broza, maleza, y cargar cajas y colocarlas en un camión son trabajos que han hecho los hombres toda la vida, pero ese vagueo de andar con la escoba apoyándote en las esquinas, no sé qué te diga, no me parece de hombre andar moviendo la escoba, yo siempre he visto a las viejas barriendo la acera a la puerta de casa, ya sé que a ti te ha gustado siempre más eso que llevar una viga, subirte a un andamio, cargar sacos de cemento, incluso conducir un camión, que te cansaste pronto de conducirlo; con el cuerpo que te dimos entre tu madre y yo podrías haber ganado lo que quisieras en estos pasados años en los que se ganó dinero a espuertas en la construcción, de escayolista, de solador, de ferralla, lo ganaste cuando llevabas el camión, pero a ti te ha gustado siempre eso, tienes mucho cuerpo pero poco impulso.

Lo mandé a la mierda. ¿Me estás llamando maricón? ¿Un hombre? ¿Tú, un hombre? No has llegado nunca a fin de mes y te pasabas el día lloriqueando porque te dolían los lomos de tanto doblarlos y de tantas cajas cargadas, con mi madre preparándote el balde con el baño de agua caliente y sal, dándote friegas con hierbas, untándote de aceite la espalda, llamando al médico cada dos por tres porque te duele la garganta (es que como los pobres están tantas horas expuestos a la humedad de los huertos, es que con la escarcha que ha caído esta mañana, es que: todos los días un es que tu pobre padre), acompañándote a urgencias porque tienes un tirón muscular, que ni al médico has tenido cojones de ir solo, te jiñas en cuanto ves el pasillo del hospital, las camillas; si tengo algo de cobarde lo he heredado de ti. Tú, un hombre. De hombre nada. Habéis sido trapos toda la vida, os han tratado como trapos y os han pagado y os pagan como trapos. Ni siquiera es un trabajo lo que has tenido, tú nunca has podido decir tengo un trabajo: lo has tenido el día que te han contratado y lo has dejado de tener el día que no te han contratado, o sea, que lo que es tener un trabajo tú nunca lo has tenido, un buey manso, siguiendo cabizbajo al primero que te ofrecía dos duros en la plaza, y ese día movías alegre el rabo, y pon otra cazalla y pon otro vino, y, si no, la mala leche, los gruñidos en casa porque no te habían cogido para ninguna cuadrilla porque llovía, o porque el hijoputa de turno (todos han sido hijoputas para ti) había cogido a otro más barato y —por supuesto— mucho más torpe que tú, o porque ya no quedaba naranja que recoger, y la pagabas con ella y le levantabas la voz y la mano a ella, y no a los hijoputas. Toda tu jodida vida has sido un parado, buscón de trabajo: cada noche al bar, a la plaza, a mostrarte como las putas, a sonreír al que elige la cuadrilla, a intentar darle conversación, a ver si algún baboso se fijaba en ti, si le gustabas más que otro y te metía en la cuadrilla. Haciendo monerías para que se fi-

jara en ti antes que en otro. *Contando chistes a la desesperada. Diciéndole que la cazalla la tenía pagada, o dándole un pitillo precisamente al que tenía dinero para pagarse un millón de cazallas y un millón de pitillos. ¿Hombres toda esa panda de inútiles con la que te juntas ahora en el bar, todos amargados, con pensiones que no les llegan a fin de mes y criticando al que levanta un poco la cabeza?, regateando con el camarero, fiján- doos en quién paga la ronda y quién no, en si se ha tomado un vino que vale un euro o un coñac que vale uno veinticinco. ¿Hombres, todos esos desgraciados que os pasáis el día pendien- tes de lo que hacen los demás con sus vidas a ver si así, hablan- do de las vidas de los demás, conseguís olvidaros de lo que habéis hecho vosotros con las vuestras? Porque no me digas que te preocupaste de darme muchas armas para defenderme en esta guerra. Ni a mí ni a mi hermana. No. Estabas más pendiente de la partida de tute, del almuerzo con los amigos el sábado por la mañana, de las cazallas de cada tarde a la salida del traba- jo, que de lo que yo hiciera o dejara de hacer. Vete a tomar por el culo. Yo alimento a mis hijos y los llevo a la escuela y pienso pagarles los estudios mientras pueda. Tú me pusiste enseguida a trabajar de lo que fuese. Querías el dinero de tu hijo de ca- torce años. Vergüenza. Mi madre se me había echado encima, me ponía las manos delante de la boca para impedir que siguie- ra hablando. La aparté de un empujón: tú no te metas, contigo no va esto. Se había echado a llorar. Ella todo lo arregla llorando. Pero lo único que yo quería era ganar algo más para poder vivir como había vivido hasta entonces. Y fue cuando tuve la suerte de entrar en la carpintería. O eso me creí, que era una suerte, que, por fin, iba a tener un trabajo tranquilo y estable.*

Cuando los cito en el despacho, los otros cuatro ya saben de qué voy a hablarles, porque Álvaro se lo ha contado antes que yo, aunque le pedí por favor que no lo hiciera. Me gustaría ser yo el primero que se lo dice, que se enteren por mí, le dije, no quiero que piensen que ando escondiéndome y no quiero dar la cara. Pero en estos momentos los pactos están rotos, nada nos une, nada vale. Jorge está seguro de sí mismo, de sus habilidades como carpintero. Ahmed y Julio no esperan gran cosa. Trabajadores a salto de mata. En Joaquín adivino desconcierto. Pero él, sentado frente a mí, los ojos falsamente blandos, finge resignación. No me digas que me pides que te tenga pena, dicen los ojos de él; precisamente él, que se ha llamado viejo para crearme mala conciencia, se niega a tenerme pena: no me digas que, encima, quieres que te ayude, se quejó cuando le pedí que me guardase durante un par de días el secreto, y vuelve a plegar los labios y chasca saliva con la lengua esa mañana en que estamos reunidos en el cuarto acristalado. Otra vez parece que va a escupir. A escupirme. Seguramente, al advertirles a los otros de la situación, hizo lo que, en la lógica laboral, tenía que hacer: ser fiel a sus compañeros, solidaridad de clase; pero con él es con quien me he pasado cuarenta años, con quien he almorzado cientos de mañanas, los dos sentados sobre la hierba del marjal; con él –otra vez la cinta sin fin desplegándose en la cabeza– he pescado y cazado clandestinamente los sábados, aunque los últimos meses he ido con el moro, porque él andaba con compromisos de padre y abuelo, vida social, eso me contaba –excusas, mentiras, sus hijos apenas pisan su casa, me lo ha dicho quejumbrosa la mujer en alguna ocasión–, y todos esos días que hemos pasado juntos de repente no existen, pero sí que existe su recuerdo para hacerme daño. Me dijo: no me puedes hacer eso ahora, cuando me quedan apenas cuatro años para jubilarme. Sabes lo que eres, ¿no? El tipo parece convencido de que yo lo pierdo todo sólo por fastidiarlo a él, por hacerle *eso* que le he hecho. Él se había hecho el cálculo de que iba a jubilarme hace cinco años, al cumplir los sesenta y cinco, pero manteniendo el taller abierto, y dejándolo como encargado, dueño efectivo que da órdenes al ayudante para que le haga los trabajos más pesados. Se supone que yo le contrataría ese ayudante, y seguiría bajando a diario, trabajando como si tal cosa, manteniendo las relaciones con los clientes, revisando las cuentas, porque a Álvaro si lo quitas de la cortadora, del torno, de la pulidora, del barreno y la escofina, si lo apartas del barniz, no sabe qué hacer, tiene manos, pero no tiene cabeza. Él llevaba el cálculo de que no cambiaría nada, todo más o menos igual, el único cambio sería que yo recibiría mi pensión en la caja de ahorros el veinticinco de cada mes y él recibiría un sustancioso aumento de sueldo por asumir mayores responsabilidades. Lo del taller cerrado, los despidos, el embargo preventivo antes de declarar la quiebra, eso no estaba previsto, y no lo perdona –ninguno de ellos lo perdona–, como si hubiese sido un capricho mío cerrar y mandarlos a la calle. Me odian porque les he tirado al suelo la lechera que llevaban en la cabeza: la jarra hecha trizas y la leche derramada, el líquido blanco esparciéndose entre los adoquines del suelo; pero yo no soy culpable de sus sueños, no los impulsé. Como hubiese dicho en mi juventud con Francisco, intercambié dinero por fuerza de trabajo. Cada uno pusimos lo nuestro, cumplimos nuestra parte del convenio. Los sueños no entraban en el contrato: son responsabilidad de cada cual; y no puedo decir que no me duela cada una de sus decepciones, de sus fracturas o las incomodidades que sufrirán; me duelen con un dolor que va más allá de lo económico, aunque ellos no lo crean, no lo entiendan ni tengan por qué entenderlo: se han quedado sin trabajo, sus cálculos han fallado, lo imagino: los plazos de la caravana de Álvaro para, llegado el momento, iniciar, con la jubilación suya y la de su mujer, una vida felizmente errante: ese día, el mismo en que él obtuviera la jubilación, ya podría cerrarse la carpintería, ¿a que sí? Los otros no importaban. Y entonces qué hubiéramos hecho con las letras del Peugeot 307 break de Joaquín, y con la comunión de su niña o de su niño, ahora no recuerdo bien si es niño o niña el que tiene que comulgar, pero me contó hace meses que ya tiene encargado el restaurante para la primavera, Las Velas, uno de los comedores más solicitados para eventos –y más caros– de la comarca, me lo contó: hay que reservar con un año de antelación, porque, si no, no te dan fecha. Le puedo dar a mi hijo lo mejor, lo que yo no tuve de pequeño, ¿no ve que mi mujer trabaja en la fábrica de galletas o en el almacén de naranjas –que ahora no lo sé seguro dónde me dice Joaquín que trabaja–, y tiene un sueldecito aseado? No es que nos sobre, pero nos lo podemos permitir. ¿Y que hubiéramos hecho con Ahmed y sus planes de traer a su padre de Marruecos, donde vive, viudo y solo, porque los otros hermanos han emigrado a Francia, a Bélgica, y su idea de meterse en la compra de una casa con cuatro habitaciones, una para el matrimonio, otra para el viudo, y una para cada niño, porque son niño y niña y no está bien que compartan cuarto niños de distinto sexo, por muy pequeños que sean? Es inmoral y a la larga peligroso, señor Shteban. Un musulmán no quiere eso, me lo explicaba cuando íbamos a pescar, seguramente a la espera de que yo pudiera conmoverme, y le dijera: te voy a otorgar un préstamo que me irás pagando poco a poco, a medida que puedas –estos moros se creen que aquí el dinero cae del cielo–, o que, al menos, le avalaría un préstamo con el que dar la entrada de uno de esos pisos que ya tenía vistos: o un anticipo a cuenta del sueldo, insinuaba en cuanto alcanzábamos alguno de los momentos de intimidad que se producen cuando pasas una mañana en el campo a solas con alguien; las cenas de los sábados de Julio (o la de los viernes en el caso y en la casa de Ahmed) y el abono de la peña del Valencia de Jorge; o el bautizo de los nietos de Álvaro. Y Ahmed: el Mulud, la circuncisión, los banquetes nocturnos durante el ramadán, jarira muy picante perfumada con cilantro que consigue en las tiendas halal –el otro día lo vi en el Mas y Mas, ya han empezado a traerlo también ésos, la pela es la pela, el cilantro tiene su creciente nicho de mercado, los latinos también lo usan, lo sé por Liliana–, dátiles, dulces de almendra amarga, las fiestas que organiza cuando matan un cordero y lo asan en el horno del patio de la casa, y a las que convoca a sus amigos moros de Misent, fiestas de las que me hablaba y a una de las cuales asistí. Cordero, ensaladas, pestiños de miel, pasteles de almendra, Coca-Cola y té a todo pasto. ¿Preparaba con esas invitaciones el terreno para el anticipo? Me iré de este mundo sin saberlo, y me da igual. A buenas horas comprobar quién te apreció, quién se movía por interés, quién era atento sólo por cálculo, como lo fue con nuestra familia la mujer de mi hermano Germán, la mosquita muerta que nos engañó, que engañó incluso a mi madre, en los primeros momentos celosa porque se le llevaba al hijo mayor, al más apuesto de la familia. Álvaro, Joaquín, Julio, Jorge, Ahmed. Jorge, la cara sonrosada, los ojillos hundidos en grasa: comidas con los amigos, banquetes con los familiares, celebraciones de cumpleaños, abono en el campo de fútbol, viajes en autobús al Mestalla con los de la peña valencianista de Misent, la bufanda del equipo al cuello, y cantando el himno, *amunt, amunt València,* visitas el viernes por la noche o el sábado por la tarde al centro comercial de La Marina. H&M, Zara, Massimo

Dutti, Adolfo Domínguez, Movistar y Vodafone, y luego a la pizzería o al cine en familia, la nueva de *Avatar* en 3D, o *Milenium* segunda entrega, no hace falta salir del centro comercial en todo el fin de semana, como no sea para acudir al campo de fútbol; y, si no es pizza, hamburguesa con los niños en el Hollywood que hay a la entrada del centro, y a jugar en el castillo medieval hinchable, los caballitos, los toros de plástico, con su balanceo impúdico, en los que los niños practican sus primeras cabalgadas; los columpios y las colchonetas hinchables. Julio, Jorge y Ahmed no son lo mismo que Álvaro, que ha trabajado conmigo toda la vida, o que Joaquín, a quien hubiera querido hacerle un contrato fijo pero no he llegado a tiempo. Un trabajador nato. El hombre estaba encantado de haber cambiado lo de barrer calles por conducir la furgona y montar muebles en las casas con el moro (también buen tipo), ya lo sé. Es de los que llevan el carnet de conducir en la boca: tengo el primera especial, puedo conducir cualquier tipo de vehículos –te lo enseña, el carnet rosa con las figuritas impresas, camión, coche, motocicleta– y me sobra fuerza para cargar lo que haga falta. Cuando dice fuerza, levanta el brazo y lo dobla amagando el gesto que hacen los forzudos en el circo. Al acabar el trabajo, el moro y él se felicitaban dándose un golpe, la palma de la mano de uno contra la palma de la mano del otro, y se tomaban una cerveza en el bar. No es ninguna lumbrera pero tiene la fuerza de un toro y le echa mucha voluntad. Con él me hubiera quedado. Y, si te descuidas, también con el moro. Los otros dos no tenían tantas expectativas (Julio no es nadie; Jorge, orgulloso, cree que sabe más de lo que sabe). Aunque el moro estaba convencido de que era el ojito derecho, por lo de la pesca de los sábados, lo de meter el todoterreno por los caminos del marjal, tender el mantel en el suelo al lado del agua del lago, y sacar las latas de atún, y preparar una ensalada. Asábamos unas chuletitas de cordero con alguna vareta de olivo que metía en el todoterreno. Yo voy a comprar las chuletas, señor Shteban, el carnicero marroquí mata el cordero como tiene que ser, el mejor cordero de la comarca, se ofrecía el día antes, a la espera de que le dejara caer en la mano el billete de veinte euros, quédate con la vuelta, anda, en apariencia servicial, pero lo que ocurre es que le da asco la carne que no han matado en sus mataderos, jodidos moros, tanta hambre pasada y ahora se ponen delicados: si no es halal, no puedo comer. Animales degollados mirando a La Meca y desangrados. Éstos no se andan con chiquitas, nada de un golpe en la cabeza al pollo o al conejo, o un mazazo al cordero, y por supuesto nada de eutanasia con una descarga eléctrica, ni siquiera estrangular se permiten: lo suyo es degollar, y mientras degüellan, le rezan a Dios. También a los terroristas islámicos les gusta, por encima de todo, el degüello. Las metralletas, los explosivos, los usan como simples sucedáneos, por problemas de efectividad, pero nada como el tajo limpio en la garganta y la sangre derramándose sobre el suelo. Genética semita: Yahvé le pide a Abraham que degüelle a su hijo Isaac, luego decide cambiarlo por un cordero que, pobre animal, aparece oportunamente a su lado: la cosa es cortar pescuezos, que corra la sangre y empape la tierra. El crepitar del fuego prendido en las ramas secas sobre el lecho de hierba húmeda, el chisporroteo de la grasa del cordero que un carnicero circuncidado degolló y desangró mirando a La Meca. El olor del sebo y la leña quemados se mezclan con el aliento dulzón del marjal. Conmigo sí que bebía (el vino y la cerveza de los nazranis no le producen el asco que le da la carne mal sacrificada), nos echábamos unos cuantos botes de cerveza a la nevera.

Pero Álvaro debía de ser quien mejor entendiera lo que

ha ocurrido: ha sido empresa como yo mismo lo soy (el que era como un hijo para mi padre, un hijo heredado de su mejor amigo), o lo he sido, no puede lamentarse porque muera el miembro si ha muerto el cuerpo. A él se le ha acabado la empresa el mismo día que a mí, ni un día menos le ha durado, no he mantenido ningún privilegio. El mismo día para el hijo del carpintero y para el que era como un hijo, la misma hora. No me he tirado por la borda y me he puesto a bracear para ver si alcanzo la playa un minuto antes que él. En cubierta hasta el último momento, me hundo con ellos. Si la empresa se ha venido abajo, te vienes tú abajo. Me vengo abajo yo y se viene abajo Álvaro. Nos venimos abajo todos. Es así. Los otros, los recién contratados –Joaquín, ya digo, es punto y aparte, aunque raro como un perro verde, misterioso. Uno no sabe lo que guarda su eterna sonrisa– eran los pájaros que le quitan las pulgas al elefantito, a pesar del temor con que Álvaro descubría las habilidades de Jorge. La empresa fuimos mi padre, Álvaro y yo. ¿O no fue así? Nosotros no explotamos a nadie, trabajamos, hacemos nuestro trabajo, ¿no es así, amigo? No importa que Álvaro tenga hijos mayores y hasta unos cuantos nietos y la casa pagada. Perder la caravana tampoco es tan grave. Que sigan usando el coche que han usado todo este tiempo. Un Renault Laguna que tendrá siete u ocho años y que, al parecer, compró porque las revistas decían que era el coche más seguro, lo suyo es lo seguro. No está nada mal. Un señor coche. Si lo ha cuidado –y sé que lo cuida más que a su mujer, lo revisa, lo mira, lo limpia, lo toquetea–, puede aguantarle diez años más. Y la mujer creo que también tiene coche, lo tendrá, para ir a su trabajo. A él le queda paro durante dos años. Eso es esperanza de vida. Dos años. Muchos firmarían por garantizarse ese tiempo en este mundo. Además, la mujer ha trabajado durante mucho tiempo en Mercadona, que es el destino laboral más seguro al que alguien puede aspirar en estos tiempos que corren, y aunque desde hace meses creo que está de baja por depresión, o está deprimida porque sufre una cardiopatía, o alguna de esas enfermedades raras que diagnostican ahora, cobrará su pensión de invalidez. Ya sé que se trata de otra cosa, lo sé, claro que lo sé, pero si se han quedado sin trabajo ellos, también me he quedado sin trabajo yo, y en peores condiciones, porque ya no son míos el taller, ni las máquinas; ni un solo tablón de los que hay almacenados y supuestamente precintados en el almacén son míos. Estos gilipollas aún no saben que ya no es mía la cama en la que duermo, ni la alcachofa de la ducha con la que lavo a mi padre. Las cuentas embargadas. Los acreedores telefoneaban a todas horas hasta que decidí arrancar el teléfono fijo y tirar al fondo del pantano el móvil –no vale la pena pasar por el calvario de darse de baja–, así formo parte de la larga lista de destructores y contaminantes del marjal. Uno más. Los delincuentes usan las charcas cenagosas para tirar las armas fichadas: hace poco los policías, por indicaciones de un soplón, dragaron una de las lagunas y salió a la luz un auténtico arsenal, lo leí en el periódico, decenas de armas con los cañones recortados, con los números de fabricación limados, con almas cuyas estrías, seguramente, se corresponden con balas encontradas en cuerpos abandonados en vertederos, en descampados, en maleteros de coche, o esparcidas por la acera o en el interior de alguna sucursal bancaria tras un atraco, hasta algún coche encontraron bajo el agua los buzos de la guardia civil, nada nuevo: Bernal trufó la laguna con sus telas asfálticas muchos años antes. Pero a lo que íbamos, el teléfono ahogado, el taller parado, la cuenta bancaria intervenida, el Toyota a la espera de que los municipales vengan a inmovilizarlo dentro de quince días, ése es el plazo que me han dado en el juzgado para entregarle los papeles a la juez (no llegarán a tiempo, no le daré ese gusto a la titular del juzgado número 2 de Misent, la dejaré con dos palmos de narices), y, sobre la casa, una orden de desahucio que se cumplirá en un mes: sacarán los muebles, un problema añadido para el repleto almacén judicial en este tiempo de desahucios. Desde que empezó la crisis no saben dónde meter los electrodomésticos embargados, los muebles, las máquinas y herramientas, los coches viejos que a nadie aprovechan pero que han sido requisados para cumplir la orden del juzgado sin otra finalidad que la de escarmentar a los propietarios por haber incumplido su compromiso con los bancos. Se ven incapacitados para almacenar todos esos vehículos, así que se quedan en la calle desvencijándose, llenándose de polvo y óxido, a merced de la rapiña de los chatarreros. La cosa es joder al propietario. Cada dos por tres organizan subastas para ver si se quitan de en medio tanta chatarra, y ni por ésas, ni buitres subasteros encuentran que estén dispuestos a cargar con esas gangas: pisos, colchones, ordenadores, coches que tienen cinco o seis mil kilómetros. Lo que tanta falta parecía hacer, ahora resulta que sobra. Pero los del juzgado se lo llevarán todo, cumpliendo un embargo que mis hermanos impugnarán en cuanto se enteren de que el fantasma de mi padre ha seguido firmando talones, avales e hipotecas hasta el último momento de su vida. Me gustaría verlos por un agujero en el momento en que constaten que no queda nada, porque, para las hipotecas necesarias para emprender la obra de Pedrós, imité yo mismo la firma de mi padre en connivencia con el director de la sucursal de la caja que precedió al Hombre-Pera, en cuyo despacho, tal como habíamos tramado, me presenté arrastrando al viejo en un estado que evidenciaba su incapacidad. Me costó una buena propina y comilona con gamba roja y blanco francés y tinto de ribera. Nos encerramos en el despacho con el tamagotchi y yo imité su firma unas cuantas veces, firmas estampadas en el lateral de cada una de las páginas de los contratos y en las copias, firmas a pie de no sé cuántos documentos, y en unos cuantos talones bancarios. Imagino la furia de mi hermana Carmen cuando se entere, aunque, si ponen un poquito de cabeza, un buen abogado, un perito que certifique que las firmas son falsas, y, sobre todo, si no se ofuscan ni se aturullan, pueden tener el pleito ganado. O sea, que se quedan todos en mejor situación que yo, que ahora sí que voy a abandonarlos, pero no para bracear hacia ninguna costa desde la nave hundida, ni siquiera por la satisfacción de decir ahí os quedáis. Ellos son sólo una pequeña parte de la compañía teatral de la que me despido porque así lo manda la obra que representamos mi padre y yo. Con su pan se coman sus años de paro unos, su rabieta los otros; sus propiedades mis hermanos, si es que consiguen arrebatárselas al banco. Mi futuro sería una pensión de la que el diablo se llevaría los euros que pasaran de seiscientos o setecientos para ir amortizando una deuda imposible de saldar en cien años, y, como dicen los jueces en sus autos, ítem más, una más que probable pena de cárcel por falsificación de documentos, estafa, apropiación indebida, qué se yo cómo califica lo mío el código penal. No lo consulté antes de firmar lo mucho que firmé. Y ahora no me veo haciendo vida de talego a los setenta años: en invierno, en Fontcalent, tira que te va, el solecito calentando el patio, y un par de mantas que te abriguen por la noche; pero en verano aquello tiene que ser insoportable, una sartén en la que te fríes en tu propia grasa. Álvaro tiene jodido el futuro, pero no por mis maniobras o mis fracasos. Se lo jugó al mismo tiempo que me lo iba jugando yo, lo tiene jodido por haber ajustado sus aspiraciones a la modorra de una carpintería sin porvenir durante más de cuarenta años. ¿Puede ser un activo trabajador un gran poltrón? Álvaro es la prueba evidente de que sí. Hartarte de trabajar de puro vago que eres, por comodidad, por abulia, por no caminar treinta metros para encontrar otro puesto de trabajo más instructivo, más excitante, con más perspectivas laborales, e incluso mejor pagado. A ésos antes los llamaban obreros fieles, empleados modélicos, y les daban una medalla de oro alemán el día que se jubilaban: cincuenta años en la misma empresa, cinta al cuello y medalla al pecho. Pues vaya mérito. Un vago que ha pegado el culo a la misma silla durante cincuenta años, o los codos a la misma máquina. Ahora se premia la movilidad. La fidelidad se considera desgana, falta de espíritu; se valora que traiciones a tus sucesivos jefes y que cada traición te reporte mejoras económicas y ascenso laboral. También Ahmed y Jorge tienen dos apacibles años por delante para recomponer sus vidas, Joaquín no sé en qué situación laboral se encuentra, no sé si le quedan aún restos del paro de anteriores trabajos, y además está la ayuda familiar de cuatrocientos y pico euros a desempleados de larga duración que han agotado su prestación por desempleo, y los contratos en trabajos sociales en el ayuntamiento, limpieza, jardinería –de eso sabe él–, albañilería. Julio no tendrá ese refugio, pero fue culpa suya, fue él quien decidió trabajar en negro porque le venía mejor seguir recibiendo las prestaciones de desempleo y luego la ayuda familiar o la ayuda a parados de larga duración, al tiempo que el sueldo, porque así podía pagar con desahogo el alquiler del piso, o la letra de la hipoteca, lo que fuera, que, la verdad, no lo sé muy bien ni a estas alturas me interesa. En cualquier caso, le queda juventud, tiempo por delante. Yo se lo cambiaría de buena gana. A ciegas. Su futuro por el mío. Trato hecho. Los oigo contarme su vida, dejar caer sobre mí sus ilusiones, como si yo fuera el mago que pudiera ayudarles a realizarlas, el hada de la varita mágica que convierte calabazas en carrozas. ¿Sabe usted, don Esteban? El domingo pasado salí con los dos pequeños al parque, mi marido ni siquiera se había presentado esa noche en casa, y en el parque estaba la banda de música tocando bajo el cielo azul y yo estaba allí, sola, mientras los niños pequeños jugaban en los columpios y en el tobogán y en esos como laberintos de cuerda que ponen en las zonas infantiles, y pensaba que tendría que haber nacido en un lugar donde pudieras vivir y quedarte a oír la banda de música una mañana de domingo y viendo jugar a los niños sin tener que abandonar tus cosas. Pensé que incluso no lo necesitaba a él, a Wilson, que vete a saber dónde estaría a esas horas, porque el sábado por la noche no se presentó en casa y no volvió hasta el lunes. Oír yo sola esa música, con los niños. Pero, Liliana, no llores, cuando lloras no sé qué puedo hacer por ti, me dan ganas de tocarte, de acariciarte, de envolverte entre mis brazos como si fueras una niña pequeña, ven, ven que te seque esas lágrimas, dame, uf, yo a veces también lloro, pero no me gusta que me vean. No llores, niña. Qué ha pasado, ¿que él se lo gastó en dos noches? Lo del mes pasado. Se ha repetido lo del mes pasado, ¿a que sí? ¿Que temes que esta vez sea lo mismo, porque el viernes fue el día que le pagaron y por el momento no te ha dado ni un céntimo? No te preocupes, ya encontraremos la solución, mientras hay vida hay esperanza. A ver, levanta esa carita, mírame. ¿Cuánto sería lo que necesitas? Pero límpiate esas lágrimas. No, no me beses (miento, bésame, aunque sea así, como a un padre, en la mejilla). Cada uno debemos hacer por los demás lo que podamos. Sí, sí. Y me gustaría que algún día trajeras los pendientes y el colgante puestos para que yo pueda verte con ellos, tan guapa, aunque aquí se supone que vienes a trabajar y no a una fiesta. Liliana entre mis brazos, tus labios besándome justo al lado de la barbilla, un par de besos humedecidos con lágrimas, y el contacto con tu cuerpo que se ha pegado al mío buscando protección, mientras yo siento una ternura infinita, una piedad corpórea, porque empiezo a notar que la sangre se concentra, me turbo, no sé cómo moverme, cómo separarme de su cuerpo, porque temo que ella pueda darse cuenta de ese movimiento involuntario de la carne que volvería sucio lo que es verdadera piedad, eres mi niña, Liliana, a la que quiero proteger, no quiero verte sufrir porque me haces sufrir a mí, digo, pero cuerpo y alma parecen desajustados, o resulta que la piedad no es más que una forma enfermiza del deseo. El abrazo, la plenitud de aquellos días, hoy es el hueco, el vacío, una sensación parecida a la que debe de sentir una mujer tras el parto, vaciado por dentro, cuerpo hueco, campana. Sensación de vacío, Liliana, la carpintería, y tú, este silencio, pero también sensación de descanso, este quedarme en paz: ahora ya no me martillean en la cabeza facturas, plazos, letras, dibujos, números, nada, ya no sufro, no me queda ni la emoción al ver sus ojos empañados de lágrimas, al rozar el cuerpo de ella, esas bajadas a la zona de sombras cuando la veía despedirse con la puerta entreabierta, no me quedas ni tú, me di media vuelta y me metí por la primera calle que encontré cuando la vi el otro día con su marido en Olba, la manaza de él, la manaza de esa bola de sebo requemado en el hombro de ella, y mi dinero pagando el cariño que parece unirlos: caminaban riéndose y él la besó tres o cuatro veces y ella se reía y le devolvía los besos. Nada de eso tiene que importarme, reposo, certeza. La calma que invade a un pervertido el día después de que le aplican una castración, pero llamarlo así tiene otras implicaciones, turbias, cuando en este caso hay –como entonces– un sentimiento paternal: una empresa, una industria fallida sería para un macho una experiencia semejante al aborto femenino, ¿mejor así, Leonor, unidos por experiencias similares? Tú y yo unidos por un agua impetuosa que se lleva parte de nuestro interior. Al fin y al cabo, también la mierda es parte de nuestro interior. A veces cargamos las cosas con una importancia que sólo existe en nuestra cabeza. ¿Cuánto sería lo que necesitas? Dime, Liliana, ¿con quinientos euros tendréis bastante? Toma, mejor te doy setecientos y así no pasas apuros. Ya me los irás devolviendo. No te preocupes. La empresa me ha vivido dentro. Fue sin querer, Leonor, tú lo supiste. También yo quise marcharme, pero cuando vine a darme cuenta, ya no tenía fuerzas para salir de esta casa que me recoge, y no es mía, nunca ha sido mía, es la casa de mis padres con la que avalé –los otros avales fueron la huerta y el terreno de Montdor– una parte del crédito que solicité y cuyo importe uní al dinero que retiré de la cuenta bancaria para poder convertirme en socio paritario en la última promoción de viviendas de Pedrós. No he tenido una casa mía y, de repente, fui socio de varias decenas de viviendas. Aquí nunca he podido comprar muebles y distribuirlos en las habitaciones a mi albedrío, nunca he podido llevar a nadie, no te pude traer a casa, Leonor, encerrarme contigo en mi cuarto, decir nuestro cuarto, y salir del baño y andar desnudos tú y yo por el pasillo, tomar el sol en la azotea o follar sin temor a que nos oigan suspirar o gemir desde la habitación de al lado, que oigan los chirridos del somier, nunca, ni siquiera masturbarme tranquilamente he podido, siempre la mirada vigilante de mi madre: Esteban, no me gusta que te encierres con llave en la habitación, imagínate que te ocurre algo. La severa voz de mi padre: en esta casa no hay ladrones y no hay por qué ir cerrando las puertas. Pero no es sólo por eso, por ser la carpintería parte de la casa en que he vivido por lo que me duele, sino porque he llevado la cruz de la empresa durante más de cuarenta años, a qué otra cosa me he dedicado: cazar y pescar, echar unas partidas a las cartas por las tardes, inyecciones de alcohol viernes y sábados durante unos años, y, antes, o durante el tiempo en que conseguí que no fuera ni casa ni taller, un precipitado paseo por un lado que creí peligroso –Rolling, Lou Reed, David Bowie, Crosby, Stills, Nash & Young, Creedence Clearwater Revival, Jimi Hendrix–, y fue intrascendente, el que debería haber formado parte de la educación sentimental de un héroe de nuestro tiempo, así fue para Francisco, ¿no estás oyendo toda esa música? Si suena, si está sonando, tienes que estar oyéndola, suenan todos al mismo tiempo y me van a volver loco. La lista podría multiplicarse por diez, seguramente por falta de criterio o de tenencia de un gusto consolidado, maduro; por no tener la capacidad para decir esto es genial esto es una mierda, como hacía Leonor, y correr hacia lo que has elegido sin importarte lo que arrollas a tu paso. Picoteé esto y aquello y todo me parecía bien, alimento, seguramente no supe dotarme de una línea de conducta: falta de carácter, indolencia. ¿Cómo voy a llamarlo? La pausa de mediados de los sesenta me sacó de aquí y no tuve valor o inteligencia para convertir esa experiencia en el embrión de una forma de vida; como Álvaro, también yo acepté la renuncia, la poltrona: al principio a esa poltrona la llamé Leonor –estúpido de mí, ella era pura inquietud, constante elegir esto frente a lo otro–, pero Leonor eligió y se marchó, y yo me quedé aquí, y fue la soledad en el taller de Olba: ni siquiera acudía al bar (ahí reaparecen los síntomas de la infección heredada de mi padre), no veía a nadie, pasaba semanas enteras sin salir de casa; sí, fui un heredero de mi padre, él a la vuelta de su guerra, yo de la mía: él, los hielos de Teruel, yo, los lluviosos bulevares, las luces anaranjadas y el frío de París. Dos derrotados. En cuanto cerraba el taller por dentro, subía la escalera que conduce hasta la casa y me metía en la habitación, para encontrarme en un sitio que no fuera ningún sitio, al principio sentía claustrofobia allí encerrado, escuchando una y otra vez el medio centenar de elepés que me había traído, los que después Francisco me trajo en sus visitas. No me bastaba con abrir la ventana para expulsar la angustia, los muros estaban en torno a Olba, casi podía verlos allá al fondo, al sur, los límites: el caserío de Misent, los acantilados hundidos en la calima, borrosos, las figuritas de los barcos de pesca que volvían al atardecer seguidos por una bandada de gaviotas; y, del otro lado, las estribaciones pedregosas del Montdor. Desde la azotea veía que esos límites se extendían también al norte, el gran vacío del marjal, los carrizales que se pierden de vista; y el perfil de las playas que se ha ido ocultando con el paso del tiempo tras la línea creciente de las urbanizaciones; poco a poco, fui acostumbrándome: un par de veces al mes me aseaba, cogía la furgoneta de la carpintería: ¿de paseo otra vez? Ganas de gastar gasolina, ¿es que no sabes estar tranquilo en casa?, ¿o darte un paseo por la montaña? Caminar es bueno para la salud: mi padre. A veces cogía las katiuskas y la escopeta para que creyera que me iba de caza, y me presentaba en el club a media tarde, a esa hora en la que corres poco riesgo de encontrarte con algún conocido, y si te lo encuentras es porque tiene tan pocas ganas de que lo vean como tienes tú, momentos en que las chicas están empezando a ocupar su lugar junto a la barra. Aún hoy, cuando acudo lo hago a esa hora en que charlan entre ellas, se enseñan las grabaciones del móvil, se pasan las canciones y los tonos de uno a otro aparato, y elijo rápidamente a una (¿no me invitas al menos a una copita?, pero qué prisa tienes), entretenimientos que no han tocado la almendra de lo que ha sido mi vida de rata que clava desesperada sus uñas sobre la tabla a la deriva y compite por el espacio con sus congéneres, les disputa la salvación. La oscura carpintería cuyo hundimiento debería sentir como certificado de libertad, pero me duele como mutilación. Lo mismo que a una mujer que le arrancan el hijo: ése fue mi primer pensamiento. Me han arrancado un hijo que me entregaron en adopción, ¿te suena la historia, Leonor? Cada uno perdimos lo nuestro; ya sé, ya sé, lo tuyo fue un ejercicio de vaciarse por dentro y yo me he desprendido de una adherencia, no es lo mismo, tienes razón: lo tuyo fue intrascendente, o liberador, y lo mío inocuo, un bien transmisible heredado de mi padre como él lo heredó de mi abuelo, un bien desnutrido, mal alimentado: la carpintería había cerrado sus puertas los años que él estuvo en la cárcel, sólo las chapuzas externas de mi tío mantuvieron la continuidad hasta que, tras la excarcelación, volvió a tomar, aunque con desgana, las riendas. En cualquier caso, yo no tendría a quién dejarle ese bien en herencia. Que Álvaro lo mantuviera unos años más no dejaría de ser un asunto entre viejos. Entre *pobres viejos,* diría él, algo que se arruga y degrada y empieza a pudrirse. Durante los años de ausencia de su hermano, mi tío, un adolescente, hizo chapuzas en las casas: clavar algunas tablas en una puerta, construir jaulas para las gallinas en terrazas de casas modestas, conejeras en las azoteas (la posguerra trajo las granjas al centro de las poblaciones, tener algo que comer), levantar un chamizo en el que guardar herramientas, mi padre reconstruyó el negocio en medio de grandes dificultades, resulta que a él sí que le quedaba voluntad cuando salió de la cárcel, su desánimo tenía algo de afectación, aunque no recuperase sus posibles ambiciones, artista convertido en un ser laboral, fue entonces cuando enfermó el negocio con esa degradación que ha sido signo de los tiempos. A mí se me ha muerto. No hay herederos. Sí, Leonor:

historias de un animal infértil. Liliana: usted no sabe de esas cosas porque no tiene hijos. Tenías razón, yo de eso no sé nada.

El dolor de la pérdida –nunca seré propietario de nada– y esta paz que parece invadirme nada tienen que ver con el descanso de la madre que, por fin, da a luz: esa mujer vive la experiencia de que algo que ha sido parte de ella, ha respirado y vivido por ella, empieza de repente a respirar por su cuenta, a moverse con autonomía, vive por sí mismo. El vacío que queda en la mujer es el principio de algo, renuncia activa, y yo vivo un final: los tableros amontonados, las máquinas paradas, el taller silencioso, los he seguido viendo, aunque no podía entrar en el taller porque han precintado las puertas para que no me lleve el material, como si a donde yo voy uno pudiera llevarse un cargamento de tablones. No podía bajar al taller, me daba igual, cerraba los ojos y lo veía todo, no sólo las maquinarias, el equipamiento, el cuarto acristalado al que se accede por una escalera móvil, los archivadores y la mesa tallada del abuelo ebanista, o del padre carpintero que quiso ser escultor, nunca he sabido con certeza quién talló aquello, mantenido –no sé por qué– en secreto. Veía cada pieza almacenada, cada tabla: tengo una puñetera memoria fotográfica que durante todos estos años me ha ayudado a moverme, a encontrar sin dificultad las cosas en el batiburrillo del taller, y ahora me ayuda a sentirme desgraciado: y todo eso que veo no es lo que he sacado de mí para entregarlo a la vida, sino lo que he enterrado. Después de usadas, a las putas de la carretera se las echa de nuevo a la cuneta. Cuando las abandona un chófer vuelven a estar disponibles para dar placer, para servir de desahogo de los conductores que aparcan junto a los cañaverales sus coches, las furgonetas, vehículos semiocultos, las matrículas tapadas por la vegetación para que los vecinos no los reconozcan. Que alguien te vea negociando junto a la carretera supone que te acepta como compañero en el último círculo del infierno, ser que no domina sus vicios –o, mucho peor, un desgraciado que no domina su economía, que no tiene para pagarse algo mejor–, un condenado a sufrir alguna de las múltiples enfermedades infecciosas que esas mujeres transmiten. Y qué otra cosa es una empresa en quiebra, sino una infección que se transmite sin dar servicio a nadie. Clientes y proveedores fingen no haber tenido que ver con ella, esconden su relación, porque contamina la mera sospecha del contacto: haber cursado facturas y pagarés a su nombre, tener albaranes, haber intercambiado letras, haber proporcionado materiales, te convierte en sospechoso. Pero hablo de la empresa, aunque podría hablar de mí, ¿cuántos años hace que me quedé tirado aquí en este culo del mundo? Levanto los sellos judiciales, arranco a manotazos las cintas anaranjadas que forman tres o cuatro cruces sobre la puerta que comunica la carpintería con la casa, a la mierda, vuelvo a contemplar el taller, las máquinas, las tablas. Me siento ante la mesa del despacho, o en alguno de los taburetes de la nave, y me quedo rodeado de todos esos materiales que son cadáveres como yo, inútiles en su abandono, e inician su proceso de degradación. Se ofrecerán a precios irrisorios en la próxima subasta, y muy probablemente ni siquiera encontrarán comprador. La inestabilidad de las cosas, el vacío de las palabras: sí, señor Esteban, el mayor no comería más que hamburguesas y lo haría a todas horas, me las pide a mí. Se las niego, y sé que de todos modos las compra con el dinero que le doy para sus gastos, a pesar de que se lo restrinjo, se lo prohíbo, porque está muy grueso y, a los doce años, pesa casi tanto como el zangolotón de su padre, padece obesidad, y ya sabe usted que pueden quitarle a una el hijo por ese motivo si los maestros lo denuncian; los pequeños no quieren más que pizzas, espaguetis y macarrones. ¿Sabe usted por qué les gusta tanto la pasta a los niños? Pero qué va a saber, si usted no tiene hijos. Dice: usted no tiene hijos como si yo fuera un animal doméstico falto de impulso, tan incapaz de hacer daño como de dar placer; y esa sensación de minusvalía que me inyectan las palabras de Liliana devuelve a Leonor a la culpa de la que la muerte tendría que haberla librado. Esperan del carpintero un carácter apacible, el cornudo San José, ellos llevan negocios, estrés, trabajos sucios en una fábrica, trabajos peligrosos en una obra, trabajos excitantes en un bufete, y piensan que la carpintería es una profesión inocua, el sol dora el polvo de serrín que flota en el aire, un filtro de oro, doradas las virutas como esquirlas obtenidas con buril de joyero, el olor de la madera, tan agradable, sedante, huele a pino, huele a cedro del Líbano, a resinas, el propio olor de la cola resulta grato a la nariz: las mentiras, los tópicos. Hasta los accidentes más graves parecen relativamente benevolentes en una carpintería, nada que ver con esos camioneros convertidos en una achicharrada loncha de jamón de york entre las planchas de la cabina en llamas; con los albañiles que se precipitan de un andamio desde veinte metros de altura y yacen sobre la acera con la cabeza abierta como un melón, con los metalúrgicos que desaparecen trágicamente en una colada de acero: aquí se trata de una yema del dedo que se te queda en la sierra, una uña aplastada bajo el martillo, pequeñas heridas recibidas en una guerra doméstica que incluso te ayudan a componer tu imagen de apacible hombre curtido por un trabajo honrado, como si para ti no contara el universal mandamiento que dice no matarás porque ni siquiera estás capacitado para esa actividad.

Dejo caer sobre la mesa un rey de espadas, y tiendo el brazo para recoger las cartas que están esparcidas sobre el pequeño tapete verde que han extendido en el centro de la mesa y, al hacer ese gesto, roza mi mano la de Francisco. El imperceptible contacto me trae la imagen. En la oscuridad del cine, Leonor me mordisquea la oreja, me lame, introduce la punta de su lengua, cálido y tenso berbiquí, en el agujero del oído, suena ahí dentro amplificado, mezcla de rumor y chasquido. El móvil calor húmedo cosquillea en el cartílago, y la sensación vibrante, caliente y pegajosa, se transmite como un escalofrío al resto del cuerpo y corta la respiración, o, para ser más preciso, me levanta la polla, aunque es verdad que respiro de forma entrecortada como una máquina de tren. Se ríe Francisco de sus propias palabras, ¿qué ha dicho?, ni siquiera he llegado a oírlo, cuando tira sobre la mesa las dos cartas que le quedan. Se da por vencido. Esta tarde habla con inusual franqueza. Habitualmente, si critica, evita pronunciar un nombre propio. Dice: ése; dice: él. Deja una aparente libertad de interpretación al oyente al que le ha infiltrado la dosis de veneno. Lo carga con la culpa: quien oye es quien pone el nombre, la cara, es el malpensado o el delator. Él se limita a proporcionar indicios. Por precaución, como te pones el cinturón de seguridad en el coche. O como si hablase sabiendo que alguien ha puesto un magnetofón en marcha, o que hay un micrófono metido en un agujero que alguien ha practicado en la escayola del techo o bajo la mesa. Esas restricciones en el lenguaje debió de aprender a utilizarlas en los cursillos de la JOC y la JEC.

Justino vuelve tozudo al leitmotiv del que yo quiero huir:

—El problema de Tomás ha sido siempre su mujer. Aunque eso lo pueden decir de cada uno de nosotros.

Y con gesto meditabundo, como quien ha descubierto algo y empieza a pensar qué es exactamente eso que acaba de descubrir, enumera:

—El chalet en los acantilados del cabo, con piscina colgante sobre el mar, eso les costó un pico, y los muebles de diseño, la ropa de Gucci, de Prada. No lo digo por decir, porque me lo invente. Es que te lo va contando ella cuando te la encuentras.

—¿A ti? ¿Amparo te cuenta a ti que lleva modelos de Prada?, ¿es que estás pagándoselos tú? —Es Bernal.

Vuelven las carcajadas.

—A mí no, claro que a mí no me lo cuenta, porque yo no hablo de modelos con ella (me gustaría, pero no se deja), pero a mi mujer sí que se lo cuenta. Como quien no quiere la cosa, mientras parece que habla de esto y aquello, se lo va dejando caer a mi mujer, que podría ganar en el concurso del precio justo si le preguntaran lo que cuestan esas chucherías. Ya sabes cómo son entre ellas, las mujeres. Le ven una blusa puesta a una que pasa por la calle y enseguida: Minuccia, seda, trescientos veinte euros, Vanités, avenida Orts, en Misent; o Marqués de Dos Aguas, en Valencia; o Madisonaveniu en Niuyor. ¡Ah! Y los zapatos son falsos Blahnik, ciento cincuenta euros. Idénticos a los Blahnik y, si me apuras, te aseguro que con mejores acabados. Pero falsos como Judas.

Bernal:

—Está loco por ella y la ha dejado derrochar.

Justino:

—Debe de pasar de los cuarenta y cinco, y le ves la blusa enseñando el arranque de esas tetas duras y bien levantadas, que llevarán silicona, no lo niego, pero que parecen de una chica de veinte; enfundada en vaqueros que le aprietan un culo de manzana que dan ganas de morder.

Yo:

—A ti te quedan pocos dientes.

—De los míos, ninguno, pero no me puedo quejar de los implantes. Me han devuelto a la adolescencia. Tengo que tener cuidado porque, al morder, no calculo la presión, y les hago daño.

—¿Qué muerdes? ¿A quién le muerdes lo que muerdes?

Más risas.

Toca escuchar otro fragmento de la autobiografía encubierta —y falseada— de Francisco:

—Las mujeres son siempre el principal estorbo de un hombre. —Estoy convencido de que no es eso lo que piensa de Leonor, ella no fue precisamente un estorbo en su vida. No creo que hubiese llegado al segundo tramo de la escalera sin ella—. El freno. Como te enamores de verdad, estás perdido.

¿De quién se habrá enamorado él para sentirse perdido? ¿Se enamoró mientras vivía Leonor?, ¿se enamoró después de que murió?, no me refiero a que se enamorara de un cadáver, como los protagonistas de los cuentos de Poe, sino a si se enamoró de otra cuando Leonor ya había muerto, o mientras aún vivía, ¿o se ha enamorado ahora, recientemente? ¿Recibe, cuando se encierra en su casa por la noche, llamadas telefónicas de esa mujer, se excitan al teléfono, la invita a pasear en el yate esos días en que desaparece de Olba

313

y veo cerradas las mallorquinas de la casa de los Civera?, ¿se encierran durante semanas en la casa? De Leonor no sé si estuvo nunca enamorado, el matrimonio le vino bien –les vino bien a los dos–, la utilizó –se utilizaron–, economía, vida social, eugenesia: aunque el chico no les saliera como querían, con la que vino luego no han podido quejarse, la hija es una eminencia en economía. Él dice que siente su desapego, pero yo lo que creo es que es tan lista que ni siquiera le dirige la palabra para que no le dé la lata. Leonor y él hicieron negocios juntos, como Tomás y Amparo, pero Tomás está loco por Amparo: entre ellos hay sexo (me consta, y se les nota), hay relaciones, vicios, gusto por el lujo, seguramente su poquito de droga compartida: Pedrós es de los que se tocan la nariz cuando hablan, seguramente ella también, no lo sé, imagino que es de las que se la deja poner sobre el espejito y la toma a regañadientes, sólo por acompañar, pero que si la cosa no sale a colación, la menciona, a ver si alguien se anima a sacar lo que lleva. Y han amasado juntos dinero, que es lo que les ha permitido sostener lo demás; a Francisco y Leonor no me los imagino compartiendo vicios, me ha dado la impresión de que para él han sido un mundo aparte, clandestino, aunque quién sabe. ¿Y ella?

Interviene Bernal, que ha dejado de toquetear el móvil y se ha perdido toda la última parte de la conversación:

–Resulta difícil estar enamorado de una mujer y hacer algo de provecho. La ansiedad te come. No conviene emparejarte con una mujer que te cueste esfuerzo conseguir, eso es condenarte a pasar escalando el Everest el tiempo que te queda de vida. Tienes que aferrarte a la que puedes conservar sin pelear demasiado. Las tías buenas se las paga uno. Por unos cuantos euros tienes una rusa de dieciocho años de esas que no ves ni en el cine. Follas, pagas, y te vuelves a casa para cenar con la familia, con tu mujer, que cocina bien y folla mal, pero que no piensa en separarse de ti, entre otras cosas porque nadie la mira con demasiado interés. Ella va a las reuniones de padres en el colegio, controla las ampas, las aplas, todas esas asociaciones que ni sé cómo se llaman, esos servicios, esa jerga, la broza socialdemócrata que los del pepé copian entusiasmados porque suena a moderna familia responsable y feliz y también un poco a Opus, y lleva los niños a raya, y sabe elegir el más efectivo detergente en Mercadona, y el mejor queso y el mejor *foie gras* cosecha propia en Mantequerías Manglano. Te plancha las camisas y te cose los botones. O sabe cómo hay que darle las órdenes a la criada que, para efectuar esos trabajos, ha elegido después de exponerla a más pruebas que a un deportista olímpico. Eso es lo que uno necesita, porque hace falta mucho valor para convivir con una mujer que te supera y te obliga a poner a cocer las acelgas y a tender la ropa, y, además, es insaciable en la cama y te folla hasta dejarte seco. Menuda trabajera. Eso no lo soporta nadie.

—Amparo es demasiada mujer para Tomás y para cualquiera. No sólo es que esté buena. Es de las que a las siete tienen una cita y, para no llegar un minuto tarde, deja plantado a quien sea a mitad de polvo. Tiene carácter, estilo, independencia. Y tetas y culo. Aguantar eso en casa, tener que defenderlo a diario, tal y como está el patio, con todos los carroñeros merodeando, resulta muy duro —dice Justino, que se sabe merodeador y carroñero, y a lo mejor es uno de esos a los que Amparo ha dejado plantados a medio polvo alguna vez.

De nuevo, Bernal:

—Ella pesa mucho, pero bastante menos de lo que decís. Él sabe bien cómo disfrutar por su cuenta, cómo gastárselo. Amparo es la que menos parte tiene en el fiasco de las empresas de Tomás, vale, peelings, nails, spa, Revlon, Dior,

Loewe, Miuccia Prada, lo que queráis, lo normal de cualquier chocho burguesón de la comarca. La mujer de un promotor de tres al cuarto, de cualquier concesionario de coches, de un propietario de gasolineras, o de un edificio de apartamentos, ha amontonado esas chucherías de marca durante los últimos años. ¿O hay alguna que no vaya a esos sitios, vista esas prendas y se deje masajear con aceite de hierbas y se bañe en esas bañeras de hidromasaje? Habladme más bien del derroche de él, de las ganas de aparentar, de los despilfarros sociales, o municipales (sin olvidar la propina al concejal de turno), como queráis llamarlos; las donaciones con invitación a la prensa incluida; y no te olvides de los vinos de Borgoña, y de las gambas, y del champán, y suma y sigue: las rusas, la coca –vaya, ya salió, yo siempre lo he pensado, ese andar todo el día frotándose la nariz, le echo una ojeada rápida a Francisco, impávido–, porque el muy cabrón no se ha privado de nada.

Justino:

–Las mejores putas que han caído por la comarca se las ha follado él. No las de los clubs, esas de cincuenta, cien o doscientos euros. No. Ahí ha ido por cortesía con los trabajadores de sus empresas, o para embaucar a los proveedores de poca monta. Para él se ha buscado a las que parece que van por su cuenta, y son punta de tentáculo de algún pulpo mafioso, las que descubres en el malecón de Marina Esmeralda tumbadas en la cubierta de un yate que no se sabe muy bien de quién es, de una amiga, de un amigo que se lo ha dejado, tripulación incluida, para pasar unos días de descanso. ¿Descanso de qué? De sus negocios, de sus pasarelas, de sus boutiques, de sus sesiones de fotos, o sesiones de algo. Eso cuentan cuando se te ponen a tiro. Las que guardan botellas de Möet en el frigorífico, tienen pantalla extraplana de cuarenta pulgadas, y jacuzzi en un apartamento de doscientos metros con vistas al mar, un chalet con cuenta a organizaciones del Este o del Oeste (habría que ver la escritura en el registro y quién se esconde detrás del propietario que aparece), sobre un acantilado de Xàbia o de Moraira. Pedrós se ha pagado sus semanitas en esos chalets contándole a Amparo, y a nosotros, que estaba de viaje, llamando por el móvil para relatar que sí, que mucha agua en Vigo (no veas qué semana llevo, no ha parado de diluviar ni un minuto), o mucho frío en Pamplona (se te hielan los mocos), y que se quedaba tres días más para encauzar la contabilidad del distribuidor (esto es un caos, ya te contaré), mientras abría y cerraba piernas de seda. Se las ha llevado a cenar aquí y allá, a Dacosta, al hotel de Ferrero; al Girasol cuando estaba ese cocinero suizo o alemán, a dormir en el Westin. Más de uno se lo ha encontrado en esos sitios y luego lo ha contado por ahí, al fin y al cabo en esta comunidad nos conocemos todos, esto es un pañuelo. Y de ti, Francisco, no veas lo que ha aprendido, yo creo que ahora mismo sabe más que tú de vinos.

Francisco salta sobre la ocasión como un tigre nepalí:

—Lo sé. Me lo ha contado para presumir: Corton-Charlemagne de Leflaive para los *amuse-gueule;* Cos d'Estournel para el *plat de ressistence;* un sauternes de Coutet para los postres o para el *foie gras:* poses de nuevo rico.

Interrumpe Justino:

—Y de coñacs: Martell, Delamain, Camus, porque su vicio, amén de las putas, son los puros y los coñacs, aún más que los vinos, lo suyo son las sobremesas, la mano en la panza, las piernas estiradas bajo la mesa y los labios en forma de trompeta echando un chorro de humo. Los vinos son para darse el barniz de clase; el coñac, porque le gusta. Yo diría que ha llevado a Amparo en palmitas porque le ha convenido —va sacando conclusiones Justino—. Todos los

317

maridos que engañan a sus mujeres se preocupan mucho de que a ellas no les falte de nada. En caso de que te pille en un renuncio, siempre puedes salvarte, diciendo: pero si yo estoy loco por ti, boba, si te obedezco como un corderito y te trato como a una reina. ¿No lo ves a diario? Un desliz sin importancia lo tiene cualquiera.

Francisco ya no puede resistirse, le ha dolido en el hígado caer en la trampa de hablar de los vinos y los coñacs que se toma Pedrós. Detecta la competencia directa, lo del Corton-Charlemagne y el Delamain, y que le digan que el otro sabe más que él de vino es discutirle el cetro al emperador. Así que apuntilla:

–Una cosa es que Amparo esté buena, lo siga estando a su edad, y sea lista, y tenga gusto, y, él, en el fondo, pues qué te digo, sea un puto fontanero; aunque les haya instalado grifos de oro a los rusos, es un fontanero. Empezó así. No sabe de coñacs ni de vinos. Sabe de marcas, de etiquetas, que es algo muy distinto. Es astuto y se fija en lo que usan los ricos de verdad con los que se junta. Es de los que llevan un cuadernito escondido y se mete en el retrete del restaurante para apuntar las etiquetas de los vinos que están sirviendo durante la comida, o los que ha visto que son los más caros de la carta, las marcas de la ropa y el calzado que llevan los comensales, apunta hasta las palabras que no conoce y se da cuenta de que es de buen gusto pronunciar. A mí me tuvo durante meses enseñándole qué denominaciones, qué bodegas, qué añadas. Me chupaba como un vampiro. No seré yo quien lo condene. Al menos, se preparaba. Un tipo concienzudo. A fuerza de prepararse, un ignorante acaba siendo un sabio –sentencia Francisco, que cierra el parlamento como inesperado defensor del fontanero Tomás. Cristo con Lázaro. El Señor te mata, el Señor te resucita. El Señor queda como Dios con su Generosidad.

Justino se despereza, alarga las piernas bajo la mesa en un despliegue sensual, ondulándose como lo haría una odalisca en un serrallo, se rasca la entrepierna, y suspira:

–Qué feliz te sientes cuando te controlas y le eres fiel a tu mujer, yo lo soy casi siempre, sólo de vez en cuando me dejo caer en la tentación, y esas excepciones, qué gustito dan, ¿a que sí? –se ríe.

Bernal suma y sigue:

–Se la han jugado los dos, ahí ha habido toma y daca: Tomás y Amparo, uno y la otra, ella tampoco ha tenido reparo en gastar por su cuenta, ni se ha cortado en otras cosas: salidas fuera, compras, días perdidos no se sabe dónde (mejor no preguntar); excursiones en solitario a París, exposiciones, aunque, dicho esto, también tengo que afirmar que ese matrimonio es indestructible. O lo ha sido mientras el dinero ha seguido fluyendo. Ya veremos lo que ocurre a partir de ahora. Pero creo que, al menos de momento, los lazos se reforzarán en la medida en que las responsabilidades son compartidas. Lo que une de verdad a un matrimonio son los negocios en común, o las letras por pagar firmadas a medias. Firmas un crédito a veinte años y estás asegurándote un matrimonio para media vida. Eso es el amor verdadero. No las palabras, que se las lleva el viento. Las palabras no las admite el banco en sus cajas blindadas, ni sirven para comprar, ni siquiera para avalar.

Justino:

–Cuando las cosas van mal, se jode todo. El dicho de la harina y la mohína. Los impagados apagan el amor. El agua de la miseria provoca cortocircuitos en el sistema eléctrico de la pasión, ¡joder, me ha quedado una frase de novela antigua, o de ensayo de mucha calidad! Toma nota, Francisco, tú que eres escritor. Vete a saber lo que hay ahí metido: entre marido y mujer nadie se debe (ni se puede) meter, ni siquiera el amante tiene acceso a esos secretos que guardan los matrimonios en su alcoba, la mesilla con los retratos familiares, el despertador, los cajoncitos con los tapones para los oídos, y los tampones para el coño, la crema lubricante, son años acumulando costumbres, manías, te enteras de la versión de uno o de la otra, no sabes lo que de verdad importa, lo que se deben el uno al otro, la economía, dónde tienen la caja fuerte, ni quién guarda las llaves; de eso no te enteras, lo que pueda haberle puesto a nombre de ella o del padre de ella, o de la tía soltera ajena a toda sospecha, no te lo van a contar por más que se lleven como el perro y el gato, sé, o creo que sé, que tienen firmada la separación de bienes. No te quepa duda de que es muy probable que la ruina sea una tapadera. –Habla como lo que algunos dicen que es, un amante despechado de Amparo.

Francisco:

–Está claro que los únicos matrimonios felices son los de conveniencia, funcionan bien engrasados, sin roces, cada uno percibe que sus aspiraciones progresan gracias a la alianza con el otro. Da gusto ver cómo trabajan en equipo esas parejas que han captado la idea (matrimonio = S. L.), se desenvuelven en sociedad, apoyándose el uno al otro sin fisuras, especializándose cada uno en una actividad diferente para obtener el máximo rendimiento de su inversión, porque saben que lo que uno obtenga beneficiará a los dos. Las discusiones en público, las desavenencias, los anuncios de separación, hacen caer las acciones en la bolsa social y dañan la economía doméstica, hay que evitar toda esa mierda que los jóvenes y algunos imbéciles pregonan a los cuatro vientos, sin darse cuenta de que así se devalúan. Creen en el amor y el desamor, en que existen la traición y los celos, sin darse cuenta de que, en cuanto se mete por medio eso que las novelas y las revistas del corazón se empeñan en llamar amor, todo se va al carajo. Se jode. Fin de la tranquilidad. Cuando alguien dice te querré siempre, es que la historia ha empezado a hacer aguas. El montañero no puede quedarse arriba de la cumbre que ha conquistado. Ya estás en lo más alto. ¿Y qué? Sabes que ahora toca empezar el descenso. Y buscarte otro k-ochomil para conquistarlo. La vecina recién casada, la compañera de oficina en la que hasta entonces no te habías fijado, se convierten en nuevos *targets*. Ocurre con todas las cosas. El fuego las funde. Ocurrió con las torres gemelas. Se fundieron. En ese punto intenso de cocción en que el agua hierve, se acaba pronto el caldo en la cazuela y se chamusca el puchero que con tanta ilusión estabas preparando. El ardor sólo sirve para achicharrar las cosas. Los propios amantes, si están de verdad enamorados, tienen prisa por acabar con ese tormento y hacen lo posible por librarse de él. Fuerzan las cosas. Para que un matrimonio dure, no hay que jurarse amor. En vez de la crepitación amorosa, un acompasado hervor egoísta con el fuego a media intensidad.

Francisco me cuenta –sin querer– lo que fue su matrimonio con Leonor, pero Justino, a pesar de su desconfianza radical en el ser humano e incluso en la creación divina en su conjunto –es de los que oyen trinar un jilguero en la ventana y corren a cerrarla porque se creen que se trata del chillido de una rata en celo–, saca fuerzas de flaqueza y olfatea el momento de empezar a diluir las culpas del reo: nunca sabes con quién hablas; a lo mejor se ha dado cuenta de que yo no he abierto la boca en toda la tarde más que para defender a Pedrós, y desconfía. Seguro que sabe lo de mi sociedad con él. Lo del porterío de las promociones lo sabe, desde luego. Lo otro, lo de mi ruina, tiene que saberlo de sobra, cómo va a ignorar lo que conoce todo el mundo. Él, además, tiene acceso directo a la información íntima de los Pedrós, no por Tomás, sino por ella, por Amparo, a la que —su perpetua estrategia— critica por puro afán de esconder lo que probablemente hay entre ellos; y es muy posible que también por una puntada de celos, porque Amparo ha desaparecido con su marido, no se ha quedado esperándolo a él, a pesar de la supuesta separación de bienes. Siempre se ha dicho que tienen o han tenido algo, y que algunas desapariciones de ella coinciden con viajes de negocios de él. En estos momentos, la conversación —a lo mejor, sólo por afán preventivo— cambia de tono. Dice Justino:

—Conozco bien a Tomás. Ha gastado dinero porque lo ha tenido, pero, sobre todo, porque le ha convenido para sus asuntos. Por cada euro que ha despilfarrado ha ganado cien. Digamos que, con el dinero, ha hecho relaciones públicas; se ha buscado la vida así, metiendo las narices en negocios ajenos y metiendo a los millonarios en sus negocios. ¿Por qué invitaba a una legión de vejestorios a su yate? Para sacarles el dinero. Jubilados que han elegido la costa para acabar sus días, alemanes, franceses (los ingleses de aquí no tienen yate, triste *working class)*, a los que nadie hace caso. Se aburren como ostras, y se sienten tristes porque a la vejez aprenden cruelmente que el dinero no da la felicidad (como si la vejez no fuera un estúpido epílogo y tuviera algo que ver con la vida propiamente dicha). Él los saca de paseo, los tumba en una hamaca en la cubierta del barco, les pone el platito de mojama en alta mar, unas almendras fritas para que mastiquen con su blanca dentadura artificial, la copita de vino (una copa de vino no le hace mal a nadie, lo recomiendan los cardiólogos, los reumatólogos, los endocrinos), se preocupa de que se sientan a gusto, atendidos, les escucha con interés mientras le cuentan sus problemas con hijos, nietos y nueras, y, sólo por escuchar, se convierte en hijo, nieto y nuera ideal, lo adoptan como al hijo que hubieran querido tener; lo prohíjan (¿qué hijo se porta así con ellos?), lo miman como querrían que su nieto se dejara mimar, lo quieren igual que querrían a su nuera, si su nuera fuese como tendría que ser, esa con la que se permitirían sueños eróticos por la noche. Reciben de él una comprensión, una complicidad que ya querrían que les otorgara su mujer. El problema es que ha llegado la crisis y Pedrós apenas se permite soltar las amarras del yate por falta de combustible. Los bancos no dan créditos (más bien están ellos para recibirlos, reciben créditos ellos) y hacer que el yate zarpe bajo el azul del cielo mediterráneo y navegar el fin de semana cuesta lo que no está escrito al precio que se ha puesto el combustible, así que, para salvarse, ni siquiera ha podido echar la red en el caladero de los viejos, que tampoco lo hubieran rescatado, porque una cosa es ir sacándoles discretamente las propinas, que te den un empujoncito cuando te hace falta, y otra muy distinta plantarse delante de alguno de ellos y espetarle: Herr Müller, necesito ochocientos cincuenta mil euros. No es lo mismo soltarle calderilla al niño que nos entretiene (una recomendación para hacer una obra, un préstamo sin vuelta de ocho o diez mil euros, una caja de vino del Mosela, hasta pueden regalarte un Patek Philippe para el cumpleaños), y otra muy distinta echar mano a la cartera para sacar dinero de verdad. Eso son palabras mayores. Negocios que hay que pensarse mucho, consultar con asesores, evaluar. Viejos caprichosos sí que son, claro, pero tontos ni hablar, pagan por el juguete, pero a precio de juguete. Han ido soltando lo justo para que no decayera la distracción, y ni un euro más, han invertido (como siempre, como todo el mundo) con la idea del beneficio en la cabeza (abrirse puertas en la comarca). Hace siglos que sabemos que no hay rico que sea generoso, los generosos encallan en el estadio previo a la riqueza, bracean, hacen señales en dirección a la costa durante algún tiempo, y a continuación se ahogan. Sus cadáveres desaparecen para siempre sepultados en el mar de la economía, o en el mar de la vida, que vienen a ser lo mismo. Mueren en la indigencia.

Francisco:

—Pocos días antes de desaparecer, me estuvo llorando Pedrós. No el exceso de gastos, como sé que va diciendo la gente, sino la falta de ingresos, eso ha sido lo que me ha perdido, me dijo, te lo juro por mi hija, que es lo que más quiero en el mundo. Hace meses que no me corro una juerga, no voy a ningún puticlub, ni me lío una noche con nadie. Te lo juro. Gasté mientras tuve, mientras me lo pude permitir porque lo tenía. Pero ahora se lo ha comido todo el diablo. Pagar materiales, pagar sueldos, pagar, por qué no, relaciones públicas, y no ingresar. Pagar y que no te paguen. Ése ha sido el problema. A cualquiera que te cuente otra cosa, le dices que es mentira. No soy yo solo el que está pillado. ¿Sabes cuántas empresas han desaparecido en la comarca? No empresas que han cerrado, sino que se han esfumado, empresas desaparecidas: vas a la oficina a cobrar y la oficina no está, no es que esté con las puertas cerradas, es que el escaparate está vacío, con papeles y cajas tirados por el suelo, y cuando pretendes averiguar quién es (o era, o ha sido) el propietario de la empresa, resulta que nadie sabe nada. Y el que negoció contigo, el que puso la firma al pie del recibí, en realidad no tiene poder ninguno, ni siquiera estaba dado de alta en la sociedad. Eso es lo peor. Has estado abasteciendo a fantasmas venidos del otro mundo. No soy el único que ha quebrado, me decía el lloroso Tomás, ha cerrado Fajardo, el del almacén de materiales de Misent; y el del otro almacén, Magraner, ha echado a la mitad de la plantilla y está a punto de cerrar. Lo sé de buena tinta. Y

Sanchis, el de los muebles, y Vidal, el de las persianas. Y Ribes. Y Pastor, que ahora va por su cuenta de albañil cuando lo llama alguien: todos los hombres que iban con él están en paro, más de cincuenta. Y los Fajardo han subastado el material, del que han sacado calderilla (¿quién va a querer material de construcción, o maquinaria, una retro, una pluma, en los tiempos que corren?), han pagado a quien han podido, y han chapado. Y Rodenas se ha vuelto a Jaén, o a Ciudad Real, a coger olivas, con moros, rumanos y polacos, imagínate, promotores inmobiliarios codo con codo con los emigrantes de última generación, la escoria, los dedos congelados esas mañanas de invierno bético, los sabañones.

Mientras habla Francisco, que aparta de mí los ojos durante todo su parlamento –lo cual quiere decir que, en la conversación, Pedrós me citó entre las víctimas de ese derrumbe en cascada–, no paro de pensar que, si esto fuera la selva, veríamos cómo las lianas empezaban a trepar pegando sus ventosas en las cristaleras de las tiendas cerradas, en las paredes de los bloques de apartamentos abandonados, cubriendo con su masa vegetal los áticos vacíos. La ciudad perdida, como en las películas esas de aventuras con las que disfrutábamos cuando éramos niños. Caminas durante días y días por la selva y, de repente, te das de bruces con una enorme ciudad cubierta de hojarasca y maleza, templos, estatuas, joyas enterradas. Fantasías de Julio Verne o de Salgari.

Concluye su turno mi amigo:

–No sé cómo quedará todo esto, me dijo el bueno de Pedrós, si se saldrá o no de la crisis, pero a ti, Francisco, y a mí, qué más nos da. De nuestra crisis ya no se sale, y eso lo sabemos los dos. El tango: cuesta abajo. Estaba hundido. Me dio mucha pena.

Bernal:

–¿De vuestra crisis? ¿Eso te dijo? ¿Acaso él tiene setenta años como tú? Cuarenta y cuatro o cuarenta y cinco, si no echo mal la cuenta. Pero es un lince. Qué capacidad para crear empatías. Ya te estaba enredando. Tú y él, dos jubilados que contemplan el último tramo de su vida. Como si él no estuviera ya maquinando otro negocio. No te quepa duda de que lo está. Seguramente, lo de la quiebra sea sólo una estrategia para algo y, en realidad, le han embargado la calderilla porque lo que merece la pena lo tiene a nombre de Amparo.

Nuestro Pedrós consigue que sigan hablando de él estos a quienes, que yo sepa, no les debe nada –no sé cómo llevará el saldo con Justino–, conseguirá que hablen de él durante meses los proveedores a quienes no ha pagado, los que le han tenido manía y se alegran de verlo hundirse, los empleados a los que ha despedido y sus familias damnificadas; quienes hubieran dado media vida por que los invitase a una gira en su yate. Es su parte perdurable de fama. Algo es algo. Yo procuro no hablar de él, pero pienso a todas horas en él, no contribuyo a mantener su fama, pero sí que alimento su memoria. Hablan quienes hubieran pagado un dineral por verlo hundirse y quienes pagamos un dineral para que él nos viera hundidos. Mientras me tomo el último trago de cerveza oyéndoles hablar de la caída de Tomás, pienso que podré dormir al menos un par de horas esta noche. El alcohol me está sentando bien. Miro el reloj y Justino se da cuenta. Me dice: ya son más de las ocho, Esteban, tienes que fichar con la colombiana. Durante la partida, me he tomado un carajillo y dos copas de ponche. A continuación, nos hemos levantado de la mesa en que jugábamos y hemos continuado la charla en la barra: tres tercios de cerveza, ¿o han sido cuatro? Poco más o menos, lo de cada tarde. No sé si esa sensación de bálsamo con la que uno sale del bar está en la partida que juegas o en el alcohol que bebes mientras juegas: salir del bar metido en una mullida nube de algodón. Pienso en la posibilidad de decirle a Francisco que nos echemos un gin tonic de una de esas botellas de Bombay Sapphire, o de Citadelle, que le guarda el camarero.

De buena mañana, antes de salir he sacado a la terraza la jaula con el jilguero y le he abierto la puerta. El animal ha vacilado unos instantes: en el primer momento asomó sólo la cabecita, y desplegó y cerró las alas varias veces como si se estuviera preparando para emprender el vuelo, pero dio media vuelta y volvió a meterse en la jaula y se puso a picotear en el comedero; al cabo de un rato, avanzó hacia la puerta dando pequeños saltos y esta vez apenas se detuvo antes de emprender un revoloteo corto que lo llevó hasta la barandilla. Se quedó allí remoloneando unos segundos. Volvió la cabeza de un lado a otro con movimientos nerviosos. Dio media vuelta. Parecía que iba a regresar a la jaula hacia donde dirigía rápidas miradas, moviendo una y otra vez la cabecita como si la tuviera unida al cuerpo por un muelle elástico descontrolado. Pero esta vez levantó el vuelo y se deslizó en la leve gasa matinal, suavizante de la luz, y se fue volviendo cada vez más pequeño hasta que se confundió con el azul del cielo. Se me humedecieron los ojos al perderlo de vista, un sentimiento confuso: me parecía hermoso verlo volar libre y me sentía muy triste por perderlo. Además, se me hizo un nudo en la garganta cuando pensé que tampoco él se librará del desastre. No está acostumbrado a buscarse la comida, a defenderse de esos minúsculos enemigos que pueblan el entorno, será difícil que sobreviva en libertad. A pesar de todo, ha sido hermoso verlo salir volando, hundirse en este cielo diáfano de invierno: la leve gasa de la mañana, la precisión del vuelo del pájaro, la quebradiza luz del sol naciente que empañaba en suave oro el azul. El conjunto transmitía ilusión de libertad, un gozo incontaminado. También los seres humanos salimos a nuestro medio aquejados por minusvalías. Se me humedecen los ojos cuando pienso así. Tengo ganas de llorar. Golpeo el volante con el puño (cuidado con el airbag, puede saltar con un golpe como el que acabo de darle), antes de abrir la puerta del Toyota para tener espacio suficiente para calzarme las katiuskas que llevo tiradas en el suelo ante el asiento del copiloto. Mientras me calzo, vuelvo a ver la figura del pájaro que se encoge hasta perderse de vista, la cara de Liliana: ¿sabe usted?, he sentido la felicidad de pensar que me iba a llegar la felicidad, he notado los preparativos de algo, el ajetreo interior, como quien espera una visita importante y arregla la casa, pone los objetos en su sitio, limpia el polvo de muebles y cristales mientras desde la cocina llega el olor de la comida especial que se está preparando. Ahora es Álvaro del otro lado de la mesa del despachito: podías haber avisado con antelación. ¿Tú crees que yo sabía que esto iba a acabar así? La mezcla confusa de sentimientos diluidos en sus ojos. Yo le enseñé a Álvaro a cazar y a pescar en el pantano –de eso hace cuarenta años–, como mi tío me enseñó a mí. Mediados de los setenta: Álvaro es un empleado animoso que resuelve a la perfección los trabajos en el taller. A pesar del fantasma paterno que vigila sobre nuestras cabezas, establecemos cierta amistad. Yo acabo de volver de la que será mi última escapada, y él sigue en el puesto en el que estaba cuando me fui, el fiel hijo de mi padre. A veces me acompaña los sábados por la mañana, almorzamos juntos, aprende a manejar el fusil, admira que yo sepa tantas cosas del pantano: ya ves, el tiempo lo envilece todo, lo borra, qué te voy a contar, Álvaro, dos hermanos, qué más hubiera querido yo, hubiera querido que las cosas fueran de otra manera, entre nosotros, cómo no, y para ti, a pesar de que tú no puedes quejarte de que te haya ido mal, un trabajo fijo y con poca responsabilidad, una casa, una familia. Añoro, sobre todo, que las cosas no hayan sido distintas para mí, no esta provisionalidad que se alarga y dura decenios y, cuando te das cuenta, la vida se está acabando, y las cosas no han ido nunca por donde uno había previsto, no se dejan controlar, qué más querría yo, qué más hubiera querido. Son sus ojos, es el brillo de sus ojos lo que veo en el destello del sol. Tus ojos, Álvaro. El pájaro ha ido haciéndose más pequeño confundiéndose con esos destellos del sol en el cielo. El brillo de los ojos, una chispa diminuta que enciende la pupila, ahora rodeada con un brochazo de sangre. Flota la pupila en ese líquido rojizo como, hace unos momentos, lo ha hecho el sol cuando ha salido del mar: un anillo rojo flotando sobre un charco de sangre. Por qué me extraño de que Álvaro me odie, o me desprecie, tampoco yo quiero a mi padre y llevo con él toda una vida. Me ha acompañado decenas de veces en fines de semana, en días como el de hoy, en que se respira el aire limpio del invierno. Los dos solos bajo el cielo lavado, caminando por este espacio luminoso en que la luz aísla cada objeto, resalta los volúmenes, los destaca del fondo, y el paisaje parece un recortable: tras las primeras lluvias del otoño, el aire pesado del pantano se adelgaza y el olor putrefacto de agua estancada se ve sustituido por otro de cualidades vegetales. Vegetales frescos, recién nacidos. Es el que ahora percibo, como un estimulante tónico que me ayuda a caminar con mayor energía, braceo más alto, más fuerte, los pasos los doy más largos y rápidos, piso más fuerte; por un momento, parezco un hombre seguro que va en busca de lo que quiere. Avanzo por el camino: sólo se oye el susurro de las hojas de las cañas cuando las aparto, el suave chasquido cuando me golpean en los hombros, o chocan, en el movimiento de vuelta a su posición inicial, en la mochila que llevo colgada a la espalda, el monótono chupeteo de las katiuskas de goma a cada paso al despegarse la suela del elástico barro. El graznido de un cuervo, el aleteo de las gallinetas: casi me salen entre los pies, yo las asusto a ellas y ellas me sobresaltan cuando escucho el golpe de las alas, el zumbido del aire que cortan. El perro corre hipnotizado tras el aleteo, se detiene al borde del agua y vuelve la cabeza hacia dos patos que emprenden el vuelo. Ladra. Son ruidos que fracturan el cristal del aire; el chapoteo provocado por un animal que salta al agua: un sapo, una rana, una rata, el ladrido del perro amplificado por la cúpula de cristal del cielo. Camino y siento que me sumerjo en un mundo aparte habitado por otros seres y regido por otras leyes. Como mi padre, también yo siento un repentino deseo de quedarme para siempre aquí. También yo soy un ser demediado cuando salgo al exterior de este laberinto. El perro se vuelve, corre nervioso, me adelanta, y a continuación trota hacia mí moviendo el rabo, se pega a mi pierna y, de un salto, me pone las patas delanteras sobre el vientre. Lo acaricio, le froto la cabeza, el lomo, y me invade la emoción. Nuestra culpa se lleva por delante tu inocencia, perrito. Se ha parado la brisa y el silencio puede llegar a resultarme doloroso, advertencia del gran silencio que se avecina, el que lo ocupará todo. Algunos días de invierno los vientos del norte meten en los marjales el zumbido procedente de la nacional 332, o el –más intenso– de la autopista, el incesante paso de automóviles y camiones cuyo sonido se amplifica en la bóveda invernal y que, en cambio, las calimas del verano parecen tragarse como un papel secante o una esponja se tragan los líquidos. Hoy no, hoy no hay viento y no se mete ningún ruido, el lugar está en suspenso, sin aliento. La grata cuchilla del frío detenida. Avanzas sintiendo que te dejas penetrar por su filo inmóvil. He aparcado el todoterreno más arriba, porque quiero disfrutar del paseo, pero la contemplación del paisaje, las reflexiones, no me apartan de mi objetivo, ahora ya sé hasta dónde podré llegar mañana con el Toyota, he calculado la anchura del camino semicubierto por la vegetación, la calidad del firme, he comprobado que puedo adentrar el vehículo hasta el lugar donde el agua interrumpe la senda, el repliegue del lago, la charca con forma de riñón que en los meses de verano se aísla del resto del sistema pantanoso: durante años mi tío y yo la hemos usado como despensa, piscifactoría natural que mañana verá enriquecidos sus nutrientes, contará con un aporte suplementario de carnada que alimentará a las bestezuelas, y, a cambio, contaminará o envenenará el chortal en el que mi tío me enseñó a beber, el bien y el mal una vez más revueltos. Aquí fue donde, por primera vez, cebé el anzuelo, arrojé el sedal y cobré un par de peces diminutos (no recuerdo de qué especie, una lisa, una tenca, imagino) que mi abuela preparó esa noche para cenar. Un guiso de patatas, ajo, pimentón dulce y una hoja de laurel. Estos dos son para el niño, que los ha pescado. De vuelta a casa, empezó a llover, y tuvimos que refugiarnos en una construcción en ruinas, donde habíamos guardado la bicicleta. Cuando vimos que no dejaba de llover y el cielo estaba cada vez más oscuro, mi tío se atrevió a coger la bicicleta, conmigo sentado en la barra, me envolvió en el capote de caucho cubriéndome también la cabeza, la lluvia acribillando la superficie y yo metido en aquel envoltorio como en una estufa; del cuerpo de mi tío me llega el vaho caliente, oigo estallar en la superficie del caucho los goterones de lluvia cada vez más densos. En esos días otoñales de gota fría, o durante el invierno, llega hasta el fondo del marjal el mugido del mar, cuyas aguas altas hinchan las del pantano: el oleaje penetra por las bocas del río y de los canales de desagüe y el espejo del lago se rompe en mil pedazos que, como hechos de brillantes esquirlas de un metal líquido, se juntan y separan nerviosos, cambiando continuamente de forma y posición. El marjal cobra vida, todo es movimiento: el agua, las cañas, los matojos, todo se agita. Lo he visto decenas de veces, pero los recuerdos se concentran en la tarde en que de repente se oscureció el cielo y el día viró a una noche extraña, bañada por lívida luz que parecía brotar de la superficie del agua. Emitían luz las hojas, las cañas, del verde de los ribazos manaba luz, una luz invertida que se proyectaba en los nubarrones negros: paisaje en negativo. Mi tío me lleva de la mano en ese paisaje de pesadilla hasta el almacén en ruinas en el que ha guardado la bicicleta. Oigo el estruendo del agua golpeando las tejas y veo la luz fantasmal, artificio óptico sobre la pared de ladrillos más cercana a la entrada, que de repente brilla con un rojo intenso, resaltando los relieves. Esta mañana, en cambio, la calma es absoluta, no se oye ningún ruido de motor, ninguna voz rompe el aire y el agua refleja en su quietud el azul del cielo, las nubes que lo cruzan y la vegetación de sus orillas, el agua inmóvil duplica el paisaje cambiante. Mientras camino pienso que mi tío me ha enseñado casi todo lo que sé hacer. Manejar la escopeta, elegir el cebo que el mújol más apetece, preparar las trampas con vísceras podridas que pronto se llenarán de cangrejos, instalar los *mornells* en los que acaban metiéndose las anguilas, incluso cuanto sé de carpintería lo aprendí de él. Me lo ha enseñado casi todo, excepto esta manera desesperanzada de mirar el mundo, la seguridad de que no hay ser humano que no merezca ser tratado como culpable. Eso lo he heredado con la sangre de mi padre, se me ha transmitido con la aspereza de su voz y la dureza de su mirada. Como diría Leonor: un hombre en guerra que se prepara para librar la batalla más importante. Eso sí que me lo ha enseñado él, que no me toleró ni un gramo de la ingenuidad que se necesita para poder aspirar a algo. Ni fui escultor, ni he sido ebanista, lo que el diccionario define como trabajador de maderas finas, autor de trabajos delicados, escribanías con bustos renacentistas como la que hicieron mi abuelo y mi padre, armarios con molduras en forma de hojas de acanto, o de pétalos de alguna flor, cabezales de tilo labrados con siluetas de amapolas, trabajos de marquetería, mesillas con lirios incisos en palo de rosa, o con geometrías art déco en severo roble, en ébano, nada de todo eso me ha encargado nadie en mi vida, ni yo lo he sabido hacer, ni me ha interesado. Ni siquiera he sido un carpintero. Desde que dejé Bellas Artes (con todos mis sacrificios, te he dado la oportunidad que Germán no tuvo, me dijo, la posibilidad de llegar donde yo no he podido, luego me enteré de que no había sido exactamente así, yo fui el sustituto de Germán en su proyecto: le fallamos los dos, leña suplementaria para su hoguera), nunca mi padre me pidió que hiciéramos algo a medias, ni me enseñó a valerme por mí mismo, a llegar a ser un ebanista que deja algunas piezas para admiración o disfrute de otros cuando se va. Rechacé su proyecto y me dio por perdido. Me di por perdido yo mismo. Mi padre, en su juventud, sí que aspiró, tuvo ambición: quiso subir en su oficio unos cuantos peldaños por encima del lugar que ocupaba su padre, un buen ebanista al que vivir aquí y no en una gran ciudad lo había privado de oportunidades para desarrollar su habilidad, pero que dejó algunas piezas, algunos de los muebles de esta casa que nunca ha sido mía y en la que hasta hace poco he vivido como uno de esos huéspedes de vieja fonda a los que se riñe si gastan demasiada agua para ducharse, si prenden el calentador o leen hasta muy tarde con la luz de la mesilla encendida.

Mi tío lo justificaba:

–Yo era un muchacho más bienintencionado que hábil, me empeñaba en hacer algunas chapuzas para vecinos que aún recordaban el taller en el que trabajaban tu abuelo y tu padre y en el que yo había empezado a ayudar. Los que me dieron trabajo en los años difíciles, cuando me quedé solo, sin mi padre, sin el hermano mayor, no esperaban gran cosa de mí, lo hacían más por solidaridad o por piedad hacia la familia que por atención a mis habilidades. Me encargaban fabricar un galpón para almacenar cachivaches, una conejera, un palomar en la azotea. Nada dentro de las casas, nada en los lugares que, incluso en las casas más pobres, se consideran nobles, escenarios para representar algún tipo de dignidad, o de simple decoro. Mi madre y la tuya se alquilaban para fregar suelos y lavar ropa y, en la temporada de la fruta, acudían al almacén de naranjas. Cuando volvió tu padre, en el taller no quedaba casi nada, se habían llevado buena parte de las máquinas, los materiales, habían destrozado muebles. Las sillas de nogal, la mesa, las que hizo tu abuelo, y la escribanía se salvaron porque las escondimos en el pajar. Se llevaron otros muebles, un armario, un aparador, que seguramente aún ennoblecen alguna casa de Olba.

–¿Pero no fue mi padre el que hizo esos muebles?

–El abuelo los había empezado, pero acabó de tallarlos él.

–¿Y luego ya no labró ninguno más?

–Digo que los muebles los salvamos en el último momento, él acababa de regresar del frente, apenas se tenía en pie, pero entre él, tu abuela y yo los metimos en el corral...

334

—¿Y mi madre?, ¿mi madre no estaba allí?, ¿no ayudó?

—... los enterramos en el heno, montones de heno que llegaban hasta el techo del cobertizo, los tapamos con aperos, con cajas y tablas viejas. Vinieron a saquearnos. Es ridículo utilizar la palabra saqueo para el destrozo de una casa en la que apenas había para comer, pero estaban las escasas máquinas, las herramientas, y, sobre todo (algún vecino debió informarles), los muebles que había tallado el abuelo, eran su orgullo, el trabajo de su vida que no vio concluido, el tesoro de una casa miserable, desentonaban del resto del mobiliario, pero su proyecto era amueblar con el tiempo toda la casa, hacer la mesa del comedor, las camas, las mesillas, los armarios, lo tenía todo dibujado en sus cuadernos, me los enseñaba. Te digo que los que vinieron estaban tan borrachos que se entretuvieron persiguiendo las gallinas, y sacando de sus jaulas a los conejos, y ni se fijaron en el cobertizo, supusieron que no habría más que miseria. Un pajar. —Le miraba los ojos a mi tío y me parecía ver allí proyectado lo que los ojos del niño habían visto.

—¿Qué hicieron?, ¿qué habían visto aquellos ojos, madre? —pregunté.

—Nada, los había visto saquear la casa y luego los vio varias veces pasar borrachos bajo la ventana.

—¿Y no volvieron a casa?

—Volvieron para registrar, buscaban armas, que no había, habíamos enterrado la escopeta de caza del abuelo, la que luego ha usado tu tío, la que te deja a ti, la habíamos enterrado en el olivar de las afueras, buscaban papeles y libros, también quemados o enterrados unos días antes.

—¿Y volvieron otra vez?

—No, no volvieron nunca —replicaba cortante.

Fíjate: nunca, que parece una palabra terrible, en esas circunstancias se vuelve esperanzadora: ellos no iban a volver nunca. Tú tampoco volverás a casa, Liliana, nunca, y en este caso no sé si es palabra terrible o esperanzadora, como no sé si algún día conseguiré dejar de oír tu voz. Imagino que sí, al final todo se borra, aunque pasará un tiempo hasta entonces, ya sabes que el rencor dura bastante más que el amor, tu voz: no, hoy no le voy a decir nada para no preocuparlo, no quiero, le he dicho que lloro por mis cosas, pero no me pregunte, le he dicho que no se lo voy a contar, y ya está. Pero si ya me lo has dicho, me lo dices con tus ojos, levanta la cara, así, te cojo la barbilla, mírame a los ojos, otra vez esas lágrimas, quieres que me quede tranquilo y te veo llorar así, no puede ser; al revés, si no me lo cuentas me vas a dejar más preocupado, déjame que yo acierte, no hace falta que me lo cuentes tú, a ver si acierto, tú solo tienes que bajar la cabeza si es que sí. Wilson se ha vuelto a gastar el dinero, ¿a que es eso?, ¿no bajas la cabeza?, ¿algo peor?, ¿te ha pegado?, eso no debes tolerarlo, ya sabes que si lo denuncias el Estado español te protege y te concede automáticamente la ciudadanía, espero que no se le haya ocurrido levantarte la mano, ¿se ha ido? Perdona que te lo diga así, pero si se hubiera ido, o si te hubiera pegado, aunque al principio sufrieras porque es tu marido, el padre de tus niños, y lo quieres o lo has querido, te habría hecho un favor, porque para ti es más bien una rémora ese hombre. No lo digo yo, me lo cuentas tú. Mueves la cabeza a un lado y a otro. Niegas. Ni te ha pegado ni se ha ido. Ya ves, lo demás tiene remedio. Seguro que lo que sea que te haya ocurrido se puede arreglar. Te lo digo siempre, ni el mal ni el bien vienen para quedarse, están con nosotros un rato, y luego se van, siguen su camino hacia otra parte, se ocupan de otra gente, de casas que no son la nuestra. La suerte es inestable. Ven aquí, no apartes la barbilla, déjame que te acaricie el pelo, hija mía, pobre Liliana. ¿Qué te ocurre? Otra vez niegas con la cabeza. No quiero, no quiero decirle lo mismo otra vez, me da vergüenza. Pero qué vergüenza podemos tener entre nosotros, vergüenza de una hija a un padre, ven aquí, déjame que te abrace, así, deja la cabeza en mi pecho, tienes el pelo suave, fuerte y suave. Tú también eres fuerte y suave, porque tienes capacidad para sufrir, la vida te ha curtido. No te arredres, hija. Llora tranquila, expulsa esa tristeza. Llorar alivia, relaja. Así, espera que saque el pañuelo del bolsillo y te limpie esas lágrimas, así está mejor. Es que me da vergüenza venirle siempre con la misma historia, un mes y otro mes, usted no tiene ninguna obligación conmigo, yo entiendo que al final se canse y me diga que me busque la vida, que eso es mi problema, siempre la historia de que no queda nada en la nevera, de que no tengo qué darles de comer a los niños ni con qué pagar el alquiler de la casa. Al final eso aburre, yo entiendo que acabe por aburrir. Tengo mucho miedo de que se canse de mí. Pero cómo puedes decir eso, cansarme de ti, uno no se cansa de una hija, un cariño así no es algo que puedas poner y quitar a tu antojo, lo llevas contigo, ven, llora así, tu cara contra mi pecho. ¿Cuánto necesitas esta vez?

¿Por qué no estoy en mi cama esa noche?, ¿qué hago vagando por la casa apenas iluminado por la luz de la luna cuando cruzo ante las ventanas del comedor y en la más absoluta oscuridad mientras avanzo por el pasillo y paso ante la puerta de las habitaciones en las que duermen mis hermanos? Quizá me he despertado y al ver vacía la cama en la que habitualmente se acuesta mi tío, con el que comparto dormitorio, he salido a buscarlo. Tengo cinco años. A la derecha del pasillo, está la escalera que baja a la carpintería. Para alcanzar el pasador de la puerta he tenido que ponerme de puntillas, consigo accionarlo, la abro. No sé lo que pienso que voy a encontrarme. Al final de la escalera, por debajo de la puerta que da paso al taller, hay una línea de luz hacia la que avanzo despacio por miedo a caerme, tanteo la pared, busco cuidadosamente cada escalón, y cuando consigo abrir la puerta, allí está mi tío, con la cabeza gacha y su mirada fija en algo que no sé lo que es, pero que, a medida que avanzo hacia él, descubro que se trata de un carrito de madera que sostiene entre las manos, me embarga la excitación, cruzo a toda velocidad la distancia que nos separa, él levanta sorprendido la cabeza y yo me aferro al carro que sostiene, lo cojo y tiro de él para arrebatárselo, pero lo aguanta con fuerza y me mira con ojos divertidos, las ruedas giran por el impulso de la yema de su índice, aflojo la presión de mis manos y descubro que, tirada en el banco, a su derecha, hay una tabla de madera muy delgada que, en realidad, es el perfil de un caballo. El primer movimiento de mi tío al verme ha sido el de ocultar el caballo bajo un paño que tiene al lado, pero, al darse cuenta de que lo he descubierto, se resigna, sonríe, hace girar las ruedas, aparta con delicadeza mis manos y regresa a la tarea en la que estaba ocupado cuando entré. Le pone una rienda al caballo, metiendo una delgada tira de cuero por el pequeño orificio que hay junto al belfo. Te esperaba. Te ha despertado un paje. Los Reyes me han dicho que puedes ver el carro y tocarlo un momento, pero que después tienes que irte a dormir para que puedan dejártelo bajo la cama pasado mañana, que es el día en que reciben los juguetes los niños. Ahora soy yo quien hace girar las ruedas moviendo el dedo por su borde, estoy viendo mi primer juguete de verdad, es la primera vez que a casa llegan los Reyes Magos. Lo celebro esta noche en la que he salido de la habitación, he atravesado el pasillo a oscuras, tanteando las paredes con las palmas de las manos, y luego me he sentido atraído por la línea de luz bajo la puerta del taller. Me acompaña a la habitación, encendiendo las luces a nuestro paso. ¿Y cómo has bajado la escalera a oscuras? Para haberte roto la crisma. Ahora a la cama los dos, vamos a dormir los dos, tú y yo, dice mientras aparta la ropa de cama para que me meta dentro, me arropa hasta la barbilla. Andando descalzo y con este frío, dice. Después se sienta en su cama y empieza a quitarse los zapatos. Por qué mi padre, el que talló o no talló los muebles, no me hizo nunca un juguete, un carro, un pinocho con la nariz larga, una rueda. No recuerdo que les hiciera un juguete a ninguno de mis hermanos, ni siquiera a Carmen. Lo pienso mientras vuelvo a ver la mano de mi tío que me lleva a que vea la feria y dispara en la caseta de tiro y me consigue un camioncito de hojalata que colgaba de una ancha tira de papel que él ha roto con sólo dos disparos. El feriante lo felicita por su buena puntería. ¿Es usted cazador? Y él se vuelve hacia mí: ya puedes montar una empresa de transportes para ganarte la vida, me dice riéndose, tienes carro, caballo y camión, te falta el combustible. Luego me guía, poniéndome la mano sobre el hombro, y subimos juntos en un coche de choque. El ruido metálico de los altavoces emitiendo música, las luces, los faroles chinos de papel de colores, la gente mayor que baila, la música, vuelvo a ver la verbena, vuelvo a oír la música, las parejas bailan bajo las bombillas y los farolitos chinos, Machín, Bonet de San Pedro, las canciones que mientras plancha canta mi madre, y ahora escucho la voz de mi tío, veinte años después: me dice que los hombres representamos los grandes números mediante los números pequeños. He terminado el servicio militar, he abandonado la Escuela de Bellas Artes, y le he dicho que quiero quedarme a trabajar en la carpintería, y él me dice: lo pequeño está en el embrión de lo grande, como el hombre está en un feto. Y esta mañana soleada siento que es así, la felicidad se resume en el escuálido caballo de madera y su carrito, en el camión de hojalata y las luces de la verbena y el ruido metálico de los coches eléctricos y el chasquido de las chispas que estallan en la telaraña de alambres del techo. Y esos olores de feria: el algodón de azúcar, la manzana forrada de caramelo, el aceite quemado de los churros.

Me habla:

—Esteban, el hombre no haría obras grandes sin trabajos pequeños, en la maqueta que hace un carpintero está el edificio entero que construye el arquitecto, no hay profesiones grandes y profesiones pequeñas: me alegro de que hayas decidido quedarte con nosotros en la carpintería, pero está bien que recuerdes eso. No olvides que Dios se sienta en una silla, come en una mesa y duerme en una cama. Como cualquiera. Puede prescindir de los retablos, de las estatuas y de los libros que le dedican, incluida la Biblia, pero no de sus sillas, su mesa, y su cama —mi tío se esforzaba. Quería que me sintiera a gusto con la profesión. Conseguir que empezara a quererla. Creía que vivía como un fracaso haber abandonado la Escuela de Bellas Artes. Seguramente intuía que me hacía falta quererme un poco a mí mismo. Pero a mí no me parecía más que retórica —lo era—, la verdad estaba en que yo había empezado a salir con Leonor y era a ella a quien quería, aprendía a quererme a mí a través de ella. Aprendía mi cuerpo con cada parcela del suyo, y mi cuerpo cobraba valor porque formaba parte del suyo, era su complementario, pensaba que compartíamos dos cuerpos que no podían separarse ni vivir cada uno por su cuenta. Nos veíamos en cuanto tenía un rato libre. Corría a buscarla cuando acababa la jornada en el taller. Mi padre: ¿puede saberse adónde vas con tanta prisa? Nos refugiábamos en las últimas filas del cine de Misent (entrábamos con la sesión empezada, las luces apagadas para que no nos reconociese nadie), follábamos entre las dunas de la playa, alquilábamos habitaciones en las fondas que servían como lugar de encuentro a marineros y putas. La traje al marjal, su cuerpo fue el único que no me dio la impresión de que le arrebataba la pureza. Hermoso su cuerpo cubierto de cieno, oliendo a aquella podredumbre sobre la que nos habíamos revolcado. Nos lavábamos junto al chortal, donde el agua estaba más limpia, la excitación de pisar aquel suelo resbaladizo como la piel de un reptil, el contacto con los vegetales que el agua llevaba en suspensión y rozaban nuestras pieles con una caricia blanda, los filamentos verdes que flotaban en el agua y se quedaban adheridos dándole a aquella carne blanca el aspecto de un cuerpo llagado que pedía ternura, el suave olor a limo y podredumbre. Los cantos al torno y al serrucho que se esforzaba en entonar mi tío me parecían tan inútiles como las sombrías quejas de mi padre. El agua fresca de la mentira, tan fácil de beber. La verdad era aquella carne entre mis manos, la saliva, los dientes clavándose en mi cuello mientras gemía, el cuerpo húmedo y pegajoso que abrazaba en el barro. Yo no quería quedarme en la carpintería, la verdad era que no sabía lo que quería.

Reverso del calendario de 1960 que el padre de Esteban guardó al fondo de una de tantas carpetas de albaranes amontonadas en el armario del cuarto acristalado al que se accede por una escalera corrediza y conocen con el nombre de despacho. Del calendario sólo falta la primera lámina que servía de portada, pero puede suponerse que se trata del correspondiente a 1960, porque, a pesar de que en las hojas de cada mes no consta el año, en la última lámina, la de diciembre, aparece a pie de página e impreso en caracteres minúsculos el nombre y dirección de una empresa gráfica, y, debajo, la fecha en que se supone que ha sido impreso el calendario. Septiembre de 1959. Desde que se escribieron estas anotaciones nadie ha tenido acceso a ellas, ni siquiera Esteban, que no se ha ocupado de revisar la montaña de viejos papeles que ocupa prácticamente todo el armario de unos cinco metros y medio de ancho por tres de alto, y dividido por ocho baldas. Las doce láminas del calendario están ilustradas con imágenes de mujeres vestidas con trajes regionales que posan ante paisajes popularmente conocidos de la zona a la que representan. El texto explicativo de la imagen correspondiente a enero dice: Mujer castellana junto a la muralla de Ávila; en febrero, el pie de foto aclara: Una navarra del valle de Baztán. En marzo: Pubilla catalana ante su masía; Abril: Sevillana al pie de la Torre del Oro. Mayo: Valenciana en traje típico. Junio: Pescadoras coruñesas. Julio: Mujer de Coria (Cáceres). Agosto: Una dulcinea en los molinos de Campo de Criptana. Septiembre: Casera vasca. Octubre: Mañica vestida para las jotas de la fiesta del Pilar. Noviembre: Mujer canaria a la sombra del drago milenario. Diciembre: La mujer balear. Los textos manuscritos se encuentran en el reverso de las láminas que van desde junio a octubre (ambas incluidas). Están escritos a lápiz en letra diminuta y algunos pasajes se han borrado casi por completo y resultan ilegibles. Por eso no se incluyen aquí.

Yo tengo quince años cuando escucho a mi padre. Ha venido del frente con su primer permiso, admiro y toco el uniforme de soldado, sin fijarme en la mala calidad del tejido y en que parece confeccionado para alguien que midiera diez centímetros menos que él y pesara veinte kilos más. Aún no sé que, en poco tiempo, yo vestiré uno igual. La guerra acaba de empezar. Tiene prisa por contarme lo que sabe. Se encarga de mi formación, de eso que rodea cualquier vida y le da cierto sentido, lo que te libera del destino o de la maldita voluntad divina y te convierte en hombre capaz de decidir por ti mismo: eres el único responsable de hacer contigo lo mejor que sepas hacer con los materiales que la naturaleza te ha regalado, no estás obligado a más, pero tampoco a menos: es la frase que me inculca repetidas veces. Piensa que, destinado al frente, quizá le queda poco tiempo para enseñarme lo que sabe. La guerra hace que todo discurra deprisa y nadie haga proyectos a largo plazo. Pero también puedo volver diez años atrás y detecto en él la misma voluntad pedagógica: vuelvo a mis ocho años. Me lleva cogido de la mano y me habla de los lugares desde donde llegan las maderas apiladas en el puerto de Valencia: vienen de los bosques del Congo, las selvas amazónicas, Escandinavia, Canadá o Estados Unidos, paisajes que luego he visto en las películas y en el Nodo. Creo que se lo inventa. No sé si por entonces llegaban a Valencia maderas de tantos sitios. O a lo mejor soy yo quien deforma el recuerdo, y pongo en su boca palabras que no pronunció; pero creo que no es así. Puedo revivir como si fuese hoy la tarde en el puerto de Valencia, ¿por qué habíamos ido a Valencia? Es la primera vez que veo una gran ciudad. Durante la guerra estuve en Madrid y en Zaragoza, y unos años antes visité Salamanca con los alumnos de la Escuela de Artes y Oficios. Luego ya no he conocido otras ciu-

dades grandes, la cárcel y después, y hasta hoy, Olba. Yo creo que fuimos a visitar a una hermana de mi abuela, porque estaba enferma y mi abuela dijo que quería verla por última vez: un día festivo en familia. Comimos en el pisito que olía a medicinas: a alcohol y yodo, a tarros de comprimidos guardados en cajones de madera de castaño, a meado de gato. Un piso de viejos. Por la tarde el tranvía recorre la larga avenida que lleva al puerto, y, desde allí, nos dirigimos al embarcadero de la golondrina que navega bordeando la dársena y se asoma a la bocana. Durante todo el trayecto en el barquichuelo, noto la mano de mi padre abierta sobre mi cabeza guiándome suavemente, me señala las grúas de cuyas plumas cuelgan racimos de troncos; y las pilas de madera que se suceden en los muelles, las vemos desde el mar. Los troncos me parecen enormes. Cuando desembarcamos, se quedan los demás en la playa: la abuela y su hermana, mi madre, la mujer de un primo de mi padre, que vivía en Valencia y también estaba allí aquella tarde con sus dos hijos, unos niños a los que no recuerdo haber vuelto a ver, y tres hombres que no sé quiénes son, probablemente primos de mi padre. Estamos en la playa de Las Arenas, cerca del balneario y de las casetas en las que se cambia la gente distinguida. El recuerdo de mi padre ese día feliz, el día en que recibo el regalo de montar en el tren, y ver una ciudad grande, con sus calles animadas, sus mujeres elegantes, sus automóviles; subo en tranvía y en la golondrina del puerto, y, además, está él allí, llevándome de la mano, o dirigiéndome con la palma de su mano posada sobre mi cabeza, y su presencia en el recuerdo forma parte del regalo. Sentadas en la playa, en las sillas de alquiler, las dos viejas que no pueden agacharse. Los demás permanecen tumbados o sentados sobre la arena, mi madre tiene cuidado de tender una toalla antes de sentarse, para no manchar la falda, y se la ajusta entre las piernas para que la brisa no la levante, Ramón (¿qué tendrá, dos, tres años?) juega con la arena, corre descalzo por la cenefa de espuma que forman las olas cuando se extinguen blandamente. Toman refrescos –cervezas y palomitas de cazalla los hombres, horchata las mujeres y los niños– y él me separa del grupo sólo a mí, ni siquiera a mis primos –el niño y yo tenemos un asunto pendiente, justifica la escapada–, y me lleva a recorrer los muelles: las grúas suspenden en el aire grandes troncos blancos, dorados, rojizos, o de un marrón oscuro. En el despachito hay un libro en el que se describen esas maderas que ahora están tendidas en el muelle, y de las que me habla mi padre mientras caminamos entre vagones de tren, camionetas, carros tirados por grandes percherones, carreteros que fuman apoyados contra las cajas de las carretas o sentados en el pescante, y estibadores que se mueven de un sitio para otro como atareadas hormigas. Comparo esos troncos con las imágenes del libro ilustrado: ahora, en el muelle, las veo a tamaño natural y con sus colores oscuros o claros, marrones, o melados, y no en blanco y negro como aparecen en el libro que guarda mi padre. De vuelta en casa, sentado a su lado en la carpintería, leo guiado por su dedo que va posándose debajo de cada palabra hasta que yo la pronuncio: el arce de azúcar procede –padre, ¿qué quiere decir procede?, le pregunto– de las Montañas Rocosas y el Canadá, es de color claro, excelente para suelos duros, para pistas de patinaje o de baile; el palo de rosa es originario de Brasil, se aprecia para el mobiliario de lujo. También de Brasil procede el pino paraná o araucaria, muy valorado por su color meloso, tan peculiar, y porque carece de anillos de crecimiento; y americana es la mobila, pino amarillo del sur o pino melis, que, por su resistencia, tanto se ha usado para la viguería de las casas en nuestra comarca. Su dedo apoyado en los grabados me muestra en el libro troncos como los que ahora vemos tendidos sobre el cemento y otros que, cuarenta años después, aún no he visto. Durante la lectura no paro de preguntarle el significado de las palabras que pronuncio en voz alta. Buena parte de ellas no las entiendo, procede, excelente, meloso, viguería. Pero el misterio que parece encerrar ese vocabulario desconocido hace que aumente mi curiosidad. Me pasaré semanas intentando introducir esas palabras en lo que digo, y, así, digo cosas como que la leche procede de la vaca, o el pan está excelente y eso me hace sentirme como un hombre maduro que conoce ciertos secretos.

Dice mi padre en su viaje de permiso desde el frente: para querer un trabajo, tienes que conocerlo, saber para qué sirve, pero también qué es lo que tienes entre las manos, los materiales con los que trabajas, respetarlos —en sus cualidades y defectos—, y saber lo que cuesta obtenerlos: no somos artistas, sino artesanos, aunque tú, cuando esto termine, podrás volver a la Escuela de Artes y Oficios para aspirar a ser un artista. De todos modos, recuerda que un buen carpintero no es el que hace maravillas con la madera, sino el que vive de su trabajo con la madera, primero sobrevivir y luego filosofar, o hacer arte, lo que sea que hagas, pero que te sustente; además tienes que conocer al dedillo el porqué de cada instrumento que usas: mira, toca esta silla —apoya su mano en el respaldo—, ha nacido del trabajo combinado de la naturaleza y el hombre, la ha fabricado gente que habla, que piensa, ha costado mucho esfuerzo. El mueble que has hecho soporta el culo o los codos o las manos y los papeles y los manteles y los platos y los vasos, de alguien, listo o tonto, rico o pobre, alguien que, gracias a tu trabajo, se concede cierta comodidad que le alivia del ajetreo o del cansancio de cada día, el cabezal de cama ampara el sueño de cuerpos —no importa que sean hermosos o deformes— durante miles de noches, te acompaña cuando duermes y si estás enfermo, y está ahí, sosteniendo la almohada en la que apoyas la cabeza el día en que te mueres, fíjate si es importante un cabezal de cama. Con la cama, con una mesilla, tu cliente te ha introducido en una intimidad en la que no admitiría a ningún otro; además, trabajas con maderas procedentes de árboles que han crecido en otros continentes y han cortado hombres que manejan herramientas, los troncos de esos árboles han recorrido miles de kilómetros antes de llegar aquí, han necesitado el trabajo de leñadores, cargadores, chóferes, embaladores, estibadores, marinos, han sido arrastrados en carros tirados por bueyes o por mulos, en camiones conducidos por chóferes, en vagones tirados por una locomotora de vapor en cuyo depósito palea un fogonero, como han paleado carbón los fogoneros del barco en el que cruzaron el mar. Cuando piensas así, entiendes la importancia de tu trabajo, no porque seas un genio, sino precisamente por lo contrario, porque no eres más que un eslabón en la cadena, pero un eslabón que, si falla, arruina el trabajo de todos los demás. El hombre no es nada que no sea la conciencia que tiene de sí mismo, se fabrica a sí mismo. Si no sabes de qué estás compuesto y de qué se compone lo que usas o lo que transformas con tu trabajo, no eres nada. Mulo de carga. El conocimiento convierte el trabajo en razonable, y a ti en un hombre que piensa, hombre es sólo el que piensa. Para millones de personas el trabajo es la única actividad que los desasna y civiliza. Para otros una forma de embrutecerse a cambio de pesebre o de dinero. Hoy la gente empieza a vivir mejor —aunque esta guerra seguramente nos devuelva a la miseria—, ya lo sé, nosotros mismos tenemos más comodidades, pero seguramente somos menos personas, los generales que se han sublevado tienen en sus casas muebles de palo de rosa y de nogal, pero son unos mulos, desconocen el valor del trabajo, piensan que un trabajador es una mera herramienta a su servicio, sin capacidad para pensar por su cuenta ni libertad para decidir, no saben lo que vale lo que usan, sólo saben lo que cuesta, el dinero que han pagado. ¿Entiendes lo que quiero decir?

Yo afirmo con la cabeza.

La guerra lo fastidió todo. He necesitado decírselo a mi hijo Germán antes de que se fuera al servicio militar, seguramente para mostrarle que yo había peleado en una gran batalla, pero que él tenía que luchar en la suya, no es batalla pequeña mantener la dignidad entre todas las bestias fascistas con que va a encontrarse en el cuartel, y más siendo hijo de quien es. Espera lo peor, le he dicho. Cuando yo tenía poco más de diez años, mi padre me enseñaba a tallar la madera, me tenía a su lado mientras iba haciendo algunos de los muebles de la casa. Luego quiso que aprendiera en la escuela. Me había elegido. A Ramón le dijo: cuando aprenda tu hermano, te tocará a ti. Yo era el mayor, como tú ahora eres el mayor. Había que seguir un orden. No había para todos. Al menos, que se salvara uno. Ya se encargaría ése de tirar de los demás. Sacar a uno fuera del agua para que desde allí pudiera tirarnos la soga que nos salvara. Ése era el trato. Algo aprendí en los meses que pasé en la Escuela de Artes y Oficios, a usar con otra intención la gubia. No sé si hubiera sido bueno, pero hubiera querido ser escultor. Vino la guerra. Se apagó la luz. Tuve que dejarlo todo. Se me hizo tarde. Los primeros tiempos en la trinchera seguía con mi idea. Labré unas figuritas que le envié a mi mujer por medio de un vecino –a mi padre le hice un llavero precioso, con la hoz y el martillo metidos en una estrella de cinco puntas–, las tiraron, las enterraron, las quemaron antes de que los nacionales entraran en Olba, porque eran imágenes de contenido político, una cabeza de miliciano, un puño, dos fusiles cruzados, imaginería laica, sustitutos de las medallas de santos y vírgenes que la gente llevaba al cuello o ponía sobre los muebles antes de que llegara la República. Además de medallas, hice platillos, llaveros con motivos patrióticos, revolucionarios. De aquello han quedado las figuritas en madera que están sobre el aparador de tamaño poco mayor que el de las figuras de ajedrez (un perfil de mujer con los cabellos recogidos, un medallón con un caballo, otro en el que representé un jarrón con flores). Las hice ya en la cárcel, allí aún tallaba los pedazos de madera que caían en mis manos; por cierto, hice un juego de ajedrez que nos deparó muchas horas de entretenimiento, claro que, sobre todo, hacía cucharas y tenedores con algún trozo de boj que conseguía meter en la celda, o en el pabellón, porque al principio ni siquiera nos tenían en celdas: malvivíamos hacinados en naves en las que teníamos que turnarnos para dormir porque no cabíamos tendidos en el suelo. Hice llaveros, y esas pequeñas medallas laicas que los presos se colgaban al cuello con un cordón: un nombre, una inicial, una flor, una hoja de plátano. Los signos políticos habían desaparecido, ni se nos ocurría reproducir nada de aquello que nos había acompañado durante los últimos años. La madera casi siempre me la proporcionaban los propios guardias a cambio de que tallase algo para ellos. Cuando salí de la cárcel no volví a labrar ni un palo, algunas veces lo intentaba, cogía un pedazo de madera, lo preparaba, lo pulía con cuidado, pero después me quedaba sentado delante de él como un pasmarote, creo que se me venía a la vista todo lo que había perdido. Me lo hacía revivir. Le dije a Germán: yo no lo conseguí, pero tú puedes ser un buen ebanista, aunque no haya podido permitirme enviarte a la Escuela de Artes y Oficios o a la de Bellas Artes, que es donde a mí me habría gustado ir. Te enseñaré lo que sé, los rudimentos, el resto irás aprendiéndolo por tu cuenta. Ya verás. A lo mejor algún día podremos pagarte un curso, o podrás ir a trabajar con algún maestro. Quizá cuando vuelvas de la mili, con tu hermano ayudándome en la carpintería, podamos incluso pagarte ir a la Escuela de Bellas Artes.

Ha sido la primera vez que le he hablado con claridad a un hijo mío de lo ocurrido durante los últimos años. Él me ha mirado con dureza, y me ha dicho:

–Pero es que yo no quiero ser ebanista. Ni cuando vuelva de la mili quiero trabajar aquí. Ni ir a ninguna escuela. Y, además, hacer el servicio militar no me parece irme a ninguna batalla, vivimos en tiempos de paz, no me voy a la guerra, sino a un cuartel, e ir allí lo veo más como una oportunidad que como un castigo, una forma de salir de casa, de sacar la nariz fuera de Olba, tratar con gente, formarme, porque lo que voy a hacer allí va a ser sacarme el carnet de conducir, me los voy a sacar todos, el de autobús, el de camiones, y voy a conseguir que me metan en los talleres y, cuando acabe el servicio, montaré mi propio taller de coches, me haré mecánico. Para mí, la mili será una escuela. Lo tengo todo previsto. Lo que no he aprendido, lo aprenderé allí.

Se me ha nublado la vista. He tenido que reprimirme para no darle una bofetada. Tenía ganas de agredir o de llorar.

–Tú sabrás –le he dicho.

Este hijo mío ha heredado la falta de redaños de la madre. ¿Y los otros? Aunque creo que no es cuestión de genética, sino influencia de los tiempos. Al menos Esteban debería parecérseme, aunque físicamente seamos muy distintos. Él es más sanguíneo, más espeso, tiene otro fuste físico, más fuerza y más presencia que Germán. Siendo el pequeño, a primera vista parece mayor que Germán. No sé si tendrá cabeza, pero tiene caja corporal para almacenar voluntad y rabia. Aunque me irrita verlo todo el día con el hijo de los Marsal, no me fío un pelo de ésos, ni siquiera me atrevo a contarle cosas de la guerra al muchacho, no sea que se le escapen delante de su amiguito. Dice que escuchan música en las placas que tiene en su casa. Le he advertido que no quiero que vuelva a pisar allí, pero no sé si me hace caso. Algún día tendré que hablar con él y contarle cómo han sido las cosas. Quién es ese Marsal, el padre, tan pulido, tan educadito, que parece que no ha roto un plato. Pero lo de Germán no me ayuda. De Juanito no sé qué pensar, es *demasiado niño, no sólo por edad. Aunque ya digo, qué más da el físico, qué importan los genes. A todos éstos les han cambiado la cabeza con la que nacieron y les han hecho otra a medida. Se la están haciendo. Vivo en mi casa, con mi mujer y mis hijos, y me siento como un extraño. Me da vergüenza escribirlo, pero es como si, en mi propia casa, viviera rodeado de enemigos. Echo tanto de menos las conversaciones con mi padre, con mi amigo Álvaro, a los dos se los quitaron de en medio, a Álvaro lo hicieron polvo en la cárcel, a mí también, pero, no sé si por suerte, yo tenía más salud, él salió amargado y enfermo y duró poco. Yo he sabido convivir con la amargura e impedirle que me arrebatara la salud. En fin, soy de otro planeta. Pero es lo que me he buscado. Lo que me han autorizado a buscarme.*

Esculpir en piedra me parecía algo superior, me echaba para atrás, me asustaba. El arte de los grandes, no me sentía capacitado. La madera sí, la he tenido en casa desde niño, pero la piedra era otra cosa. Le dije al maestro que no quería aprender lo que me pedía. No me sentía capacitado. Ni se me pasaba por la cabeza. El maestro se burló de mí, me explicó que las apariencias casi siempre resultan engañosas: en la piedra mandas tú, coges la maza, los punteros, el cincel, mides, modelas y trabajas con paciencia, raspas, raes, limpias: la piedra es una masa compacta que puedes partir, horadar con tus propias fuerzas y con la ayuda de las herramientas apropiadas. No hay filigrana que los escultores no hayan hecho trabajando con la piedra. En las estatuas de Bernini la piedra de las estatuas femeninas se vuelve carne blanda en la que se hunden los dedos fuertes del macho. Como en la madera, lo decisivo en la piedra es aprender a conocerla, saber elegirla, conocer su densidad, sus cualidades, su comportamiento posterior, aunque casi nunca somos capaces de vaticinar con precisión. Tenía razón mi maestro. En la madera lo importante es saber curarla, trabajarla en el punto exacto de sequedad, obedecer las vetas que te marca, aunque hoy día yo no sé si siquiera los escultores tienen en cuenta esas cosas, desde luego los carpinteros de ahora trabajamos de cualquier manera, con maderas cuya evolución no conocemos. Hay piedras duras, difíciles de labrar —me decía el maestro—, que parecen que condenan las estatuas a la eternidad, pero que al poco tiempo se deshacen por la acción del agua, o se descomponen con las variaciones de temperatura o son propensas a los ataques de bacterias y hongos. Otras, como las de Salamanca, que habéis visto en vuestro viaje, se endurecen a la intemperie. Salamanca fue el destino de nuestro único viaje de estudios durante la República, gracias a una beca que nos otorgó a algunos alumnos una fundación no recuerdo si sueca u holandesa. No he olvidado nunca ese magnífico museo de escultura expuesto al aire libre, piedra que soporta la intemperie: San Esteban, la Catedral, la fachada de la Universidad, el patio de Las Dueñas. Las figuras extraordinarias cubriendo fachadas enteras, la piedra de un color hermoso, cambiante con la luz del día, desvaída por la mañana y cobre intenso y oro al atardecer. Casi quinientos años después de labradas, se mantienen gracias a la calidad de la piedra de unas canteras llamadas de Villamayor, de las que se extrae una roca fácil de tallar cuando está recién cortada y que, a medida que pasa el tiempo y se ve sometida a las inclemencias, crea una especie de capa que en vez de agredirla y disolverla, como les ocurre a otras areniscas, la preserva e incluso la endurece. Han pasado casi treinta años desde que vi Salamanca y, si cierro los ojos, creo que aún puedo reproducirla en el pensamiento.

—Y están esos imponentes trabajos de fundición, de bronce, de hierro, que tanto nos admiran —prosiguió el maestro.

En la escuela nos mostraron las obras de Benlliure y me moría de envidia, aún era el escultor de moda, por más que le hubiera levantado estatuas al rey. Lo que yo había hecho hasta entonces era poco más que lo que hace uno de esos pastores que se entretienen decorando las empuñaduras de los bastones en cualquier rincón del mundo, había trabajado en la carpintería, mi padre me había enseñado algunas cosas, pero aquello era arte, aunque mi mayor sorpresa fue cuando visitamos un retablo de Froment guardado en la Escuela de Bellas Artes, fue ese día cuando descubrí que mi maestro tenía razón, que la madera podía competir en grandeza y perfección con la piedra y el metal. El maestro me dijo: si has trabajado con madera, tienes ya hecho lo más difícil, ¿o te parece que Froment no se enfrentó a dificultades extremas? Pero te repito que con la madera aún más que con la piedra tienes que entenderte, tienes que averiguar lo que ella ofrece, su calidad, lo que quiere de ti, hacia dónde te dirige, las vetas, las diferencias de densidad de un milímetro a otro; es un material más cálido que la piedra, hay más continuidad entre tu mano y lo que estás esculpiendo, y precisamente por eso muchas veces sus exigencias son mayores, no se deja engañar, te pide que la comprendas, que la cuides, pide lo que te pide un amigo cuando te relacionas con él; aunque debo decirte que el material que a mí me resulta más hermoso —el profesor había empezado a emocionarse—, porque de verdad resulta más cercano al hombre, es aún más humilde que la madera: te hablo de la arcilla, que se adapta a la mano, se deja marcar por ella, la arcilla es prolongación de ti mismo, que al fin y al cabo eres barro que volverá al barro. Cuando trabajas con arcilla, entiendes eso. Constatas que eres polvo y volverás a él. Un ser frágil trabajando un material frágil. Y, sin embargo, los libros nos muestran esas terracotas de Creta o las que moldearon los etruscos, hermosas aún después de haber vivido unos cuantos miles de años y que, por su mera existencia, nos demuestran que, gracias a la inteligencia y al trabajo, la fragilidad del hombre y del barro se convierte en resistencia. La piedra o el metal no duran necesariamente más que el barro. Cuando concluyes un objeto de arcilla, tienes la sensación de que te desprendes de una parte de ti. Rodin modelaba sus esculturas en arcilla con las manos, ése era Rodin, luego estaba la ejecución en bronce, la fundición, al fin y al cabo un arte industrial.

En la Escuela de Artes y Oficios acudíamos a clase cargados con un bloc de dibujo, tintero de tinta china, tiralíneas, bigotera, compás, cartabón y escuadra. Aprendíamos dibujo artístico y dibujo lineal. Dibujábamos capiteles y basas griegas y romanas (dórico jónico corintio y toscano), copiábamos láminas del tratado de arquitectura de Viñola, copiábamos la plaza de San Ignacio de Roma, la cúpula del Panteón, los frisos de los frontones griegos, el alzado de los templos de Paestum, los relieves del Ara Pacis de Augusto. Todo eso lo dibujé y no lo he visto nunca, nunca he estado en Roma, ni en el sur de Italia, ni en el norte, no he salido de Olba, el deseo y la posibilidad de verlo los enterré el mismo día en que me subieron a una camioneta y me enviaron, con diecisiete años, al frente de Teruel, la quinta del biberón. Cuando volví a casa con el primer permiso rompí aquellas láminas, tenía los dedos llagados de tanto cavar trincheras a pico y pala y deformados por el frío, y retumbaba en mis oídos el estruendo de las bombas y los obuses que habían caído a mi alrededor, y me perseguían las imágenes de los cadáveres helados con los que te tropezabas a cada paso y los gritos de los heridos a los que operaban sin anestesia en los hospitales de campaña, y las quejas de los moribundos trasladados en camillas, me daban ganas de llorar, de gritar yo mismo aunque no estuviera herido, ni me estuvieran serrando una pierna; tenía, sobre todo, ganas de salir corriendo. Lloré mientras la camioneta que nos devolvía al frente dejaba atrás los campos de Olba después de mi primer permiso. El uniforme me quedaba mejor que a mi padre, pero a él no lo vi aquella vez, no coincidió mi permiso con el suyo, de hecho ya no volví a verlo nunca. Pero eso, que no iba a volver a verlo, aún no lo sabía. Algunas noches, tendido en el camastro, creía que me iba a estallar la cabeza, temblaba de miedo más que de frío, y tenía que repetirme cien veces en voz baja la palabra desertor para no echar a correr y escaparme de allí. El miedo a las bombas, a las bayonetas. Más aún que la bomba que te revienta, horroriza el momento de verte cara a cara ante un enemigo, la bomba no te exige nada, dejarte estar, es un problema que resuelve el destino, pero en el cuerpo a cuerpo eres tú el que tienes que resolver, aunque mi peor miedo fue descubrir que formaba parte del ejército secreto de los cobardes. Me desazonaba ser un desertor en potencia, lo que, con el tiempo, descubrí que es cualquier hombre que se ve arrastrado a una guerra; sobre todo, cualquier hombre con dos dedos de frente, con un poco de sentido común. Lo humano es desertar, lo absurdo es quedarte allí a la espera de que la sangre te empape, la tuya o la ajena. Ni siquiera las ideas consiguen quitarte eso de la cabeza. Alguien me dirá que peleas con saña porque sabes que defiendes una causa justa. No es verdad. De esas cosas sólo se puede hablar con quien ha estado allí, sólo quien ha vivido esa experiencia sabe a lo que me refiero. Por una vez, no distingo entre gente de un bando o de otro, sino a quien estaba allí, a quien estuvo, quien arrastró por aquellas peñas secas y cubiertas de hielo –paisajes de vidrio, falsamente frágiles– el peso de su cuerpo: haber vivido eso te une misteriosamente con el enemigo, con el que lo fue, con el que ha seguido siéndolo, os convierte en cómplices, en camaradas, y convertirte en camarada de tu enemigo lo vuelve todo aún más pegajoso, más culpable, absurdo, cruel y carente de sentido, pero eso es en el recuerdo, cuando sólo vosotros —de uno u otro lado— sabéis de lo que estáis hablando, y despreciáis la ignorancia de quienes, como no estuvieron, no pueden saber y hablan de esto y aquello como loros, heroísmo, moral, abnegación, repiten. Tus enemigos también saben, aunque hayan ganado y se hayan seguido comportando con crueldad porque la victoria es una droga potente que hace que todo se olvide, crea sentimientos nuevos, mutila o anestesia otros, desata el orgullo y la voracidad, como vencedor quieres que la paz te resarza con creces de lo que pusiste en la guerra, te sientes propietario de ella. Se sintieron y actuaron como propietarios; así y todo, ellos saben más que todos los de tu bando que se quedaron aquí, te entienden mejor que tu familia, que los compañeros que tuvieron la suerte —o la habilidad— de que los destinasen a algún puesto de la retaguardia, cuarteles, hospitales, oficinas, polvorines, lugares en los que no se vieron obligados a pegar un solo tiro en los tres años que duró la guerra. Yo me libré de los dos primeros, sufrí el último. Me miraba las manos y pensaba en el valor de esa herramienta dura y flexible al mismo tiempo, capaz de trabajar, de esculpir, de acariciar, pero también de golpear, de quebrar, de matar. Ya sé que en la actualidad las manos cada vez valen menos, muchas cosas se hacen apretando una clavija, moviendo de atrás para adelante una palanca, pulsando una tecla, un dispositivo, oprimiendo un botón, pero entonces las manos aún eran el gran don del hombre, las que lo unían al dios creador, la parte de sus habilidades que el gran escultor del universo, ese que sabemos que no existe, había regalado al hombre (aunque mi padre me decía: no te olvides de la cabeza, la mano es la tenaza, nada más que una herramienta, la cabeza es el hombre, es en la cabeza donde está el mecanismo del hombre, entendimiento, deseo y voluntad, capacidad de resistir lo más adverso).

FIN DE LAS NOTAS DEL PADRE DE ESTEBAN EN EL CALENDARIO.

P.D. Cuando dentro de unos días vengan a vaciar la casa, y pase el mobiliario al almacén municipal o a alguna nave habilitada para guardar lo embargado durante los últimos dos años, nadie –como es lógico– se fijará en el calendario de 1960 perdido entre montañas de papel, facturas, albaranes, catálogos, periódicos y revistas. Antes de la subasta del mobiliario que tendrá lugar unos meses más tarde, los empleados vaciarán de objetos inútiles los cajones de mesas y armarios de la casa y arrojarán papeles y prendas de ropa al basurero comarcal, donde serán incinerados con otros restos. Pero para que eso ocurra han de pasar todavía unos meses.

Imposible controlar aquel laberinto de agua, fango y cañas. Prendieron fuego a la vegetación: pretendían asfixiarlos, sacarlos de sus madrigueras como si fueran alimañas (lo eran), soltaron los perros, enviaron patrullas que chapoteaban en el barrizal, pero la tarea de rastreo, entre charcas, fangales y falsos islotes que son sólo vegetación que arraiga en el fondo, o masa vegetal que flota a la deriva, resultaba demasiado costosa, y, al fin y al cabo, los ocho o diez desesperados que se habían refugiado allí no suponían ninguna amenaza, no se trataba –como en otros lugares– de guerrilleros, sino de un puñado de fugitivos acorralados: desesperados robinsones más muertos para el mundo que los propios muertos de muchos años atrás, cuyas fotografías y nombres los descendientes podían contemplar en las lápidas del cementerio; más olvidados. Aunque dos o tres mujeres siguieron acudiendo a visitar a alguien a escondidas, sus maridos, sus novios. Los vecinos las veían perderse por los caminos y regresar al anochecer un par de días más tarde. Seres anfibios, de los que los niños oíamos hablar de refilón cuando seguramente ya no quedaba ninguno de ellos con vida. Los imaginábamos con membranas entre los dedos, una especie de palmípedos cubiertos de escamas como el doliente animal acuático que aparecía en una película que vi unos años más tarde, *La mujer y el monstruo;* seres sometidos a los sufrimientos de una vida de bestias. Algunos prefirieron pegarse un tiro. La boca del revólver en la sien, o el cañón del fusil en la boca: sacaban el dedo pulgar de la alpargata (o seguramente iban ya descalzos, el esparto de las alpargatas comido por la humedad mucho tiempo antes), y apretaban con él el gatillo. Los compañeros los enterraban en algún lugar, o sus cadáveres se quedaban abandonados a la intemperie, descarnados por las alimañas, y el tiempo iba cubriendo sus huesos de barro y maleza. Pero ésa no era exactamente la historia que guardaba mi padre en su cabeza; para él la vida de los refugiados del pantano estaba envuelta en un aura más noble. Descubría complacencia en sus palabras cuando me habló de los fugitivos que se pegaron un tiro en la sien, o se dispararon en la boca: no eran pobres bestias vencidas por la desesperación, sino los únicos habitantes de la comarca que guardaron la estatura de hombres. Sucios de barro, barbudos, semidesnudos, apenas cubierto el cuerpo por harapos, algún taparrabos, restos de antiguas prendas o trenzados de hojas. Él no había tenido acceso –o había renunciado– a ese instante en el que eres dueño absoluto de ti mismo, el momento en que atenazas con los dientes el cañón, los labios besan el metal. Ése era –para mi padre– el instante en que el hombre rozaba la categoría de dios. El único contacto absoluto con la libertad que le ha sido concedido. Y éramos nosotros –la familia– quienes lo habíamos obligado a malvivir como un hombre menguado. Ahora te doy la razón, padre: nunca vas a poder ser tan dueño de ti, no vas a poder estar más cerca de ser sólo propiedad de ti mismo. Gestor de tu agenda. Has aceptado que no conseguirás que vuelva a abrir los ojos el niño muerto, eso no lo consigue ningún Dios, pero le arrebatas el poder arbitrario a la muerte, le impones un orden, tiempo, fecha: no mando en mi vida, pero mando en el tiempo de mi vida, soy propietario del momento decisivo. Al ser humano no le ha sido concedido un poder superior, sólo cerrar para siempre ojos que permanecen abiertos. El hombre, digan lo que digan curas, políticos y filósofos, no es portador de luz, es siniestro reproductor de sombras. Incapaz de dar vida (cómo digo eso, si yo mismo estuve a punto de dar vida, si la humanidad no para de reproducirse. Pero sé lo que me digo), es capaz de matar a destajo. Ése es el máximo poder que puede desplegar un hombre. Quitar la vida. Apretar el gatillo y contemplar cómo el pájaro que cortaba el cielo cae como una piedra y astilla el espejo del agua. Cierro los ojos y oigo a mi padre, el ruido de la dentadura postiza triturando la lechuga, moliendo las galletas. Ese ruido. Se me mete dentro. Un crujido de cucaracha que aplastas con el pie. La molienda de las galletas, el olor cuando separo los pañales de la piel. Sus ojos fijos en mí, que no sé lo que guardan. Los viejos son los que peor memoria tienen, pero los que menos olvidan. La blandura del lodo, el olor de lo que se pudre. Por mi cabeza pasan recuerdos que me pertenecen porque los he amasado yo mismo, y hay otros que he heredado, pero que no por eso tienen menos viveza, forman parte del vórtice de una vida: pasan, se deslizan, giran protagonistas y personajes secundarios en un carrusel que no sólo los incluye a ellos, porque, como esas compañías de teatro que van de gira con los baúles que contienen el vestuario y las cajas en las que guardan los decorados de las obras que van a representar, mi diaporama incluye el atrezo: están las caras, los gestos y las voces (sí: oigo hablar a toda esa gente, de nada sirve que me tape los oídos), pero también están las ropas que visten, que vistieron; las habitaciones en que se movían, el mobiliario. Están en mi pesadilla las fachadas de las casas y los interiores con su olor, cada habitación tiene el suyo, su olor; los paisajes, los sonidos, las luces que cambian dependiendo de la hora del día o de la noche, las temperaturas –el calor y el frío, la densidad del aire, la humedad empalagosa del atardecer–, la languidez mientras contemplas cómo serpentean las gotas de lluvia en el cristal de la ventana, el gesto de mi madre cuando se acerca la plancha a la cara para ver si ya está caliente, o cuando echa sobre la superficie de la ropa unas gotas de agua que se extinguen tras un hervor al rozarlas con la punta de la plancha; los ojos enrojecidos del tío Ramón cuando baja las escaleras del prostíbulo palpando las paredes, cuando se abrocha el cinturón de seguridad en el asiento del copiloto y van pasando tras la ventanilla las desangeladas naves industriales, los locales en los que parpadea el neón de noche y de día, las sombras de los naranjos, los arrozales color de esmeralda, cuyo brillo prolongan los últimos rayos del sol como si la luz saliera del verde en vez de caer sobre él, los cañaverales, los carrizos, las espadañas.

No es verdad lo que te dicen, eso de que viniste sin nada y te irás sin nada. Tú, Francisco, algo tuviste al llegar: buena cuna, pañales de hilo, biberón templado, no sé si ama de cría, pero, un poco de tiempo más tarde, niñera, o institutriz. Cuando salía de la escuela muchas tardes os veía a ti y a tus hermanos merendando en el parque bajo la mirada de aquella mujer vestida con un mandil blanco. Aunque eso explica pocas cosas. Lo importante no es cómo has venido o cómo te vayas a ir, sino cómo estás; si tienes que pensar o no en lo necesario, o te llega con naturalidad, si las cosas te vienen a las manos o se te escapan entre los dedos, o, peor aún, si no las alcanzas. Si tu vida es pelear para alcanzar lo que sabes que no puedes tener. Ése es el veneno. Te persigue lo que no alcanzas. No se trata del principio y el final de la obra de teatro, se-alza-el-telón-cae-el-telón, sino de la obra misma, su desarrollo, eso es lo que importa: eso es la vida; los demagogos como mi padre te cuentan que lo importante es el principio —la clase social originaria: eso te lo dicen los revolucionarios— o el final —los novísimos, el más allá, cielo e infierno: es lo que te cuentan los curas y, de algún modo, la gente como Francisco—. En uno y otro caso, el fin —para Francisco primero fue la revolución, luego una sociedad moderna, cosmopolita— justifica los medios, formas contemporáneas del jesuitismo. Los ideólogos te cuentan eso, cuestión de principio y fin, unidos en cualquier caso, porque para los de las clases desfavorecidas también el sufrimiento de cada día encuentra su justificación en el fin, unos y otros le quitan valor a lo único que lo tiene, que es la vida misma, el instante: era lo que decía mi tío Ramón después de quedarse viudo: ponía al mismo nivel a revolucionarios y curas, había perdido la capacidad de elegir, de valorar, todo formaba parte de una baba espesa y maligna, el mundo entero; pensaba así, pero no se le agrió el carácter como a mi padre.

Su desesperanza era para estricto uso interno. Decir que, al final del camino, todos vamos a morir solos y ligeros de equipaje es lo de la zorra y las uvas. Eso es aceptar que te resignas a no coger las uvas porque no las alcanzas. Te dices a ti mismo: para qué coger lo que hoy está verde y en pocos días será podredumbre: renuncias al placer de poseer, el disfrute del instante, para qué tener, si la muerte te lo quitará todo. Pero los batidos fríos que sacas del frigorífico las agobiantes tardes de agosto, y los entrecots que pones sobre la parrilla en las reuniones con amigos durante el invierno, o el aire acondicionado con el que te refrescas mientras yo pierdo los nervios trabajando en el ambiente irrespirable de la carpintería, no me digas que esas cosas no tienen su importancia aunque duren poco, ya ves lo que te dura un refresco entre las manos, ¿me dices que no la tienen?; ¡cómo que no!, el albañil subido a un tejado bajo el sol de agosto, el que gunita una piscina a cuarenta grados, o yo mismo, pasando calor doblado ante una sierra porque el presupuesto nunca ha dado para instalar refrigeración en la nave, y tú, Francisco, bajo el surtidor de aire acondicionado o en una tumbona recibiendo la brisa del mar en la cubierta del velero, con un malta entre las manos: no puedes decirme que viene a ser lo mismo, vanidades y nada más que vanidades, que era lo que decías cuando aún eras cristiano, nerviosa larva de cura obrero. Eso es mentira, ahora ya lo sabes, y sabes que no se lo creen ni los curas a pesar de que a algunos la fe les anula el sentido común. A ti la fe no te quitó la capacidad de reacción. Saliste huyendo del seminario. De estampida. Te diste cuenta de que los católicos se contradicen: si están convencidos de que todo volverá al polvo, para qué levantar esas iglesias de Roma, que son mármol y mármol y más mármol. De mármol el suelo, las columnas, las fachadas. Los mosaicos y los artesonados y las pinturas al fresco, el pan de oro; los altares, de oro y marmóreos: travertino, carrara, paros; ónices, mármoles rojos, rosa, serpentinos, verdes; azul de lapislázuli y blanco de marfil, y más oro y cedro y caoba, y tú me cuentas que todo acaba volviendo al polvo después de que has echado el seis pito que cierra la partida de dominó haciendo sonar el mármol del velador, cuando nos quedamos a solas en la barra y me hablas de tu desengaño, de tu infelicidad, el amigo al que se le cuentan las penas. ¿Que somos polvo y volveremos al polvo?, sí, sí, claro que sí, pero cada cosa a su debido tiempo, volveremos al polvo, pero tú temes que la muerte te prive de esto que es materia, ay, Francisco, que la pelona te impida volver al yate un día luminoso como el de hoy, mar en calma y azulísimo; en el aire, apenas respiración cristalina del mistral; o no te deje comerte otra perdiz en escabeche con esa cebollita caramelizada y esos ajos y las bolitas de pimienta negra y la hoja de laurel que la guarnecen, mientras que a mí la espera de la muerte se me hace muy larga en este galpón ardiente en verano y húmedo en invierno, y la llamo para ver si descanso de una vez. Así es como tienes que pensar, Francisco, si quieres que seamos de verdad amigos como lo fuimos entonces, pensar con franqueza y no con toda esa hipocresía: zorrita, mírame en estos instantes, ¿no ves cómo me como las uvas? Yo. Me las como yo: mira cómo estallan los granos entre mis dientes, cómo resbala el zumo, tan dulce, por las comisuras de mis labios, cómo mastico y sorbo y gozo. Son moscatel. Placer del deseo y placer del acto. Si eres un muerto de hambre, ni siquiera te permites el deseo, te cortas de raíz el deseo porque para ti es desazón por lo mucho de lo que careces, mientras que para mí –que nado en la abundancia– es la puerta por la que entro en la verdadera vida: por eso, cuido mi deseo, lo nutro, aplazo el momento de que se cumpla, es el amplio vestíbulo que antecede al puro placer, un almacén situado aparte de ese otro que guarda la necesidad. Lo prolongo, como alargo el instante de correrme cuando estoy follando, porque preparo meticulosamente la pequeña explosión, hago durar los preámbulos para que el estallido sea más intenso. Disfruto con el afán de poseer, y disfruto, sobre todo, cuando cumplo lo que anuncia el afán: cuando el deseo estalla, y brota el pequeño manantial, uf, qué gusto, chico, la pequeña muerte, *la petite mort*, esa que te captura un instante y a continuación te devuelve pie a tierra: creo que así la llaman los franceses, *petite mort*, eso me parece haber leído u oído en alguna parte. Cuando el viaje acabe, claro que moriremos los dos, cada uno en su día y en su hora, pero tú te irás sin vivir y yo después de haber vivido lo mío: eso es lo que nos diferencia; polvo seremos, pero yo seré polvo –como el del poeta– enamorado: polvo comido, bebido y bien follado, un polvo rico en nutrientes, opulenta concentración de restos de lo mejor que el ser humano ha producido; y quién nos dice que el polvo no tenga memoria, una memoria que flote tozuda por encima del tiempo, eterna, y nos proporcione el consuelo de saber que a la vida la exprimimos hasta sacarle todo el zumo que contenía o fuimos tan desgraciados y siga doliéndonos durante toda la eternidad la constatación de que se nos escapó sin darnos ni una oportunidad para gozarla. Así debes hablarme, Francisco, enseñarme que lo que tengo es tanta mierda que cuanto antes sople el viento y se la lleve, mejor para todos, y te lo digo hoy, cuando me asomo al borde y contemplo la charca que el azul del cielo embellece como si la naturaleza quisiera seducirme para poder jugar un poco más conmigo; sin embargo, puedo asegurarte que, contemplando esa belleza, me entran las prisas por saber qué se siente al cruzar el umbral y entrar en la zona de sombra. Cruzarlo para quedarse.

Subido en lo alto del médano alcanzo a ver entre las lejanas edificaciones fragmentos de la playa. Desde que se inició la crisis, ha parado el frenesí de grúas, hormigoneras y plumas, el paisaje se ha lavado. Quedan edificios a medio acabar, cuya obra ha sido abandonada, y no los hay en construcción. No, ya no los hay. Durante el invierno uno puede pasear tranquilamente junto al mar, hundiendo los pies en la arena casi en soledad, pero la soledad de la playa es una soledad poblada: hay pescadores de caña, jubilados ingleses o alemanes que hacen footing o caminan al borde del agua acompasando el ritmo de la marcha con enérgicos ademanes que quieren parecer marciales y resultan esperpénticos: pasos rápidos, los codos pegados al cuerpo y los antebrazos extendidos, o dando grandes brazadas, separando vigorosamente los brazos adelante y atrás; ya digo, algo más bien patético: viejos que se mueven sin gracia, con movimientos mecánicos, como autómatas, o como dementes en una especie de pataleo inútil contra la muerte. Encuentro algo repulsivo en ese afán de los viejos por mantenerse en forma corriendo de un sitio para otro, o montados en bicicleta circulando por la franja de cemento que bordea la playa y se supone que forma el paseo marítimo de Misent (así, paseo marítimo, lo llaman los concejales cuando se refieren a él en las entrevistas que les hacen en la radio). La mayoría de estos atletas invernales son viejos esforzados de quienes uno piensa cuánto mejor harían en estarse sentados en el sillón de casa ante el televisor, haciendo recuento de sus existencias antes de que se apague la luz, preparándose para el gran encuentro, pero que deciden arriesgar sus vidas, al fin y al cabo ya perdidas, casi siempre tiradas; y las ajenas, muchas de las cuales son aún valiosas. Pedalean por estos caminos estrechos, llenos de curvas y repletos de cuestas que ponen a prueba sus gastados corazones, algunos avanzan por las retorcidas carreteras de la comarca en grupos que incluso invaden el carril contrario de la calzada. Otros pedalean en soledad. Se te encoge el corazón cuando ves a alguno de estos viejos solitarios pedaleando con dificultad en alguna de las cuestas. La comarca es muy accidentada. Las montañas ocupan el horizonte por detrás de la llanura y se cierran hasta alcanzar el mar formando abruptos acantilados. La llanura sólo se ensancha en dirección al norte, donde las huertas limitan con el marjal y con los arenales de la playa. Resulta desagradable verlos, encogidos sobre el manillar, sudorosos, jadeantes; estrechos muslos de pájaro enfundados en apretadas mallas de colores, culos blandos derramados sobre el sillín, o, descarnados, levantándose en punta un palmo por encima, como huesudas proas de ave. Desde que el turismo empezó a invadir la costa, nunca me he sentido a gusto junto al mar, todos esos restaurantes, las terrazas, los chiringuitos, los muros de los apartamentos a los que, en invierno, llega la marea y ante los que, cada primavera, descargan toneladas de arena los camiones: un sitio violado, sucio, en el que esa gente que viene no se sabe de dónde, turistas de paso, mea defeca o eyacula, donde limpian sus sentinas, retretes y fondos de depósito los petroleros que uno ve a cualquier hora en el horizonte rumbo al puerto de Valencia, los paquebotes que efectúan cruceros mediterráneos cargados de jubilados que disfrutan de un lujo falso, más bien espejismo, las escalas las anuncian los periódicos: Túnez, Atenas, Malta, Estambul, Costa Amalfitana, Roma-Civitavecchia, Barcelona, sin dejar de arrojar sentinazos de agua turbia. El mar forma un gran pulmón de agua salobre en constante oxigenación, y el viento yodado que suelta ese órgano respiratorio nos purifica a los humanos a la vez que se limpia a sí mismo, damos por supuesto que es así el mar, un cuerpo siempre limpio, porque se lava con cada temporal, pero yo no dejo de tener la sensación de que lo impregna esa porquería pegajosa que queda en los cuerpos tras una violación, el cemento de las construcciones que bordean la playa, la basura que se acumula en las escolleras que han construido para evitar que las tormentas se lleven la arena, todo tiene en la costa un aspecto de resto de banquete que me molesta; además, allí uno no está nunca libre de la curiosidad de las miradas ajenas, no: digo que paseo en soledad por la playa, pero no hay verdadera soledad. La llanura de arena te deja a la vista: desde muy lejos puedes observar los movimientos de las figuritas humanas, sus idas y venidas, tú mismo te mantienes en exposición visual para otros paseantes o para quienes se asoman a las ventanas de los cientos de edificios de apartamentos. Un día caerá sobre todo esto una capa de ceniza que lo irá cubriendo y cuya cualidad aún no somos capaces de descifrar. El marjal, en su descuidado abandono, me devuelve a la intimidad, me lleva a pensar en las cabañas que nos hacíamos de niños para resguardarnos de las miradas de los mayores, sitios fuera de cualquier vigilancia en los que establecíamos nuestro propio sistema de leyes, juegos más o menos prohibidos bajo la mesa camilla cubierta con el faldón, debajo de la cama, en el interior de un armario grande. Puedes construirte en el marjal tu propio mundo fuera del mundo. Nadie corretea ni mucho menos practica ciclismo por los senderos del marjal, embarrados, llenos de baches, y que huelen a la podredumbre del agua estancada, los vegetales en maceración y los cadáveres de los animales muertos: una culebra, un ave, una rata, un perro, un jabalí; ahora ya no arrojan los campesinos en esa jungla los cadáveres de los animales domésticos como acostumbraban hasta no hace muchos años: las casas de campo que no se han derrumbado se han remozado y se usan como residencias de fin de semana y apenas quedan corrales en los que se críen animales. Han cambiado las costumbres; además, hay otra sensibilidad, u otra vigilancia, más colaboración ciudadana, que es como ahora se llama a la práctica de la delación, cada vez más extendida. La población se afana en denunciar a quien esté cometiendo alguna infracción, por minúscula que sea: nadie se atreve a pedirle a un vecino que le ayude a transportar en su furgoneta el cadáver de un caballo, ni siquiera de un perro. Se ha convertido en algo socialmente reprobable.

He aparcado el todoterreno junto al agua, he remontado la pequeña elevación que, por la derecha, oculta el vehículo, y, desde allí arriba, he contemplado un paisaje difuminado a trechos por la neblina y el humo de las quemas de leña de poda. El humo le concede inconsistencia de acuarela a la soleada mañana de invierno: los verdes de los pasados meses han sido sustituidos por amarillos y cobres, la luz posee una cualidad a la vez delicada y cortante; realza los volúmenes de las lejanas construcciones, acercándolos, poniéndolos a tiro de piedra; dibuja, marcadas a buril, las paredes encaladas de las casetas de los aperos de los campesinos que cultivan arroz en los límites del pantano, y las que guardan los motores de riego, algunas de las cuales aún conservan las antiguas chimeneas de ladrillo. El agua que, durante el verano y a ciertas horas del día, tiene un color terroso con reflejos de té, en la soleada mañana de invierno es de un azul intenso que contrasta vivamente con los tonos pardos de cañaverales y matorrales secos: la laguna parece recuperar la condición de ensenada marítima que perdió hace siglos. Al contacto con el agua, la arena de las dunas brilla quebrada en relucientes partículas: parece oro, mica, plata. Se me transmite la delicada y estimulante vitalidad de la mañana en la que se diría recién creado todo lo que para mí está a punto de desaparecer. Incluso yo parezco haberme contagiado con un soplo de juventud, que vuelve la situación absurda. ¿Qué estoy preparando?, ¿qué voy a hacer? La belleza del lugar le añade a la situación un inesperado bies, una especie de falsa euforia que se impone a lo sombrío que viene de atrás y en lo que desemboco. Camino con paso animado, apartando las cañas que se me vienen a la cara. Los cambios de dirección del viento –un imperceptible y frío mistral que parece cortar el aire con un bramante metálico– matizan los olores palustres, mezclan o alternan los dulzones aromas del agua estancada con las punzadas salobres que trae la brisa desde el cercano mar, y con la respiración de la hierba, húmeda emanación del rocío nocturno que se evapora progresivamente bajo el aliento del sol. Las bandadas de gorriones cruzan el cielo con movimientos que parecen trazados por un geómetra. Se oye un lejano disparo. Alguien tira a los patos; a los jabalíes que bajan de la montaña a beber, o esconden su camada entre los cañaverales, aunque la hora en que los jabalíes acostumbran a bajar es más bien la del atardecer. Con el sol declinante los he acechado con mi tío Ramón. Junto al camino, en lo alto de la duna que bordea por la izquierda, hay un pozo. He levantado muchas veces la tapa de madera como estoy haciendo

369

ahora: nada más levantarla, noto la bocanada húmeda que asciende desde el interior, veo el muro cubierto de culantrillo, descuelgo el cubo del gancho metálico del que pende, lo arrojo al fondo y oigo el chasquido del agua golpeada por el metal. A medida que braceo tirando de la cuerda, suena por arriba de mi cabeza el chirrido de la polea y allá abajo, en el interior del pozo, entre ecos, el intermitente chaparrón cada vez que le doy un nuevo tirón a la cuerda: los goterones que rebosan del borde del cubo, una sucesión de chasquidos húmedos. El cubo metálico emerge empañado por el agua fría, de la que bebo, sacándola con las manos que se entumecen y se vuelven de un intenso color rojo. Me la echo a manotazos por la cara, choque de cortantes cristales sobre la piel. Nada que ver esta agua clara y fría con el agua pastosa del pantano. Siempre me extrañó la frescura del agua del pozo cuando la bebíamos o nos la arrojábamos por encima en días de verano, y sigue sorprendiéndome que su nivel sea tan profundo y no le alcance la salinidad del cercano mar, ¿a través de qué pasadizos llega protegida por el caparazón de roca caliza? ¿Cómo adivinó la presencia de esa veta el hombre que abrió el pozo? Cómo se le ocurrió pensar en que allá al fondo, bajo los barros pantanosos, se extendía la bandeja de roca y, por debajo de ella, el flujo del agua: sabiduría de viejos campesinos, de zahoríes que han transmitido sus experiencias, pero que, además, disponen de un sistema nervioso capacitado o educado para captar energías o vibraciones que a los demás nos pasan desapercibidas. El pozo conecta con alguno de esos ríos subterráneos que nacen por filtraciones de lluvia en la roca calcárea de las sierras cercanas y siguen su curso subterráneo decenas de kilómetros mar adentro. Hay puntos en los que los pescadores arrojan el cubo en alta mar para aprovisionarse de agua dulce. En torno a mí, fangales de tierra oscura a cuya composición se han incorporado los vegetales podridos durante miles de años.

Mientras tu voz, Liliana, se pierde en el barullo contemporáneo –un futuro que llega para ti y a mí ya no me incluye–, ellos vuelven a estar aquí, conmigo, ocupan el hueco que has dejado: regresan para representar su número, Ginger and Fred. Los veo bailar cogidos de la mano, dar saltos, vueltas. Él lleva sombrero de copa y le coge la mano por encima de la cabeza, y ella, con una falda que vuela en torno a sus muslos, gira como un trompo. Como es lógico, sus figuras también participan activamente en el coro que cierra el espectáculo, el momento en que cae el telón y deberían sonar los aplausos. Avanzan cogidos de la mano con los demás hacia la platea para saludar, se inclinan con una reverencia, la compañía al completo en escena a un mismo tiempo. Han ensayado de antemano el éxito, suenan los aplausos cuando el telón vuelve a levantarse un par de veces más antes de caer definitivamente: ella es apenas una gasa lívida, parece como si se pudiera atravesar sin esfuerzo su carne, como la atraviesa esta extraña luz de los focos que inunda el escenario, luz impregnando lo que sea la materia de la que está hecha, ¿pero es materia?, lo que se coge de la mano de él, esos dedos azulados, en vez de venir a buscarme. Los dos se me aparecen siempre juntos como si se tratara de un solo personaje, me hacen pensar en los gemelos unidos por la barba que salían en una película fantástica que vi siendo un muchacho, *Los cinco mil dedos del Doctor T.,* o en los dos inseparables detectives de las historietas de Tintín.

Pero no es así, ellos no están juntos, y eso puede consolarme, me consuela. La representación sigue para Francisco como sigue para mí, aluvión de recuerdos que desagua por la compuerta vencida, Leonor se ha escapado cauce abajo, libre, de nadie, y no ser de nadie le otorga ingravidez y la redime. En el momento en que la pesadilla concluye, la tijera ha desgajado la unidad, la pareja se ha roto, y Ginger ha dejado solo a Fred, concediéndole una imprevista deriva. Ella se va sin un gesto de la mano, sin despedirse. Se fue así, sin despedirse, sin una palabra que me advirtiera de lo que iba a hacer (tú también tendrías que irte, me pareció que hablaba en futuro, que hablaba de ella y también de mí); tras la intervención, desapareció de Misent y, al poco tiempo, me enteré de que se había ido a vivir con Francisco en Madrid. No fui capaz de entenderlo. Aún no sabía que las mujeres poseen olfato para invertir en lo que podríamos llamar *mercado de futuros* de los humanos. Descubren en el hombre el germen de lo que va a venir, algo así como la galladura que se camufla apenas perceptible en la yema del huevo fecundado. Hay quien dice que es el instinto de maternidad el que activa esa cualidad en las mujeres, la búsqueda de la eugenesia. Vete a saber. Volvieron unos días para dejarse ver juntos por todas partes: los bares de Olba, los restaurantes, los cafés, las oficinas bancarias, la playa de Misent. Francisco exhibido como un trofeo. Ella se hospedaba –la hija del pescador– en la casa de los Marsal. No había salido de Misent con el anzuelo perforándole el labio como el propio Francisco pudo creer, sino que mordió de buena gana la carnaza que apetecía. Me has pescado, pero ya verás lo que te cuesta esta captura, lo que te va a costar reducirme, meterme en la cesta. Ese aire de superioridad que adquirió enseguida (a mí me tendió la mejilla para que se la besara, como si tal cosa, hola, hola, dos que apenas se conocen y se encuentran pasado el tiempo, Francisco sonriente contempla la escena), como si ese matrimonio hubiera sido sólo una de las opciones a su alcance, cuando, en todo caso, ¿qué porvenir le esperaba en Misent?, ¿modista?, ¿acudir de madrugada con las otras mujeres al almacén de fruta para clasificar, lavar, encerar y embalar naranjas?, ¿para envasar caquis?, ¿tomar en grupo con las empleadas el café de media mañana en el bar de enfrente de la empresa de galletas?, ¿correr antes de que cierre la tienda para comprar a toda prisa un par de muslos y unas alitas de pollo cuando sales de la fábrica?, ¿acercarte en una carrera a casa para calentar la comida que dejaste preparada por la noche, antes de que los niños salgan del colegio? Como mucho, llegar a ser maestra, que decía que era su vocación. Un día y otro escribiendo con letra gótica en la pizarra la palabra Dictado, intentando explicar esa cosa tan inexplicable, según la cual la letra pi equivale a tres catorce dieciséis y que baca se escribe con be cuando se refiere al artilugio que se instala en la capota del coche y con uve si es un animal cuya carne y leche nutre a los humanos (cosas así enseñaban aún las maestras por aquellos años, sé que, al poco tiempo, empezaron los cambios en la educación, no sé lo que enseñarán ahora). O aprovechar sus conocimientos elementales de aritmética para llevar la contabilidad en el tallercito de carpintería de mi padre, que hubiera sido su suegro. Otra opción –casi la misma, pero bastante peor– era casarse con un pescador de los que vivían en su barrio, un pescador como su padre, como el mayor de sus hermanos, al que la mujer espera con la cena preparada para que se la coma cuando, tras bajar de la barca, termine la ronda de cervezas y ricards. Cena preparada con esmero, que aguarda durante horas metida en un plato boca arriba cubierto por un plato boca abajo para que no la toqueteen las moscas. Tuvo olfato para saber dónde está la verdadera estabilidad del nido, lo que comporta seguridad para los hijos que lleguen. Situar los cachorros que vinieran –ésos sí queridos– en la rama de un árbol suficientemente elevado como para que no puedan alcanzarlos las zarpas de los depredadores que se agitan siempre abajo, ley de vida, poner las crías a buen recaudo. Colocarse ella misma arriba, en la rama alta, con las alas abiertas cubriendo a los polluelos: que sepáis que yo no soy como vosotros, parecía decirnos cuando volvió. Yo, uno de tantos. La recuerdo bajando del coche, la cabeza cubierta con un pañuelo de seda anudado bajo la barbilla, dejando asomar dos mechas de cabello rubio, o castaño, se lo aclaraba u oscurecía a la carta. Mostraba la blanca dentadura con una sonrisa que parecía ir dirigida al universo, él bajaba las maletas del Volvo y las iba colocando en la acera ante la puerta, ella unos bolsos de marca, algún findesemana de cuero, algún maletín pequeño, ahí está: vuelo de faldas estampadas, o destello de un pantalón (vestir un pantalón entonces, en Olba, aún exigía cierto coraje, una mujer casada) que le aprieta las nalgas, el pecho moldeado por un jersey marinero: rayas azules sobre un fondo blanco. El perfume se queda flotando en la calle durante algunos minutos. Olor de gasolina quemada por el motor de un coche al alcance de muy pocos aquí en Olba, y olor de perfume que se queda rondándome durante semanas como una espina que se infecta clavada bajo la piel. Francisco y ella. Apenas un saludo, ofrece la mejilla para que le deje un beso rápido. Como si entre nosotros no hubiera pasado nada. Él sonríe. Mi condición subordinada. Cuarenta años más tarde, de vuelta en Misent, Francisco aún arrastra la culpa con que lo cargué, no puedo hacer otra cosa, mientras sobre Leonor ha caído el poso de perdón que concede lo irreparable. Su levedad –es sólo sombra– la exime de la calidad de culpable, la muerte se la ha arrebatado. La muerte, la justicia suprema. Después, no hay culpa ni pecado. Ella ha cumplido las etapas que exige la ascesis purificadora: el sufrimiento y la enfermedad, la unción con los santos óleos (o, sustituyéndola, las infinitas manipulaciones de médicos y enfermeras), la música de Bach y el cortejo con el largo furgón que sube la cuesta del cementerio y aparca a pocos metros de donde recogieron a mi abuelo. *Requiescat in pace.* La suciedad del mal –mechones de pelo que se quedan entre las manos, llagas en la boca, uñas que se separan de la piel– la ha purificado de las miserias de una vida, ha domado la carne, ha transformado el deseo y la ira en piedad. Algo así le ocurre al pantano: la insalubridad, la fetidez, lo ayudan a mantenerse intacto, preservan su inocencia, o lo redimen, y constituyen su peculiar forma de pureza, variante de la ingravidez que concede su reticencia a encajar en otro mundo que no sea el suyo (y, sin embargo, no es exactamente piedad lo que yo siento por ella: infinita piedad, sí, pero envuelta en el gratín del rencor, qué me hiciste, qué has hecho de mí). Francisco empezó a volver con más frecuencia a Olba algún tiempo después de que muriera Leonor. Tras el concurrido entierro, al que acudieron periodistas, chefs con estrella Michelin y algún político, y en el que los vecinos de Olba admiraron el derroche de coronas de flores que cubría el furgón funerario y el coche que le servía de escolta, le construyó una tumba con lápida de mármol rosa, declaración –más bien cursi– de un supuesto amor (había llorado con desconsuelo mientras el ataúd se hundía en la fosa), una de las cuatro o cinco tumbas suntuosas del cementerio de Olba, que es un recinto más bien modesto: tumbas sencillas, nichos, un par de docenas de cipreses y tres o cuatro panteones de viejas familias (los Marsal, o los Bernal, recién llegados, no se han atrevido a competir con ellas) como corresponde al igualitarismo de la comarca, donde, como se decía hasta hace pocos años, nadie tiene demasiado, pero todos tienen algo (el último decenio ha roto ese equilibrio social). Hacía pucheros con el mismo movimiento nervioso de la nariz con que olisqueaba la copa de vino, uhhmmm, uhhmm, haciendo desagradables ruidos con la boca, chupeteando, sorbiendo aire, meneándolo en la cavidad con muchos borboteos: huy, hum, riquísimo, es un vino en su plenitud, tiene fruta madura, oh, oh, y están el café, y el chocolate, ¿no los notáis? ¡Son tan evidentes!, y un toque remoto de violetas, ajá, y encuentro también un aroma de flores acuáticas que han empezado a marchitarse, ¿vosotros no las percibís? nenúfar, lirio del pantano (pero, Francisco, viejo amigo, ¿las flores acuáticas no huelen a algo así como pescado podrido?, ¿acaso no has venido a pescar conmigo en el marjal y no sabes de sobra qué asquerosamente huelen los nenúfares, las *ninfées* que pintaba tan obsesiva como deliciosamente Monet porque quedan preciosas en los cuadros? Te voy a dar a que los huelas para que recuerdes ese ingrato hedor de nuestra infancia). Floral, sedoso, pleno, frutado, intenso. Eso no fue hace tanto tiempo. Cuánto hará, ¿seis o siete años? Cuando funambuleas por el frágil hilo de los setenta, sigues constatando que diez años no son nada, y ni siquiera los veinte del tango son gran cosa. Ni los setenta que has vivido lo son. Un soplo la vida. Yo creo que fue en 2003 cuando murió Leonor. Quizá un poco antes. Francisco no visitaba Olba desde que murieron sus padres y sus hermanos se trasladaron a otras ciudades y vendieron la casa familiar para construir un edificio de viviendas. Pero ella, al parecer, dijo –y hasta lo dejó escrito– que quería que la enterraran en Olba. No sé por qué motivo, porque ella no ha tenido nunca a nadie de la familia aquí. Sus hermanos, con quienes, que yo sepa, no mantenía relación –el pescador vino al entierro, con su mujer y sus hijos, serio, solemne, pero no soltó una lágrima; el otro ni siquiera apareció–, viven en Misent como ha vivido siempre toda su familia, Olba es el territorio de Francisco, aunque durante algunas horas se me ocurrió pensar que quizá mi presencia aquí hubiera tenido algo que ver con su último deseo. Que se le hubiera activado la añoranza del primer amor. ¿Por qué no? Los viejos ansiamos corregir, vivir de otra manera lo que erramos en la infancia, o durante la adolescencia, como si eso fuera posible. Pensamos más de una noche qué habrá sido de la niña que conocimos. Seguramente eso ocurre porque reconocemos ya nuestra incapacidad para corregir cuanto nos concierne en el presente. No quieres aceptar que la niña será una vieja con dientes implantados, o postizos como los tuyos. De noche te llegan recuerdos de gente que ya no está, historias que ya no tienes con quien compartir porque no queda nadie de los que las vivieron a tu lado. Sí, estúpidamente se me pasó por la cabeza la idea de que quizá hubiera elegido volver a Olba por melancolía, como homenaje a su propia juventud, las habitaciones en hoteles baratos, nuestras salivas mezcladas, la oscuridad entre las dunas, el brillo de la luna sobre el agua del pantano y el agua del pantano sobre la piel: añoranza de la felicidad de aquel tiempo del que se supone que yo formé parte. Llegué a pensar que iba a tenerla cerca –como si un muerto estuviera cerca o lejos– y me vi a mí mismo subiendo por las tardes al cementerio a charlar con ella como hacen algunos viudos que acuden a diario a visitar la tumba de su esposa, se sientan sobre la lápida, la limpian, limpian el vidrio que protege la foto, dejan caer un ramito de flores sobre la lápida. No todo se había perdido. De la hoguera habían quedado cenizas. La vida se encargaba de corregir algunos errores. Ella había vuelto. Demasiadas veces, los muertos marcan a los vivos el sentido de sus actos. La tumba de la amada que, tras su paso por el mundo, decidió volver a pudrirse en el sitio en el que vivió un primer amor, el excitante descubrimiento de la carne.

Hace unos días, al pasar en el coche ante el cementerio, vi cómo, desde el jardincillo que hay pegado al muro, saltaba una rata enorme y trepaba por las piedras hacia el interior, sin duda atraída por el hedor de los últimos enterramientos. La crisis hace que entierren a la gente en ataúdes de pésima calidad que no son capaces de retener la podredumbre. Te juro que, en el instante en que vi la rata saltar, me sobresalté, temí por ti, no fuera ese animal a hacerte algo, aunque no creo que bajo la lápida que lleva tu nombre y tu foto quede mucho por roer, pero quién sabe, esos bichos se atreven con todo, las tablas del ataúd, el tuyo de excelente calidad, los huesos, los restos de tela que hayan resistido la humedad de la comarca. Incluso en los días más calurosos del verano, cuando me acuesto oigo a través de la ventana el goteo del rocío nocturno que cae desde el tejado a la acera, especialmente esas noches, cuando el ambiente se vuelve más tropical que mediterráneo, noches pegajosas en las que te revuelves insomne en la cama, interminables a pesar de que son las más cortas del año. Das vueltas entre las sábanas húmedas y ardientes, caldo de cocido, la cabeza pegada por el sudor a la almohada, tan viscosa como el aire inmóvil que te rodea. Y, en el duermevela, casi de pronto, la luz cegadora del sol que llega sin anunciarse, y el calor aplastante cayendo sobre las hierbas secas, el chirrido de las chicharras. No, no, esto, Leonor, no es Suecia, ni Alemania, ni la dulce Bretaña, esos países umbríos, góticos, nocturnales, en donde las relaciones parece que tienen una densidad metafísica. Aquí no cuela la historia de la amada que volvió a su amor de juventud. Nosotros follamos juntos un tiempo, luego elegiste a otro para que te hiciera compañía en la cama, y se acabó, ninguna melancolía, nada que corregir, nada que añorar, impensable esa retórica: esto es el Mediterráneo, el exceso de luz agosta los misterios. Bajo este cielo no hay metafísica romántica que se sostenga. Lo nuestro no son los grandes bosques sombríos, el esplendor de los caducifolios, las almas solitarias que vagan en pena, aquí no hay esa poética penumbrosa. Lo nuestro: árboles más retorcidos que frondosos, con más leña que hojas, más grises que verdes. Hay que guardarse muy bien de exhibir los sentimientos, que pierden sus matices bajo esta luz desvergonzada. ¿Qué voy a contar que no sepa todo el mundo? Así que el único que se acercó a ponerle flores un día cada mes o cada dos meses fue su marido. Como debe ser.

Muchas veces, desde la puerta del taller lo veo pasar rumbo al cementerio y pienso que esas flores son en parte mías, no por el amor que yo pueda haberle tenido a Leonor, ni por lo que de mí haya quedado dentro de ella (dejamos parte de nosotros, nuestra saliva, nuestros flujos, nuestras bacterias y virus en quien amamos, dejamos ciertas maneras y ciertos vicios: por fuerza yo he tenido que estar presente en lo que hayan hecho entre ellos, la pericia para tocar, la cadencia con que hay que pulsar ciertos resortes del cuerpo, algunas palabras, eso lo aprendimos juntos), sino porque en esas flores está el vacío que me dejó, porque soy aquello de lo que carezco, soy mis carencias, lo que no soy. Oigo a Leonor: esto es mío, lo llevo yo dentro. Es un asunto en el que sólo yo puedo darte autorización para que metas las narices, y ya ves, no te la doy. Incluso se negó a que contribuyera a pagar una parte de la carnicería íntima. Pienso: el muñeco sanguinolento que flotó un instante, pero la verdad es que yo no lo vi, no sé cómo era, hablo de la pragmática como se producen esas cosas y he contemplado en películas, en documentales, en revistas, pero yo no tuve nada que ver. No sé adónde dirigió sus pasos para resolverlo, en qué lugar, quién se lo hizo, quién y cuánto pagó. Prefiero pensar que acudió sola. Que, por entonces, aún estaba sola. Ni siquiera sé si a continuación volvió a Misent durante unos días, o si cogió el tren y se fue directamente a Madrid; si había preparado antes su escapada y estaba de acuerdo con él, o si lo buscó una vez allí. Digo un piso de Valencia, y hasta me parece ver el cuarto con las ventanas cerradas en una de tantas fincas de pisos de la ciudad, pero ni siquiera eso lo llegué a saber nunca. Como durante tantos años mi padre con sus historias de la guerra, también ella decidió que aquello no era cosa mía. ¿Qué cosas han sido mías? Francisco venía de Madrid, comía en alguno de los bares de Olba, y se acercaba al cementerio, hasta que decidió que iba a volverse a vivir aquí, y a medida que restauraba la casa y la ocupaba, se iba desentendiendo de la tumba que, al parecer, había sido más bien la excusa que le facilitaba el regreso: oler a azahar en primavera, meter la cuchara en el arroz de la paella, navegar con el velero los días de mar en calma: mis hijos hacen su vida, y aquí la tengo a ella, lo único mío, y Olba es tranquilo, y, si quieres ajetreo, tienes Misent a una decena de kilómetros, y Benidorm a medio centenar, y Valencia a apenas cien. Hasta puedes coger el barco en Misent y en un par de horas estás en Ibiza, aunque para eso, para lo de Ibiza, haría falta tener cuarenta y cinco o cincuenta años menos. Se reía mientras me endilgaba esa milonga entre trago y trago, justificando su regreso, mientras movía la copa de vino, encontrando olor a retama, a monte bajo, a jara recalentada por el sol y a piel de animal salvaje (todos los animales que conozco en la comarca han pasado por la escuela, nos burlábamos cuando él no estaba delante, lo imitábamos, levantábamos la copa, la mirábamos, la agitábamos entre risas), a cuero curtido, a tenería. Lo recuerdo en los almuerzos que organizaba los sábados por la mañana. Yo aún salía de casa algún sábado, algún domingo: a estas perdices les vendría muy bien un Marqués de Riscal del 86, o un Tondonia del 88 (no quiero hablaros de un Latour, eso nos pilla muy lejos), porque, claro, un Único de Vega Sicilia parece que no vamos a poder permitirnos, ¿a que no? Y, mientras hablaba, iba dirigiéndose a la cava, la nevera en la que guardaba los vinos en el garaje-comedor que tenía instalado en el pabelloncito exento en que guardaba aperos y herramientas, y al que llamaba pretenciosamente la bodega: a la planta noble no accedíamos, subimos una sola vez y de uno en uno, nada de amigos de Olba en la zona noble, eso lo reservaba para otro público, cada uno de nosotros creíamos que éramos el único que había obtenido el privilegio de recorrer las zonas nobles de la casa de los Civera, hasta que descubríamos que nos había llevado a todos, con el mismo secreteo. Le ha podido siempre la vanidad. Se dirigía parsimoniosamente a la cava en que guardaba los vinos, y, ¡ap!, por arte de magia, hacía aparecer dos botellas de Vega Sicilia entre sus manos, y nos enseñaba las etiquetas amarillentas y raídas, pero en las que aún se podían leer las añadas de la cosecha: señalaba repetidas veces con el dedo índice los dígitos, asegurando que era una añada muy especial y que, en una subasta reciente, se habían pagado más de veinte mil duros por una botella como las que íbamos a bebernos en tres cuartos de hora (para que estén perfectas hay que decantarlas un ratito, mientras tanto preparamos la mesa, las ensaladas, nos tomamos el aperitivo, se asa la carne). Alguno que hilaba más fino se fijaba en la añada, en la adjetivación con que calificaba el vino, para repetirlo todo luego como loro cuando asistía a una comida con proveedores, con clientes, o para usar la información donde se supone

381

que más plusvalías se obtienen de esos saberes, que es en el despacho del director de la caja de ahorros al que le quieres pedir un préstamo que, por su riesgo, no se atrevería a firmarte ni Botín: a ver si lo seduces con el café, el cedro del Líbano, los nenúfares, la hojarasca de otoño y las frutillas del bosque, y con el comentario: el otro día estuve con Marsal, ya sabes, el hijo de don Gregorio, el que fue director de esa revista gastronómica, joder, el tío es la hostia, ha corrido medio mundo y no veas lo que es capaz de sacarle al vino, a mí me ha enseñado una caja en la que hay una serie de botellitas que guardan, qué sé yo, ochenta o noventa olores, o quizá sólo sean sesenta, que ya está bien, sesenta olores que puedes encontrar en una copa de vino, la mujer –que en paz descanse– de este amigo (se apunta la preciada amistad de Francisco en el currículum) fue la que llevó el restaurante Cristal de Maldón en Madrid, lo tienes que haber oído, salía en todas las revistas y en la tele, dos estrellas Michelin, pues, como te digo, el otro día el tío va y nos saca para el almuerzo de los colegas un par de botellas de Único de Vega Sicilia de no sé qué año, convencido de que contar eso es una manera como otra de que el director de la sucursal de la CAM, que, antes de pisar Olba, a lo más que ha llegado es a un Jumilla de alta expresión, se dé cuenta de que el que le pide el préstamo no es un desgraciado que necesita calderilla, unos euros, sino un hombre de mundo que esa mañana se ha levantado con ganas de tratar de ciertos asuntos con otro hombre de mundo, gente que está en la esfera de los negocios: el préstamo, más bien excusa para sentarse en el sofá del despacho y fumarse un Cohíbas a puerta cerrada y tomarse una copa de coñac Martell que te he traído, espera, espera, la llevo aquí, en el portafolios, toma, yo te sirvo, no, no, ni pensarlo, esta botella te la quedas, mira que me enfado. Ya se sabe que esa gente –directores de sucursal, apoderados– es gente serpentina: ante el que los convence de que es más que ellos, un tío forrado de dinero, que si le pide el crédito es más bien por un capricho, por el gusto de charlar con él un rato, ante ése se arrastran, reptan, no ponen ningún impedimento y apenas solicitan avales: si consigues acomplejarlos, tienes en el bolsillo ese crédito imposible, avalado por un tipo al que ya no le queda a su nombre ni el carnet de identidad. Mientras que si vas diciendo que, por favor, necesitas el crédito para poder ganarte el pan, para que no te quiten el coche y te echen de casa, te dan dos bufidos y te señalan con el índice la puerta del despacho. A mí, los números que haya podido montar Francisco me han dejado más bien frío. Esa nariz de liebre que olfatea nerviosa su oportunidad y ese cerebro de reptil: no, no es alma de reptil, carece de ella, de alma; tampoco yo la tengo, esa idea la compartimos, no podemos tener lo que no existe, hay lo que hay y dura lo que dura. Después, se acabó. ¿Y entonces a qué viene ese llevar flores y ese quedarse serio ante la tumba con los ojos húmedos? ¿Qué haces ante eso que es nada y no guarda nada? ¿O lloras por ti mismo, gilipollas?

Las botas se hunden en el lodo, que tiene una textura gomosa, el camino está encharcado, apenas puedo seguir avanzando, no sé cómo conseguiré mañana que mi padre camine aunque sólo sean unos pocos metros, aquí no hay silla de ruedas que valga. En la pegajosa arcilla, las ruedas se convierten más en un cepo que en una ayuda; para los ciclistas, el marjal es una trampa, hay sendas que permanecen

embarradas durante todo el año, se trata de un barro pegajoso, enemigo de los neumáticos, que quedan atrapados
como en un molde de escultor; otros senderos –la mayoría–
se embarran en cuanto caen cuatro gotas, y en algunos
tramos han sido cegados por la abundante maleza, permitiendo apenas el paso de un caminante. Cogerlo en brazos,
o dejarlo caminar despacio hasta el borde del agua. Será sólo
una decena de metros. Ése es el pacto tácito que he sellado
con él, devolverlo al lugar del que lo hicimos salir. Nadie
pasea por este espacio abandonado, cubierto de cañaverales,
en el que, en cuanto te descuidas, te has metido en una
balsa de arenas movedizas de la que resulta difícil salir y en
la que, con cada movimiento, te hundes un poco más. No
es lugar apetecible para pasear, a no ser que lo conozcas muy
bien y que lo que te atraigan sean precisamente sus dificultades, adentrarte en los dudosos caminos bordeados por
carrizos y sombreados por cañaverales. El bullicio a un paso,
pero fuera. Estás en un pudoroso repliegue del mundo.
Estaremos los dos en este repliegue. El perro se ha detenido
y vuelve la cabeza, me mira con sus ojos color de miel, em-
prende un trotecito y se queda buscando el contacto con mi
pierna. Jadea y no para de mirarme. Le acaricio el lomo, me
agacho, lo aprieto contra mi torso, y me emociono otra vez,
hasta tengo ganas de llorar. Conduciré el coche hasta aquí
y, antes de concluir la tarea, lo apartaré unos metros, lo
pondré en la ladera del médano para que el fuego no se
extienda por los carrizos. Doy un par de golpes con la palma
de la mano en la carrocería. ¿Y el perro? Aparto la vista, no
quiero verlo, pero el perro forma parte de la familia. No se
me ocurriría dejarlo solo. Yo diría que incluso los automóviles tienen su vida familiar y resulta cruel abandonarlos.
No se los puede apartar de quienes los usaron, guardan sus
recuerdos, su ADN a disposición de los policías que se in-

teresen en encontrarlo. Resulta inmoral dejarlos entre las sucias manos de algún subastero.

El pasado convertido en un *alien* que se hincha, aglomeración de caras y voces que me llena y presiona dentro hasta convertirse en algo insoportable. Voy a reventar de mi propia carga, al tiempo que fuera todo se vuelve átono, descolorido, se adelgaza, se difumina, está a punto de borrarse, desaparece: las caras que me miran y las voces que me hablan echándome en cara mi soledad de medio siglo aquí, cuando, arrancado el precinto que colocaron los municipales, bajo solitario al taller (¿qué más puede darme a estas alturas el juez?), me siento ante la televisión o lavo a mi padre. La soledad de la noche en la habitación: mejor no pensar en la noche. La noche se vuelve de ellos, es su tiempo, son ellos quienes mandan. Ocupan la habitación entera, desalojan con sus cuerpos el aire, y tengo que encender la luz e incorporarme para vencer la asfixia, y para que todos ellos vuelvan a los muros de los que se han escapado. Me incorporo en la cama con la respiración entrecortada. En la oscuridad los oigo moverse, me rozan con los jirones de su ropa, con sus dedos. El aire que desalojan al moverse lo noto en mis mejillas, y cuando por fin se han ido queda una lámina fría, como si alguien hubiera entornado la puerta de una cámara frigorífica. El interruptor de la luz. La claridad de la bombilla aleja esos cuerpos que toqué, los devuelve al estado de aire, los encierra entre los muros de los que se han escapado, los disuelve en la nada de la que no deberían haber salido. Me levanto, bebo un trago del cartón de leche guardado en la nevera, me preparo algún refresco, enciendo la tele del salón, me fumo un cigarro aspirando fuerte el humo, y, de vuelta en el cuarto, me meto en la cama, pero me quedo el resto de la noche con la luz encendida para evitar que vuelvan. Apnea, creo que llaman los médicos a esa falta de ventilación que se produce durante el sueño, una especie de muerte pequeña que hace que uno se despierte sobresaltado, boqueando como pez fuera del agua. Queda en la habitación un olor obsceno. Consigo dormirme otra vez, y ahora camino por pasadizos que horadan la tierra en todas direcciones, se comunican entre sí, se entrecruzan, forman un laberinto de madrigueras sofocantes, una respiración de tierra húmeda que se mezcla con el vaho que exhala la carne vencida. Mis pasos suenan huecos en la pesadilla. Cada uno de ellos saca de la tierra un sonido mate. Pasos vacíos, pisadas cada vez más lejanas de mis pies, pálidos reflejos de sí mismas. Y otra vez el olor de humedad, de moho, de vegetación descompuesta. Es el olor del pantano en un día de calor; sin embargo, el ambiente de la habitación resulta frío y húmedo aunque yo esté sudando. Avanzo sin rumbo, enredado en el trazado de los pasadizos y tengo la sensación de que los pasadizos están dentro de algo que no descifro lo que pueda ser, como la retorcida tripa de un animal enorme. Pero ¿dentro de qué?, ¿dentro de dónde estoy? Guarda la tierra –o lo que sea que piso–, bajo la costra viscosa, un vaho que va disolviéndose hasta que vaho y suelo parecen formar una sola deslizante materia. Camino sobre el vaho y mis pies se hunden más a cada paso. Cuando concluye la pesadilla y me despierto, compruebo que lo de fuera no me alivia, lo que se extiende interminable más allá de las persianas que levanto de madrugada y de las ventanas que abro de par en par buscando una bocanada de noche limpia, eso da igual, no puedo llegar a lo que está del otro lado. Ahí fuera no estoy yo. Es lugar ajeno, escenario de la vida de otros que han venido después y llegan tarde para participar en la representación que protagonizo, o, mejor dicho, en la que he intervenido sólo como comparsa. El autor ni siquiera me ha dado frase en la pieza. Personaje que entra y sale y, en sus apariciones, deja una bandeja sobre la mesa, cambia el cenicero, coloca un florero encima de algún mueble, o cuelga una prenda de ropa en el armario. Quienes llegan ahora no pueden conocer –no están autorizados a ello– más que el final, que maldito si va a interesarles. Pero qué esperan ver, si esto ya no es la representación, sino lo que sucede luego, despojarse de los trajes, guardarlos en el baúl, recoger brochas y pinceles y lápices de maquillaje, ayudar a desmontar el decorado, embalar los telones, tareas, aunque pesadas, que significan poca cosa, mera cuestión de trámite: el cierre de la carpintería, los clientes con los que no se han cumplido los plazos, los empleados y proveedores que no han cobrado, el asesor contable al que le ha devuelto el banco los tres últimos recibos, los empleados de la sucursal de la caja que quieren resolver cuanto antes el embargo. Por encima de todos ellos, como en ciertas funciones religiosas que representábamos en el teatro del colegio los niños, aparece el ojo de Dios encerrado en el triángulo, el fatídico ojo que todo lo ve, ante el que no sirve ocultarse en ningún rincón de la ciudad, ni siquiera huir al campo, Caín, dónde está Abel, ¿acaso soy yo el guardián de mi hermano?, y Pedrós es el ojo, a su manera Dios contemporáneo, el ojo inscrito sobre el escenario en el que se representa una obra de teatro entre adultos, mi dios familiar, mi manes, mi penates, el que ha cambiado el guión del desenlace y se ha convertido en propietario de la agenda, por encima incluso de mi padre: quieras o no, la agenda de mi padre tiene el carácter inocuo de lo privado, mientras que la de Pedrós posee la gravedad de lo público: topógrafos, tasadores, notarios, abogados, jueces, alguaciles, funcionarios de prisiones. Pedrós aparta a codazos al viejo patrón, altera el argumento de la obra, cambia los diálogos de las últimas escenas y, sobre todo, y eso es lo que ahora cuenta, condiciona y fuerza el desenlace. Telón. En el proscenio, la compañía en pleno. Convivencia de los personajes centrales con los que apenas actuaron en un par de escenas e hicieron mutis, los que ya no están con los que sobreviven, los que frecuento ahora –o he frecuentado hasta hace unas semanas– y los que tropezaron conmigo hace cincuenta años en aquellos viajes que fueron destellos de mi verano indio, y quién sabe dónde están. Los que llevan chándales, faldas, bolsos, cazadoras, zapatillas deportivas a la moda, compradas en mercadillos o de marca, fabricadas aquí o importadas de Francia, de Italia, de Estados Unidos, de China, de la India, conviven con los que visten oscuros jirones pegados a la cecina, al hueso. Lo que un día fueron camisas blancas de cuellos, puños y pecheras almidonados, ahora, ya ves, hilachas adheridas al cuero seco, a la maltrecha osamenta. Hay tantos otros personajes. Pasan deprisa, en apretada confusión. Quiero nombrarlos y no me da tiempo, tan apresurados pasan, ni siquiera recuerdo sus nombres, así de frágil es su presencia; y ese no saber nombrarlos, no encontrar en mi cabeza sus nombres por más que registro, me llena de angustia. Busco infructuosamente en lo que debía ser almacén y es vertedero: patrimonio extraviado, o dilapidado. La vida como derroche, ¿no, padre?, ¿no es ésa una de tus ideas centrales? A lo mejor también ellos han buscado mi nombre sin encontrarlo alguna noche en vela. Han querido revivir escenas en las que participé. Pero las compuertas se han abierto. Nos vaciamos. Me doy cuenta de que incluyo en el elenco a Liliana, como si ella no fuese fallido presente, tea-

tro contemporáneo, personaje –también ella, como Pedrós–
destacado de manera indeseada en el desenlace, protagonista de su propia representación que previsiblemente aún
tardará unos cuantos años en alcanzar su clímax, y su particular desenlace fuera de mi alcance. Pienso que no veré
cómo serán sus cincuenta años: cambiará ese cuerpo, sona-
rá la voz despojada de seda o marchita la seda –un ensayo
de esa transformación me ofreciste, Liliana–, se emborro-
nará la sonrisa –se emborronó–, se secarán las lágrimas. No
te veré, y no será fruto de mi decisión o de mi capricho
verte o dejar de verte. El otro día, para no verte, cambié de
dirección cuando me di cuenta de que iba a cruzarme contigo muy cerca de la plaza. Ibas sola. Esta vez no te llevaba
cogida tu marido. Y sí, lo hice (casi inevitables los encuentros,
Olba es tan pequeño, tuve que torcer por otra bocacalle),
no pude soportar verte; ni siquiera supe, si, cuando nos
cruzáramos, debería dirigirte la palabra o volver la vista
hacia otro lado. Pero para entonces, cuando llegue el tiempo del que yo hablo, no te podré ver aunque quiera; o
mejor, ni siquiera podré querer verte; no oiré tu voz, no me
habitará ningún recuerdo: recojo a la niña de la guardería;
al menor de los dos niños lo recojo a la salida del colegio
porque no me fío de que vuelva solo a casa, últimamente
pasan demasiadas cosas con los niños, voy al súper a hacer
la compra, me acerco al locutorio colombiano donde compro los productos que no sé si de verdad traen o no traen de
allá, pero que son como los que tenemos allá, el plátano
macho, la guayaba, la yuca, la granadilla, el boniato, en el
locutorio una puede encontrar esas cosas. Cuando mi marido llega, ya preparé la cena y se la di a los niños, que están
haciendo los deberes, o a lo mejor hasta se han acostado, y
yo me he sentado a ver la televisión y unas veces lo espero
para cenar y otras le guardo la cena, un plato cubierto por

otro plato sobre la mesa, usted no sabe cómo me entristecen esos dos platos acoplados sobre la mesa de la cocina cuando los miro en el momento de apagar la luz, cuando lo espero a él que, desde que no trabaja, en vez de llegar más pronto llega más tarde y, además, casi siempre borracho (¿dónde te crees que se encuentra uno con la gente y dónde salen los trabajos?, gruñe él, mientras recojo la ropa que he planchado, ¿aquí, en el sofá?, ¿aquí crees que van a venir a ofrecérmelos en bandeja?). Me cuentas, Liliana, y, en tus palabras, asisto a una representación reciente, quizá deprimente para ti pero que en mí reabre complicados espacios sentimentales, habitaciones que parecían clausuradas hace ya tiempo. Tu tristeza alimenta mi esperanza: amparar tu amargura con mis brazos, acariciarla, hacerla mía, hacer mío el calor de tu tristeza, eso me excita, y no sé si esa excitación es limpia o sucia, eres mi hija, y te deseo, es el deseo de tu cuerpecito entre mis brazos, sólo mirarlo como hacía el tío Ramón con las putas, las miraba como hijas, como madres, y, como él, en la escena yo nunca me veo desnudo, debe de ser cuestión de familia, o nada más que cuestión de edad: te aprieto contra mi camisa, el cuerpecito cálido y elástico, eso es sucio, vives tu representación, la obra escrita para ti, y mi representación es agua pasada, tiempos que no coinciden, *décalage* lo llaman los franceses, todo en mi representación se ha quedado frío, un mal guionista ha alargado la trama más de la cuenta, el público se aburre, y aun así hace falta que continúe la obra hasta el final, hay que escenificar el desenlace.

—Nena, me dice, o niña, y me besuquea en el cuello. Deja, que me haces cosquillas, digo, pero lo que ocurre es que me da asco ese aliento suyo de tabaco y alcohol; más asco últimamente, desde que le he olido en el cuerpo perfumes de mujer que no son los que yo utilizo. Como si le diera todo igual, aunque no, para lo suyo está más que atento. Se hace el descuidado, pero se agita y salta en cuanto hay algo que le conviene. A veces está tranquilamente sentado viendo la televisión y, de pronto, mira el reloj, da un salto, se viste en medio minuto y sale a escape después de haberse pasado la tarde en el sofá como si ni deseara ni esperase nada. ¿Adónde vas? Por ahí. Y yo tengo la certeza de que se ha citado. Ha quedado con alguien y no me lo quiere decir. Miro mi reloj, las ocho y diez. Sé que la cita es en algún sitio para las ocho y media. Lo que parecía aburrimiento era espera: o sea, que lleva todo el día esperando esta cita para las ocho y media, ¿con quién? Inútil preguntarle, ni siquiera se molesta en inventarse una mentira. Por ahí. Voy por ahí, y, si insistes, sabes que te echará una ojeada de arriba abajo, como con asco, como mira el tigre enjaulado al guarda que lo tiene preso y que es tan inferior a él, y ni una palabra; o se pondrá a gritarte. ¿Qué quieres?, ¿que no me mueva?, ¿en qué quedamos? Malo si me voy y malo si me quedo. Si me voy soy un golfo y un borracho, si me quedo soy un vago. Contigo no hay manera. Voy a mis cosas, entiendes, a mis cosas, a buscar trabajo para daros de comer a ti y a tus hijos. Y yo me quedo con los niños, furiosa, sabiendo que este tiempo que pasa él lo está aprovechando en algo, en beber, o, peor aún, en pichar. Es malísimo eso de conocer tan bien a alguien y que te asalten los celos: sabes lo que estará diciéndole a la mujer a la que se folla, los gestos que hace, las palabritas que dice y que son las que te dijo a ti al principio, ves su cuerpo, lo ves palmo a palmo, ves cómo se le pone la polla y hasta cómo la otra se la coge, y el movimiento con la cadera para entrarle a la otra, la boca entreabierta, *la lengua floja asomando por encima del labio, es lo peor, un verdadero martirio los celos, y no es que te estén quitando algo que quieres, porque odias ese cuerpo y querrías desprenderte para siempre de él, pero crees que aún no es el momento, nunca parece que sea el momento. La otra noche fuimos a bailar. Cuando más tranquila estaba, recién sentada ante una mesa y con el refresco en la mano, llega: vámonos. Yo me extraño: ¿pero no habíamos venido a bailar? Aún no hemos bailado ni una canción. Eso es que ya has tomado más de la cuenta esta tarde y ahora te entra la modorra. Te he dicho que nos vamos, repitió él, cogiéndome por encima del codo, sus dedos se me clavaban. Pero ¿por qué? Si aún es pronto, si esto no ha hecho más que empezar. Salgamos a la pista, bailemos. Esta canción nada más. Nada, no hubo manera: yo me voy y tú te vienes conmigo, ordenó. Luego dijo que me vio sentada ante el velador lleno de vasos de plástico con restos de Coca-Cola, de gin tonic, de whisky, que habían dejado los anteriores ocupantes, y le pareció que estaba expuesta, a disposición de quien quisiera mirarme, rodeada de suciedad que habían dejado otros, los vasos chupeteados, pringosos, y que sólo él tenía derecho a contemplarme con esas ganas con las que, de repente, le pareció que me miraban todos aquellos tipos a medio emborrachar o borrachos, encocados, calientes como monos. Dijo que pasaban a mi lado y me miraban con ganas de hacerme lo que sólo él tenía derecho a hacerme.*

—Claro, Liliana, pensó en todos los que te habían mirado así durante aquellos meses en que él estaba en Colombia, en las manos que te habían tocado, en lo que te habían hecho.

—Siempre lo hice con preservativo, estaba defendiendo a la familia. Pagaba el precio de tenerlos conmigo, que no se te olvide, el precio de los pasajes, estaba comprándoles lo que ellos necesitaban para poder yo tenerlos a mi lado, y a ver si usted se entera, Susana.

—Los hombres se aprovechan porque les conviene, hacen que no se enteran, pero lo guardan todo, y luego amontonan ese material como leña para quemarte.

—Me cogió del codo, tirando de mí hacia arriba, levantándome. La silla cayó, aunque no se oyó el ruido del plástico al chocar contra el suelo, porque sonaba muy fuerte la música y sonaban los gritos de toda aquella gente. Pero qué te pasa, dije. Al levantarme de ese modo brusco, además de la silla, había tirado unos cuantos vasos de plástico cuyo contenido se había derramado sobre la mesa y goteaba (cola, refrescos de naranja, de piña, de limón) y se me había manchado uno de los zapatos, que eran nuevos, y me dieron ganas de llorar y él me miraba con una fijeza que me asqueó. Al salir a la calle me besó, pero no era un beso de marido; era un beso de borracho, como los que querían darme los que iban al club. Sin darme cuenta, me pasé la palma de la mano por los labios, quitándome la saliva, él vio el gesto y, aunque no dijo nada, me lanzó una mirada que me dio miedo. Al cabo de un rato de caminar por la calle, dijo: ¿qué pasa?, ¿ya sólo te gustan los besos del viejo?, eso dijo, y tuve ganas de abofetearlo, pero sé que, de haberlo hecho, me habría destrozado allí mismo, en mitad de la calle. Mala sombra tiene. Y eso es cuando actúa mal, pero últimamente, cuando quiere hacer las cosas bien, acaba haciéndolas peor; o a lo mejor es que le da igual el bien o el mal de los demás y hace egoístamente lo que le gusta, lo que le conviene y lo que le apetece. La cara de felicidad que traía cuando se presentó con el perrito para el pequeño, abrió la puerta con él en la mano, dándole besitos al animal y la sonrisa en su cara de globo. El niño se puso a dar grititos y saltos, déjamelo a mí, déjamelo a mí, y a mí se me cayeron los morros, pero cómo vamos a tener un animal aquí, si las personas ya cabemos con dificultad, ¿dónde vas con eso?, le dije. Date la vuelta ahora mismo antes de que el niño se aficione, y lo dejas en el sitio donde lo has

393

cogido. Se lo devuelves a quien te lo dio. Como era de esperar, el niño empezó con los berridos, es mío, a que es mío, papá, y a él la sonrisa se le convirtió en boca de tigre, los labios arrugados, los dientes saliéndole amenazadores del hueco negro, y las palabras, los juramentos, la hostia puta, la puta que os cagó a todos, es que me cago en todo, en todo, aquí no hay modo de acertar. En esta casa está prohibida la alegría. Y eres tú, eres tú la que lo amargas todo, eres la bruja, la cabrona que no nos deja vivir ni a los niños ni a mí, la que lo jode todo. Y yo: yo soy la bruja cabrona y tú el ogro cabrón, el que nos tienes a los niños y a mí en vilo, parece que le estemos haciendo la comida y lavándole la ropa al ogro que acabará comiéndosenos a nosotros, le respondí. Y añadí: además, un ogro sin dos dedos de frente. A él, que le digan que no tiene inteligencia es lo peor que se le puede decir, lo que más mal le sienta. Haberte casado con un ingeniero, tú que eres tan lista, dijo al tiempo que le soltó un codazo en la boca al niño que se había puesto de puntillas para tocar el perrito, y el niño se pegó con la cabeza contra la mesa y empezó a gritar y a dar patadas en el suelo. Para haberle roto la cabeza al muchacho, grité yo, y luego te quejas si digo que eres un animal. Ahora el que braceaba era él con el perrito arriba y abajo. Había dejado de ladrar el perro, ni siquiera ladraba el animalito, tenía los ojos abiertos de terror, ya había empezado a enterarse de cómo era la vida en su nuevo hogar, y cómo las gastaba ese que lo había cogido tan cariñoso, que le había hecho carantoñas. A mí me pasó igual, perrito, pensé, primero dulzura, y luego ya ves; y él: os vais a ir todos a tomar por el culo, el perro, los niños y tú, y, de repente, apretó el cuello del animalito, se oyó un raleo, y se le quedó estirado el bicho en la mano, las patas colgando. Lo había ahogado; porque yo creo que se dio cuenta de que lo había estrangulado, y de que ya estaba muerto cuando lo tiró con todas sus fuerzas contra la pared. El animalito se quedó tendido en medio del salón después de haber arrastrado consigo unos cuantos vasos del aparador, allí estaba el perro reventado, echando sangre por todos los agujeros de su cuerpo, y rodeado de vidrios rotos. Levanté en vilo al muchacho, que se arrojaba sobre el animal con peligro de cortarse con aquellos vidrios, y él salió de casa dando un portazo. Pensé que lo peor iba a ser cuando volviera harto de copas y con toda la mala leche de darle vueltas en la barra del bar a la mierda que se llevaba metida en la cabeza, llegué a pensar en correr el seguro, pero eso iba a ser aún peor, porque entonces tiraba la puerta a patadas, con el seguro y todo, y arrancaba hasta el marco con esa fuerza que es lo único que le ha dado la naturaleza y que durante un tiempo me dio seguridad y hoy me asusta. Me desespera verlo con ese cuerpo repleto de energía que está pidiendo a gritos ser quemada, tumbado en el sofá, despatarrado en la butaca, arrastrando el corpachón desde el tresillo a la cama. Ya no es aquel muchachote que tanto me gustaba cuando me sacaba a bailar, el que me guardaba bien protegida entre sus brazos como un pájaro en el nido. Ahora tengo miedo de sus manos, de sus brazos y, fíjate lo que te digo, cuando se enfada hasta me parece una señora gorda y furiosa. Un día se lo dije: estás cada día más gorda, así, sin pararme a pensar, se lo solté en femenino, porque me lo pareció, hasta sus pelos y el vello hirsuto de las piernas y ese que le crece en el pescuezo me pareció vello de mujerona. Se puso hecho una fiera. Menos bromas si no quieres que te marque el culo, que te rompa los hocicos. Bastante problema tengo con estar parado para que vengas tú calentándome aún más la cabeza. Le dije en son de burla: yo parado no te veo nunca, mi amor, te veo siempre tumbado en el sofá. Si por lo menos cocinara, o pusiera la lavadora, o sacara la ropa y la colgara en el tendedero. Pero no, no hace nada, ni el huevo. El sofá y el bote de cerveza. Alargó desganado el brazo y me dio un puñetazo mustio en la cadera. Fue casi una caricia, pero le salté: ni se te ocurra tocarme, porque te pongo una denuncia y además no vuelves a verme el pelo en lo que te queda de vida. Saqué una voz torcida, rara. Vale más prevenir que curar, pensé. Si el puñetacito es un aviso, yo también voy a avisarle. Pues mucho que te iba a echar de menos, dijo él. A lo mejor a mí no me echabas de menos, pero las orejas y las patas de cerdo y las verduras del sancocho humeando a medio día en el plato, y la cerveza fresca y las camisas limpias, eso sí que te iba a faltar, y se lo digo mientras friego los cacharros, haciendo mucho ruido con el agua, y al colocar los vasos y las piezas de la vajilla en el escurreplatos, para que se entere de que alguien trabaja en la familia y va de acá para allá, cargando bolsas con la compra, recogiendo al pequeño del colegio, pasando el mocho en mi casa y en las casas que no son mías, metiendo la mano con el guante de goma en los retretes ajenos para frotar en la mugre que se acumula al fondo, oliendo la mierda de los viejos y notándola blanda en los guantes. A veces pienso que es un bicho tan malo, que yo creo que al diablo le va a resultar difícil encontrar voluntarios que lo quemen en el infierno. Cualquiera lo aguanta las veinticuatro horas del día, además hace poco oí que el Papa ha dicho que no hay diablo, y si no hay diablo, tampoco ha de haber Dios. No me extraña, viendo cómo están las cosas. He de preguntárselo a mi difunta tía cuando hable con ella.

—¿Sigues yendo a consultarle a la vidente? Estás loca. Parece mentira que te engañe esa bruja.

—Los echo de menos a todos ellos, a los que dejé allá y ya se han ido, y a los que se fueron antes de que yo viniera. Acá me encuentro muy sola. Y asustada con lo que a Wilson le pueda dar un día por hacernos.

—Cielo, tú puedes decirme lo que quieras, pero no creo que sea agradable contactar con los muertos, no entiendo que te gastes un dineral con la vidente, gástatelo en joyas; si quieres, en alguno de esos chulos cubanos que se ven en la tele, pero *hablar con los muertos, eso es tirar la plata. En el mejor de los casos (no quiero ni pensar en lo peor), los que se te aparecen son gente desprovista de todo, ni pueden prestarte dinero, ni siquiera como avalistas de un crédito puedes usarlos a esos aparecidos, ni puedes hacer cualquier cosa con ellos. Ya me dirás la gracia que le encuentras a esa tontería, que te diga que ha visto a la tía Manola, o a la prima Purificación, y que hasta han hablado con ella, con la de Barranquilla que le daba al aguardiente y murió de varices en el esófago, o con la abuelita Constanza, y que se acuerda mucho de ti y de tus hermanos, y está tan ricamente en el cielo; o, peor aún, que está amargada porque hay un diablo que la ha tomado con ella y no la deja en paz, dándole tridente todo el día y toda la santa noche, ¿tan interesante te resulta ahora hablar de asquerosidades, de enfermedades incurables, de ofensas que no se perdonan, con esa gente de la que en vida huías como de la peste? ¿Y pagas para que te digan inanidades, o para que te cuenten esas cosas horribles? Porque esos muertos lo mejor que te dicen es que están bien, y que se acuerdan de ti, ¿y a ti qué? Pues qué te voy a decir, tía Corina, que me alegro de que estés bien, y de que reces por mí, porque buena falta nos hace, que a Wilson lo echaron del trabajo y nos van a despachar de la casa el día menos pensado. ¿Pagar por hablar esas sonsadas? Mejor guárdate el dinero para lo que pueda llegaros, que a Wilson está a punto de acabársele la ayuda, y ya me dirás qué vais a hacer, los cien kilos de él hundiendo el sofá desde el que ve la tele las veinticuatro horas del santo día, cuando no está en el bar, y tú fregando escaleras con un feto de tres meses en la tripa, y el hermano, desaparecido en combate, te dejó el regalo y huyó para Colombia donde le estará llenando otro bombo a alguna tonta, y a lo mejor hasta para venderle el niño a alguien, que ése es así, si es que no anda encerrado en un penal, o balaceado, empapándose en la cuneta de alguna vereda porque, por lo que me contaste, se pulió la* mitad de lo que sacó del envío en armar jaleo de copas, y en camisas y zapatos, ay, Liliana mía, procura rezar para que tu Wilson no haga sus cálculos y sospeche que el bulto que llevas no es responsabilidad suya. Tienes la santa suerte de que es tan fanfarrón que ni se le ocurre pensar que después de haber conocido lo suyo quieras conocer lo de otros, esa suerte tienes, o esa desgracia, porque no te libras de él ni queriendo, los pies en el sofá, un cuarenta y seis gasta, falta sofá para tanto pie, el bote de cerveza, el partido de fútbol de cada día, eso, ese piso sí que es el infierno, llama al Papa y díselo, que lo has encontrado el infierno que él perdió, y al diablo que te persigue con el tridente, dile al Papa que sabes la dirección donde vive, porque ese Wilson sí que es un diablo que la ha tomado contigo, y tú gastándote el dinero en hablar con los difuntos. Reconocerás que eso carece de lógica, hablar con el abuelito y con papá y con las titas que murieron y están en el más allá, como si acá en la tierra no los hubieras oído lo suficiente. Deja en paz a los muertos, suponemos que toda esa gente está bien porque no da señales de vida ni viene a pedir nada. Yo no sé por qué será esa manía con los muertos que tenemos los pobres, los ricos se compran pisos, yates, joyas, acciones, y no tienen ningún interés en hablar con los muertos, quieren más bien vivir con los vivos. Ni ganas, ni tiempo tienen. Y tú ni siquiera le has puesto una denuncia por amenazas o por maltratos a tu marido, que ya sería hora de que se la pusieras. ¿Sabes que, ahora, si pones una denuncia por malos tratos no pueden echarte del país aunque no tengas papeles, y además el Estado te ampara, te ponen en un piso protegido, te dan de comer y te pagan un sueldo?

—Ya me lo dijo eso el viejo. Que si denuncias te dan papeles de española.

—Liliana, tuviste oportunidad de dejártelos a todos, a los niños y a él, allá en Colombia, y tú haberte organizado aquí; haber empezado una vida por tu cuenta. Tus padres se hubieran ocupado de los niños, porque él para qué iba a quererlos, tu mamá aún vivía, y él para qué iba a quererte a ti si no le mandabas ni un peso, te hubieras librado por ausencia, fíjate, haber empezado de nuevo. Si pasaste lo peor, bien podías pasar ya lo bueno, pero no, les pagaste los pasajes con la fatiga de tu crica: te pagaste la miseria, boba de ti. Eso a tu marido no le interesaba saberlo, así que hizo como que no se enteraba, ni te preguntó. Tu Wilson hizo como que no sabía porque le convino no saber, pero claro que supo, como supo que el hermano te utilizó a la venida como mula, ¿cuánto te metiste?, pero Wilson se calló, porque tú le mandabas plata, calló y luego ni siquiera te contó que él para venirse también fue mula culera, que se pasó sus buenos gramos, o sea, que tú fuiste la que no te enteraste de nada, porque de lo que esos gramos a él le reportaron nunca te dijo nada, ¿a que no? Los guardó para sus cosas, para sus juerguitas, para los viernes por la noche en los que nadie sabe dónde estuvo y en los que llega oliendo a sudor avinagrado y a una mezcla de perfumería. Ven, ven aquí, boba. Y a ti te tiene fregando escaleras y limpiando culos de viejo. Bobita mía. Ven aquí que te peine esos cabellos tan bonitos que tú tienes, déjame que te los toque, que da gusto de lo suaves que son, qué pena que se los hayas dado a ese bruto que ni los aprecia, ven que te quite los prendedores, suéltatelos, así, cayendo en cascada, como esas mujeres fatales de los culebrones, te los ahueco un poco más, y que te caigan sobre los hombros, agua rizada y negra, brillante, y lo bien que huelen, meto la nariz en ellos, hundo mi cara en tu pelo, en tu nuca, déjame que te bese ahí en la nuca tan suave, pero qué boba eres. ¿Que te hago cosquillas?, ¿es que él no te besa ahí? Pero el viejo sí que ha de haberte besado el tiempo que estuviste con él; si hasta te regaló esos pendientes y el colgante precioso, que me dijiste que tu marido había hecho desaparecer a los pocos días y el viejo decía que quería verte con las joyas puestas y tú le ponías excusas porque *ya no las tenías. También el viejo te dejó con dos palmos de narices, también ése lo que quería era hacerlo contigo y luego te dio aire.*

—Cada vez que me llame, yo vengo, ahora ya sabe usted que no hay trabajo y cualquier ingreso viene bien, le dije el último día cuando el viejo me dijo que no podía mantenerme. No puedo pagar un sueldo, dijo, y llámame de tú, hijita, me pidió. Ahora ya no trabajas aquí. Hablamos como amigos. Le respondí: nosotros tenemos más costumbre de llamar a la gente de usted. Y él: me refiero a verte, seguir viéndote, que vengas cuando quieras a que te veamos, a vernos, no que vengas a trabajar, eso ahora no puedo permitírmelo y no sé si voy a poder algún día, ¿sabes, Liliana?, a charlar, a tomar café juntos, un tintico, a eso quiero que vuelvas, ya ves: hoy me toca llorarte a mí, y a ti te va a tocar consolarme. Estoy arruinado, ni para pagar la casa tengo, bueno, no es exactamente así, te he de contar despacio; así que fíjate si agradeceré que vengas a hacernos compañía en estos tiempos en que mi padre y yo vamos a estar tan solos. Claro, don Esteban, si yo lo entiendo a usted, pero usted sabe lo ocupada que estoy y que no tengo ni tiempo para mí ni para mi marido y mis hijos, así que será difícil que lo tenga para los demás. Me tengo que buscar la vida. Yo no puedo venir acá si no me pagan. Eso le dije y a él se le abrieron los ojos redondos y pareció que iba a darle algo. Me alarmé, creía que iba a hacerme alguna cosa mala, o que se iba a poner malo él, qué cara se le quedó, y de repente no sé de dónde sacó aquella voz tan dura, tan ronca: ya tardas. No pierdas ni un euro más esta mañana conmigo. Vete donde te paguen. La verdad es que me dejó temblando, vaya con el viejo cariñoso, qué se creía, que iba a estar limpiándole el culo al otro y dándole charla a él sin cobrar, eso se creía, pero aún tuve ánimos para decirle: y dé usted gracias que no le cuente a mi marido que me quería toquetear y besar. Abrázame, dame un besito

aquí, un besito allá. Eso queda entre nosotros. Salí al trote y
él cerró con un portazo que se tuvo que oír en toda la calle. Al
muy bobo se le cayeron las lágrimas, mientras yo le decía esas
cosas. Seguro que lo hizo para darme pena y que no le dijera
nada a Wilson, aunque también comprendo lo solos que están
allá los dos viejos, pero que paguen su avaricia. En el bolso
llevaba yo la plata que me había dado como gratificación por
despedirme, que la verdad no estuvo mal, por no hablarte de
lo que me ha prestado y ya puede esperar sentado que le de-
vuelva.

—¿Cómo que te prestaba?, ¿mucha plata? Algo le harías a
cambio. Si le dices a Wilson lo de los besitos y los préstamos, lo
mata a él, pero luego te hubiera matado a ti.

—No sé por qué iba a hacerlo. Cuando traje el colgante y
los pendientes, gruñó: ¿y esto por qué te lo ha dado? Como se
pase el cabrón contigo, lo reviento. Pero a la semana ya habían
desaparecido pendientes y colgante, no sé si vendidos o regalados.
¿Matarme? Con lo que le aguanto. Ciego de copas un día sí y
otro también. El sábado que le da por volver a casa, que otros
ni viene hasta el lunes, tengo que quitarle los zapatones y le-
vantarle las piernas para doblarlo en la cama, donde se queda
roncando durante horas, como un muerto ruidoso, no, esto no
son los tules rosa o pistacho en que a una la envuelven el día de
la boda, te lo juro que no, y ese olor que es a la vez dulzón y
agrio y se te mete dentro, como él esa noche venga caliente y
quiera besarte, el puñetero olor de saliva agria, tabaco y alcohol,
meterte en la boca el fuego de horno asqueroso de esa saliva
recocida, empañada por mala digestión, saliva agria, repug-
nante. Algunas veces se levanta de madrugada y se arrastra a
vomitar en el retrete y luego te pasa la lengua por la cara, te la
mete a la fuerza en la boca, dura como un músculo, y la saliva
que entonces lleva además el gusto del vómito, que ni la corte-
sía tiene de lavarse la boca, y un día y otro. Cuando lo conocí

olía a loción de afeitar, a agua de colonia, y la boca a crema
dental y la saliva y el aliento eran frescos, con perfume de men-
ta. Claro, lo ves de pretendiente, de novio, que se te baña y
afeita y perfuma para venir a verte, y ves ese hombre radiante
y te vuelves tontita, y piensas que con el tiempo aún se hará
mejor, madurará, se volverá más suavecito, perderá los arreba-
tos violentos que lo dominan a veces, piensas: es la juventud, se
asentará cuando vea al primer hijo, o, mejor, cuando tenga
entre sus manos a su hijo; cuando note ese trocito de carne caliente que se mueve y que ríe y llora y se le parece y le cabe en
la palma de la manaza, acabará de ablandarse, perderá las
aristas que ahora te atormentan, será ese hombre cariñoso y
guapo y perfumado que te acaricia mientras bailas. Pero no, el
hijo que al principio lo emboba, lo hace reírse y con el que
juega, luego parece que lo cabrea. Te dice hosco: a ver si se calla
ese muñeco de una puta vez, o cámbiale los puñeteros pañales
que huele a mierda que apesta, yo no he visto un niño al que
le huela tan mal la mierda, parece un viejo, como si él no tuviera nada que ver con la existencia de ese cagón. Y tú no te
aguantas y le dices: tú no sabes a lo que huele la mierda de un
viejo, yo sí que lo sé, la que quito yo todos los días para darte
de beber, tu sólo ves a los vagos de tus amigos del bar, eso es lo
que ves, y ese olor es el único que no te molesta porque hasta te
doy asco yo porque tengo mis días, te rebotas conmigo si echas
mano y ves que está pegajoso, pues las mujeres somos así y si no
te gusta te buscas a un tío que no tiene la regla y se la metes por
el culo y ya verás a qué te huele cuando la sacas, joputa, eso
quisiera decirle y no me atrevo porque sé que me volvería la
cara de un bofetón.

—Tul rosa, novio cariñoso, eso es novelería de la que ves por
la tarde en la televisión desde que no acudes a cuidar a los
viejos de la carpintería, y eso te alimenta las fantasías, te vuelve loca.

—Sí, alguna tarde que me queda libre, ahora que ya no voy donde los viejos, oigo el radio, Susana, y veo la televisión, y por eso me entero más de las cosas. Lo de Dios creo que lo dijeron el otro día por el radio y volví a oírlo en la pescadería o en el locutorio donde compro el limón verde, y los ajíes para el ceviche, y allá, mientras aguardaba mi turno, oí que una mujer lo dijo, y lo que dijo fue que hasta el Papa lo ha reconocido. Ella misma, dijo, lo había leído en un periódico en el que declaraba el Papa que ya no había infierno, y, si no hay infierno, tampoco hay cielo, ni Dios, y por eso viene ocurriendo todo lo que ocurre.

—Eso que dices que has oído es una barbaridad. ¿Y entonces tú por qué hablas con los muertos?, ¿dónde crees que están ellos? Si el Papa reconociera que se ha muerto Dios, tendría que hacerle un buen funeral y luego irse a la cola a rellenar los papeles del paro. ¿No es él el representante en la tierra? Los dioses no mueren, son inmortales y tú lo sabes. Sabes que ellos (nuestros dioses de allá, y los que se trajeron en sus barcos los negros que vinieron de África) son inmortales, incluso nosotros mismos lo somos: morimos durante algún tiempo, como si durmiéramos un sueño largo, pero con el tiempo nos despertamos. Nos despertaremos.

—Y cómo así. ¿Dónde nos despertaremos? ¿Nos despertaremos acá, entre toda esta goderría, o nos despertaremos en el Quindío, o en Caldas, o en Risaralda, a orillas del río Cauca, o en el Magdalena, a lo mejor nos despertamos aguas abajo, en Cartagena de Indias, en alguna de las discotecas llenas de españoles medio pobretones y recalentados que buscan el fuego del Caribe, o en medio del océano?, ¿nos despertaremos una tarde de primavera, muy suave, y estaremos debajo de un mango grande que nos dé sombra, o entre los cafetales en flor, a la sombra de los guamos, volviendo a verles las caras a los hideputas que nos echaron de allá?

—Cómo yo voy a saber eso. Cómo sí o cómo no nos desper-taremos. Sé que nos despertaremos, porque lo dicen los evange-lios. Es cosa de fe. Si no es así, si no hay nada después, ¿qué nos queda? Todo esto que sufrimos...

—Pero, mujer, quién despertará esos cuerpos comidos, a los que los de los gallinazos les sacaron las tripas a lo mejor cien años antes. Nadie vuelve de allá, nadie va a volver nunca.

—Me das pena, ¿sabes? Tienes novelerío, pero no tienes imaginación, por eso no puedes creer en Dios, sólo en tus feos muertos, no puedes creer que esto cambie alguna vez, que la vida sea algo más. Yo tengo fe en un golpe de suerte, en que nos toquen los cupones de los ciegos, la bonoloto, la lotería, y rezo para que eso ocurra y rezar me consuela. Rezaría aunque no hubiera Dios. Por si un acaso.

—No, no quieres enterarte de que esto que nos pasa acá en España es aún peor. Ni siquiera nos preguntamos si los milagros son posibles o no, como nos lo preguntábamos en Colombia, o si va a llegar la justicia, o si comprenderemos la verdad, o si la felicidad puede una alcanzarla sólo cumpliendo con su deber; ni siquiera nos preguntamos no ya cuál puede ser el sentido de la vida, sino si todo esto tiene algún sentido. No hay tiempo, no hay ganas, no estamos capacitadas nosotras. Esas preguntas nos quedan demasiado grandes.

—Pero, entonces, ni siquiera puedes tener el consuelo de llorar. Se llora por algo que se pierde o se desea. Tú no tienes nada. ¿Te das cuenta? Entonces, ¿por qué lloras? Tú tienes mu-cho padecido, no te lo niego, eso es lo que tienes: padecimiento. ¿Que tuviste que trabajar ahí para traer a tu marido y a tu hijo? A mucha honra.

—No me recuerdes esas cosas, no seas mala. Eso es agua pasada. Ocurrió. La necesidad hizo que ocurriera, pero ya no está. Ya no existe. Lo mismo que vendrá una vida nueva, tene-mos una vida vieja que se fue. Vale, tienes razón, te digo que también yo puedo creer que nos despertaremos. Es cosa de fe. Una vida mejor. Si no, ¿qué nos queda? Y tanto como sufrimos, para nada...

—Así es, Liliana. Por el momento, esta tarde tan húmeda y nublosa, con el frío que se te mete en los huesos, Dios es un tinto bien caliente y aromático, hecho con granos de café recién salidos del tostadero; en verano, búscalo a Dios en un helado sabroso, un helado de esos tan ricos de turrón, de chocolate; o de papaya y de mango, porque ahora acá los españoles ya preparan helados de mango y de guayaba y de papaya y un día de éstos los tendrán de durián, aunque a los españoles el olor del durián, tan fuerte, yo creo que les da como asco. A mí tampoco te pienses que me gusta ese olor, aunque luego el fruto resulte tan rico de comer. Piensa que, ahí mismo, en la heladería de la plaza, hay un pedazo del cielo que soñamos o del que tenemos al alcance de la mano y aún no nos quitaron. Siéntate con tus hijos en una de las sillas de la terraza, a la caída del sol un día de agosto, y pídete un helado bien cremoso de mango, y verás que ahí está el Dios del verano, como en el tintico está el del invierno. Cuando vinieron los españoles a ocuparnos, nosotros sabíamos que no hay un dios, porque hay muchos, hay uno para cada cosa, para cada día, y quisimos enseñárselo, pero nada, cabezotas, tuvieron que ser ellos quienes vinieran a espantarlos para que se quedara a solas el suyo, y qué hemos ganado.

—Aunque también te digo, qué es eso de preguntarnos cuándo volveremos a encontrarnos y en qué condiciones. Ganas de sufrir, de sufrir y seguir sufriendo cuando ya se ha acabado el sufrimiento. ¿A qué vas a misa? La muerte es descanso, nos da miedo por desconocida, porque no sabemos qué pueda ser eso de no ser, pero hay que pensar que traerá descanso y ya está. Yo no quiero volver a encontrarme con este cuerpo dentro de un millón de años, Susana, con este cuerpo que reclama tantas cosas y que se dejó engañar por un muertodhambre que me ha amargado la vida. *Todo eso del cielo es tan relativo: estarse toda la vida del mundo con Dios; con la cantidad de gente que tiene que haber por allá arriba, que te instalen sin elegir el vecindario, gente que vete a saber de dónde viene, todos remezclados allá más aún de lo que lo estamos aquí, cada uno con su lengua y con sus comidas y con sus manías, y todos empujándose cada día y todos los días del mundo porque quieren ver a Dios.*

—Déjame que me ría. Habrá que pedir turno como en el supermercado, con esas tiras de papel en las que viene el número para poner orden en la cola de la pescadería, un número que te diga qué turno te toca para estar un ratito con el Señor, estar con el Señor, ¿y para hacer qué?, imagínate todas las que están esperando como gallinazos para quedarse solas con Dios porque han visto los cuadros y las estampas en que lo pintan muy hermoso, rubio, con esa melena larga; y suponiendo que estuvierais todo el tiempo con Dios, él y tu a secas, a solas, porque hubiera Dios para todo el mundo, como dicen que pasa en la santa hostia, y él estuviera a todas horas y en todas partes y con todo el mundo, y con cada una, dime qué ibais a hacer allá a solas tú y él, ¿volver a las andadas?, ¿otro marido que encima no te deja ni la esperanza de que va a morirse un día? Después de la experiencia con Wilson, ¿no te digo?, volver a las andadas. La esperanza de viudedad ha sido el gran lenitivo de la mujer. Fíjate que por cada viudo hay diez viudas, ¿no te has dado cuenta?

—Ahora un poco menos, con lo del cáncer y los accidentes, porque las mujeres fuman más, trabajan fuera de casa y viajan solas y se estrellan en sus carros cuando vuelven del súper o del trabajo. Pero sí, diez veces más viudas que viudos.

—Y más aún allá, en Colombia, échale cuenta y verás qué pocos varones quedan allí donde a los machos tanto les gusta jugar al pim pum con los fierros, donde dice el dicho que si no hay muerto no hay fiesta. No, si te soy sincera, no me parece

convincente el cielo de los cristianos. Los moros creo que tocan
a setenta huríes por cabeza, y eso tiene también que ser agota-
dor para cualquier macho, eso no lo buscan ni los narcos, que,
más que follar, juegan con las chicas, o las golpean y torturan
porque andan encocados, y les gusta ver cómo sufren y cómo
ponen esas caras de miedo que graban con el teléfono portátil o
con la cámara de video, la coca te da más ganas de follar que
capacidad para hacerlo, y lo pagan las pobres muchachas, ¿vis-
te lo que hacen con ellas en México? Las matan y hacen pelí-
culas con la agonía de las pobres. Nosotras no somos fáciles de
aguantar, ni de complacer, si a una le gusta un hombre no se
cansa nunca de follar, querría tenerlo siempre dentro, pero allí,
en el paraíso de los moros, me da que pasa como en los ranchos
de los narcos, un paraíso para el macho que disfruta viendo
sufrir a las hembras, el que manda y ordena es el hombre. Allá
arriba no hay paro ni miseria, dicen los curas. Pues yo te digo
que el Dios de tu casa es ese otro cuñado tuyo, el que te arregló
los papeles y ahora ha vuelto y parece que ha venido con dólares
y me dicen que está haciendo buenos negocios él sabrá con cuál
cosa. Agárrate a él, rézale a él. Pídele que se reparta como el
Dios de las hostias benditas, un cachico de su cuerpo para cada
uno. De momento, tú búscate el tuyo. Tu cachico. Que no se te
escape.

—*Yo no creo en Dios por mí, quiero creer en Dios por mis*
hijitos, los veo tan pequeños, tan desvalidos. Quiero que Dios
no me los deje de la mano, igual que quiero que no dejen la
escuela los maestros que les dan las lecciones. Los conozco,
hablo con ellos, y sé que son buenos, se ocupan de los mucha-
chos. Dios es un servicio del que no quiero prescindir. Si no
encomiendas tus niños a Dios, a quién se los vas a encomendar.
Aquí, quién puede quererlos a ellos. Mejor ni pensarlo. Algún
degenerado. Pobreticos míos. Tengo que dejarlos bien asegu-
rados a ellos.

Manda al servicio a la compra, incluso a que le traigan el pan y el periódico envía a la chacha o al jardinero que le cuida la plantación del amplio patio, palmera, jacarandá, naranjos, la araucaria, siempre presente en las casas de la vieja burguesía de la comarca; pérgola con buganvilla, jazmín y galán de noche formando una espesa masa vegetal protectora a cuya sombra, bien resguardados de los rayos del sol, están los dos sillones de mimbre, con los cojines forrados de fresco algodón en el asiento y los tapetitos de un blanco crudo bordados con flores coloreadas colgando en el respaldo, uno de los pocos viejos jardines interiores que han quedado en Olba. Lo ha reconstruido para que se quede tal como lo mantenían los Civera, en la tradición de las buenas familias de toda la vida. Manda al servicio a pesar de que la panadería y el quiosco están a doscientos metros de su casa. Da –o quiere dar– la impresión de que ha dejado poco detrás de sí en todos estos años que ha pasado en Madrid, en todos esos viajes que ha hecho. No parece que reciba demasiadas visitas, aunque ignoro si mantiene relaciones telefónicas. Al bar, desde luego, no trae el móvil, lo que, en un hombre contemporáneo, expresa escasa o nula actividad laboral y carencia de compromisos y relaciones. Quedan –eso sí– sus escapadas de las que no habla, pero que dejan durante semanas las mallorquinas cerradas. De vez en cuando, en sus charlas conmigo alude a quien fuera su mujer, ella quería, ella hizo, ella decidió, a ella le hubiera gustado, ella no se vio con ánimos, y a mí me extraña no sentir nada especial, ninguna vibración o íntimo movimiento, ningún temblor.

Hago sonar sobre el mármol la ficha, el seis pito, o golpeo la mesa con el dorso de la mano cuando tiro la carta, veinte en bastos, con ese gesto como de rabia que es coquetería de jugador, también cuando coloco la ficha de dominó lo hago con un golpe seco y sonoro. Todos los jugadores lo hacemos así. Formas de expresar algo relacionado con la virilidad, recuerdos de cuando el juego era a mano armada. Francisco le mutila el nombre, Leonor, tan hermoso, y lo deja en vulgar: la llama siempre Leo. Parece mentira que sea escritor y muestre tan poca sensibilidad. La importancia de las palabras, de su música. Cómo no se da cuenta, él, que se considera escritor. ¿O ese nombre mutilado forma parte de una estrategia de derribo que se prolonga más allá de la muerte? Poner en evidencia que ella, sin él, no es mujer completa, no es la que bajaba del coche juntando las rodillas y mostrando los elegantes zapatos de tacón, el buen corte de la falda, exhibiendo un instante más tarde –al incorporarse, después de esa maniobra giratoria por la que las piernas han surgido en primer lugar del coche– la blusa de seda estampada, o la chaqueta del traje sastre en suave color pastel. Ni rastro de los materiales originarios. Otra mujer, alguien que venía de fuera y carecía de historia. ¿Cómo fue su relación durante todos esos años en que apenas supe de ellos? ¿Siguieron hasta el final juntando las carnes, penetrándose, componiendo ese octópodo cuya impudicia no soporto? Un animal deforme, injerto monstruoso, porque seguía siendo ella pero ya no era yo. Han pasado tantos años y aún rechazo la imagen de las piezas que, bien lubricadas, se machihembran, no soporto el juego de émbolos que conocí bien, y en el que, como en un motor que se lleva al taller, una de las piezas del conjunto ha sido sustituida por otra, ¿estaban enamorados uno del otro, que es otra forma de decir lo mismo?, ¿se tenían cariño, amistad, camaradería?,

409

¿se deseaban? El interrogante que más duele: ¿se desearon hasta el final?, ¿ella enferma y él penetrándola, subiendo y bajando sobre ella hasta que la mujer ya no pudo moverse? (leo en el periódico que, en Egipto, quieren legalizar el último contacto sexual del marido con la esposa ya cadáver, una especie de macabra despedida), ¿o se aplicaron, sobre todo, a mantener estrategias, negocios y cuentas bancarias a medias? Ya no hay quien pueda saberlo. Forma parte de lo que no sé ni podré ya saber, como los nombres que perdí en el camino y cuyo olvido tanta estúpida angustia me produce en la madrugada, la angustia de saber que por más que quiera no veré los cincuenta años de Liliana, no oiré su voz de entonces. Mi apnea nocturna. El regreso a la vigilia, un brazo tendido *in extremis* para sacarte de la fosa en la que estabas cayendo. Mi despertar sobresaltado. En mitad de la noche, me vuelve la imagen de ellos dos entrelazados, un solo cuerpo, y siento que me ahogo. Otra noche más. Me incorporo en la cama, busco a ciegas el interruptor de la luz. Me anega lo que se escapa por esa grieta abierta en la compuerta que almacena mi memoria, el depósito de lo que fue y está yéndose. Sólo lo más doloroso parece destinado a permanecer. En alguna parte he leído que el origen de la cruz es representación del acto sexual: la línea horizontal, el cuerpo de la mujer; la vertical, el hombre que la tiene clavada. La cruz que, durante un tiempo, compusimos los dos. Leonor y yo. La cruz que me clavó a Olba, o que, con los años, pienso que fue la excusa que me dejó clavado en Olba. ¿Vivieron ellos unidos en cruz como vivíamos nosotros en aquellos meses juveniles? Si les funcionó eso, es que funcionaba todo lo demás, la fuerza arrolladora del sexo, aunque lo pienso y no es verdad, en nuestro caso no fue verdad. Ella siempre aspiraba a algo más. Entonces no pude llegar a entenderlo. Seguro que es eso –la plenitud de la cruz– lo

410

que quiere expresar Francisco cuando me habla de ella, lo que pretende que me crea, pero lo que a estas alturas pueda contarme él no me sirve. La huella de sus dientes en el cuello, el berbiquí de su lengua en el oído, las uñas clavadas en la espalda, el golpeteo de sus talones en mis nalgas, el gemido ronco, el estertor. Esa historia es mía. La guardo yo en exclusiva. Fue así y dejó de serlo. La que pueda contarme Francisco no deja de ser una historia mutilada, interesada. Yo necesitaría saber la parte que calla, la que no vio, no quiere ver, o no pudo ver. Lo mismo que yo no supe ver lo que nos alejó de repente. Mirar desde los ojos que lo contemplaron a él –los que yo veía abiertos mientras hurgaba en su interior, los que, antes, me habían mirado a mí–, con la secreta esperanza de confirmar que la resultante es el recuerdo de una historia ni siquiera desgraciada (eso concede cierta nobleza), sino vulgar. Ése es mi bálsamo. Pero esos otros ojos ya no están, son oscuridad. Y no puedo rescatar lo que vieron de mí. Pero tú has dicho que me quieres, Leonor. Se rió: follando se dice cualquier cosa. Forma parte del juego. Jugamos al tute, a la brisca, al dominó. Y cuando Francisco, por lo que sea, la nombra, ningún nervio vibra, ninguna emoción atisba, me mantengo frío, un lomo de pez, costra de reptil, pero la veo otra vez como la estoy viendo ahora mientras camino sobre la hierba tierna, húmeda, esponjosa, tan bien regada por las lluvias del otoño (hace un par de semanas llovió a mares, último episodio de gota fría de este año), una cara, un cuerpo que se mueve y respira detrás de un cristal: los cabellos flotan en torno a su cabeza, ingrávidos, irreales. La piel tiene una lividez entre verdosa y azulada. A los animales de un acuario se los ve así, nimbados por esa luz especial, subacuática, una bruma lechosa y fluorescente. Se mueven con esa ingravidez los habitantes de un acuario. Aunque, ahora, la visión de Leonor sea más bien un melancólico eco de la voz que martillea dentro de mi cabeza, la voz de Liliana, que es carne, materia que tiene densidad: qué, ¿le provoca un tintico, señor Esteban? Ja, usted se ríe ahora, pero la primera vez que se lo dije, protestaba porque creía que le iba a dar un vino de buena mañana, cuando yo le ofrecía un tinto de los nuestros. Un tinto con granos de café criados a la sombra de los guamos. La sombra de un guamo, ¿sabe usted lo que es un guamo?, pero si creo que ya se lo dije. Los guamos son los árboles que dan sombra al cafetal. Lo protegen para que no se achicharren las plantas y usted pueda tomarse este tinto que le estoy preparando. Hablamos igual, pero hablamos diferente, dicen que todo es español, pero nosotros llamamos a nuestros mosquitos zancudos y a ustedes los llamamos godos y decimos que hacen godarrías, pero eso es un mal nombre. Algo así como cuando acá nos llaman conguitos. Los guamos protegen de la inclemencia del sol. Resguardan los cafetales, como tantas veces usted me ha resguardado a mí. La sombra que nos protege. Y la voz, tu voz que me deja a solas, inerme. Mierda, Liliana, mierda. Mierda tú y tus guamos.

¿Cuántos años tengo?, ¿cuatro?, ¿cinco? Estoy sentado en brazos de mi tío, contemplo cómo dobla el papel y me ofrece como un regalo fastuoso la posibilidad ser yo quien lo introduzca en el sobre y a continuación pegue el sello que permitirá que llegue a su destino una carta comercial recién escrita: vuelvo a sentir la excitación con la que paso la lengua por la goma dulzona y aprieto después la estampilla con el puño para que quede bien adherida; una vez pegada, contemplo arrobado el dibujo coloreado. Querría guardarlo en mi colección, pero los sellos que yo pego se van, desaparecen por la boca del buzón en la que yo mismo echo las cartas. Me deja pegar los sellos cuando envía alguna carta, pasar la lengua por la goma, que tiene un sabor dulce, y luego apretar con el puño cerrado las estampillas coloreadas, que no me gustan cuando representan con tonos desvaídos la cara de algún viejo –ahora sé que se trata de un político, un escritor, un pintor, un músico, un científico–, pero que otras veces tienen colores luminosos y representan flores, pájaros, o banderas. Noto en la noche cómo Leonor me mordisquea la oreja en la oscuridad del cine, el calor húmedo de su lengua cosquillea en el cartílago y la sensación vibrante, caliente y húmeda, se me transmite como un escalofrío al resto del cuerpo y me corta la respiración. Cruzan la noche viejas fotos, la escuela, los alumnos a la puerta, o yo sentado ante el pupitre con un palillero en la mano derecha y el mapa de España al fondo. Fotos de ella, de Leonor: en una lleva el pelo largo, suelto en mechas irregulares sobre los hombros. Se canta lo que se pierde, dice el poeta. Viste una falda muy corta de color claro y una blusa estampada con flores; desabrochados los dos últimos botones de la blusa dejan ver el nacimiento de los pechos. En otra aparece con su padre –me la regaló porque le dije que era la foto en que más me gustaba–; su padre: la camisa oscura, las manos gruesas y duras como si tuvieran cáscara, un marinero. Quemé esas fotos. Sólo están en mi cabeza, por pocas horas. También los hermanos de Leonor son, en mis recuerdos, duros, jóvenes nervudos, al mayor, que es pescador en Misent, como su padre, aún lo veo alguna vez; a los otros dos los recuerdo vestidos con un mono de trabajo: salían del taller con él puesto, los recuerdo camino de casa, o charlando en la barra del bar. De los dos, uno murió joven, el otro acabó abrien-

413

do su propio taller en Misent –al parecer, pasado el tiempo, le compró a mi cuñada Laura el taller que dejó mi hermano al morir– y ahora tiene una concesionaria de coches, los recuerdo por entonces serios, compactos, más bien fibra: no habían adquirido todavía el aire opaco del padre, esa anchura, la pesadez. Mi suegro me recordaba a aquel actor francés, Jean Gabin; el hermano mayor, Jesús, el pescador, ha acabado siendo así, se ha rellenado, entorpecido; el segundo, José, no alcanzó esa solidez a la que la genética lo destinaba, el destino cortó el proceso evolutivo, murió probando un coche en las curvas de Xàbia, de eso hace treinta y tantos años, su cuerpo esbelto, musculoso, yacía descabezado junto al coche, yo no lo vi, pero lo han contado cien veces en el bar, lo describieron con detalle, había tanta gente que lo había visto, o que decía haberlo visto, que también yo acabé viéndolo, lo veo ahora mismo: su cuerpo decapitado y un coche que acaba de volcar, las ruedas dan vueltas en el aire. Cuánto tiempo ha pasado de todo aquello, y yo estoy aquí, viendo en la oscuridad las imágenes, viéndola a ella, que siempre tuvo un aire de muchacha moderna, parecía miembro de otra familia, poseía una belleza más urbana, como si, desde el principio, estuviera predestinada para escapar de esto; tenía, sobre todo, una vitalidad no exenta de afectación: se le adivina –en otra de las fotos que ya no existen– en los rasgos, en la manera en que el niqui a rayas horizontales –de marinerita de ciudad– se abre en el escote para mostrar la suave piel de la base del cuello, el pelito corto, marinerita de revista de costura o de revista musical, y no hija de un pescador, que es lo que era; no hija de un patrón de barco, no: hija de un pescador de esos que cobraban un salario proporcional a lo que se obtenía de la captura del día, gente que formaba una pequeña población marginal dentro de Misent, o, mejor sería decir, en una esquina de Misent, porque su barrio se apretaba junto al mar en casas que se defendían de las tormentas con pequeños diques paralelos que se adosaban a la fachada y cerraban la escalera exterior por la que se ascendía al primer piso, el lugar en el que se hacía la vida y donde se guardaban los muebles y los objetos de cierto valor, dado que los bajos se inundaban cada vez que llegaban los temporales de otoño. Veo las caras, los cuerpos, pero también las viejas casas que hace años que no existen, veo el mar de entonces, que no me parece el de ahora, hay algo que ha cambiado, no sé si es el color, no puede ser, ¿cómo va a cambiar el color del mar?, es absurdo, pero el mar de ahora me parece otro. Ajeno. Más desvaído. Quizá ha cambiado la capacidad de mis ojos para percibir los colores. El pantano continúa idéntico a sí mismo en su degradación, yo lo veo idéntico, el que tengo ante los ojos, como el que recuerdo; lo huelo como entonces. En mi pesadilla, poco a poco adquiere la forma de una enorme mano oscura que contemplo desde el aire, como si cabalgara a lomos de uno de los patos que han emprendido su migración. El pato mueve las alas, sacude el lomo, parece que quiere deshacerse de mí, arrojarme sobre la tenebrosa mano de agua. Otra noche que me despierto agitado buscando el interruptor. Lo encuentro con dificultad, después de tres o cuatro intentos. Manoteo. Me sumerjo en el agua oscura del pantano, me oprime esa mano gigantesca, hasta que se enciende la luz. Sólo entonces me relajo, me impongo un ritmo pausado en la respiración e intento dejarme la mente en blanco, pero no puedo. Hace un rato, he sido el niño que, desde su apacible duermevela, oye el sonido mate de los golpes de la plancha sobre la manta que envuelve la tabla: cierra el niño los ojos y siente que la felicidad está en ese olor de ropa caliente, de humedad y jabón, que llena la habitación en la que él dormita mientras su madre plancha, el instante en que la madre se acerca la plancha a la mejilla para calcular la temperatura del metal, soy el niño que ve el gesto desde la cama, y soy el viejo que cierra los ojos relajado por la luz de la lamparilla que hay sobre la cabecera, el que ha empezado a respirar apaciblemente porque la mujer está planchando a su lado y tararea, ay mi Rocío, manojito de claveles, tiene la voz muy clara, casi de niña, capullito florecido, y todo es seguridad, certeza bajo la manta, calor de nido, puedo cerrar los ojos, porque me protege la mujer que tiene voz de niña, ante mí se abre un futuro sin límite. Puedo ser lo que quiera y llegar donde desee. Para el viejo que chapotea en el pantano, una opresión en el pecho que crece y se extiende como ese kéfir que usan los turcos para hacer cuajar la leche. Rechazo la angustia del viejo: quiero estar con los recuerdos, gozar de ellos antes de que se borren: mi madre me cruza la bufanda sobre el pecho antes de salir en dirección a la escuela. Veo la luz diáfana, esa luz quebradiza y delgada, invernal, luz como la de hoy; siento el aire frío en el pedazo de cara que dejan libre el gorro con orejeras y la bufanda; y de repente es mi padre quien está a mi lado, pendiente del modo en que empuño el cepillo sobre el tablón: me coge la mano para ponerla en la posición debida, no se hace así, me dice, y su mano aprieta la mía con firmeza de tenaza, mano herramienta que se clava en la mía, como se clava en mi oído su voz agria, pero por detrás de esa voz llega la de mi tío, déjamelo, yo le enseño, y enseguida noto el envoltorio de sus manos gruesas, calientes, rugoso nido de pájaro. Materia dura y blanda a la vez. Él nunca me gritó y podría contar con los dedos de una mano las veces que levantó la voz por encima de aquel tono grave y tranquilo que utilizaba, tampoco mi padre me gritaba, ni me pegó nunca, era sólo aquella voz rasposa que parecía salir de la barba mal afeitada con la que me pinchaba cada vez que acercaba mi cara a la suya. Mi padre. Mañana lo haré sentarse en la taza del váter hasta que defeque, y luego lo lavaré a fondo. Hay que estar limpios, padre. No me gustaría que el viaje se enturbiara con esos detalles sórdidos, suciedad y malos olores. Iremos donde el tío me enseñó a pescar y a beber del agua clara del chortal, el sitio en el que percibí un atisbo de eso que parece que nos hemos pasado la vida buscando. Una pena que tengamos que emponzoñar el agua del chortal. Mañana: me pongo los guantes de látex para quitarle el pañal antes de abrir el agua de la ducha, le quito la chaqueta del pijama. No puedo evitar la sensación de turbiedad cuando acerco mi pecho desnudo al suyo. Lo siento en el taburete, le quito con dificultad los pantalones del pijama, lo levanto, abro el pañal. El hedor invade el baño. Arrojo el pañal en una bolsa de plástico que cierro antes de echarla al cubo de la basura que hay junto al lavabo. Lo hago avanzar cogiéndole las manos. Ahora lo tengo delante, veo su espalda, lo veo moviendo torpemente las piernas y apoyando inseguro los pies en el plato de la ducha, la suciedad desciende por los muslos, le presiono en los hombros para que gire y se vuelva hacia mí, todo eso sin dejar de hablarle. Me mira a la cara, como si supiera lo que le estoy diciendo. Se queja, gime, manotea, se frota los ojos con los puños: de frente, el pecho enjuto, duro como una tabla, azulados pezones de mamífero exhausto, rugosos, un tablero agrietado el pecho pero que muestra una blancura turbadora, juvenil. Lo tengo entre las manos, lo cojo del hombro, lo sostengo con una mano para que no se me caiga, y con la otra le paso la esponja por la cara, le levanto la barbilla, veo sus ojos hundidos entre las arrugas y, punteándolas, los pequeños tumores de grasa que parece fosilizada, le froto el pecho, se lo froto con una energía innecesaria en la que pongo mi parte de rabia o de fatiga por haber tenido

417

que hacer esto cada mañana; veo la mata de vello apenas marcada a partir del ombligo, que se espesa en el pubis, canas que se confunden enseguida con las burbujas de jabón que la esponja deja. Froto ahí, en el colgajo, aparto con la punta de dos dedos la piel para lavarle el glande y froto en el lugar que frotó y entró en el cuerpo de mi madre, topografía originaria de mí mismo, génesis de las arrugas de mi cara, que la obesidad disimula, y de esa geografía de manchas en el dorso de la mano que cada vez se parecen más a las de él. Mi padre ha agachado la cabeza y me mira la mano enguantada, con una estupefacción que no sé qué encubre; tengo la impresión de que día a día aumentan las pequeñas verrugas sobre la piel –la espalda, las nalgas enrojecidas y arrugadas como las de un recién nacido–, sorprendentemente delicada la piel de los muslos, en los lugares que guarda la ropa y no ha sido expuesta al sol, marmórea, pero no recién tallado mármol de Paros, o de Macael, sino como el que ha sido expuesto durante siglos a los elementos, sobre el que ha llovido, mármol que el viento ha batido, ahuecándolo con mórbidas porosidades, degradándolo, una pátina de leche cuajada. Paso la dura esponja por su sexo, una esponja que más que frotar rasca. Empiezo a hacerlo cuidadosamente, apenas rozando la carne que se arruga en torno al colgajo de la entrepierna, pero luego con más fuerza, casi con reconcentrada ferocidad. Donde froto, la piel se colorea, no se vuelve roja, o rosada, sino que se cubre de manchas azulencas, o de un amarillo más intenso, color de yodo, de líquidos estancados o que fluyen con lentitud, carburantes humanos retenidos. Las verrugas de mi padre me llevan a pensar en las que a mí, desde hace algún tiempo, han empezado a salirme en la base del cuello, en las axilas, en el interior de los muslos. Si, cuando me ducho, miro en el espejo de pie que hay en el baño, veo reflejada en el del lavabo una espalda lechosa y moteada. Es mi piel con ese color mortecino que tiene la suya. Mi mano tostada destaca impúdicamente sobre la blanca piel del hombre que se queja con flojos gemidos repetidos rítmicamente. Ya sé que te hago daño, pero hay que limpiar bien, le digo, mientras sigo frotando con fuerza en los lugares que ha cubierto el pañal. Tenemos que lavar a fondo toda esa porquería que se infiltra en los poros. Que te quedes como un recién nacido. Si fuera por él, no lo bañaría nunca. Desde que empezó a desvariar, incluso antes de la operación de tráquea, rehúye el agua, la pelea comienza en el momento en que ve que lo empujo por el pasillo hacia el cuarto de baño. Es un tormento desnudarlo, se resiste, cierra los brazos para que no pueda quitarle la chaqueta del pijama, patalea cuando intento despojarlo del pantalón. Se amohína cada mañana, en cuanto le digo que es la hora de la ducha. Al parecer, le duele cualquier roce, cualquier apretón, y se queja cuando lo cojo del codo y lo obligo a levantar los brazos para lavarle las axilas. Le duele extenderlos, le duelen los músculos –la escasa masa muscular– y las articulaciones. Aunque, para su comodidad, procuro vestirlo siempre con pantalones de pijama en los que basta desanudar el lazo de la cinta para quitárselos, y le echo encima el albornoz; en verano, una bata ligera que deja ver las piernas manchadas. Le miro las manos rugosas, dedos torcidos, callosidades, yemas irregulares, deformes, las manos herramienta que tantas veces han atenazado las mías: a la izquierda le falta la yema del pulgar, a la derecha las de índice y corazón. A mí también me falta la yema de un pulgar, el de la mano derecha, y parte del dedo anular de la izquierda, y tengo aplastado el índice de la derecha. ¿Conoces algún carpintero que no haya sufrido esas pequeñas mutilaciones?, benévolas heridas de una profesión apacible, el bueno de San José. Le miro las manos que fueron hábiles y fuertes, se

419

las acaricio pudorosamente, como si no hiciera más que lavárselas, pero se las acaricio. Retengo las ganas de besárselas. En la actualidad las manos han perdido importancia, ha desaparecido ese concepto tan respetado antes, la habilidad; ahora, las cosas las hacen las máquinas, o se hacen de cualquier manera, las hace –mejor o peor– cualquiera, nada más hay que ver cómo nos sirven los cafés o las cervezas en el bar, de cualquier manera, metiendo los pulgares en los vasos vacíos, en los platos llenos. Los camareros son incapaces de llevar correctamente una bandeja. Las manos ya no tienen la importancia que tuvieron, fueron sagradas: servían para trabajar, pero también bendecían, consagraban, se les imponían las manos a los enfermos para sanarlos. A los artistas, escritores, pintores, escultores, músicos, en el lecho de muerte se les sacaba un molde de las manos. Se les sacaba. Fue. Fueron. Tuvieron. Han sido. Todo pasado. Mi madre plancha, mi tío me hace un carro tirado por un caballito de madera, me deja pegar los sellos y me pasea por la feria. Lo veo disparar en la caseta, la culata del fusil tapándole parte de la cara. Apunta a una cinta de la que cuelga un camioncito de hojalata. Las verbenas con los farolitos chinos de papeles multicolores, aquellos que primero se abrían como un acordeón y luego cerrábamos juntando los dos palitos de los extremos hasta que quedaban convertidos en flores que a los niños nos parecían hermosísimas, muy alegres, colgaban de los cables que flotaban por encima de las cabezas de los bailarines en las verbenas. Bonet de San Pedro, Machín, Concha Piquer. El estruendo de los coches de choque y el chasquido de las chispas en la alambrada que cubre el techo de la pista. Mi madre canta. Capullito florecido. El olor de aceites requemados de los churreros en la feria, el de las manzanas rebozadas en caramelo, los copos de algodón de azúcar. La música estridente. El ruido de los fusiles de balines con los que se dispara para tumbar los patitos que corren por la cinta sin fin al fondo de la caseta, o para cortar las cintas de papel de las que cuelga un paquete de tabaco, una bolsa de caramelos, un juguete de hojalata. La música que sale con un eco metálico de la pista de los coches de choque, también metálica la voz del hombre que anuncia los obsequios de la tómbola. No sé si esas cosas siguen existiendo, probablemente sí, siguen existiendo y son poco más o menos lo mismo, aunque aquí, en Olba, hace muchos años que no instalan ninguna feria. Mi mano cogida de la mano de mi tío, recorriendo las casetas. ¿Poner así de lejos la felicidad? En el tiempo, me refiero a alejarla tanto en el tiempo; en lo que pueda referirse a la perspectiva no está ni lejos ni cerca, a la felicidad se la espera, se la busca, y cuando uno empieza a cansarse de esperar, resulta que el dueño del local en que aguardas la cita con ella tiene prisa por echar el cierre (oiga, oiga, no empuje, por favor, sin empujar, déjeme apurar la copa). Está ahí mismo la puerta hacia la que te empuja, y fuera se tiende la noche a la que te enfrentas tú solo, la oscuridad a la que el niño tiene miedo, y no quieres meterte en esa negrura.

Dunas en la desembocadura del río, más bien un canal de desagüe del pantano y también badén por el que, en días de aguas altas, se meten los embates del mar. Cuando sopla el viento del Golfo de León y se levanta el oleaje, el mar busca recuperar lo suyo, lo que los aportes sedimentarios de la naturaleza y los aterramientos de los hombres le han ido arrebatando. Toda la extensión del marjal fue un amplio golfo: el mar se adentraba formando un arco coincidente con el que trazan las montañas, las olas lamían la base del circo montañoso cuyos picos puedo ver en este momento por encima de las cañas y más allá de las extensiones de cultivos que se suceden tras los óxidos vegetales del humedal. En invierno se marcan mejor los diversos límites, que primavera y verano empastan de verdes: primero los tonos ocres de invernada de los carrizos, a continuación el verde oscuro de los naranjos y, en la ladera, el de los pinos, ligeramente más claro; por encima, las azuladas formaciones de roca caliza. El golfo ha ido cerrándose con un cordón dunar cada vez más extenso y más elevado. La sensación que produce el confuso paisaje en el que se alternan las superficies acuáticas con las de lodos y tierra más o menos firme –a veces se trata de barros movedizos–, es la de un mundo inconcluso (lo es: la naturaleza prosigue lenta el proceso de colmatación, el barro forma parte de la laguna al tiempo que la engulle: es, a la vez, nacimiento y agonía), tramposa foto fija del instante en que Dios empezó a separar las aguas de la tierra, geografía sin definir, que sigue haciéndose, detenida en la mañana del tercer día de la creación, si hacerse fuera algo distinto que destruirse: el mismo mecanismo que hizo nacer el pantano le procura su desaparición. Lo que lo engendra lo condena a borrarse. En cualquier caso, espacio indefinido, mundo a medio hacer, progresivamente cegado por los montones de arena que deja el oleaje, por los aportes de barro que traen los torrentes cuando recrecen con las lluvias del otoño; por la sedimentación de cadáveres de millones de plantas y animales: podredumbre, lo que ahora llaman activa biomasa, a la que el hombre añade sus propios residuos: como cicatrices de sus actuaciones quedan aquí y allá los restos de sucesivos proyectos: canalizaciones que no prosperaron y mediante las que se intentaba drenar todo el pantano y convertirlo en tierra cultivable, muros que pretendían actuar como contenedores y hoy son ruina, oxidadas tuberías abandonadas entre la maleza, restos de antiguas balsas caídas en desuso o que nunca se utilizaron, vertidos, escombreras, dunas rotas por la constancia de azadas o por la premura de máquinas que se han llevado toneladas de arena como material de construcción; pero también dunas en formación sobre las que se agarran especies vegetales endémicas que parece que tuvieran uñas de gato, y que alguna de ellas hasta creo que se llama así. Los torsos de las montañas –cuyos pies lamió el mar hace siglos– se muestran como lejanas escenografías abandonadas, ruinas de alguna vieja edificación. Ante mí, en primer plano, manchas de color a la deriva, pecios vegetales que flotan sobre el espejo verdoso del agua empujados por el leve filo del mistral; en algunos puntos, los picachos del horizonte parecen surgir de la nada: flotan sobre la llanura de agua que los limos y nenúfares disimulan o maquillan más acá de los carrizos empenachados con plumeros blancos. El paso de las nubes reflejado sobre la superficie crea el espejismo de un mundo que parece deslizarse en un continuo viaje y, sin embargo, se mantiene inmóvil, fijado en una vieja fotografía, y ese color de vieja fotografía es el que muestran las cañas que se oxidan durante el invierno, mustios amarillos y ocres, y un marrón que se oscurece hasta ir confundiéndose con el negro y forma parcelas que parecen de hollín, melancólicas tumbas de gigante.

3. Éxodo

—¿Nos tocará llorar por los viejos tiempos?

Al almuerzo de las diez de la mañana, con ensalada, encurtidos, salazones regadas con aceite de oliva (pulpo seco,
melva, unas finas lonchas de mojama y de hueva de atún), unas
chuletitas, unos embutidos, vino y cerveza, y rematado con
cafés y —en mi caso— un buen coñac (no, a mí no me pongas
whisky como a éstos, ponme un Martell de esa botella que me
tienes reservada), le sucede una tertulia sin cambiar de silla,
que se prolonga hasta la hora del vermut (¿nos levantamos a
estirar las piernas junto a la barra? Estoy entumecido), y de la
paella (joder, se nos ha alargado el almuerzo, mejor comemos
aquí mismo, ¿no?), el arroz meloso o la fideuá, que llega cuando el reloj ha dado las tres. En torno a la mesa, albañiles convertidos en promotores, propietarios de prósperos negocios como
yo mismo —cristalerías, fontanerías, carpinterías, tiendas de
muebles, depósitos de materiales de construcción, almacenes de
pinturas, empresarios del transporte, rentistas de fondos varios—,
reunidos en armónica convivencia, buenas gentes que comen
mientras reciben —como dorada lluvia de maquinita tragaperras— las plusvalías que va dejando caer, al cumplirse las horas,
cada empleado que se mueve tras un mostrador, cada secretaria

que teclea ante la pantalla, cada jilguero –español, peruano, colombiano, marroquí, búlgaro o rumano– que se afana en colocar ladrillos colgado en un andamio. Algunos de esos ruiseñores o jilgueros laboriosos, además de producir dinero, cantan coplillas que aprendieron en su tierra o que escuchan mientras conducen el coche –rumbo al trabajo o de vuelta de él– en los cuarenta principales, o en esas emisoras para emigrantes que han aparecido en la comarca y que ponen vallenatos, salsa y merengue, muchas veces precedidos por dedicatorias a los amigos colombianos, a los queridos paisanos ecuatorianos, a todos los peruanos de Misent, Olba y las poblaciones vecinas, a un guatemalteco que ya sabe quién es y quién le dedica esta canción para que vea que esa persona no le olvida. Puedes oír sus poco agraciados trinos entre los martillazos de los encofradores y el golpeteo metálico de los ferrallas.

Los camareros aún no han acabado de retirar los platos con los caparazones de los crustáceos, pero ya han colocado las tacitas con el café humeante y la copa de coñac, whisky o pacharán. El compañero situado a mi derecha, un promotor-albañil, me cuenta que con cada hora que marca el reloj que está colgado en la pared de enfrente, le parece oír sonar una lluvia de metal en sus bolsillos. La oigo, esa lluvia la oigo, y es la felicidad completa, el paraíso de verdad. Claro, hombre, me digo yo, no arpas, no alas angelicales, no sombras y formas del espíritu ni disquisiciones teológicas, no, lo tuyo no es un paraíso católico, más bien un paraíso de corte mahometano: golosinas del paladar, carne humana y alcohol. Según me dice el promotor charlatán, él se tira el día zascandileando de acá para allá, de mesa a catre, y, al final de la jornada, echa cuentas: una veintena de moros o rumanos o conguitos, o un rebujo de paisanos de diferentes nacionalidades, por ocho horas que me trabaja cada uno, da 160 horas. Yo le cobro al cliente –prorrateando las de los oficiales con las de los peones– en torno a los quince euros la *hora de cada uno de ellos: eso viene a dar unos 2.400 euros, a ellos se las pago a seis, siete u ocho el peón (depende de la amistad, el tiempo que lleva conmigo, la simpatía que le tenga, desde que trabajo por mi cuenta y no con el cabrón de Bertomeu, puedo hacer lo que me rote. Soy mi propio empresario) y pago a doce la hora del oficial (si lo quieres lo tomas y si no lo dejas), pongamos que, ya digo que prorrateando, lo que te he dicho, te salga una media de ocho euros, pues eso da 1.280, que, restados de los 2.400, suponen 1.120 euros: o sea, que esta tarde tan agradable, clin, clin, clin, me han caído en la buchaca mil ciento y pico euros limpios de polvo y paja, no está mal, sobre todo si tengo en cuenta que a más de la mitad de los trabajadores no los tengo dados de alta y con los restantes he apalabrado que, del sueldo que les queda limpio, tienen que pagarme la cuota de la seguridad social. Llegado a este punto, ya me hago un lío, porque lo de sumar no es lo que mejor se me da. La maquinita calculadora lo hace por mí. La cosa es que yo, aquí —presume el albañil-promotor—, sentado bajo el surtidor de aire acondicionado del restaurante, ante los platos sucios que retira el camarero (con cuidado, no vaya a caerse al suelo la coraza vana del bogavante), mientras contemplo esas manos que retiran platos con corfas de gambas, espinas y piel de mero, granos de arroz pegados a la loza, migas de pan y restos de alioli—, sigo oyendo caer el dinero, y, por eso, ya estoy pidiendo otro whisky, para brindar por mi puta buena suerte, y proponiéndoles a los compañeros de mesa, ¿por qué no vamos a Ladies?, ¿o preferís Lovers? Ésos aún no han abierto, dice uno, mejor antes una partida de tute, o un póquer, ah, y en el váter tienes preparada otra rayita, date prisa que va entrar ese gilipollas que está en la barra y la va a ver, ese cabrón siempre está a lo que pilla, huroneando, a ver de qué se entera. Es lo que tiene vivir en un pueblo como Olba. Aquí no hay discreción. Y otra hora que da el reloj: las monedas, clin, clin, clin, el campanilleo cayéndome* sin interrupción en el bolsillo como cae en las bandejitas de las tragaperras cuando salen las cerezas, los plátanos o las naranjas; si es que hasta las oigo sonar, las noto ahí pegadas al muslo las campanillas, sesenta o setenta euros cada hora, clin, clin, clin, clinclinclinclin, las tres naranjas, eso sí que es el especial (sin contar que yo paso una minuta de veinte euritos por cada hora que me tiro aquí, porque se supone que estoy gestionando cosas, negociando los materiales, preparando la logística, ocupándome de cuestiones relacionadas con el trabajo, una reunión laboral con los proveedores, pongamos por caso). Salgo un momentito a la calle mientras se enfría el whisky en el vaso, conecto el móvil, doy unas cuantas voces, grito, ordeno y mando. Riño a uno, le digo que me pase a otro para echarle la bronca también a él. Hago como que estoy enfadado, es que si no estoy ahí no os aclaráis, nervioso por la cantidad de cosas de las que tengo que ocuparme por culpa de su poca cabeza. Que los obreros vean que me mantengo encima de ellos, atento a todo, mi aliento en su cogote, procurando que no se me relajen: hala, a currar, muchachos, y dentro de quince días acabamos el chalet de Benalda, una buena comida por fin de obra, y a otra cosa, mariposa. Los bungalows de Serrata, que tendría que haber empezado hace un mes, siguen empantanados, tengo a un peón merodeando por allí, entretenido, para que el propietario sepa que no me olvido del compromiso, que lo llevo en la cabeza, pero aún tendrá que esperar. Cuando me lo encuentro al propietario del terreno, un alemán con cara de bulldog, le juro que, por su culpa, ni como, ni duermo, jeje. Preocupado estoy. Pues paga no comeg, cada día tienes más baguiga, cabgón, me dice el tipo, y yo otra vez jeje, pero es que, chico, no da uno abasto. Y como otro promotor no va a encontrar, pues eso, calma. El viento en la popa. Estamos todos hasta más arriba de la cabeza de trabajo. Cómo se iba a imaginar mi padre que su hijo tendría un futuro así de brillante cuando con catorce años empecé a acompañarlo de peón y me llamaba torpe a todas horas. Ni traer el botijo sabes, muchacho, yo no sé qué vamos a hacer contigo el día de mañana. Pues mira por dónde, papá, no ha hecho falta que hicierais vosotros nada, lo he hecho yo solito, lo he hecho por mí, y desgraciadamente por ti ya nada puedo hacer: donde estás no hay necesidades, ni preocupaciones, ni agobios. Me lo he hecho yo solo, he aprendido rápido, el bobito de la familia, ya ves: veinte conguitos en un andamio, y el volante de un todoterreno entre las manos y una sábana de seda de color rosa bajo el culo recién lavado por la manita suave de la ucraniana, que ahora la mueve arriba y abajo junto a su boca, y teclea con los dedos el tronco de mi nabo, ella trabajando aquí, echándole voluntad, porque con las copas y la coca la verdad es que no acabo de correrme, pero estoy feliz (toma, toma, mira cómo entra, otra vez, otra, toma, uf, mira cómo me la pones, cabrona), me gusta verme el nabo entrando y saliendo de esa boquita dulce, olvidado de la mujer y los niños, que van a lo suyo, que es gastar: se me han acostumbrado a todas las cosas buenas, el club de tenis, el paseíto por la bahía en el catamarán con un matrimonio amigo, el beauty y nails center, la cena de los sábados con la botella de Möet descorchada para abrir boca, y un ribera del Duero; el brunch en el Marriot los domingos: ¿qué es el brunch?, dice la publicidad de la radio que pretende desasnarnos: muy sencillo, mitad breakfast, mitad lunch, se responde a sí mismo el locutor, ni desayuno ni comida, ya ves, ni chicha ni limoná, el domingo fuimos al brunch, o el domingo iremos al brunch, y la ucraniana o lituana dale que te pego, sopla que sopla el trombón, no empujes tanto, y qué quieres, cabrona, toma, toma, trabájatelo, que para eso te pago, y la partida de golf, coño, más despacio, que me rascas con los dientes, no te embales, no tengas prisa, la cosa vendrá cuando venga.

Interrumpo al promotor: vale, vale, no más detalles, que me salpicas. Es hora de cortarle la cinta magnetofónica al char-

431

latán. Amigo, para ya. Tu vida se parece bastante a la mía, aunque a mí muchas veces me toque moverme a otro nivel, hacer el paripé, pero también yo paso en el Marriot las mañanas de domingo en otoño, ¿o es que no me ves por allí? Yo a ti sí que te he visto. Cielo impecable, de folleto turístico, bendita luz mediterránea de otoño cuando se disuelven las calimas y los rayos solares recortan los perfiles de los objetos, gorrita calzada a la americana, con la visera protegiéndome el cogote, y prendas Nike y Adidas para los muchachos y para mí (no me gusta el Lacoste, es más para pijos, no es mi estilo, para un tío del banco, oficinista, para un arquitecto, vale, pero no para mí, soy un empresario independiente, me va más vestir de sport, informal) y Amparo con su sombrero de paja de Italia (en realidad, es paja del pueblo de aquí al lado, que trabaja el mimbre, la paja, el ratán: o los trabajaba, porque ahora lo traen todo de China, ella les dice a las amigas que se lo trajo de Florencia), las gafas de sol ocupándole media cara: mi señora parece una modelo de la tele, un poco fané, pero modelo, lo malo es que quiere parecerse a la Lamana esa de los huevos, la cara angulosa, cuando ella la tiene más bien redondita, y se está quedando en los huesos, dieta, pilates, le quedan las tetas, y los labios rojos aplicándose a la pajita del vermut con Campari con el mismo afán que la puta se aplica a tu polla; en la silla de al lado, el bolso Vuitton; y los zapatos de Dior, y el vestido de Versace, o de Carolina Herrera. Los hombres enseñamos los relojes. Desde mi tumbona veo cómo estiran el brazo a cada movimiento, para que se los vean, jodidos horteras, las pulseras abrazándoles las muñecas requemadas, ya sabes, muchos de ellos albañiles recién llegados, como tú. Por los relojes sabes de qué pie político cojean: un Rolex gordo con muchos cronómetros y barómetros, si son tirando a pepé, gente de derechas; y si lo que les llama es el pesoe, un estilizado Patek Philippe, que es el que usa Felipe González. Patek Philippe, un buen Cohíbas, un trasero brasileiro en forma de manzana reineta, y un vermut con oliva rellena y un chorro de ginebra, el cielo. Felipe, el más consecuente: al fin y al cabo, el socialismo es riqueza, bienestar, pasta para todo el mundo.

Oigo el runrún del parloteo del promotor y el mío propio, y hasta veo la escena, la jornada en que coincidimos en el restaurante, no me acuerdo cómo dijo el tipo que se llamaba, pero miro con melancolía aquellos tiempos de inocencia. Qué habrá sido de él y de sus jilgueros trinadores. La edad de oro estaba a punto de llegar, la tocábamos con la punta de los dedos, faltaba el canto de un duro, pero ha faltado, y al saltar para tocarla, nos hemos caído de culo: ahora todo se ha hundido, así fue la cosa, el dinero caído del cielo (al bueno del promotor le caía desde los andamios, yo tenía varios manantiales por los que brotaba), las comidas multitudinarias, la coca y la puta que sopla el trombón; y el pádel y el squash y los pilates y el brunch. Duró lo que duró, no estuvo mal, las mil generaciones que nos preceden no tuvieron un día de su vida así, la verdad que no, y ahora nos queda el dolor de cabeza que deja la resaca, ese clavo en la sien (gajes del oficio, no hay placer sin riesgo y felicidad que cien años dure), porque las cigarras no se preocuparon de guardar para cuando llegasen los malos tiempos, y en estos momentos no es que no haya para whisky o para coñac francés: es que no hay ni para Saimaza en la despensa de casa, ni para meter en la nevera unas chuletitas de cordero congelado, no digo ya una cola de merluza de pincho recién pescada, o un mero, eso ya ni lo sueñan, es hora de llanto y crujir de dientes, de arrepentimientos: ¿adónde fueron los euros de antaño?, ¿qué se hizo de aquellos hermosos billetes morados? Cayeron deprisa como hojas muertas de otoño en día de ventolera, y se pudrieron en el barro: cayeron sobre las mesas de juego, entre las pinzas de los bogavantes y bueyes de mar que hacíamos crujir con las tenazas de descas-

433

carillar marisco (sí, yo como ellos, el primero. Varios escalones
por encima de ellos, pero lo mismo. El arroz de hoy que no sea
a banda, mejor ponlo meloso con bogavante, con langosta no,
la langosta está más seca que las pechugas de pollo que se asa
mi señora para cumplir la dieta), en los camastros de los pros-
tíbulos; sobre las cisternas de los retretes en los que se espolvoreó
polvo blanco (lo mío han sido más bien camas hidráulicas,
espejos y cucharillas y tubitos de papel moneda y de plata, no
todo va a ser lo mismo, ni lo ha sido): los hermosos billetes
morados de quinientos, ubi? ¿dónde han ido a parar? Los
busca todo el mundo y nadie los encuentra, los buscamos los
empresarios, los buscan los funcionarios de hacienda, nada por
aquí, nada por allá. Registran despachos de abogados, domi-
cilios particulares, dobles fondos en las carrocerías de los coches,
en los cascos de los yates, pero los billetes no aparecen, no están,
huyeron por las cañerías de los bidets en los que ellas se lim-
piaban las huellas de lo que tan caro había costado nutrir y
derramar; en los desagües de los lavabos donde te lavabas esa
nariz delatora que había empezado a sangrarte otra vez, en
los urinarios de los restaurantes en los que se consumieron to-
neladas de chuletón de Ávila o gallego o cántabro, o vasco,
contenedores de merluza de pincho, de lechón de Segovia y
lechazo de Valladolid, de arroz a banda o con gamba roja, y
de arroz meloso con bogavante; hectolitros de vino de ribera,
y whisky de no sé cuál de las turberas escocesas y de no sé qué
valle salvaje (también ahí me aparto del gusto generalizado:
lo mío, vino y coñac franceses). Todo se fue por los desagües,
por los fregaderos, por los retretes, por el agujero de los coños
apenas en flor y ya encallecidos de tanto frotar. La vida misma,
la nuestra, tampoco creas que se va por otro sitio, el mundo
entero se vierte por el desagüe, pero cómo echamos de menos
todas esas cosas que no volverán. Las nieves de antaño, las
rosas que se han abierto esta mañana y se marchitarán a la

tarde y cuando vuelva a darles el sol se quedarán sin pétalos, feas bolas secas, pequeñas calaveras que crujen entre los dedos cuando las aplastas, los infantes de Olba, las damas de Ucrania. Adónde fue toda esa gente que pasaba deprisa ante nuestros ojos, adónde iban, en qué pararon. Agua que se traga el fregadero, laberinto de cañerías, cloacas, filtros y balsas depuradoras, tubos que van a dar a la mar.

Así pasó el tiempo que te fue concedido en la tierra, amigo promotor. Así lo pasé también yo. Ahora nos toca vivir la vida que llega después de la vida.

Los nuevos tiempos son menos nerviosos, la gente ya no corre de acá para allá en coches de gran cilindrada, en camiones cargados de mercancía, en furgonetas que llegan tarde a una entrega urgente, hay otra tranquilidad, más reposo, son tiempos menos físicos (no hay tanto traqueteo carnal, las habitaciones del Ladies están vacías, nadie se tiende sobre las sábanas rosa, nadie hace cola en los pasillos de las notarías para firmar escrituras de compraventa: es el efecto mariposa) y, por supuesto, se trata de tiempos mucho menos químicos, escasea la cocaína y la que circula es de pésima calidad y no la compra casi nadie. ¡Para gastar en coca estamos! Obviamente, vivimos menos emputecidos, vivimos desengolfados, o con resaca de golfeo. En el ambiente se palpan nuevos valores, virtudes franciscanas: se aprecia de nuevo la lentitud, el paseo tranquilo al atardecer, que es cardiosaludable, incluso se mira con otros ojos el pobreterío: me atrevería a decir que está de moda ser pobre y que te embarguen la casa y el coche (si yo te contara, amigo promotor. Imagino que estarás poco más o menos como yo). Te sacan en la tele como protagonista de reportajes si te desahucian o te echan de la empresa, te convierten en héroe; y han dejado de ser cool los acelerones cuando pasas ante la terraza de una cafetería de la avenida Orts de Misent, para que los clientes se vuelvan a verte al volante del Ferrari Testarosa, está mal visto que te pillen los de la tele local en un cinco estrellas jugando al golf, o en el brunch, que es mezcla de breakfast y lunch (la noticia corre como la pólvora: el cabrón no tiene para pagar las letras ni a los acreedores ni a todos esos padres de familia que ha dejado en el paro, y tiene para ir al club de golf) y, si te reúnes con alguien para hablar de trabajo, es mejor dejarte el Mercedes seiscientos en el garaje, más conveniente coger el Volvo: prima la imagen de solidez sin ostentación, el empresario trabajador cotiza mejor que el especulador; son, que no te quepa duda, tiempos bastante más aburridos, y tristes como no te puedes ni imaginar. Pero, uf, qué pasa, qué quieres. Interrumpo mis pensamientos porque Amparo me golpea en el hombro:

—Tomás Pedrós, te estás quedando dormido, y roncas y se te cae la baba.

Abro los ojos, descubro que me pasa un kleenex por las comisuras de la boca y por la barbilla, me emociono, qué otra cosa puede ser el amor en estos tiempos difíciles: esos pequeños detalles. Con las nuevas condiciones, hemos aprendido a valorar los pequeños detalles. Veo la cristalera tras la que levanta el vuelo uno de esos enormes aviones que efectúan trayectos transoceánicos. A ras de suelo se arrastra otro en dirección al finger. En el fuselaje lleva dibujado el perfil del pájaro Garudá. Amparo tira el pañuelo en la papelera que tiene al lado y me pregunta: ¿qué moneda utilizan allá?, eso me pregunta mi querida Amparo. De verdad que es una mujer maravillosa, siempre cuidando los detalles. ¿El real? ¿el sol? ¿el bolívar? ¿el quetzal? ¿la rupia? Le sonrío como se le puede sonreír a un ángel: da lo mismo, amor: el dinero no tiene patria, tú procura que no te falten en el bolso euros convertibles, dólares convertibles, ¿se dice así?, procura, sobre todo, almacenar lingotes de oro, que fíjate si hace siglos que van en danza los lingotes de oro, las joyas, brillantes, rubíes y zafiros, milenios de acá para allá, y siguen *conservando el valor que tenían el octavo día de la creación del mundo, cuando Eva vio una serpiente y le echó mano creyéndose que era un collar de esmeraldas.*

Beniarbeig, julio de 2012

ÍNDICE

Impreso en Talleres Gráficos
LIBERDÚPLEX, S.L.U.
Pol. Ind. Torrentfondo
Ctra. Gelida BV-2249 Km. 7,4
08791 Sant Llorenç d'Hortons (Barcelona)